黄裳集

古籍研究卷Ⅳ

来燕榭书跋（增订本）

山东人民出版社·济南
国家一级出版社 全国百佳图书出版单位

90 年代黄裳夫妇与巴金（中）在杭州汪庄

黄裳（后排右一）与巴金（中坐者）和茹志鹃、吴强、王安忆（后排右二、三、四）的合影

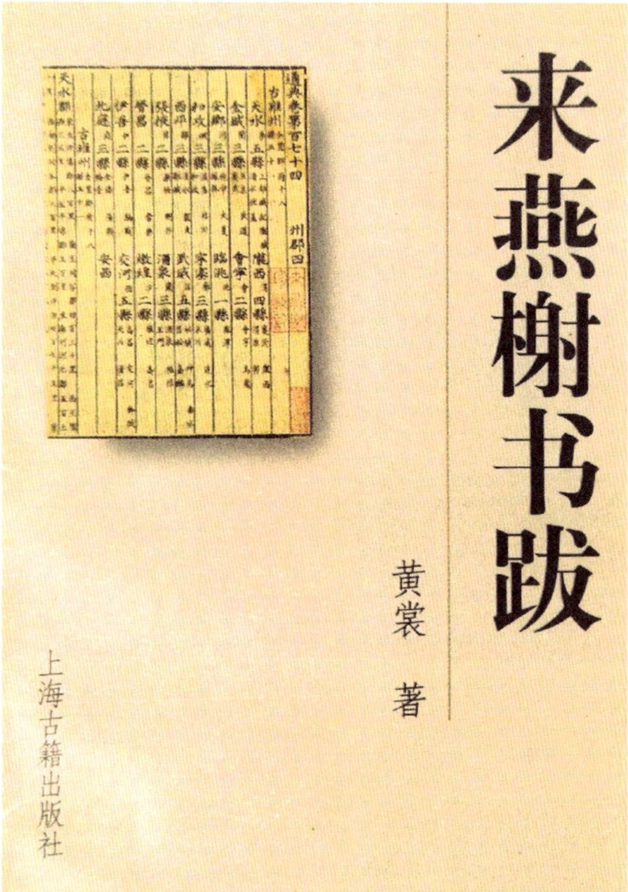

《来燕榭书跋》1999 年上海古籍出版社初版封面

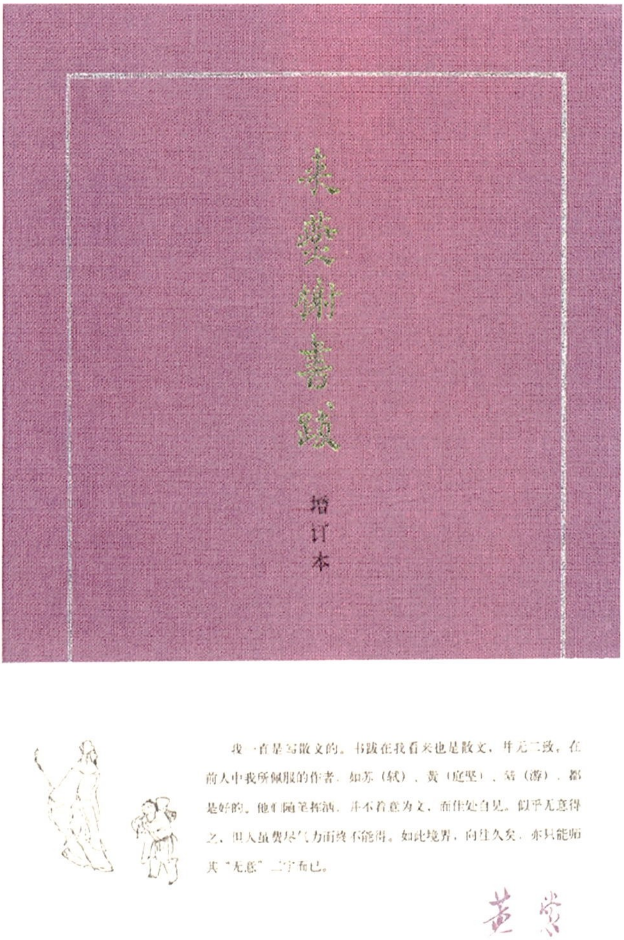

《来燕榭书跋》（增订本）2011 年中华书局版封面

来燕榭书跋（增订本）

《来燕榭书跋》，系黄裳先生以其所撰藏书题识，依书排比，并附相关书志著录，汇辑而成的书跋专集之一，1999年5月上海古籍出版社初版。后又取其昔日在云南图书馆访读时所记“滇南书录”及其他相关者，附为“补编”，2011年6月由中华书局以“增订本”再版。今据此增订本编入。

目　录

补编

易测

此本得之越中书估，盖自祁家卖出者。卷端有公长子骏佳手题，当为夷度手稿无疑。又尝见《两浙古今著述考》十五册于杭肆，盖同出一源而分储异地者。此数书索直甚昂，仓促竟无从措书直。然必欲得之，虽知此是最大贪障，一时亦无从祛之也。壬辰闰五月初六日，挥汗漫书。

得此书后祁氏遗书更源源而出，余亦竭力收之。不论丛残，不计钞刻，所得遂多。亦有失收者，如明本《柳枝》《酹江》二集，即为黠估所得，索高值，不能更出矣。壬辰立冬后一日，重检装讫诸书更题。

适见仁和曹斯栋《稗贩》卷五有一则云，山阴祁氏旷园有澹生堂，为夷度使君藏书之所。使君讳承㸁，都院忠敏公彪佳之父。康熙壬寅癸卯间，忠敏第六子班孙字奕喜，以故国事谪戍沈阳，旋毁服为僧，终于戍所。见《二林杂志》。然按全谢山《祁六公子墓碣》，乃称慈溪布衣魏耕喜谈兵，为公子莫逆交。有告变者，并缚公子去。祁氏客纳贿，宥其兄理孙。公子遣戍辽左。丁巳，公子脱身遁归，祝发于吴之尧峰，寻主毗陵马鞍山寺，所称咒林明大师者是也。说与

《杂志》不同。忠敏第五子理孙，嗜书尤笃。惜晚岁佞佛，视同土苴，多为沙门赚去卖钱。后其书精华归于南雷，奇零归于石门，则摧毁殆尽矣。故昔人慨祁氏藏书，有“不值当年装订钱”之语。此文述祁家故实甚悉。《稗贩》刊于乾隆中，于班孙遣戍案言之未详，盖有所讳也。祁氏诸子佞佛，自骏佳始已然，国变后以此自全，非仅笃好。南雷、晚村争购澹生堂书，成一公案。然此祁氏自著书则兢兢世守，未随他书弃去。三百年后所存尚数十百册，真不易矣。今夜不出，侍母亲大人小疾，弄笔记之。壬辰十月初四日，黄裳。

班孙忠敏次子。“六公子”云者，大排行也。“不值当年装订钱”，晚村诗也。盖谓祁氏书系大秤论斤而出者。殊不知此自著诸种，三百年后亦论斤而出也。噫！

七年前群盗披猖，藏书尽失。时时往来于心者，唯此澹生堂数种。此《易测》与《老子全抄》，皆尔光为秀才时手辑之书。盗过我家时，余方阅《老子》书，杂置案头，竟得幸存。劳燕分携，睹之心痗。半月前此册珠还，亟与《老子》书并藏之，亦近时一快也。祁氏世为易学，尔光一生学问盖始于此。重阅一过，遂书末简。时庚申四月，芒种后一日，晨窗记。

《易测》一卷，明聊尔编绿格写本。十行，廿四字。扉叶有祁骏佳墨书三行：“夷度府君为诸生时所手辑也。不肖男骏佳记。”

礼记集说

余向不收闵刻套板书，年来只得《西厢记》一部，以其附图绝精也。今日访石麒于其家，得澹生堂遗书六种，乃更见此，棉纸初印原装，精美绝伦。原签犹存六枚，朱印云纹，雅韵欲流。书根题“寓山”二字，祁忠敏读书处也。卷中有奕庆藏记，为忠敏长子。国亡家破，澹生堂遗书为吕晚村辇去，此戋戋劫遗，却与先人遗著辛勤世守，是可珍也。陶兰泉收闵刻书，耗毕生精力，所得凡百四十五种，却未知有此，是此于闵板中亦为罕见之本，未可以近刻而忽之也。壬辰白露后一日，黄裳记。

春寒避客，阅书遣日。重检及此，尚是明时原装，棉纸精印，雅韵欲流。书皮副页线钉皆是原物，未遭后来添换，甚难得也。卷尾有崇祯癸酉闵氏刊书牌记，是已三百五十年前物矣。漫题卷端，并记岁月。甲子正月十一日。

《礼记》十卷，陈澔集说。崇祯刻。九行，十八字。白口，左右双边。前有至治壬戌良月既望后学东汇泽陈澔序。次《礼记》篇目。卷尾有“崇祯癸酉夏乌程闵齐伋遇五父三订”一行，钤“闵印齐伋”（白方）、“遇五氏”（朱方）二印。收藏有“祁奕庆图书印”（朱长）、“寓山藏书”（白方）。

诗经集注

此巾箱本《诗经集注》，辛卯五月廿五日收于冷摊。旧装颇精，覆以腊笺，犹是乾隆时旧装。曾持示吴兴徐森玉丈，以为明嘉靖刻。此叶后有牌记“书林志宇唐氏”，不知谁何，或金陵富春唐氏也。颇讥闽本之谬，是亦明代坊估争市之一迹也。其所谓“额高便于纂集”者，盖所谓高头讲章，今偶截去其额，遂成巾箱短册耳。书为友人假去，洎而弃世，余亦不忍索还。近其未亡人检得归余，乃重题记藏之，距初得此已八年矣。光阴如驶，人事栗六，感慨何可言耶。已亥清明前十四日，黄裳记。

《诗经集注》八卷，朱熹集注。嘉靖刻。九行，十七字。白口，四周双边。前有淳熙四年新安朱熹序。扉叶大书“诗经高明集注”。眉上记云：“《诗经集注》，闽刻颇繁。然纸版皆翳，字体差讹，殊不快睫。惟本堂求得古本，命工锓梓。不惟额高便于纂集，而且字明不厌观览，因题其首曰‘诗经高明集注’云。志宇唐氏谨白。”

尔雅吴元恭本

辛卯夏至日海上所收。

此吴元恭刻《尔雅》，名书也。余阅肆十年，只见两本。孙估助廉尝收一册，后印而复为人涂抹几遍，书品至劣，然助廉极重之，悬高直，吴序亦不复存，盖以充宋板者。以视此本，相去远矣。此册出湖上旧家，系陈某所售。同来者尚有澹生堂钞《雁门集》残卷等，皆至佳。十年旧事，无殊一梦。“徐氏馥斋”不知谁何，亦未见有他书流散，殆亦越中小藏家也。今日检书及此，因更跋之。辛丑五月廿一日，来燕榭夜窗灯下记。

《尔雅》三卷，题“晋郭璞注”。嘉靖刻，八行，十七字，小字双行。白口，四周双边。棉纸最初印本。前有《校刊尔雅序》，次行属“东海吴元恭述”，末题嘉靖十七年秋七月二十四日。次晋郭璞撰《尔雅序》。收藏有“山阴浦阳徐氏馥斋藏”朱文方印。

尔雅

癸巳正月收此邵二云旧藏残本一册。

此嘉靖刻《尔雅》，存卷中卷下两卷，刊刻甚精，而板刻复罕流传，余收于滇南旧肆，未遑装治。七年前与群书俱付盗手，近得珠还，已为装治一新。余旧藏吴元恭本三卷，最为名书，此本罕遇，尤逾吴本。郭注后每附音切，吴本无之。漫书首简。庚申五月初七日，黄裳记。

《尔雅》三卷，存卷一。嘉靖刻。十行，二十字。白口，左右双边。板心下有“宜静书屋”四字。前有皇明嘉靖四年关中许宗鲁《刻尔雅序》。序后有门人陈熙校正、何杲等同校五行。次翰林侍讲学士朝请大夫守国子祭酒上柱国赐紫金鱼袋臣邢昺等《奉敕校定尔雅注疏序》。次郭璞序。收藏有“邵氏二云”朱文方印。

《尔雅》三卷，存卷中卷下。嘉靖刻。九行，二十字。白口，单边。大题次行属“郭璞注”三字。写刻甚精，棉纸初印。

埤雅

乙未四月初七日，得此顾梁汾旧本《埤雅》于姑苏旧肆。

此明刻《埤雅》二十卷，刊刻绝古雅可爱，又经锡山顾梁汾旧藏，至可珍也。今春余游吴下，见之琴川书肆夏淡人许，只存上册，不允见售。后二月更移书询之，云已配补得全，即嘱寄示。今日书来，果然全璧。余旧有一明初黑口本，佚去卷一之二，系萧敬孚故物，暇当取此一对之。毕氏新安人，曾官奉新令。刊《尔雅》《埤雅》于嘉靖中，有《合刻二雅序》，后更于隆庆二年刊《广雅》及《释名》，是为四雅。见郑西谛《困学集》。然取对《尔雅》书影，行款乃未全合。此册更有补叶二番，似亦非嘉隆时物。又此本颇多墨钉，殆所据旧本如是也。卷二十电条末有墨钉九行，黑口本即径接月字条，不如此本之犹及缺文也。戊申新正初一日，试校数叶，研朱作记。

重刊《埤雅》二十卷，明刻本。题“中大夫守尚书左丞上柱国吴郡开国公赐紫金鱼袋陆佃撰　新安明毕效钦重校”。十行，十九字。黑口，左右双边。前有陆佃序。收藏有“顾印贞观”白文套边方印。

说文凝锦录

余久不买书，书肆亦不以书应读者，密锁深藏，无由得见，少可观之册皆入图书馆。冷摊负手之趣，今乃不复更有。会书肆又以恶札劣册陈于外架，少过而检之，皆无足取。此册乃在下层，抽而出之，知为原刻之册，颇令心喜。前有一跋，出徐子晋手。子晋名康，即撰《前尘梦影录》者，设肆吴下，颇有异书古董，更喜题记。此老辈风流，今无之矣。此为嘉庆丁巳泽经堂刻，当与原刻《柘坡居士集》并藏之。癸卯灯节前三日，严寒拥炉书，黄裳。

《说文凝锦录》一卷，嘉庆刻。十行，二十字。白口，双边。秀水万光泰循初著。前有钱塘汪鹏飞篆书序。有二印曰“瀛波”“存斋”。次江衡序。卷首大题后有作者小序。徐子晋跋云：“此是单行本，吴江沈氏所刻。《昭代丛书》杨进士编入别集。周大瓠即洗马公讳金然别号。曩得全集，南华映珠在焉。后归田耕堂郁氏。丁巳秋日，子晋记。”

世说新语

此嘉趣堂刻《世说新语》，名书也。余前得嘉业堂所藏一本，惜后跋不存，中有缺番。后又见此本，不欲更收。月余又见之于来青阁，盖无人过而问之也，遂商石麒，以之相易，更贴以十万金，交易乃成，漫记卷端。辛卯十一月十九日，黄裳记。

此等书近来大廉，几无人过问，然实亦不多见也。二十年来藏书风气转变实巨，可于此中知其消息。壬辰十月十二日重题，小雁。

《世说新语》三卷，卷分上下。嘉靖刻。十行，二十字。白口，左右双边。卷首大题下双行："宋临川王义庆撰　梁刘孝标注。"前有嘉靖乙未吴郡袁褧刻书序，目录后有高氏《纬略》一则。卷尾有绍兴八年夏四月癸亥广川董弅题，又淳熙戊申重五日新定郡守笠泽陆游刻书跋。后有"嘉靖乙未岁吴郡袁氏嘉趣堂重雕"一行。此翻宋刻，避宋讳甚谨。通体朱笔圈掷。收藏有"退一居珍藏印"（白方）。

盐铁论

此《盐铁论》，嘉靖中张之象刻。有牌记，亦明椠佳本也。见于汉文渊肆中，因即买归。此书世推涂刻为善本，实未尝见真涂刻也。往往以嘉万之际恶本充之，反不如此张本之明净可爱。余拟收嘉靖本百种，近不复有。孤行之册绝不可见，因亦聊买此种充之。安知数十年后，即此种亦将绝迹书林耶。跋此不禁兴慨。乙未春后三月初十日，黄裳记。

《盐铁论》十二卷，大题下双行："汉汝南桓宽撰明云间张之象注。"嘉靖刻本。九行，十七字，小字双行。白口，左右双边。前有嘉靖癸丑闰三月朔旦云间张之象序。次目录。卷尾有双行牌记："嘉靖甲寅春张氏猗兰堂梓行。"

楚辞元刻残本

此元天历庚午陈忠甫宅刊《楚辞集注》，残存二、三两卷，尚是元时印本，收于海上旧肆。癸巳花朝，黄裳记。

此书又有元后至元丙子建安傅子安刻本，行款俱合。亦是黑口。后语目后有牌记，当是此书。甲子三月初八日。

萃古斋估人往往得残本书于故家，皆论秤而入者。余时检得一二，亦往往有绝妙之本。前得洪武原刊《太和正音谱》一卷，绝世秘籍也。此元椠元印《楚辞》，只存二卷，然《九歌》却存，亦可爱玩者。癸巳白露前二日，展书漫书，小雁。

二十年前旧本书多有似此残册，估人绝不重之，每见必收，以为快事。忆曾见宋巾箱残本《三苏文粹》于萃古斋，模印精甚，白麻纸印，系虞山翁氏物。曾取归，后还之矣，思之可惜。今日雨作颇寒，弄笔记此。方为周珏良题叔弢先生朋旧诗册毕，研有余墨，因作此跋。墨为尺木堂研经校史之墨，颇佳。甲子三月初八日，黄裳记。

《楚辞》，存卷二之三，凡两卷。元刊元印本。半叶十一行，行二十字。板心上黑口，中题“辞二”，下记叶数，左右双边。

陈章侯绘像楚辞

石麒近偕严阿毛赴甬上访书归，余数过严氏肆而无所获。一日书至，皆近刻地志之俦，不欲留之。唯中有一包书，为其师朱惠泉物，拆而观之，见有此晚明刊本《楚辞》，前附陈洪绶所制《九歌图》，模印尚精，即嘱其留下，日来余亦几淡忘之矣。今日傍晚过朱惠泉许，乃见此书方付装池，因与论价得之，甚可喜也。西谛有一本，云为萧山来钦之述注，以为原刊，未见其书，不知与此异同何若。此本刊刻绝佳，且扉叶有“陈章侯□像楚词”字样，其非翻刻亦彰彰明甚，正未可知孰为原刊孰为翻雕也。姑记得书始末于此。辛卯十月初六日，黄裳记。

昨日估人又携一本来，与此为一刻，而卷端大题下双行题“明会稽王亹校定　萧山来钦之述注”。图则与此微有异处。如大司命双目，彼则左视，非若此本之正视；云中君此本仰视，彼本则俯视也。展阅一过，还之，少记不同之处于此。癸巳二月十七日，小雁书。

楚骚有绘图刊木之本，始于晚明。此陈章侯本最有名，萧云从本则尤稀见。两画师皆明遗民，作图于天翻地覆之际，其意可知。幸余箧中各有其书，暇日展观，赏心悦目。老莲一序，文情俱胜，不输张宗子，知其亦能文章，书法尤妙绝。

此本有顾鉴沙藏印不少。向不知其为何人，偶阅丁钝丁《砚邻诗集》，有《秋九三日入南屏山，拜张苍水先生墓，同王桐墀、万近蓬、顾鉴沙作》一诗，知其为敬身故人，为之快甚。又有伴梅草堂一印，不知谁何，殆非顾氏矣。甲午十一月初四日，饮酒大醉，晨起头目晕眩，漫记数语遣日。黄裳。

《楚辞》五卷，崇祯刻。半叶九行，行二十字。白口，单边。大题下双行属“汉宣城王逸章句　宋新安朱熹集注　明萧山黄象玉、象彝、象霖同校”。前有罗明祖序，戊寅暮冬陈洪绶手书序。次目录。次章侯绘图十二幅。前有扉叶，大书“陈章侯□像楚词”。收藏有“鉴沙珍藏”（朱方）、“鉴沙印信”（朱方）、“顾氏鉴沙赏阅”（朱方）、“石□里人”（白方）、“伴梅草堂所藏书籍印”（白方）。

萧云从绘像楚辞

此萧云从《九歌图》《天问图》，刊印俱精。与陈老莲《九歌图》同为屈赋绘本绝品，余乃得而并储之，大可快意。书绝罕传。去秋于京师碧蕖馆得见一帙，模印远逊此本，即石印底本亦不及也。癸巳落灯夕，雨窗漫书，黄裳。

郑西谛《劫中得书记》首列《离骚图》，详纪其搜访此书前后凡十五年，所得二本，《天问图》仍缺其半，甚珍重之。书林汤复上识语郑本亦失去。此则俱在。是此本大可珍重。因为更题数语于卷端焉。癸巳上元后二日，拥炉书。

陈洪绶绘《九歌图》余亦藏一初印本，得之秀州书社，盖自甬上收来者。并记。

上海文管会藏此书。扉叶题“区湖萧尺木先生图画　汤用先绣梓”，与此不同。又有河滨李楷叔则《离骚图经序》。楷盖萧氏后辈，序云，萧精于画，故尝图姑熟山水，宝于一时，此其再举也。或曰应东海宋荔裳之请也。皆传闻影响之词。是得原板重印时所增无疑。此本棉纸初印，较西谛所藏远胜之，故应是奇秘之册已。《九歌图》失去大司命少司命一叶。会西谛印其所藏，余以棉纸数叶付之，影得补入。缺文尚无暇补之，而西谛墓有宿草。重展此卷，曷胜黄垆之感。壬寅献岁后第五日，来燕榭灯下漫书。

此书九年前为群盗掠去，鉴定制单，定为乾隆刻本。双目如漆，是亦不足深责。然久久靳而不还，时劳梦寐。《榆下说书》后记中曾说及之，即“四人帮”爪牙某所指为五刺之一也。然此刺殊有效。《说书》出板后三月，此本归来。固曾编目插架，一索可得者。无此一刺，尚不知当湮沉何日。卷中已为遍钤劣印，如蒙刺配者。是视之为通常册籍，固仍依鉴定者旨意。凡此皆书林逸话，因琐琐记之。时壬戌九月廿四日，大风作寒，黄裳记。是日为容洁生日，夜饮前灯前书。

徐乃昌书之钤有“积余秘笈，识者宝之”印者皆板本之不易辨识，以告无目之流者。尚有钱澄之《田间集》亦有此印，亦尚在贼中。更记。

《楚辞》，乙酉（一六四五）刻。题“区湖萧云从尺木甫较”。半叶九行，行廿四字。白口，单边。前有扉叶，大字篆书“离骚”二字，又“萧尺木先生手授图画　汤复上绣梓”两行。首《离骚图序》，区湖萧云从尺木甫著，序末题“乙酉中秋七日题于万石山之应远堂”。次目录，后附凡例，属石人识。首三闾大夫、卜居、渔父图一叶，《九歌图》九叶，《天问图》五十四叶。棉纸初印。《天问传》，题“区湖萧云从尺木甫画附注”，后有《画天问图总序》。后有门人张秀壁跋。收藏有“何某垞收藏书画印”（朱长）、“积学斋徐乃昌藏书”（朱长）、“徐乃昌读”（朱方）、“积馀秘笈识者宝之”（朱长）、“攘之”（朱方）、“润州孔氏继□私印”（朱方）、“人淡如菊”（朱长）、“云门山人”（朱方）、“吴骥私印”（白方）、“得先”（朱方）、“胡印嘉骏”（白方）、“五琴十砚山房珍藏之印”（朱长）。

黄左田《画友录》记：“萧云从字尺木，号无闷道人，晚又号钟山老人。芜湖人。父慎馀，明乡饮大宾。云从始生之夕，慎馀梦郭忠恕至其门，曰萧氏将昌，吾当为嗣。长而博学能文，与弟云倩有二陆之誉。中崇祯丙午壬午两科副榜。入国朝不仕。著《易存》《杜律细》若干卷，《四库》入存目。诗文集藏芜湖沈氏，未刊行。工画山水人物，具有北宋人遗法。《太平三书图》《离骚图》皆镂板以传。尝于采石太白楼下四壁画泰山、华岳、峨嵋、匡庐，一时题者甚众，至今犹未剥蚀也。居城东，近梦日亭遗址，筑室种梅，号曰梅筑。卒于康熙七年己酉，年七十八。”

楚辞集解

日昨过市，晤石麒于来青阁，出书观之。余买得嘉趣堂本《世说新语》，为退一居旧藏本，又漫谈及近自甬上流出之天一阁残本方志，余曰，即不全亦佳也。石麒即于书架下出书一包示余曰，此亦不全本也。即此《楚辞集解》，存五册。《四库》入存目。虽馆臣诋其巧为异说，然采集颇备，亦读骚佳本也，因即携归。辛卯十一月廿日。

玉卿此书，是为初刻，罕传特甚。诸家目皆未著注。后三年万历戊午有重刻本，《天问》注已补完。今惟日本藏有二本，影本复归国内，读骚诸家始多加以援引。此本注瑗名后一行尚是墨钉。其家甚寒苦，未必数年后又付梓人，殆即以此初刻修补重行者。此书刊刻体式俱奇，不分卷而分册，于书根缀一字以别之。此缺一册，未必更能补矣。岁暮理书及此，漫跋数行。适去巴金家求得绿萼梅三枝，供之几案，时有暗香来也。癸亥腊八日，来燕榭记。

《楚辞集解》十册，第五、六两册佚。万历刻。十行，二十字。白口，左右双边。新安汪瑗玉卿集解。前有万历乙卯澹园老人焦竑序。次目录。《天问》卷后有万历乙卯不肖汪文英跋。

离骚草木疏

此《离骚草木疏》四卷，四明范氏照宋板录出者。写手颇精。余得天一阁钞本书多矣，未见有如此精写者，是可珍也。卧云山房为范子宣斋名，卷中范氏钤记多至七方，亦可见珍重之至矣。今夏余来京师，数过琉璃厂阅肆，却绝少佳本可得。一日于藻玉堂主人许见此册，诧为异书，问价不答。继乃知为雒某之物，不欲出售，亦姑置之。今日又过之，终以五十万金得之。戋戋一册书，费钱如许，殆有计叶论钱之势矣。书痴如此，可为一笑。来京一月，只买书四五册，而以此为白眉。此外则鲍校《东山》《淮海》两家词、洗桐斋旧钞《竹友集》亦不恶也。后日南旋，临行得此以压归装，喜而识之。壬辰七月十六日，黄裳。

裳按，郑梁讷庵范公传云，公讳大澈，字子宣，又字子静。从仲父兵部右侍郎钦游京师，官鸿胪寺。月俸所入，辄以聚书。闻人有钞本，多方借之。长安旅中尝雇善书者誊写，多至二三十人。万历庚戌九月八日卒，春秋八十有七。所著有《灌园丛谈》《卧云山房遗稿》。据此，更查此本系细白皮纸写录，当在嘉靖中也。卧云山房钞本世罕流传，只见周叔弢丈许有《刘宾客集》一种耳。壬辰十月初二日更记。

去年岁末，访书四明，又得卧云山房钞本医方一厚册，残蚀已甚，当同装并储之。癸巳正月初六日，黄裳记。

《草木疏》，庆元六年罗田县庠刻本，后归海源阁，今在北京图书馆。十二行，二十字，较此本多一行。知此系从宋本出，却非影钞也。此本有“知不足斋主人所贻吴骞子子孙孙永宝”印，知旧曾藏鲍家。以文刊此入丛书，殆未尝亲见宋本也。辛亥冬日重展记。

此明人精写之本，可作法书观。余所收明写本多矣，天一阁书亦不下百种，未见有若此之精妙者。每一展卷，辄为快然。今夕重阅，遂更跋此。距收得已六年矣。光阴如驶，旧本亦垂尽矣。戊戌六月十一日，黄裳记。

《离骚草木疏》四卷，通直郎行国子录河南吴仁杰撰。明钞本。十一行，二十一字。皮纸黑格。白口，左右双边。板心下有“卧云山房”四字。后跋大字，半叶八行。庆元岁丁巳四月三日通直郎行国子录河南吴仁杰后序，庆元庚申中秋日河南方粲刻书跋。刊书衔名三行，张师尹校对，杜醇同校正，吴世杰校正。收藏有“范印大澈”（白方）、“子宣父”（白方）、“卧云”（朱文圆印）、“万书楼”（白方）、“平生乐事”（白方）、“沧瀛外史”（白方）、“范大澈图书印”（朱长）、“知不足斋主人所贻吴骞子子孙孙永宝”（白长）。

屈宋古音义

石麟近自四明越中归，今晨访之于其家，索观群书，无何佳本，仅此小册尚可喜也，因买之归。此册有罗以智藏印，又有墨书“海盐张芑堂赠”及“晚闻书屋藏”二行，王宗炎书也。是又曾藏十万卷楼。又有梁处素印，玉绳犹子也。二百年来流转浙中，前贤手迹，自可珍重。连日多雨，今始快晴，时令亦入初夏，晴窗展卷，漫记。甲午夏至前日。

处素一印为丁钝丁所制，余于印谱中见之，且有边款。此印又见于《西泠四家印谱》，定为黄小松作，不知孰是。

《屈宋古音义》三卷，闽中陈第季立著，金陵焦竑弱侯阅。万历刻。十行，二十一字。白口，左右双边。前有万历甲寅冬日琅玡焦竑序，万历癸丑陈第书于东瓯江心寺自序。万历甲寅自跋。次目录，凡例。收藏有“罗印以智”（白方）、“镜泉”（朱方）、“梁氏处素”（白方）。

后汉书

此汪文盛刻《后汉书》百二十卷，初印阔大，为海虞赵氏旧山楼故物。己丑之冬余入粤转京，离沪凡三月。丁初我遗书入市，中多赵氏旧藏，分售殆尽。余归后闻估人告之如此，深堪怅惜。此《后汉书》亦其一也。《前汉》亦汪刻，惟书品差小，且涂乙殆遍，不足观也，遂只得此范书，并识岁月。书由沈某转售，溢于原直几倍。壬辰清明后六日，小燕。

此汪文盛刊范书，自宋湖广盐茶司本出，实为精椠。南宋建本之失，此皆不误。如郭太傅注引谢承《后汉书》七十四字，建本混入正文，为钱竹汀斥为谬妄，此本亦不误也。此刻成于有明正嘉之际，凡历四百余年，而展卷如新，无虫蚁之厄，历代善藏，大非易事。余购书以来，正经正史一部未得，以其卷帙浩繁，复鲜佳刻也。得四史乃始于此。壬辰谷雨前五日，春夜书。

《后汉书注》九十卷，《志注补》三十卷，嘉靖刻。十二行，二十二字。白口，左右双栏。前有序，题宋余靖序，明汪文盛、高瀔傅汝舟校。次目录。卷首大题下属“南宋范晔撰　唐章怀太子贤注　明汪文盛、高瀔、傅汝舟校”。收藏有“旧山楼秘匧”（朱方）、“非昔居士”（白方）、“赵印宗建”（朱方）、“酒瓯”（白文套边方印）、“庚申以后次侯所得”（朱方）、“澹居图书”（朱方）。

华阳国志

此刘大昌刻《华阳国志》，罕见佳刻也。阅世数年，曾未见有二本。前当有嘉靖甲子知成都府昆明杨经序及大昌自序。是书除李雨村引校外，诸家目皆未著录。傅沅叔《藏园题记》中曾有长跋。此残册得于庚寅冬。孙实君得书数十石于上海城内，其人孙氏名鉴，佳本不多而残帙甚夥。余得数十种。此册外尚有拜经楼钞本《汲古阁目》、知不足斋校《东观集》、明刻《静安八咏》等，尚有万历刻《弘明集》《广弘明集》二种佳椠精印，已归徐森玉丈，余即更无所见矣。此册杂置书丛中数年，近始理出，重装藏之，因记始末。乙未八月廿日，来燕榭记。

《华阳国志》，存卷一之三。题“晋导江常璩道将撰明成都刘大昌泰之校”。嘉靖刻。十行，二十字。白口，四周双栏。间有黑口。

诸葛武侯十六策

此《武侯十六策》一卷，晁氏《读书志》著录，入兵家，实政治之书也。晁氏言陈寿录孔明书，不载此策，疑依托者。然亦宋以前人所为。所录十六目与此本俱合，惟第六目曰“治民”，此本作“治人”，与《四库存目》所据本合。《四库》所著本出《永乐大典》，后有金人李革后跋。此本所出当是宋板，除“治人”一目外，其“治乱”“阴察”诸目，皆同宋本。大典本今不复存，此嘉靖旧刻当是人间最旧之本，世无知者，大可珍重。馆臣据晁志言序称谨进便宜十六事，今本不载，是馆臣亦未见此本前序也。此本刻于辽东，写刻精劲，与明中叶北方刻本颇类，大胜方重板滞之刻。曲沃李氏匆匆未详谁何，暇当得其名姓于《明史》中。陈大纪当是李公帐下偏裨，受命雕板者也。得书后二日，夜窗无事，辄考其流传种种，写为此跋。戊戌五月廿三日，黄裳记于来燕榭。

静安寺汪氏书肆，余与之颇稔。汪某之弟，常贩书两浙三吴之间，时获秘本。余亦与之交易，后以细故绝不往来，所得书皆归之徐贾绍樵。余间于绍樵许得其数种。吴兔床家书不少，皆伊所售也。近绍樵病废，乃更以书见示。今午冒溽暑访之于静安寺，于书包中出破书三册见示曰，此赤日下奔波于同里吴江之间十日，仅乃得之者也。其一为臧氏雕虫馆原刻《元曲选图》，绝初印；其一为嘉靖翻宋本《诗翼》；一即此也。刊刻精劲，查氏后序称，此为曲沃李公刻于辽东者，卷尾牌记一行则题“都司都事河东陈大纪刊行”，或李公麾下裨将也。卷首有曹倦圃二印，不似真迹，唯吴江陆氏切问斋数印则绝精也。余近久不收书，箧中百嘉尚不及半，故书日少，不知何日完成此愿。乃更于百无聊赖之际，见此未见之书，快意何可言也，遂跋卷端，以识岁月。戊戌小暑前日，黄裳记。

《诸葛武侯十六策》一卷，嘉靖刻本。九行，十七字。白口，左右双边。板心中题“策”字，下记叶数。卷尾有“都司都事河东陈大纪刊行”一行。卷末有“嘉靖十一年太岁壬辰夏五月哉生明古吴查应兆谨著”后叙。收藏有“切问斋藏”（白方）、“平原中子”（白长）、“切问斋珍藏”（朱方）。

人物志

此艺风堂旧藏蓝印本《人物志》三卷，极精好。余见之于孙氏小绿天遗书中，与士礼居跋嘉靖刊《救民急务录》同收得，迄今已一年矣。此书刊本甚多，大抵皆丛书本。陆心源称有正德本，未详。又有嘉靖己丑刊本，八行十六字，与此正同，世多有之。隆庆壬申所刊，行款亦同，为梁氏中州刻本。余皆丛书本矣。诸本大抵皆有王三省跋，而不知何时人。今按《千顷堂目》卷廿五“万历二年甲戌科有王三省《潼谷集》十卷”，下注“字诚甫，陕西朝邑人，山西潞安知府”，即此人也。近又收嘉靖刊《宦辙联句》一卷，前有嘉靖四年王三省序，皆可为此本佐证。其为刊于嘉靖初元，且为后来诸本所祖，从可知已。辛卯九月十四日，秋晴佳日，裳记。

《人物志》三卷，题“魏散骑常侍刘邵撰　凉儒林祭酒刘昞注”。嘉靖刻，蓝印本。八行，十六字。白口，单边。前有阮逸序，刘邵、刘昞序。后有文宽夫记，二刘小传，宋庠记。左冯翊王三省序后。收藏有“安印世济”（白方）、“诵芬”（朱方）、“求是室藏本”（朱方）、“云轮阁”（朱长）、“荃孙”（朱长）、“小绿天藏书”（朱长）、“孙毓修印”（白方）。

洛阳伽蓝记

此董授经影如隐堂本《洛阳伽蓝记》，蝶装一册，有自庄严堪印记。今日过市，见市估捆载建德周氏书数十担入市，遂买得之。卷首有题记三行，不知系出叔丈手题否？辛卯腊花日，黄裳记。

数日前余收得宋刊小字本《通鉴纪事本末》残帙一卷于修文堂孙氏，犹是宋时胡蝶旧装，黄绫覆面，历六百余年而完整如新，其技妙绝。此册则已脱粘，去赵宋遗制远矣。壬辰二月十八日。

《洛阳伽蓝记》传世以如隐堂本为最旧，罕见传本，稀若宋元。徐森玉丈云，并世只有二本，此其一也。如隐堂刻书尚有《虞初志》一种，嘉靖中姑苏雕板，周叔弢有之，并邢之襄所藏之《伽蓝记》，今并归北京图书馆矣。此册旧系蝶装，然技劣，已散为零叶，爰手为折叠，仍作一册，倩工重装，亦自明净可喜。用楮系东洋皮纸，虽不旧，亦佳于竹纸宣纸之属也。此册余买得于传薪书店，其肆挟周今觉遗书入市，无旧本，余只得此及景宋《鱼玄机诗》两种，大册精善，盖自庄严堪主人自藏之册也。卷端有丁巳十一月我病手书三行，云此蝶装出于厂肆文德堂老韦之手，虽装治不精，亦姑识之，以存装工姓名。恐再过十年更无人能知蝶装之义，即此不精之装，容可再得乎？乙未四月十三日。

周祖谟撰《伽蓝记校释》，多据旧本，用力颇勤，然亦有勇于纠失，改所不必改者。亦过于泥古，古本信古，然不能保其必无差谬也。然于此书，自不失为功臣。春节少暇，因以朱笔度之，留一净本，以为浏览之资，并记。乙巳新正初二夜，灯下拥炉记。

庚戌二月初一日校此卷毕。连日寒雨，今乃快晴。晨起扫除室内，几案明净，研朱记此。周祖谟校本过信《逸史》及诸书引文，往往以意改定，校亦大不细密，未足据也。

庚戌二月初三日上午，校讫此卷。昨夜复雨，有风转寒。尽半日功阅此，颇足愉心。是书缺误累累，虽校本不少，尚无一正定可传之本，是可憾也。文字雅洁，亦复炫丽，似不经意，转多姿媚，异于汉赋之流。间有清言玄理，颇近《世说》，小说志怪，更开唐人蹊径，有裨考史，尤可珍重。三十年前曾点校一过，自是乃知作文之法，不可忘也。

《洛阳伽蓝记》，乙卯（一九一五）武进董氏诵芬室影印明如隐堂本。有“曾在周叔弢处”朱文长印。

六朝文絜

前日石麒告余，吴静安遗书为叶铭三购得，邀往观。傍晚过静安寺，书已至，而金石拓本为多。旧本却少，只旧钞《北户录》三卷为知不足斋藏本耳，遂选取十许种以归。此《六朝文絜》，坊间所见多朱墨套印本，余辄弃去，不欲收也。平生最厌凌闵套印本书，若《李义山诗》之套印本，更等而下之，不耐观也。沅叔跋与所撰《凌闵书目序》矛盾不少，几非出一人手，是可笑也。余欲得藏园手迹，其人客岁死，今得此种亦可为纪念也。庚寅春二月十五日，江南春暖，记于海上。黄裳。

近识海昌许姬传、源来兄弟，于渠家得见珊林先生篆书楹帖甚精，又闻尚存许刻书精本不少，暇当陆续请观。今夜饮于许家，得见许刻数种，皆精妙，而亦未有此不套朱本。闻尚有不套朱之蓝印本，亦无序文，盖当时初印样本，类如是也。壬辰二月初七日。

此本前有“郭溪葛”三字朱文长印，初不知其为谁何。去冬余收硖石故家藏书，乃见其所刊苏平诗。葛氏名继常，道光中人，与蒋生沐、管庭芬甚稔，有朱文长方大印，刻藏书铭数十字，知其亦藏书家也。乙未端阳前二日，来燕榭记。

《六朝文絜》四卷，大题次行题“海昌许梿评选 朱钧参校”。道光刻，不套朱本。九行，十八字。上下黑口，左右双边。前有扉叶，题“享金宝石斋藏版”。有朱文大方印：“享金宝石斋校本。”无序，有目录。收藏有“郭溪葛”（朱长）、“吴定”（白文套边方印）、“吴静庵”（白方）。扉叶后有牌记：“道光五年乙酉七月讫功。”秦跋云：“珊林此选较彭兆荪《南北朝文》简择尤严，题曰文絜，名实允符。加以评论圈点，指示学者门径，又复手自缮写，以付开雕。书仿欧阳，方整坚卓，在有清一代刻本中，实不多觏。印以佳楮，朱墨烂然。故百余年来为藏家所贵，非偶然也。光绪中冯竹儒官上海道时，翻刻一本，亦甚可观，惟纸墨逊原本远甚。余所藏凡数册。最初印者，序作楷书，仅一叶。后乃易为隶书。楷书序大都钤以许氏印章，隶书者则其印或许或朱，稍后则无之矣。静安此本，竹纸而不套朱，为余生平所仅见。物希为贵，以视朱墨本弥觉可珍。然非真知笃好者不能喻此意，静安真解人也，丁丑正月落灯之夕，宣愚公、王叔涵、宋千居诸君集饮寓斋，静安携以相示，因识其端，以志岁月。婴闇居士秦曼卿，时与静安结邻之后一年也。”

傅跋云：“此许氏刻成最初印本，行间尚未以朱色圈点加入，颇为难得。余前岁曾于文友书肆获一帙，私自珍异。今来申江，于静安案头，乃见此册，始知箧中之物，固不能独擅其奇矣。按文字标点，起于南宋坊估，于古法已相违戾。至明季闵凌二氏，乃创为新式，取圆围角点，以五彩套印，灿然行间。其意要为便坊塾诵读而作。近世士夫，转争相赏玩，高价购取，置诸精本之列，侈为美观。此其所见与儿童何异。如许氏此编，缮刻既精，楮墨尤雅。清斋展卷，焚香细读，自足怡目悦情。必欲效越人之文身，强西子以黔面，而用以为美，宁非无目者耶？余深慨晚近以来，风雅沦丧，俗论自喜，而真赏无人，聊假此一发狂言，静庵解人，或能共喻此旨也。丙子九月朔，藏园老人傅增湘识于古柏公寓。时南来兼旬，行将北返，倚装待发矣。”

六朝声偶集

此《六朝声偶集》七卷，嘉靖刻中至精之本也。黄荛圃初见不全本，长跋纪之，可见珍重。每叶有书耳，每卷尾有“长水书院刻”一行。旧人印记累累，以刻法印色观之，当是明时人。今夜检书遂跋卷尾。庚寅三月初九日，黄裳。

此书刊刻甚工，白棉纸最初印，绝可爱玩。取校诸人原集，异字累累。献忠所见当是旧刻，非俗本也。去岁更收所著《乐府原》残卷，亦嘉靖刻黄皮纸印本。其本更罕，当与此并储之。壬辰七月廿五日，黄裳。

此本三十年前得于徐绍樵许。卷首尾俱钤二印，后以浓朱涂去，不知谁何，当是敌伪中人，匆匆入市，以灭其迹者。书卷沧桑，阅之兴慨。甲子上元日，家居不出，天色阴晦，似有雪意。

《六朝声偶集》七卷，吴人徐献忠选。嘉靖刻。十行，十六字。白口，左右双边。前有赐进士出身阶中顺大夫知宁波府事前刑部郎中云间凤峰沈恺叙。后有徐献忠后序。每叶左上栏外有书耳“华亭徐氏文房”六字。每卷尾有“长水书院刻”一行。收藏有“刘𡎺”（朱方）、“东武刘氏家藏”（朱长）、“清爱堂”（朱文腰圆）、“河山不隔故人心”（朱长）、“细嚼梅花读汉书”（朱文腰圆）。

陶渊明集

此明嘉靖中毗陵蒋氏所刊陶集十卷，避宋讳甚严，盖翻宋刻也。然所据似非善本，毛斧季所称《桃花源记》之“欣然规往”、《五柳先生传》之“黔娄之妻”云云，此本俱未是。然刻印甚佳，书品亦阔大可喜，牌记多至三四，亦可为百嘉中之上驷矣。四明估人挟之来沪，置地摊上，石麒介以归余，付工重装前漫书。辛卯小雪前八日，黄裳记。

此本传世颇罕，诸家目皆未见。《自怡悦斋藏书目》曾记张芷斋所藏一本，云是旧翻宋刻本，九行十八字，每卷末刊诗若干字、注若干字，与此正合。又记另一本，亦嘉靖刻，序称张侯存诚取蒋氏本翻刊，又称蒋氏原翻宋刻云云，是此本行世后嘉靖一朝即曾翻刻，终且佚去孝名也。辛卯十一月十六，寒夜呵冻书。

今日傍晚偶过传薪书店，于案头见陶集二册，存卷一之二、五之十，与此正同。下册书根旧写“天一阁原式也”。上册无之。亟买之归。二书阔大，印工全同，而一完一缺，并集余斋，诚幸事已。癸巳谷雨，灯下。

此天一阁故物也，偶得之传薪，佚去卷三、四两卷，下册书根，天一阁旧式也。二书为同时印本，装帧亦无二致。玉简斋本范氏目，著录陶集几二十许部，然则此二本皆出阁藏，可无疑也。同日更得黄荛翁题签之《古今注》《幽闲鼓吹》《集异记》三种，又天一阁藏《陭堂摘稿》、明蓝格钞《历代名臣奏议》，附志于此。癸巳谷雨日，灯下书，黄裳。

《陶靖节集》十卷，附录一卷。嘉靖刻。九行，十八字。白口，左右双边。前有嘉靖丙午义乌后学虞守愚序。次梁昭明太子统撰序，序后有“晋陵蒋氏梓于家塾”篆书双行牌记。次陶渊明传。次总论，后有“嘉靖丙午晋陵蒋孝校刊”楷书双行牌记。次目录。每卷尾记文注各如干字。卷三尾有“晋陵蒋氏丙午仲秋”篆书双行牌记，卷八尾有“晋陵蒋氏梓于移斋”篆书双行牌记。十卷尾有嘉靖丙午嘉平月武进后学蒋孝跋。

陶靖节诗集

壬辰春三月廿一日，海上收。小燕吴痴。

明张自烈评本陶集八卷，后附《和陶》《律陶》《律陶纂》，与此本全同，崇祯刊本，未见。此本殆即从之出也，而灭去张氏名姓。文人狡狯，莫此为甚也。壬辰三月廿一日。

张自烈评本后见一帙，天崇间刊。刻颇不精好，为海昌祝小雅藏书，索直甚昂，未之收也。重展更跋，距前跋已十年矣。黄裳。

《陶靖节诗集》四卷，题“槜李蒋薰丹崖评阅　海昌婿周文焜青轮订”。康熙刻。九行，十九字。白口，单栏。前有“康熙十一年壬子孟春入塞老翁题于汾州官舍”序，下钤“长水蒋薰”印。康熙庚午周文焜跋。次梁昭明太子统序及本传。次总论，目录。扉叶大题书名，侧书“縠采斋藏板”。有“读易草堂”白文大方印。卷末附《东坡和陶诗》一卷。《律陶》一卷，属“会稽谑庵王思任集”。前有自序。《敦好斋律陶纂》一卷，题“闽黄槐开子虚甫纂”。每卷后皆有康熙庚辰青轮氏跋。

陶诗集注

甲午五月半，偕小燕去吴下妇家，买此于玄妙观。翌日返沪，车中持此卷读《示子诗》与燕听之，笑不可仰。归来作记。黄裳雨窗书。

《陶诗集注》四卷，附《东坡和陶诗》一卷。康熙刻。八行，十九字。白口，左右双边。板心下有“宝墨堂”三字。卷首大题下属“西湖后学詹夔锡允谐氏纂辑”，后列参校人六行。前有康熙甲戌西湖詹夔锡允谐氏题于白石山房序。次梁昭明太子统撰序并传。次总论、目录。卷尾有康熙甲戌清和西泠陆弘亮远士氏跋。扉叶大书书名，题“宛委堂藏板”。又射斗大朱文圆印，又朱印牌记四行，文云“姑苏阊门内吴趋坊徐河桥北堍宛委堂书铺发兑”。初印精善。

弘明集

此《弘明集》十四卷，明会稽钮氏世学楼钞本，盖自释藏中出者。卷首前序，诸本皆失之。藏家著录此书，大抵皆支那本及明万历丙戌汪道昆刊，此犹明人旧钞，兹可重矣。书出会稽山中，估人挟之来沪，索高值，而市估以此册焕若新开，钞手复工整，疑其非明钞，坐是无敢过而问之者。今晨杭估陈某乃挟来示余，见之狂喜，不论价而得之。余旧得《宋文鉴》于京师，亦世学楼物，卷首亦钤此大方印，归寓检对，不爽毫黍。钞手复极工。世人多见明人恶钞，遂以此非明人写本，可笑甚矣。四百年来，深藏密锁，未厄于水火虫蚁，盖非易事。手加钤记并记得书始末，志岁月焉。辛卯三月初二日，黄裳。

《弘明集》行世者有嘉兴藏本，又万历初汪道昆序、吴惟明刻本。此钞在嘉靖中，远在诸本刊刻之前，胜处不少。举其大者，约有数端。序目僧祐自序犹存，一也。卷末后序目录大题犹作释僧祐弘明论，同《出三藏记集》所载，足证《四库提要》之误，二也。卷九、卷十载萧衍文，此本题大梁皇帝，尚是僧祐原文，诸本皆改题梁武帝，失其旧矣，三也。卷一《牟子理惑》，非牟融所撰，诸本皆径题之，此钞犹作存疑之词，曰一云苍梧太守牟子博传，同《出三藏记集》十二所引，其来甚古，非如明藏之径作牟融也，其四。近读陈援庵论，所论四端，此皆不误。是其为善本不待言矣。因漫记卷尾。乙未残腊。

《弘明集》十四卷，明会稽钮氏皮纸精钞本。板心上方有空阑。半叶十行，行二十四字。白口，单边。每卷尾有注音。板心下有书手姓名。卷十四板心作“广弘明集”，与他卷作“弘明集”者不同。收藏有“会稽钮氏世学楼图籍”朱文大方印。

瘗鹤铭考

此康熙刻《瘗鹤铭考》，精雅无俦，传世甚稀。北平图书馆善本乙目著录，余觅之久矣。昨日旧肆得硖石故家书数十种，约余往观，并告中多拜经楼物，选得三十余种，果有兔床手校物不少。此册前有朱印一方，果然真迹，欢喜记之。丁酉正月廿七日。

余收书之始，惟重明刻。未几而喜钞校。其时故家书册零散市上，不能不选其较稀有者，清刻狼藉如山，无人顾问，尽入还魂纸厂，未能从容收取，真憾事也。后乃渐知其可重，所聚遂富，然已不及。丁酉书市最盛，书价亦最昂，未几而文字之祸大起，书肆亦渐合并闭歇，更经十年离乱，旧书灰飞烟灭，市肆架上，乃更无一册可见矣。此书林一段小沧桑，即视为结末一叶亦无不可也。此册为丁酉春日所得，传本之稀，乃如星凤，初印精整，牌记雅妙，又经兔床老人藏弆，钤记亦不经见，真所谓五美俱合者。此周叔弢丈之言，乃真知书趣者言语，不足为俗人道也。癸亥献岁日，试笔书红，记于来燕榭之南窗下。黄裳。

《瘗鹤铭考》一卷，吴郡汪士鋐编。康熙刻。十一行，十八字。白口，左右双边。前有康熙五十三年太岁在甲午夏六月十四日退谷居士汪士鋐叙。次图四叶。卷尾有汪士鋐记，又跋三通。何焯跋，良常后学王澍跋。卷尾有楷书三行牌记："康熙五十三年岁在甲午九月松南书屋开版。"全书皆士鋐手书上板。收藏有"吴骞五十字曰槎客"白文扁方印。

唐文类

严阿毛自四明倪姓家买来旧书二万斤，约余往观。共十二大包。自日中至黄昏，只毕七包。尘垢满身，两手泥污，只检得此四册书，尚堪快意。此明初铜板活字印本，当在正嘉以前。卷首有“祁东李氏铜板印行”一行，绝未经见。较兰雪堂、桂坡馆等为罕见也。书名亦古，迨自南宋坊本出者，自是孤帙，因为题记。癸巳正月廿五日，黄裳小雁。

天一阁有此活字本残卷，存卷十至十二一册，知此或明季浙江所刊。又此本尚存签条一事，题“秋”字，知原订四册也。又记。

瞿木夫《古泉山馆题跋》亦及此本，云是其乡人所刊，亦未能定也。己亥中秋记。

《王状元标目唐文类》十二卷，大题次行题“祁东李氏铜板印行”。十行，二十字。白口，单栏。前有目录。多用异体字，如以丌为其，以兲为天之类。

杜工部集

余喜收杜集，箧中所储都数十种。无宋元刻。最旧者明初刻集千家注本，徐紫珊家书也。又嘉靖许宗鲁净芳亭本，嘉靖济南刻王渔洋旧藏本，嘉靖吴门龚雷刻本。清刻精本最富，而以此残卷三册为最早。此影宋钞，不如毛钞之精，而确是清初写本。其底本今已印行，二百年前，人罕得见，遂有此种印钞本。今日观之，古香袭人，其妙有非刻本可及者。曾为艺芸精舍所藏，或是全书，不知何时散失不完。归旧山楼时即已如此矣，三册册尾印记可证。旧装亦赵氏旧式。宗建藏书最精而博，不以残本忽之，钤印累累，异于他书。可征真赏。不知谁家伧父，伪制汪阆源跋及黄荛翁跋，并伪为士礼居二印，亦不必去之。放慵楼不知何人，一市侩也。然颇有手眼，巧取豪夺，借书营利，然余所见其所有物，无不精美。二十年前此三册书以郭石麒之介，得归余斋，弃置久矣。偶检得之，展卷快然。非近时书册所可并论者，因为小跋，识其缘起。己酉清明前一日记。

杜集今传世者，以北宋王洙所编本为最古，凡二十卷，出于当时秘府旧本及人家所藏。嘉祐四年苏州郡守王琪刻之，其本早亡。今存最旧刻为滂喜潘氏旧储两残宋本，皆南宋所翻嘉祐本也，汲古毛氏以两残本合之，补以影宋钞，两残本共存八卷有奇。此本与一残本合，十行二十字。原书只存卷十至十二，凡三卷，殆即吴若所称之建康郡斋本也，亦钱牧斋所称近古之本，当刻于建康。绍兴初元所刊，毛子晋曾有景宋全本，两残本毛扆借以补完。是明末犹有宋刻全书。此钞亦清初物，卷中有“一作”“一云”小注，而不云“樊作”“晋作”“荆作”“宋景文作”，是一是二，未敢臆定。避讳字有境、让（讓）、镜（鏡）、徵、完、构（構）、惊（驚）、桓、殷、树（樹）等，皆作字不完。每卷目后即接诗题，更不另起，卷数亦不尽同。要之为景宋旧钞之出于汲古主人所见之外，是可重也。此书原本尚早于郭知达编《九家集注草堂诗笺》《千家集注》等宋刻旧本，虽只存三卷，亦可谓近古佳册。赵次侯所藏多非凡品，此残册亦珍重收储，钤印累累，可以知其故矣。己酉三月廿九日，好春良夜，黄裳题记。

《杜工部集》，存卷一之卷三。前剑南节度参谋宣义郎检校尚书工部员外郎赐绯鱼袋京兆杜甫撰。影宋旧钞本。半叶十行，行二十字。白口，左右双栏。前有翰林学士兵部郎中知制诰史馆修撰太原王洙撰《杜工部集记》，末属“宝元二年十月王原叔记”。收藏有“汪印士钟”（白方）、“赵印宗建”（朱方）、“非昔元赏”（朱方）、“曾在旧山楼”（朱长）、“赵氏秘笈”（朱长）、“非昔居士”（白方）、“虞山沈氏希任斋劫馀”（朱方）、“曾在沈芳圃家”（朱方）。

杜工部诗集

余肆力收杜集，箧中不下数十种，旧椠只此，似较元时坊刻尤罕见。刻亦古雅，与彼不同。又尝有残宋刻一叶、残明刻十数卷，亦黑口旧版，俱移赠成都浣花草堂。去岁往游，曾为作记。所搜杜集颇富，然无此本也。滂喜所藏残宋刻毛汲古钞补之册，近已景印行世，然原板所存仅寥寥数卷。闻天津赵氏亦有一残宋本，又广东板宋本刻极精而不可踪迹。故书日少，当无更收旧刻之缘。留此明初板时时翻阅，亦慰情聊胜已。闲窗展卷，重为跋此，距初收得已九年矣。戊戌春二月。

《集千家注批点杜工部诗集》二十卷，须溪先生刘会孟评点。明初刻。十行，十六字。白口，单栏。前有大德癸卯冬庐陵刘将孙尚友序。次《杜工部年谱》。次目录。收藏有“曾为徐紫珊所藏”（朱长）、“吴兴刘氏嘉业堂藏书记”（朱长）。

杜工部诗

余每见杜陵诗旧本必收之，所得盖不下十数矣。多为千家注本，此则分体白文本也。板刻雅饬，传本甚稀，世多知宜静书屋刻本《国语》《尔雅》，不知有此。开板字体咸同，有明中叶关中刊书风气，可于此中见之。书出杭州王氏，议价几历半载，今始买得。漫记岁月。甲午立夏前五日，小燕书。

松江韩氏亦有此本，失前序，定为宋刊，且列书景一叶于藏目中。老辈收藏鉴定多误如此。书陷盗手凡八年，近始放归，重展记之。庚申夏五，黄裳记。

《杜工部诗》八卷，嘉靖刻。十二行，二十二字。白口，左右双边。板心下有“净芳亭”三字。前有皇明嘉靖五年柔兆阉茂相月望日关中许宗鲁序。卷尾附录宋祁撰传，元稹撰《杜工部墓志铭》。收藏有“聊城王氏南畹图书”朱文长印。

杜律单注

此嘉靖中济南刻本《杜律单注》十卷五本，渔洋山人旧物，犹是原装，精妙可爱。池北书库书所见极罕，余收书十年，此为初遇。北地藏书，多患风伤，似此乃更不易得矣。陈明曾刻《诗外传》于芙蓉泉书屋，有名于时，余收有二帙，结体与此不同，而精妙似尚不及此也。爰并储之，以为百嘉书藏中二俊。乙未十月十七日，来燕榭晴窗曝日书。

此书七年前沦于盗手，久久不归。近始还来，已重装，原装遂不可得见，甚可惜也。明人包背装存世甚少，往往不之惜，此最无识，为之叹叹。此亦乙未岁得之海宁俞氏之物，尚有《大明集礼》一种，亦渔洋山人物，有印记曰《池北书库》，阅市三十年，所见仅此。庚申四月廿三日，芒种节，黄裳记。

忆十年前为索还掠去诸书，访某君于其家。宛转搪塞，终不欲还。所持一端为×某已将诸书一一付之装池，所费不赀，情难割舍，闻之大笑。此种理致殆非高明如××不能道也。甲子上元午后家居，展书及此，更跋。

《杜律单注》十卷，题“鹊湖陈明辑　钱塘杨祜校”。校者每卷不同，尚有海虞施雨、东阳蒋瑜二人。嘉靖刻本。半叶八行，行二十二字。白口，单栏。板心下有“景姚堂”三字。每卷尾有“生员檀轮缮写　省祭官邢仁督刊”两行，亦卷各不同。前有洪武壬戌秋八月既望古剡单复自序。收藏有“继日堂印”（朱方）、“济南王士禛印”（白文套边长印）。

李白诗类编

此嘉靖刻本《李翰林诗类编》十二卷，刻印俱精，出于四明故家倪氏。闻其人始收书在民国初年，不弃丛残，似此种白皮纸书，每册以小洋一角之值收之，久之遂充栋宇。今则渐散出，估人闻讯，纷纷赴甬上去矣。不知当尚有何种书来也。辛卯九月十七日，黄裳。

李诗类编，明代不仅三四刻。余旧有黑口本，系曹楝亭藏书，板匡小于此本。又见天一阁藏残帙及另一嘉靖刻，与此面目亦不尽同。此本出古香楼汪氏，纸墨俱精，因更收之以为百嘉之一。

二十年前书兴最豪，得旧钞《裘杼楼目》，后每见汪家书必收之，不论钞刻，所得几四十种，汪氏家集亦得原刻将二十种，今散佚略尽矣。此亦汪季青物，却得幸存。汪氏书未见有宋元刻，明本最富。钞本多清初钞白本，不知校勘，不堪与竹垞方驾也。

《唐翰林李白诗类编》十二卷，九行，二十一字。白口，左右双边。前有目。收藏有“汪氏古香楼藏”（朱方）、“千岩道人”（白方）。

李义山诗集

余酷爱义山诗，搜异本不少，然却无更旧于此毗陵蒋刻《中唐十二家》本者。因剔出别装二册，以便讽玩。然强分六卷，未脱明人不知妄作之恶习也。义山集旧题三卷。《述古目》注“北宋本影钞”五字。《爱日精庐藏书志》著录二本：一旧钞校本，护净居士跋云，得牧翁所藏宋板校补，始为善本。后又得孙功父北宋本校之，称远胜钱本。另一本为毛本校宋本。陈鸿跋云，得孙孝若家北宋板校过。据此可知明清易代之际尚存北宋南宋二本也。阮怀宁亦曾有宋板一本，毁于乙酉金陵兵燹。凡此诸宋刻，今日俱不可见。诸家藏目尚偶有校本，若锓木之书，则以此为最旧矣。傅增湘曾获叶郎园旧储此本，珍重手题，后景入《四部丛刊》，然前目全佚。藏园尚有明万历云阳姜道生所刊义山、君平、致光三家诗，不分卷数，余前年冬曾于北京图书馆库中一见之，模刻精好，而气体未古。是李集明刊仅蒋、姜二刻及汲古毛氏本耳。毛本余亦有之，分三卷，尚避宋讳，是由旧本翻雕之证。近日故书间出，焉知不旦暮遇之乎。辛卯冬月十七日。

《唐李义山诗集》六卷，题“太学博士李商隐义山”。嘉靖刻。十行，二十字。白口，左右双边。前有目录。

李翰林诗集

癸巳八月，得此残本一册（存卷二），以牌记存之。李诗明本甚富，余所收不下十许本，而以此为精。黄裳记。

此残本一卷，中有明时人笔迹，椠印精好，传世甚稀。嘉靖刻大抵明易山人本，此白谷山房刻却未见于著录。建侯不知谁何，卷中亦有印记曰“京庵”，俱不知何许人。来燕榭中展书漫记，黄裳。

得此书后三十年，阅市借人，皆未见此刻，即诸家藏目亦无之，罕见可知。清斋展卷，心目俱爽，正不必有完缺之见横于胸中也。甲子白露后一日。

《李翰林诗集》卷之二，大题下双行云“唐李白撰明方釜校”。嘉靖刻。半叶九行，行十六字。白口，左右双边。前有目。卷尾有牌记，篆文三行：“嘉靖己酉夏日白谷山房梓行。”棉纸一册。

元氏长庆集

微之集宋本在绛云楼，《敏求记》称牧翁得之南城废殿，后不知流落何许，殆与绛云同付劫火矣。《郘亭目》称有乾道四年刻本，殆亦未见其书。

颍川刘氏藏蜀本唐人集若干种，微之集残存卷一至六、卷五十一至六十，凡十六卷。此外元集传世，即以此本为最旧矣。诸家目皆未录，仅蒋孟蘋藏一本，亦是残书，仅存卷一至二十七，今归北京图书馆。世行旧本以东吴董氏所刊为最著，然也是翁则讥其以己意妄填空字，可资捧腹，去此本远矣。华氏刊书识语今据蒋藏传录于此：

> 乐天、微之以诗并称元和、长庆间，互相标榜倡和为颉颃，而论亦曰元白。向既购白集钞本，校印已行。每访元集，则残章断句，皆蠹口余物耳。深慨造物之有忌也。偶见冢宰陆公家藏宋刻板者，欣然假归，得翻印如白氏集，是真龙剑凤之终合，二公文章之晦明与时运盛衰为上下也。观二集者诚快睹云。

是此本亦翻宋本也。此残帙四册，菰里瞿氏旧藏，石麒介以归余。庚寅大雪前日灯下书。时阴雨终朝，暖如仲春。

三十余年前余游京师，于隆福寺旧肆中见一单，皆旧刻。中有此《元氏长庆集》活字本，匆匆返沪，未及索观，后亦不复能踪迹矣。此四册则石麒作缘归余者，数十年中未见全本，每一展卷，古香袭人，知古书之妙，人不尽知也。今日暑甚，不能撰作，因取故书阅之，销此永昼，并记，时癸亥六月十三日，黄裳记。

《元氏长庆集》，存卷四至六、卷十三至十八、卷廿二至廿四，凡十二卷。兰雪堂铜活字本。半叶七行，正文小字双行，行十三字。每卷先为目录，直接正文。第一首诗题大字占一行。白口，左右双边。板心上题“兰雪堂”三字，中题元集卷几，下记叶数及排工姓名。每卷尾有牌记：“锡山”（朱圆）、“兰雪堂华坚活字版印行”（朱长、双行）。

韩诗外传

癸巳上元日收此祁理孙旧藏芙蓉泉本《诗外传》，黄裳记。

此亦祁氏寓山藏书也。《韩诗外传》嘉靖中凡三刻，而以芙蓉泉书屋刊本为最善而罕传。余前得残本卷三、四一册，绝初印。此本印少后，重是奕庆所藏，仍携归藏之。癸巳上元夜，黄裳记。

得此本后二日，又得怡邸旧藏一本，印远胜而复阔大可喜，惜已染纸，且撤去刊书诸序，以充宋板。此旧刻罕传，余乃前后三日内连得二本，可不谓之书缘乎？上元后三日，晴窗记。

《韩诗外传》十卷，汉韩婴撰。嘉靖刻本。九行，十八字。白口，左右双边。板心下有隶书“芙蓉泉书屋”五字。前有嘉靖十八年岁在己亥孟秋之吉赐进士奉政大夫浙江提刑按察司佥事乞休钦准病痊起用济南鹊湖陈明序。次嘉靖十有八年十一月五日赐进士出身奉政大夫江西按察司佥事钱塘杨祜书于济南之梦韩堂序。次韩婴小传。收藏有“寓山藏书”（白方）、“祁奕庆图书印”（朱长）。卷尾有“嘉靖己亥秋八月望月泉薛来书于芙蓉泉之秋月亭”后跋。

唐欧阳先生文集

此明刻本欧阳詹集，系何义门、严长明两家旧藏，颇罕传本，惜失去卷五卷六两卷。余旧藏休阳汪氏古香楼故物中有明钞此书，即从此出。曹序缺一番，可据此补完，遂更收之。此系虞山铁琴铜剑楼劫余物，杂陈市上，多不全本，余买得数种，以此为最佳也。甲午十一月十二日，装毕记事。

《唐欧阳先生文集》八卷，附录一卷。唐国子监四门助教闽欧阳詹著。万历刻本。九行，十八字。白口，左右双栏。前有万历丙午仲夏望日赐进士出身奉政大夫南京户部四川清吏司郎中侯官后学曹学佺序。次福建等州都团练观察处置等使正议大夫使持节都督福州诸军事福州刺史兼御史中丞上柱国赐紫金鱼袋李贻孙旧序。次目录。次校梓姓氏，福清叶向高等三十二人，皆闽人也。收藏有“义门藏书”（朱长）、“归求草堂重藏”（朱长）、“严长明校藏印”（朱长）。

唐词纪

癸巳上元后一日，海上所收。此本绝罕见，未见著录。《千顷堂目》云不知撰人，是亦未尝见之也。《四库提要》颇讥之，惟以作者为董逢元，字善长，常州人，与此不同。云是编成于万历甲午，想当有前序，而此本失之。词总集上溯唐时，甄采甚富，当以此书为最先，可珍重也。黄裳记。此书后附《词原》二卷，馆臣亦未之见。

《唐词纪》十六卷，万历刻本。九行，二十字。白口，左右双栏。属“兰陵董御吉行辑　杨播儒玉订”。首有唐词人目录，次唐词卷目，次《词名微》一卷。后附《词原》二卷，题“杨播儒玉增订”。收藏有“烟视楼”（白方）、“徐乃昌读”（朱方）、“南陵徐氏”（朱文界格方印）、“积学斋徐乃昌藏书”（朱长）。

韩君平集

此《韩君平集》，万历中单刻本，亦唐人小集之一也。乙未后三月廿日，收于吴下。黄裳记。

《君平集》明刻单行者只有此本。傅沅叔所藏亦此本也，曾于《群书题记》中记之。虽非佳刻，今日视之，亦殊古雅可爱。辛酉腊月初一日重读记。

《韩君平集》三卷，虎林江元禔邦宜甫校。万历刻。八行，十八字。白口，单栏。前有万历四十一年樟亭江元禧序，万历癸丑宛陵梅鼎和用平甫叙。次目录。收藏有“访酉斋图书印”（朱方）、“访酉斋”（白方）、“吴郡秦敏树印”（朱方）。

寇忠愍公诗

昨日过市，见古香楼藏本《李白诗类编》，甚可爱。知为石麒之物，即持归并约之来。今晨果以旧本多种至。选得八种。此本为顾氏试饮堂物，甚旧而精，取弘治王承裕本少加勘对，颇有佳字。此外尚有古香楼二老阁藏冯柳东跋之旧钞《刘蜕集》、钱梦庐校钞本《汲古阁目》，皆佳。近孙助廉南来，购书甚多。姑苏王颂蔚家所存，大抵为其取去。此数书出之四明林氏者，亦有一批为伊购去，甚怅怅也。又闻有《边政考》曹楝亭藏者，《酉阳正组》（为万历刊之四川地志）等，亦为程某所收，凡此皆未见，亦可惜也。辛卯重阳后三日，黄裳记。

中吴顾氏为藏书旧家，善本最富。所刊《笠泽丛书》有名于时。其家书后多归之士礼居，屡见荛翁藏书题识中。前年余曾见《东国史略》于修绠堂，即养拙斋钞本，藏记与此咸同。荛夫校补，用力甚勤。后归中央文化部矣。此寇忠愍诗曾藏四明估人林集虚藜照庐中，《鄞县通志》后艺文志所附藏目中曾著录之，今与《文泉子集》同归余斋。癸巳上元，黄裳。

《忠愍公诗集》八卷，属“开府仪同三司太子太傅赠太傅中书令上柱国莱国公寇准”著。旧钞本。九行，廿一字。前有金紫光禄大夫行尚书户部侍郎知河阳军州事上柱国范雍述《忠愍公诗序》，宣和五年济南王汝翁《新开寇公诗集序》，隆兴改元长乐辛敩《再开莱公诗集后序》。卷七后有顺治乙未中秋绚臣蒋玢二跋。云“后得嘉靖时清湘唐侃刻本中载庙记及名人题咏，另附藏之”，是为本书第八卷附录。收参知政事孙□奉敕撰《莱国寇忠愍公旌忠之碑》。卷尾有赠谥谱。收藏有“顾肇声读书记”（朱长）、“养拙斋”（朱长）、“抱经楼”（白长）。

遗山先生诗集

此弘治中沁水李瀚刊《元遗山诗集》二十卷，余旧藏一本，为艺芸精舍故物，印本逊此远甚。此本出滂喜斋潘氏，劫余膏馥，以此为最精。余倩石麒谐价，竟得购归，欣幸之至。汪本遂逊而居乙矣。此本卷首李序为黠估拆去后半叶，更与段引粘合，用泯弘治旧迹。潘伯寅两目如漆，滂喜所储，真赝并存，泥沙杂下，往往如是。同日所见尚有寒山赵本《玉台新咏》，侈称南宋刻，其可笑类此。独怪叶昌炽为撰藏记，亦不为订正，岂眼光亦与伯寅相伯仲乎。滋可诧矣。此本为汪季青故物，所钤“休阳”一印，却未前见。滂喜斋书去岁归公，最佳者黄跋《颜氏家训》《东观馀论》及芝城活字蓝印本《墨子》也。无力收之，徒增惘怅。后更有元刊毛汲古钞补本《太平乐府》、钱叔宝手钞《吴志》，余亦因远行失收。今将更以它书出而应市，姑先得此以待之。携书归来，漫记数语。壬辰春分前四日，黄裳。

汪士钟旧藏一本已赠北京图书馆，芝城本《墨子》亦得一观，真尤物也。壬辰白露后一日，黄裳小燕。

丙午十月十五，夜窗灯下研朱读此卷竟。此黑口佳书，秘惜十年，不忍加朱，欲留净本。近来无聊，欲读诗，遂取此阅之。书卷亦身外物，偶着数字，亦大佳事，颇笑向之所见不广也。黄裳。

丙午十一月杪读毕此卷。遗山绝句有四卷之富，然绝少佳什。偶有好句，通篇警策则不多见也。金元之际，诗道已零替，不复有大作手，即此可见。

丙午腊月初六日，阅此四卷讫。严寒，手指僵冻，漫记。

《遗山先生诗集》二十卷，弘治沁水李瀚刻本。十行，二十一字。大黑口，四周双栏。前有李瀚《重刊遗山先生诗集序》，稷亭段成己引。次目录。收藏有“古香楼”（朱文圆印）、“休宁汪季青家藏书籍”（朱方）、“休阳汪季青家藏书籍”（朱方）、“摛藻堂”（白方）。

五国故事　三楚新录

此《五国故事》《三楚新录》二种，璜川吴氏精钞本也。二年前见之于修文堂架上，即购归藏之。余向留心南唐遗事，收书不少。十年前且曾有《南国梦》曲本之作，以意中有人足为小周后也。荏苒十年，旧梦都醒，惟余一笑。箧中所存故书乃渐多。近更获嘉靖万玉堂本马令《南唐书》，漫读故事，然却无所用之。今夜酒后无事，取书读之，因跋卷尾。辛卯十月廿六日，海上初寒，黄裳记。

《五国故事》二卷，旧钞本。十一行，廿一字。有朱校。收藏有“璜川吴氏收藏图书”朱文方印。

《三楚新录》三卷，儒林郎试秘书省校书郎前桂州修仁令周羽冲编。旧钞本。行款同前，同有璜川吴氏印。

皇朝文鉴

初余于秀州书社得明嘉靖晋藩刊本《宋文鉴》残册十六册，李南涧旧藏，是去年岁暮事。后屡过书肆欲配全之，无有也。亦复淡然视之。今日偶过汉学书店，晤郭石麒及徐绍樵，方翻阅明万历刊大册《六经图》。堇斋昌龄旧藏，悦目赏心，抚掌称快。闲谈间余问石麒，肆中所存残书，有可看者否。郭答有《宋文鉴》。余问是小字本否，答是嘉靖刊小字本也。促其取阅，即从后进灶间抽出，又有《苏长公外纪》《柳河东集》等，灰尘满积，霉蚀过半，即论价得之。此《文鉴》二十四册，共一百元，甚廉。余初亦未注意审视，但见其为黄皮纸印，异于旧藏之白棉纸本耳。携归细阅，见每册目录只存“文鉴”二字，上方尚有二字，已削去。检卷中尚有挖改未尽处，赫然“皇朝”二字在焉。宋讳惇、廓、敦皆以圈别之，笔法刀工，茂美无伦，真宋刻也。四五年前常熟沈氏萃芬阁书散，经市估鉴别审定，纷纷散售，而此书竟以嘉靖残本见遗，弃置烟灰炭火之间，几成鼠窟。而余竟偶然得之，岂非幸事。己丑初春，黄裳。

此残宋本《皇朝文鉴》，装褙极工，所衬叶皆桃花纸也。

念旧时书主人固以宋本视之，奈何不之宝而弃置灶下，其不为虫鼠啮尽者盖亦仅矣。黄荛翁有残宋刻五部，有大小字之别，效述古主人百衲《史记》之例装之，尚少目录之下卷，借张月霄家旧钞影端平重修《皇朝文鉴》足之。北平图书馆目有残本三部，存卷奇零。明天顺间有重印本，“皇朝”二字缺处已补入宋字。此本“皇朝圣宋”字样尚间有存者，缺处亦未补以宋字，断为宋末元初所印，可无疑义。己丑二月，晴窗展卷，古香墨色，中人欲醉，更为此跋。

《爱日精庐藏书志》记：“梁溪沈有开嘉泰甲子重阳日跋云：《皇朝文鉴》一书，诸处未见有刊行善本。唯建宁书坊有之，而文字多脱误，开卷不快人意。新安号出纸墨，乃无佳书。因为参校订正，锓版于郡斋。”按此则嘉泰重修之本，即据此棚本更正翻雕者也。同日更记。

《皇朝文鉴》一百五十卷，目录三卷。宋麻沙刘将仕宅刻本。存目录中、卷六至五十、卷百二十七至百四十三，共存六十三卷。十三行，二十一字。上下黑口，左右双边。桓、敦字作字不成，惇、廓、敦字以圈围之。裕陵、艺祖、帝曰、元圣、嗣皇等皆空格。卷一至十五长卷头共百零三叶。卷十六至二十三亦如之，通百十四叶。刻工有希、善、富、敬等。书名亦有作《圣宋文鉴》者。收藏有“虞山沈氏希任斋劫馀”朱文方印。

文正公尺牍

壬辰岁暮湖上所收，黄裳小雁珍储善本。

此卷有顾大有图记七方，最可珍重。九松周氏藏书尚不少见，惟大石山人储藏，绝无而仅有。中吴文献，此是绝妙之本。甲子上元。

此处原有至元再元丁丑八世孙文英识语，谓：“先文正尺牍，旧刊于郡庠，岁久漫漶，今重命工锓梓，刊置家塾之岁寒堂，期与子孙世传之。”为估人割去，以冒宋刻。此补叶亦是汪家旧装，盖自嘉庆时已失去矣。癸巳上元记。

《文正公尺牍》三卷，元刻本。半叶十二行，行二十二字。白口，左右双栏。板心上记字数，前有目录。收藏有“上党”朱文长印、“惟寅”朱文方印、“吴郡顾元庆氏珍藏印”朱文方印、“大石山人”白文方印、“大有”朱文方印、“顾印元庆”白文方印、“阳山草堂”朱文长方印、“毗陵周氏九松迂叟藏书印”朱文长印、“周印良金”朱文方印、“汪士钟藏”白文长方印。

宋姜白石集

丙申三月初六日收于吴下玄妙观中旧肆。刊刻精妙，复罕流传，可喜之至。黄裳记。

适阅会稽周氏《看书馀记》，云曾见初印一本，玉几跋末属“康熙甲午秋禊日”，前无洪序。云此为陈撰初雕，后板归洪氏，遂改刻“陔华先生”后四行，攘为己有。余观此本极初印，亦无改刻之迹，斯言殆未足信。玉几久居邗上，歙中洪氏多为业盐巨贾，雅好风雅，有此因缘，亦非偶然也。丙申五月十八日。

《白石诗集》一卷《词集》一卷，题宋番阳姜夔尧章著。康雍间精写刻本。十行，十九字。白口，左右双栏。前有丁未四月歙陔华洪正治序。次白石道人自叙。次诸家评论。诗集后附诸贤酬赠诗。词集后有陈撰跋，尾数语云：“陔华先生，服奇道古，雅喜是编。爰为开雕，冀垂永久。盖其表章之功匪细也。丁未清和钱塘陈撰玉几书。”扉叶大书书名，侧有“华萼书屋”四字，钤“教忠堂”朱文长印。

白石诗钞词钞

余前年于九峰旧庐遗书中收得祝小雅所藏本不少，皆清刻，却精罕。如渔书楼刻《李长吉集》、清初刻《梅道人遗墨》《王言远诗》皆是也。《长吉集》前后亦附校补甚富，知其人用功甚劬也。今夏杭估寄示书数种，皆小雅所藏，索直殊昂，而殊少佳本，只此册尚佳。白石道人诗词，清初有五七刻，余所藏却只江都陆氏及洪正治刻二种。洪刻极精妙，即所谓陈玉几本也。此册刊于康熙。祝氏言乾隆刻，未确。柯序言“乙丑以还二十年间”云云，是刻当成于康熙四十四年顷也，乃绝罕传，未见有著录者。其所从出与清初诸刻皆不同，甚可珍重，遂破重直收之。馀书如明张自烈刻陶集等即退还之矣。小雅名祝廷锡，号心梅，亦只见于此册。其人曾刻《月隐遗集》，当是祝渊后裔。丙申七月初四日，大暑，夜窗灯下记此。时飞虫杂沓，砚水为之凝滞。黄裳小燕记于来燕榭。

余所收祝小雅藏书不少，然校笔之富首推此书及渔书楼本《李长吉诗》。然其人实未尝多见精本，似榆园许刻词亦视为珍秘，难免不为书估所笑也。然老辈精神则大可佩服，未可轻视。白石集近有夏氏校刻之本，用力甚劬，似亦未尝见此。此小集也，前人抛心力于其中何限，真可一叹。

《白石诗钞》一卷《词钞》一卷，题“武唐吴淳还迕侬编订”。康熙刻本。十行，廿一字。上下黑口，左右双栏。前有改庵居士吴淳还诗钞序。目录大题下双行题“武唐俞兰圣梅校阅　陈大经弘道一字理亭参详”。目后有俞兰叙。《词钞》前有花庵词客黄昇序，香藏道人柯煜序，吴淳还序。全书祝氏校补甚富。收藏有“知非楼所藏书”（白方）、“小雅珍爱之籍”（朱方）、“曾为祝小雅阅”（白方）。

苏文忠公集

庚寅春正月廿三日获此明黑口本苏集三十一卷廿册于海上。原书共百二十卷，此诗集独全，成化七集本世恒有之，此本却不经见，可宝也。黄裳手识。

傅沅叔《经眼录》著录成化四年程宗刊本，行款与此本同，却非一刻。又著录《苏文忠公集》百十二卷，行款同此本，云字体圆湛，刊工精美，似成化弘治间刊本。传世极稀，只邓氏群碧楼有之，疑即此本。坡集明刻甚富，十行廿字本只此两种。以余观之，刊殊不精，然自是旧刻可存。此三十年前所收，曾用家藏宋黄州刊后集本校之，编次大异，检阅不易。此本云“一作”者往往与宋本合，知源出别一宋本也。三十年来，旧藏陆续散去，箧中只余此本及王状元注本矣。甲子四月初一日，黄裳书。

《苏文忠公集》，存卷一至三十一。明初黑口本。十行，二十字。四周双栏。首宋孝宗御制《文忠苏轼文集赞并序》。次赠太师诰词。次颍滨先生撰《东坡先生墓志铭》。次宋史本传。次《东坡先生年谱》。

欧苏手简

此黑口本《欧苏手简》四卷，辛卯初春，得于杨贾之书包中，亦郑西谛、张葱玉家所出者，意甚爱重之，以其有东坡居士小札也。诸家目俱未见，未能定其刻于何时。余旧藏成化本《中州启劄》，亦黑口。其后序为成化二年莆田翁世资撰，略云："同寅右参议方公藏有善本，用是重绣诸梓，以附《欧苏尺牍》之后。"因知此本殆亦翁氏刻，而时日较先，当在天顺之末。明初黑口本久为世所珍重，估人往往撤去旧序，以充元刻，此种伎俩，所见多矣。真大杀风景事，是书林一劫在水火兵虫之外者。此册前有锡山邹氏蕉绿草堂藏印，向亦不知其人本末。后收乾隆刻《大雅堂文集》，得见补山传，为之大快。匆匆未暇跋之，而原书高阁密锁，一时无从得见，当俟异日详之。辛亥十月十二日重跋，此本来归恰二十年矣。

《大雅堂初稿》诗六卷文八卷，勾吴邹方锷撰，乾隆刻。有《蕉绿草堂记》云："族叔晓庭构书屋于其居之西偏，颜其楹曰蕉绿草堂。草堂三楹，南向，其右侧屋三楹，庋书万卷，别颜曰晓庭。主人因以为号云。"辛亥十月十二日午后，检书得之，更记。

辛卯春二月初十日海上所收。黄裳藏书。

《欧苏手简》四卷，前二卷题下署“庐陵先生”，后二卷题“东坡先生”。明初刻。十行，二十二字。黑口，四周双栏。前有真止轩老人杜仁杰序。序有言：“予今长怪乎壬辰北渡以来，后生晚进，诗文往往皆有古意。何哉？以其无科举故也。”可征书成时日。收藏有“锡山蕉绿草堂邹氏书画记”（朱方）、“邹仪晓庭”（白朱文联珠印）、“补山一字晓庭”（朱方）、“九峰旧庐珍藏书画之记”（朱长）。

稼轩长短句

此残本嘉靖刻《稼轩长短句》，破裂几不堪触手。余获之石麒许。闻渠告是瞿氏物，惟签条手迹，则似出于海日楼。不知究是谁藏，当更询之，以决此疑。庚寅十月廿日，黄裳记。

《稼轩长短句》十二卷，卷六之九佚。嘉靖刻。九行，二十字。白口，单栏。卷首大题下三行："历城辛弃疾漫著　大梁李濂批评　历城王诏校刊。"前有"嘉靖丙申春二月嵩渚山人李濂川父书于碧云精舍"序。次目录，云共五百六十八阕。有圈点，间于眉上注异字。李评在题下。李序云："余家藏《稼轩长短句》十二卷，盖信州旧本也，视长沙本为多。"又云"惜乎世鲜刻本，开封二郡历城王侯诏读而爱之，曰，予忝为稼轩乡后进，请寿诸梓"，是中州刻也。

黄诗内篇

此陈书厓旧藏本，佚去尾二卷，来自甬上。余所藏山谷集无善本。曾有明初黑口本《内篇诗注》《外篇诗注》，亦残帙也。阅肆经年，曾未见一佳椠。此虽不全，然所失不多，仍可为讽诵之资，因重装之。近与竹溪沈氏论宋诗，以绝爱山谷为言，因知好此者殊不乏人也。癸巳十一月初五日，黄裳小雁。

此嘉靖时刻山谷诗，缺后二卷，刊尚古雅，且有天都陈氏印记，遂买得之。余旧藏大全集，亦嘉靖时刻，已散去矣。箧中黄诗，只此而已。甲午腊月廿二日，来燕榭寒宵记。

此书十四卷，后当尚有续二卷。嘉靖十二年成都刊。芝字世和，华阳人。嘉靖八年进士。北京金陵两馆俱有其书。

《黄诗内篇》十四卷，存卷一至十二。题“蜀后学蒋芝考证刊　宁后学查仲儒校证”。嘉靖刻。八行，十八字。白口，单边。前有叙、考证、目录。收藏有“天都陈氏承雅堂图籍”（朱方）、“陈氏藏书子孙所宝”（朱长）、“练江陈昂之印”（朱方）、“陈先生后人”（白方）、“承雅”（朱腰圆）、“半碧山堂图记”（朱长）。

莆阳黄御史集

辛卯春三月初二日海上所收。黄裳。

汉文渊书肆在四马路市中，余常经过之，而绝少旧本，亦绝少与之交易。近忽收得刘氏书一批，邀余往观。其书皆装潢精好，大抵皆有清一代精刻本，复索高值，遂废然去之。昨日春晴，饭后阅市，遂又过之，出此本见示。此异书也，于明刻中殆是最精之册，翻宋板之最矜慎者。复历经叶祖仁、汪士钟收藏，模印至精。余年来见明刻近千，乃未见如此精雕之书。爱不忍释，问价颇昂，还价与之而归。今日复过其肆，乃毅然以三石米之值获之，甚以为快。今日书缘甚美，方得世学楼钞本《弘明集》及倪元璐《鸿宝应本》，复得此册，快慰乃不可言。此书刊刻经过，秦跋言之甚详，此不复赘。祖仁为叶林宗次子，右手骈指，因自号“枝指生”。游牧斋门，以失爱于父之后妻，郁郁以死，年止二十有五。逝世于己亥，翌年曾降乩，有句云：“远山微抹送横波，细骨轻躯艳绮罗。”事颇不经，叶菊裳记之于《纪事诗》中，有句云：“巫阳忽下申生驾，自古厉阶煽艳妻。”亦藏书家有名故事。裕有跋元本《金石例》语云，“顺治乙未夏五月雨窗，枝指生叶裕”云云，可知其人时代，附识于此。辛卯三月初二日，好春良夜，黄裳记。

今日石麒以万历十二年八月□世孙廷良等重刊本见示，取对此本，知全从此翻出，而此本所有缺叶概从删削，即每叶前后所存残佚之文，亦一并去之。《别录》从《唐昭宗实录》起尽去前文，《唐登科记》以后、《莆阳志》以前亦全删却，草率命梓，去此远矣。壬辰二月十九日。

此本正德八年廿世孙希英跋所言，所据似为淳熙本而非庆元本。王懿荣不知书者也。其所藏景庆元本亦未可信，安知非即景此正德本乎。秦氏据影响之言即定此为覆庆元本，亦未可尽信也。丙申五月廿四日重阅后书，黄裳。

前序一叶为艺芸汪氏所补，精妙之至。古书每有缺失，前人补完，雅趣转增。曾与赵斐云同观宋刻《葛归愚集》，前失卷为元人手补，精雅无俦。欢喜赞叹，因知解人不可再得也。癸丑重阳日，暖如好春，更记。

《莆阳黄御史集》上下秩，正德翻宋本。半叶十行，行二十字。白口，四周双栏。卷首大题占双行，书名下有“权分上秩”字样。前有庆元二年十月十四日焕章阁学士宣奉大夫提举隆兴府玉隆万寿宫魏郡公鄱阳洪迈序，淳熙三年四月廿六日诚斋野客庐陵杨万里序，淳熙四年九月朔渝川谢谔序。次目录。宋本原缺处俱留空白，并于栏外注明，矜慎之至。卷末有正德八年七月进士二十世孙希英谨识跋。收藏有“叶裕私印”（白方）、“祖仁氏”（朱方）、“东吴叶裕祖仁藏书”（白方）、“德懋”（朱方）、“石林二十一世孙裕”（白长）、“汪士钟藏”（白长）、“芳草王孙”（朱长）、“绍廉经眼”（白方）、“琴乐”（朱圆）、“江都秦更年曼青之印”（白方）、“婴闇秦氏藏书”（朱方）等。秦跋云：“此唐《莆阳黄御史集》，分上下二秩。长卷头。首序文目录。上秩起赋诗讫文三类，下秩起书启祭文讫碑铭四类。每类各为起讫，末附别录。明正德八年癸酉二十世孙希英覆宋庆元本也。是集始九世孙沃，官永丰日，士人二曾于淳熙丙申为刻之，庆元丙辰沃又刻于邵州郡斋。（按上秩《周以龙兴赋》‘扩’字注‘今上御名’，《以不贪为宝赋》‘惇’字注‘太上御名’，皆刻自庆元之证。）至明正德中重刻之，即此本是也。万历甲申十九世孙廷良又刻之，后廿二年丙午，曹能始重编是集，依体分类，厘为八卷，与《欧阳四门集》并刻以传。嗣二十二世孙鸣乔、二十三世孙起棉等重刻于崇祯戊寅，王遐春麟后山房于嘉庆中又刻入《南越先贤集》内，所据皆曹氏改编本。光绪十年，福山王文敏懿荣得影钞宋庆元本残册重雕，缺卷以明崇祯本案宋目叙补，分上下二秩，不分卷，与此本同。按《四库全书提要》题作十卷，其所据为黄鸣乔崇祯刻本，实八卷，则十字乃八字之讹。莫郘亭谓淳熙本分十卷，不知何据。殆以八世孙公度识语，以旧藏稿本厘为十卷而言，不知彼乃《东家编略》之卷数，非此集也。目录家往往未见本书，但凭记载，遂多影响之谈。郘亭不第未见宋本，即此正德覆宋本似亦未之见也。此本卷第行款缺文讳字，校以文敏所据影宋钞本，悉仍庆元之旧。又上秩末尾《送外甥翁袭明赴举序》、下秩首《与杨状头书》各欠一叶，前后仍各存残文五行，至曹氏重编时，遂皆删削，并其目而俱去之，傎矣。盖此刻在明翻宋本中，致为矜慎。自正德癸酉逮今，四百十有八年，传本益鲜。宋本既绝迹人间，此本要为最古，直当以天水旧椠宝之矣。卷首有'东吴叶裕祖仁藏书'白文方印、'汪士钟藏'白文长方印，末有'石林二十一世孙裕'白文长方印。祖仁为林宗次子，能读父书，以不得于后母忧死。士钟字阆原，为艺芸书舍主人。今则自黄仲弢家散出者。文敏附案云：板甫刻讫，又续见瑞安黄编修绍基新得明正德刻本。又云大题下'黄公度志'后空行添入'赐进士二十世孙希英'衔名一行，此是当时重刻人名，书贾挖去冀充宋本，痕迹未尽，尚存一'赐'字。验之此本，公度识后果挖去半行，'赐'字犹在。则文敏从仲弢借校者，正是此本。惟文敏见此在刻成以后，下秩未能悉还庆元旧观为可惜耳。庚午夏正十二月十三日丙戌婴闇学人秦更年识于石药簃。"

岳忠武王庙名贤诗

庚寅冬十一月廿七日，海上所收。黄裳。

此元椠《宋史·岳飞》传，后附《岳忠武王庙名贤诗》一卷，旧为赵氏小山堂所藏，后归鲍以文，终入安乐堂。余从海上传薪书店伙友张某得之，盖自淮上收来者也。石麒见告，曾见此本于扬州，还价未谐，因未之收。然其书实佳，匪仅有元旧刻，古朴可爱，亦以名臣庙志而见珍也。张某居为奇货，其师徐某更助之要索，终得巨值以去，余则不忍舍去，倾囊而不惜也。案《宋史》存世者皆明成化刻本，元椠仅内阁藏有残帙。此本系从原板模印者。《名贤诗》前若干番与《宋史》刻法如一，后则陆续增刻，行款字体每相殊异。亦有作赵书者，是仍刻于元代无疑。纸墨俱古，模印之时，亦未入明。唯颇有补板，想见当日江南父老爱敬英雄，肃谒庙貌之余，多买此册以为讽诵之具。五百年后，流传渐稀，几同孤本。向见《清学部书目》中有此名目，然存佚亦在不可知之数矣。是安得不宝爱之耶。得书后二年重装，覆以旧高丽笺，更取乾隆时旧楮，写为此跋。时壬辰小雪前五日，江南暖若初秋，日影满窗，余在海上。黄裳。

壬辰残腊，再至湖上。曾两谒岳坟。碑林尚存，不知尚有旧碣否？匆匆未暇细观也。癸巳正月初六日记。

四年前余去京师，访赵斐云于北海之侧。入库观书，询以此本，斐云即于架上抽出示余。板刻全同，别无印记。即清内阁大库物也。深藏密锁，数百年中知者甚少。只清末曹元忠曾见之，为撰一跋，文云：

> 此取大德本《宋史》列传覆刻，后附诗文一卷，题“住山僧可观录”。都三十一叶。板心有金允中字，当是刻工姓名。可观为栖霞岭褒忠演福院僧。《武林旧事》记栖霞岭口褒忠演福院云，系智果观音院，后充岳鄂王香火是也。据《辍耕录》载，岳武穆王飞墓，在杭栖霞岭下，王之诸孙有为僧者，居坟之西。为其废坏，庙与寺靡有孑遗。天台僧可观以诉于官。时何君颐贞为湖州推官，柯君敬仲以书白其事，田之没于人者复归，然庙与寺无寸椽片瓦。会李君全初为杭总管府经历，慨然以兴废为己任，而郑君明德为作疏，疏成，郡人王华父一力兴建，于是寺与庙又复完美。今卷末有遂昌郑元祐《重建岳鄂王精忠庙记》，皆是可观所刊。名贤诗词祭文记序，凡七十九家。其中叶绍翁、赵孟頫、高明、潘纯、林泉生，均《辍耕录》所谓最脍炙人口云。

元忠跋虽定此为元板，然言飞传系覆刻大德本，则耳食之言也。元刻《宋史》，世未尝见，元忠安得知其为覆本乎？

意《宋史》刊成，板片即藏杭州，卷帙浩繁，模印甚少。只此飞传一卷以其祠庙俱在湖上，遂抽取印之。可观之意，亦以此为新朝官书，取弁卷首，可免纷纷之口，其微意自不难知也。金子中为当时《宋史》刻工，即倩其更刻名贤诗文，俾板式画一，亦当然事已。明人田汝成《西湖游览志》亦记数事，略云，“庙中有石刻飞诗词二首，古今吊其墓者，诗已成集。略掇其著者”云云。汝成所掇诗有叶绍翁、赵子昂、高则诚、潘子素作，俱见此集。别有林弓寮、徐孟岳、陶九成、高季迪诗，则为此本所无。殆出后来补收之本。又此本后有“己卯菊月住山僧高会重集”一行，颇有疑其为明建文中补刻者。案《宋史》有至正六年咨文，全书卷帙浩繁，刻成必在此前。此集刊工有金子中，与刊《宋史》者为同一人，必不能老寿至建文中犹存也。然则此集之刊，必在至元至正之间，后更收拾板片，补其缺失，重印以行者也。且建文只四年，明刻传世之属建文年号者，世不经见，此卷末尚留一迹，则其可重之又一事矣。戊戌十一月廿五日，寒窗检书更跋。

弘治刻瞿宗吉《归田诗话》卷中有岳鄂王墓一条，云：

> 岳王墓诗自董静传“如公更缓须臾死，此虏安能八十年”之后，赵子昂“南渡君臣轻社稷，中原父老望旌旗”，世皆称诵。和者二人，亦杰作也。徐孟岳云：“童大王回事已离，岳将军死势尤危。直教万岁山头雀，去绕黄龙塞上旗。饮马徒闻腥巩洛，洗兵无复望条支。湖

边一把摧残骨，盖世功成百世悲。”高则诚云云。少日过葛岭，忆有人和韵题墓上云：“山前有客祠彭越，塞上无人斩郅支。”和支字韵亦佳。当时不能全记，再过之则已墁之矣。又有人为排律一首云：“北狩君亲远，南迁将相夸。偷安依凤巘，抱恨寄龙沙。咨岳归神器，遭秦载鬼车。”结句云：“太师江上土，遗臭遍天涯。”盖江海自蔡州回，驻军牧牛亭，命军士于秦桧冢上便溺以快意。人因谓之遗臭冢云。

高则诚诗未录，仅有异字。叹作唱，千里当作万里，皆不如此本之善。叶绍翁作董静传，亦资异闻。宗吉杭人，生当初明，似亦未见此书者。因偷闲为移录之。辛丑六月初五，伏后第二日，黄裳记。

此书元刻无可疑。其初刊必在《宋史》讫功之前，时为大德中。板心有题“拜王诗”“后诗”“旧诗”者，皆有金子中所刻之叶，意寺僧取名家题咏陆续付雕必更早。随得随刻，板式遂有参差。亦有残毁之叶，倩金君补完，遂有旧诗、后诗之别。其第一二两叶，与郑元祐《重建精忠庙记》刻工如一，必至元庚辰前后所补刻，是以前有可观集录题名也。卷尾之已卯亦可定其为建文元年。他日检《武林祠庙志》，如能得高会名姓时代，则此疑可决矣。得书后十六年，丙午寒露日更跋。

列传卷第一百二十四。大题下有“宋史三百六十五”七字。大题次行题“开府仪同三司七柱国录军国重事前中书右丞相监修国史领经筵事都总裁臣脱脱等奉敕修”。次行题“岳飞子云”。元刻本。半叶十行，行廿二字。上下黑线口，四周双栏。板心上记字数，下刊工姓名金子中。收藏有“安乐堂藏书记”（朱长）、“小山堂书画印”（朱方）、“鲍以文藏书记”（朱长）。

《岳忠武王庙名贤诗》一卷。题“住山僧可观录”。元刻本。行款叶各不同。板心题“诗”“后诗”“拜王诗”“旧诗记”等字样。板心下间题刊工名，有“金子中”“陈仁甫刊”“徐良”字样。上下黑口。后有《岳坟褒忠衍福寺复业记》，《大德九年乙巳中元日记》。衔名三行，“通议大夫前建德路总管兼府尹方回撰　中议大夫海北广东道肃政廉访使陆垕篆额　集贤直学士朝列大夫行江浙等处儒学提举赵孟頫书”，系赵氏手书雕板。次《重建褒忠衍福寺记》，末题“咸淳四年岁在戊辰闰正月旦日元孙承直郎添差两浙路转运司干办公事通记百拜敬书”。次遂昌郑元祐明德撰《重建岳鄂王寺疏》及《重建岳鄂王精忠庙记》，末属“至元六年岁在庚辰五月□日，徒弟慧珂、延完、文质、一成、嗣东、守正、大观　住山可观”。次前进士三山吴叔巽撰《重建岳鄂祠寺诗序》，卷末有“岁在己卯菊月住山僧高会重集”一行。

武林旧事

此钱塘吴尺凫先生瓶花斋手批校本也。有先生手跋及补录缺番如干则。朱墨纷披，雅韵欲流，为余斋中俊物。月前余偕蕙游杭，宿湖壖二日。荡桨西泠，拈香灵隐，更遍访清河坊书肆，搜得古香楼藏旧钞本《续通鉴长编》及黄氏琴趣轩钞本《钱塘遗事》，携书归来，夜饮楼外楼中，微醺后荡舟归寓。煮茗对坐，展卷并读，蛾眉促坐，灯前尔汝，大似姜白石诗中意境，念之不忘。归沪而此书至，更俪以魏稼孙手钞本《玉几山房听雨录》，是皆有关泉唐之书也，一时并至。山灵作缘，异书来投，如此俊遇是当书之书眉，以为永念也。今日病起，展卷研朱记。时庚寅首夏四月廿五日也。黄裳。

菰蒲清浅水平沙，着个瓜皮艇子斜。榜尾斜阳成一顾，为渠烘上脸边霞。

醋鱼醇酒绿莼羹，不是湖楼浪得名。如此好春拚一醉，醉看红袖更倾城。

娟娟初月媚黄昏，眼底青螺远黛痕。数桨声迟人语寂，不知身在涌金门。

未妨闲度好春时，并立苍茫读断碑。依偎惯做痴情想，不是栖栖在乱离。

后七日，夜读两峰《香叶草堂诗》湖上绝句，依韵四首纪事。黄裳。

此目卷七以后及正文补钞，皆出彬侯手书。四水潜夫一序则尺凫手写，名翰可爱，因为拈出。癸巳五月，小雁。

得此书后十九年，始取新刊一校。所据为长塘鲍氏本，未半，而有去奉贤海滨之讯，然则校书之事，当尚稍迟也。嘻！己酉九月十九日，黄裳记。

此书所据原本大抵与正德间宋廷佐本同，然亦有胜处。尺凫校笔所据，云是汲古旧本，不知果为何本。取校宋刻及长塘鲍氏本，佳字尚多。少少校之，如卷三“祭扫”条，妇人泪装之作淡装，春风鼓舞之作歌舞；“岁晚节物”条，天行贴儿当作帖儿，阮郎之作刘郎；卷六“瓦子勾阑”条，薄苛当作薄荷，风雨暑雪当作暑雨风雪之类，皆此本胜处也。时日迫促，不能遍校，少记端绪如上，留待他日校为定本可也。后日将去奉贤海滨，夜饮归来记此，志岁月焉。己酉九月十九日，灯下记。

《汲古阁秘本书目》有“《武林旧事》四本精抄。六卷十四叶已前世有刻本，十五叶已后至十卷，秦西岩从内府抄得。今觅善书者通本精抄”一条。是为斧季所藏第一本。此册有毛氏父子印记。前六卷所据，大抵正德宋廷佐本，补钞半出曹彬侯手。虽非通体精钞，然旧本面目俱在，为可贵也。尺凫精校，更其余事。己酉九月廿三日，黄裳更跋。明日去华亭江上去矣。

汪氏振绮堂藏此书二本。一嘉靖庚申陈柯重刻本，一小山堂钞十卷本。小山堂本即据此本写出。尺凫诸跋全录入，惟十卷尾补入一卷，尺凫朱墨二跋无之。又前叶中“棋待诏”条等一行亦无之。可证小山堂假录时，“棋待诏”下诸条尚未补入也。赵本别有樊榭手跋一则，今据补之：

> 修门出处见宋玉《招魂》辞中。李善注，郢城门也。郢盖楚都，宋人遂借为都门之称。若吾杭地名则无此也，绣谷先生偶误，不可以不辨。乾隆壬戌九月五日，厉鹗记。追思吾友下世已十年，不禁泫然。

樊榭于绣谷为晚辈，此跋纠其失，生死交期，不废商榷，有足观者。乙巳十月初一日，漫录。

《武林旧事》十卷，旧钞本。十一行，二十字。上下线口，左右双拦。前有序目。收藏有“虞山毛晋”（朱方）、“毛扆之印”（白方）、“斧季”（朱方）、“笠泽”（朱方）、“来云馆”（朱长）、“每爱奇书手自钞”（朱方）、“曹炎之印”（朱方）、“彬侯”（朱方）、“悠然见南山”（朱长）、“言里世家”（朱方）、“绣谷薰习”（朱长）、“吴焯字尺凫印”（白长）、“慎流传勿损污”（朱长）、“钱唐书藏”（朱长）、“臣焯”（朱白文套边方印）、“尺凫”（朱方）、“西泠吴氏”（朱长）、“绣谷”

（朱长）、“尺凫”（朱长）、“手典山川”（朱长）、吴尺凫朱墨笔手跋。

《武林旧事》十卷，元周密公谨撰。此虞山毛氏旧本，余得而插诸架。郎瑛《七修类稿》云，公谨居齐之东，作《齐东野语》；居杭癸辛街，作《癸辛杂识》；泗水出山东，号泗水潜夫；居华不注，号弁阳老人。第此编皆叙行都事，似不应题泗水。今此本作四水，当别有意义。郎瑛又云，旧本十二卷，杭刻其六。全者在吴人袁飞卿家，海盐姚士麟续刻五卷，其第一卷“棋待诏”诸篇，此本无之，当为录补。尚缺一卷尔。康熙戊戌春王十有九日，绣谷亭主。（墨书，下钤绣谷印）“棋待诏”诸条，原是第六卷，刊本误析，有辨见后。（朱笔）是岁闰中秋，又得毛氏汲古阁旧本，方见潜夫原序并卷尾元明人二跋，亟为录补。此书凡三校阅矣。绣谷主人在金粟香中书。（墨书，下钤“吴焯字尺凫”印）己亥中春，再取汲古旧本校雠。凡脱误处并从是正。疑者标注于傍。盖古今名色不同，未可以文理断也。是日病起，鉴阁垂丝海棠盛开，坐观竟日，点终此卷。（朱笔，下钤“尺凫”小印）

修门地名也。文山《指南录序》亦有皋亭山距修门三十里。今杭郡志不闻有是名，即卷中白石茅滩诸名，亦湮没难考矣。明日望，月起再书。（朱笔，钤“臣焯”印）又明日饭罢，录补漏页三处，各数百字。病余头目森然，第无以销长昼，然晴窗拂几，心地转觉清凉。后之读是书者，可无牴牾之疑矣。大凡旧籍不经校雠，终非善本，且传钞尤多鲁鱼帝虎之憾，所以古人聚书，不徒取乎缥缃之富，然插架万卷，岂易尽阅。惟日不足，苦心者自知之。是日吾友徐研庐以《建溪舟行》诗见示，吴中顾翰林侠君来访，不晤而去。侠君刻元人集百余种，尚俟商榷也。绣谷吴焯。（朱笔，钤“尺凫”小印）

吾友郑芷畦湖录云，四水者湖城以苕水、余不水、前溪水、北流水合而入于郡城之霅溪，故有四水之名。旧人诗“四水交流霅霅声”是也。据此则四水乃湖之地名。公谨生于湖，中年虽迁杭，晚仍归老弁山，又号弁阳老人，则四水潜夫之号，亦犹是耳。古本作四水，洵乎不缪。然余疑此义十年，方得其说，实为快心。己亥中秋日焯书。（墨笔，钤“吴焯”白文、“尺凫”朱文小联珠印）

偶见汲古旧本，补书二跋。戊戌闰中秋，绣谷再题。（墨笔，在卷尾）

此原接前第六卷“诸色技艺人”之下，自传钞既失，而《秘籍》刊本误别为一卷，与前隔断。征汲古旧本，几不见原书矣。大抵明季人刊书，俱犯妄作之弊，而《秘籍》与《说郛》《稗海》则尤缪戾之甚者。己亥二月望前一日，鉴阁书。（朱笔，在卷末）

杨太真外传

《藏园群书经眼录》著录此书，云宋讳玄贞树皆阙末笔，书为正德嘉靖间翻宋本，却不言是顾元庆刻。蒲江陈氏、嘉兴项氏、北海孙氏及石君荛圃诸印皆著录，然则此册当随藏园他种同归王绶珊者。余得此册于徐绍樵，盖王氏身后诸子售书最先所出之物。甲子春分日重展卷记，黄裳。

去岁春晚游西安，居五日，遍历临潼马嵬诸胜，归而取此书阅之，取数事入纪游中。此本刊于有明正嘉之际，系翻宋刻。古香袭人，历经诸家收藏，似在明时已珍重之矣。士礼居三印皆真，独无荛翁一字为可惜也。然如有之，则非我架上物矣。嘻嘻。丙寅正月初一日，漫书。

《杨太真外传》上下卷，题“史官乐史撰”。明正嘉中翻宋本。半叶十行，行十八字。白口，左右双边。黄皮纸印本。收藏有“有明王氏图书之印”（白方）、“项子京家珍藏”（朱长）、“蒲江陈氏藏书之章”（朱长）、“叶万”（白方）、“石君”（白方）、“天弢居士”（白方)、“北海孙氏收藏印”（朱长)、“黄印丕烈”（朱方)、“荛圃”（朱方)、“士礼居藏”（白方)、“杭州王氏九峰旧庐藏书之章”(朱方)。

六经图

此万历新都吴氏仿宋刊《六经图》，大册棉纸初印，《天禄后目》称为绝精，得之汉学书店郭石麒许，系两残本拼合而成，出昌龄及四明卢氏抱经楼。昌龄之书割去序目，挖补熙春楼款识，钤以自家藏印，盖欲以充宋板也。余别以抱经楼本补其失叶，未必补完。石麒谦谦君子，不斤斤计价，同得之残宋本《皇朝文鉴》七十余卷，只用百元。以示张菊生丈，叹赏备至。除夕守岁检书，因题书端，兼识今日书林固犹有陶五柳、钱听默之流亚，风流未歇也。己丑岁暮记。

余得此书凡二本。一昌龄旧藏，即此四册，黄笺覆面，内衬康熙中宣纸；一抱经楼藏，原装，凡四五册。盗掠得归，已为重装。卢氏书则已干没矣。昌龄得此书，割去卷首熙春楼牌记，别钤己印，以充宋板。藏书家伎俩类如是也。可见旧目所著宋元旧板云云，未可尽信。此书旧衬纸数十百叶亦为易去，最是可惜。乙丑七月廿九日，暑退凉生，展卷漫书。试黄鹤楼所赠扬州制鼠须笔，殊不佳。墨则汪近圣和州太守圭璧光，极细黑，信是名物。

《六经图》六卷，万历四十三年吴继仕熙春楼刻。棉纸大册。首有乾道元年正月甲子左承议郎新除行将作监丞苗昌言序，后有吴翚飞等编、徐世闻、毛邦翰等衔名五行。今存《大易象数钩深图》一卷；《尚书轨范撮要图》一卷，题“明新都吴继仕考校”；《春秋笔削发微图》一卷；《礼记制度示掌图》一卷。图绘精密，当出新安名工手。收藏有“长白敷槎氏堇斋昌龄图书印”朱文方印、“四明卢氏抱经楼藏书印”白文方印。

中兴间气集　河岳英灵集

此《中兴间气》《河岳英灵》二集，十八年前得于海上。二书皆为《四部丛刊》底本，皆自天一阁流出，精整可爱。时上海初解放，余方欲为大江南北之游，得旅费若干。临行过市，忽见旧本数种于郭石麒许，皆有放慵楼印记，亦不知谁何。只知其人曾介九峰旧庐书入市，而取其小品若干以为赆，而今更出以易钱者。最佳者《麈史》《茅亭客话》二种，皆穴砚斋钞而荛翁跋之者，索直殊昂，力不能收。只倾囊得此二书及嘉靖王觳祥刻《野客丛书》以归。后者为黄棉纸最初印本，张氏涉园所藏，至今珍藏，不忍易去。闲窗展卷，偶一把玩，其味自永。此余初收旧本时所得，时尚未能深知此中意趣，遂弃钞校而取此。洎今视之，则所谓孤本罕本虽佳，然其书往往不必可读，反不若旧刻名集之妙。旧本绝迹人间，而所藏亦大抵易米以尽，留此数册，更觉可喜。情深故剑，斯意是矣。此二书未尝一字跋之。此夕酒后，发兴书此数语，试乾隆程也园黄山图墨书之，亦不可谓非人生一乐也。

右跋未竟，亦未记岁月，大抵五年前所书也。后为友人携去，近始还来，而群书已去，不胜辽鹤之感。此册归余已二十三年，因更记之。时壬子八月廿八日，海上秋晴。

癸丑清明前一日，晴窗阅此。昨冒雨携女洁游邑中潘氏园，夭桃盛放，徘徊永日，抚玉玲珑，食蓑衣饼。归寓，旧友端木见过，谈至夜分始去，得知故人存殁诸状，颇快，因记卷末。来燕榭书。

《中兴间气集》二卷，渤海高仲武集。嘉靖刻。十行，十八字。白口，左右双边。前有姓氏一叶，次目录。收藏有“寐翁”（朱方）、“梵持”（白方）、“海日楼”（白方）、“逊斋居士”（朱长）、“杭州王氏九峰旧庐藏书之章”（朱方）。卷尾有沈子培手书一行：“天一阁藏书，甲寅季夏归于海日楼。寐叟记。”下钤“植”字朱文小方印。又郑孝胥手书五行：“辛酉正月万寿节，冯煦、王秉恩、沈曾植、邹嘉来、余肇康、吴庆焘、朱祖谋、郑孝胥、王乃徵、章梫、杨钟羲、胡嗣瑗、陈曾寿、沈颎同观。孝胥书于海日楼。”

《河岳英灵集》三卷，唐丹阳进士殷璠集。嘉靖刻，行款同前。前有殷璠序，集论，目录，目前有宋刻原本书坊识语六行。收藏有“驾浮阁”（白方）、“一龛审正”（朱方）、“海日楼”（白方）、“逊斋居士”（朱长）。序后有吴庆焘手书观款，人数同前。沈曾植手跋云：“宣统甲寅三月，借傅沅叔新得宋本《河岳英灵集》，校于毛刻本上。字句异同颇多。其间亦有毛不必非、宋不必是者。宋刻误舛显然，固不少也。六月中复得此明本，乃知毛氏分卷实祖于此。此前有刻书人小启，则复宋本也，文与宋本不同者，往往与宋本所注‘一作’者合。是此祖本尚在傅本之前。以此两本合校，而后毛氏改窜之处乃确然可指。毛氏藏书家，见本多于后人，亦有未可轻诋者耳。逊翁。”

野客丛书

去岁余于文海见苏州许氏售书目，欲踪迹之。会与西谛、圣陶、春晗游苏，便道往观，不意书已由来青阁杨寿祺居间，售归金城银行某氏矣。某君从中抽取佳本数种别售，余得此书及天一阁藏《中兴间气》《河岳英灵》二集，以十五万元获之，殊不廉也。此本极初印，用粗黄棉料纸。郭石麒云，只天一阁散出书中，多见此种纸本。聊复志之。三十八年九月廿九日，黄裳。

昨夜读《寒瘦山房鬻存书目》，卷三中著录此本，知曾经邓群碧收藏，然书中别无印记，书衣杂识亦不存，因为补录："此亦莫氏遗书也。《野客丛书》世称佳本，市价颇昂，书亦稀见。讲书为长洲名宿，又为裔孙所精刻，故可重视。吾本洞庭旧族，父母墓在尧峰，将使子孙长守松楸，爱护此邦文献，意不能已。凡兹莫氏遗籍，皆鬻书后所收。吾于此事不免出尔反尔之诮矣。己巳盛暑，正暗。"连日积雨，今日中秋令节，天忽快晴。晴窗展卷记。

莫友芝《宋元旧本经眼录》亦著此本，印记悉同。注瞿氏藏。然卷中无藏印，不知何也。一九四九年十月六日，黄裳。

《野客丛书》三十卷，附《野老记闻》。长洲王楙撰。嘉靖刻。十行，廿字。白口，左右双边。板心题黄周贤刻及他刊书人姓氏。每卷尾亦有双行题属“长洲吴曜书　黄周贤等刻”，卷各不同。卷首有“皇宋庆元改元三月戊申日下稷长洲王楙书于不欺堂之西偏”小序，“嘉泰二年十月初五日楙再书于仪真郡斋之平易堂”序。次目录。卷尾有宋王先生圹铭，嘉泰壬戌四月十八日高邮陈造唐卿跋，皇明嘉靖四十一年壬戌十二月望十世孙穀祥后跋。收藏有“宗楗”（白方）、“咏川”（朱方）、“古盐张氏”（白文套边方印）、“松下藏书”（朱长）、“绿蓑青笠村居”（朱长）、“香草山房藏本”（朱长）、“渔书草堂”（白方）、“曾在张雨岩处”（朱长）、“李印兆洛”（白方）、“申耆白事”（白方）、“莫棠字楚生印”（朱长）、“独山莫祥芝善徵父读过”（朱长）、“独山莫祥芝图书记”（朱方）、“莫棠楚生”（朱方）、“莫天麟印”（白方）、“九峰旧庐珍藏书画之记”（朱长）。卷中有张雨岩手跋书于别纸：“是书旧刻颇少，见于秘笈者，大半删去。就其所存亦妄为改窜。不经勘对，不知此本之完善也。雨岩。”下钤“雨岩”朱文小印。

绍兴十八年同年小录

《绍兴十八年同年小录》，明初刻本。半叶六行。传世此书，以此为最旧。唯以宋刻目之，则谬甚矣。黄荛翁所藏为钞本，获自海盐黄椒升，此本有《醉经楼图记》，是当为士礼居本所祖，滋可重矣。荛圃又言曾于贡局见此书，以物主宝为宋刻，终未能得。是可知其见重艺林，由来旧矣。余久不过市，市上亦绝鲜佳书可得，一日傍晚过来青阁，见世学楼钞本《孤树裒谈》及此册，遂并携归。前者以索价过昂已还之矣。此册为石麒物，尚未有价，聊留置案头，已将半月。今夜微醉归来，酒渴颇不思睡，因煮茗研墨记此一段故实。书出虞山丁氏，其家所得旧山楼书最多，余亦得其四五种，而以此为最秘也。辛卯五月初十日，黄裳题识。

余获此本后即去山东旅行，近始归来。以五十万金得此卷及张宗子《琅嬛文集》、旧钞《野处类稿》《塔影园集》等四书，尚不为昂也。今日过市，于肆中见南陵徐氏影刊弘治本此书，与此本大异。其本每半叶三人，每人详记年齿、家族、籍贯凡五行，此则但有乡里而已。徐本有弘治辛亥郑纪、王鉴之二跋，是为弘治刻无疑。然则此本果系何时何人所刻耶。虽封面所题宋刻字样不必可据，然实为异书。书囊无底，见闻有限，不禁掷笔为之叹息。辛卯八月廿二日夜窗记。

《绍兴十八年同年小录》，明初刻。八行，十六字。白口，四周双栏。板心下题刻工名及字数。卷首佚去六叶。第九叶起，书名大题大字双行。十二叶起，“第一甲”三字大字双行，每半叶六人。大字写刻，甚精，棉纸精印。收藏有“黄印锡蕃”（白文套边方印）、“晋康”（朱方）、“椒升藏本”（白文套边长印）、“醉经楼”（朱长）、“武原马氏藏书”（白文大方印）、“读史精舍”（白方）、“曾在旧山楼”（朱长）、“旧山楼”（白文套边大方印）。

中吴纪闻

此汲古阁刊《中吴纪闻》，极初印，阅之眼明。余见之石麒书包中，亟取归藏之。尝得鸳湖沈氏旧储一本，后印至不可辨识，去此远矣。余又得明人旧写本之曾藏士礼居中者，最珍重之，此本遂逊而居乙矣。辛卯十月廿四日，冻雨终朝，海上初寒，灯下记此。黄裳。

此本石麒自姑苏买得。中有“临川经眼”印。今秋余又自吴下得旧钞数种，亦其家书，石湖王氏也。辛卯十月十九日。

《中吴纪闻》余曾收得李明古家藏旧钞本，有陈道复朱笔校跋，为黄荛翁士礼居中旧物，已易去，箧中只此毛刻在矣。明丽可爱，旧出石湖王氏，有烟客及映雪阁印，亦可藏弆。此书人间不乏旧校，他日当过录一册。庚子清明后三日，来燕榭书。

《中吴纪闻》六卷，宋昆山龚明之希仲纪、明虞山毛晋子九订。明末刻。九行，十八字。上下阔黑口。首叶板心题“汲古阁毛氏正本”。前有“淳熙元年中和日宣教郎赐绯鱼袋致仕龚明之期颐堂书”序。后有至正二十五年武宁卢熊跋，毛晋跋。收藏有“烟客”（朱方）、“映雪阁藏”（白方）、“春涛”（白长）、“临川经眼”（朱方）。

通典

壬辰之冬，余归自京师，得佳本不少于石麒许，盖皆自绍兴甬上来者。林某闻讯，亦挟旧本来沪售之，余辗转得见于石麒许者有明钞残本最多。如《册府元龟》《文苑英华》《说郛》《御览》等，皆大部书，无所用之。只得天一阁钞本数种耳。今日乃又见此，写手极精，展阅忘倦，遂又发兴买之。计存卷百五十五至终，凡四十六卷。此书宋椠尚存，元板则只有《详节》四十二卷。此钞系从大德本出，可备《通典》异本之一。钞手亦旧，当在嘉靖墨板之前也。十月廿七日，灯窗漫识。

《通典》，存卷百五十五至二百。明人黑格蓝格精钞本。半叶十四行，行二十六字。白口，单栏。卷末有王虎跋，略云，“大德丁未春，蜀杨侯应发守临川，嘉惠后学，得善本刻诸郡庠。正录王舟周端礼偕所隶学院，鸠工惟谨，计二百卷。至大戊申仲冬，余来为杨侯代，首谒孔庙，访所刊梓，乃犹未濡墨，敦勉诸老，重加校勘，于是得为完书”，末属“嘉议大夫抚州路总管兼管内劝农事符离王虎英雄甫跋”。

演山先生文集

此金星轺家精钞本《演山集》六十卷，余获之抱经堂朱氏，所耗甚巨而不惜也。书甚少见，世无刊本，只此钞帙流传，此册末有衔名四行，当是源出宋本之证。书中“完”字缺末笔，是又南渡后刊板之证也。初余闻九峰旧庐有此书，后为朱氏所得，屡过市问之，皆靳而不出。孙助廉获其家书不少，余倩渠为议价，亦不谐。其居奇之故，盖以余与演山先生名字偶同也。忆余初取此笔名与世人相见，事在十五年前。偶翻一册书，偶遇之遂偶用之耳。今世人皆知余此名矣，估人亦知之，而为要索口实。余亦不吝重直易之，是真能好事者，不徒书痴书福加人一等耳。庚寅十一月十二日记。

此文瑞楼黑格钞本《演山集》，余藏之梦寐久矣。今卒以归余，欣幸何如。此册写手极工，全书焕然如新开，二百余年前物，保存若此，颇不易也。余以弘治本《新安文献志》、嘉靖本《艺文类聚》、玉兰草堂本《辍耕录》、崇祯本《吴歈小草》四书易得，而犹贴米石许，可谓昂矣。交易既成，辄书卷端。庚寅冬日。

《演山先生文集》六十卷，文瑞楼旧钞本。十一行，二十一字。白口，左右双栏。板心下刻“文瑞楼”三字。前有左朝散郎权知温州军州主管学士兼管内劝农事借紫金鱼袋莆田王悦序，自序，目录。卷末有《宋端明殿学士正议大夫赠少傅黄公神道碑》，程瑀撰并书，李擢篆额。次《紫元翁塑像记》，左从事郎充建昌军学教授廖挺谨题集后，乾道丙戌孟夏黄玠书后。更有谭寿卿、廖挺、张衮、黄玠刊书衔名四行。收藏有“醴陵文濬读有用书斋藏书印”（朱长）、“醴陵文雪吟珍藏印”（白方）、“雪吟过眼”（白长）、“九峰旧庐藏书记”（朱方）、“绶珊六十以后所得书画”（朱方）、“绶珊收藏善本”（朱长）、“琅园秘笈”（朱方）。

潜夫论

此《潜夫论》存六十一番，焦里堂藏书。余检得于传薪书店残书堆中。刊印极精，真书林尤物也。此书世无宋板，钱牧翁、冯研祥藏有金刻，卷端第一行书名下但标“王符”二字，与此正同。述古堂之影宋钞，取对此本，一一俱合，是真流传有自者矣。闻估人言，书出宝应故家。其家尚有书一屋未出，此本余卷或尚在，未可定也。钿合钗分，余何敢知，惟祈其终出于世，免沦劫火耳。长恩有灵，当默佑之。辛卯十月廿七日，重展卷书。

吴兴徐森玉极称此本之佳，定为元板。

《潜夫论》十卷，王符撰。旧刻本。半叶十行，行十八字。白口，左右双栏。今存卷三至四、卷八至十。长卷头，全书百卅八番。收藏有“金印裒玮”（白文大方印）、“黄水”（白方）、“金季子莱氏”（朱方）、“金仲子”（白方）、“溶”（白方）、“凝香室藏书”（朱文大方印）、“毓昆”（朱方）、“春水满四泽，夏云多奇峰。

秋月扬明辉，冬岭秀孤松”（朱文大方印）、“焦氏藏书”（白方）、“焦循”（白方）、“仲轩”（朱长）、“焦循私印”（白方）。

所知录

《所知录》向来收藏家所储皆少完本。大兴傅以礼得《荆驼逸史》本《汇刻》三卷而无附录，又借庄仲求司马、谢枚如舍人两家旧钞补缀，而犹缺《髯绝篇》。后展转自萧敬孚处钞得，长跋记之。此本首尾完具，诸诗搜罗最备，旧钞足本，大堪珍重。瑞轩藏晚明史籍佳本至多，余所得不少，而甚憾不得其人故实。闻石麒见告，来青阁主人杨寿祺知之，暇当询之。得书翌日，检《华延年室题跋》，更记数语卷端。乙未二月三十日，来燕榭记。

《所知录》前尚有凡例五条。余别藏旧钞残本有之。其本为桐花轩旧藏，不知谁何。收于甫里梅花墅许家，信是渊源有自之物。己亥秋日记。

《髯绝篇》所记甚妙。生动而真实，绝非臆造。如此人物，安可不入之说部中。癸卯新正初三夜，灯下阅记。黄裳书。

《所知录》三卷，翰林钱秉镫稿。旧钞本。钞白，半叶九行，行廿六字。莫友芝朱笔题“末附南渡三案及阮大铖本末小纪”一行。收藏有“瑞轩”（朱方）、“独山莫氏铜井文房藏书记”（朱长）、“莫棠楚生父印”（朱长）。

梦粱录

《梦粱录》旧本断种已久。天一阁钞本及其他明钞皆一卷本。盖杨循吉删余之本也。钱遵王家有二十卷本，录自李中麓旧藏书，此旧钞从南宋临安书棚本出，可至宝爱。卷中有缺字处，殆所据宋板如是。惜卷尾有数叶霉损，无从补缀矣。今日天雨，寂寥甚，闲步过市，得此于来青阁。同得尚有明钞二种，出海盐涉园张氏、泰兴季氏。久不见异书，得此不禁眼明。乙未三月初五日，黄裳记。

《梦粱录》二十卷。旧钞本。钞白。十行，二十字。首有甲戌岁中秋日钱塘吴自牧序。次目录，后有“临安府棚北大街睦亲坊南陈解元书籍铺刊行”两行。钞手颇工，惟“梦粱”俱作“梦梁”。

梅花喜神谱

此云间古倪园沈氏重刊宋本《梅花喜神谱》，初印精好，石麒得于吴下，携以归余。此宋本今在吴湖帆处，《续古逸丛书》有影印本，石印而非珂椤板，以视此本，雅俗判然。辛卯正月尾晴窗记，黄裳。

携此本归与《续古逸丛书》本对读，知此五砚楼摹本未能与宋刊毫发悉合，板心题字亦各不同，影摹图记亦有朱白文之异，而地位亦复不同也。宋本原跋亦未抚入，而此本所存题词及荛翁刊书跋、王铁夫夫妇二跋皆独见此册。刊书者夏天培，有牌记。其刻殊未佳，未能传宋本笔锋神趣，然刊木之业今已沦胥，睹此百年前故物，纸白如玉，墨色黝然，亦不能无珍惜之意耳。辛卯正月三十日灯下书。

今秋在京，一日偶过缀玉轩闲话，阿英以笺纸一包赠浣华，言系于厂肆收得者，意甚珍重。浣华出以相示，即此《梅花喜神谱》也。与此本正同。不知果是此板刷印者否。重展漫记。壬辰冬至后二日，小雁。

近又得《静好楼双兰记》，亦古倪园刻，传本更罕。当重装并藏之。乙未闰三月初三日，黄裳记。

古倪园沈氏所藏书，余所见不过数种，多精好，钤印累累。所刻书绝精。此本外更得四妇人集，皆影宋明旧本。盖倩黄荛翁经理其事，无怪其精妙也。绮云小妻为曹墨琴弱妹，早逝。余后收《静好楼双兰记》，悼亡之作也。亦有惕甫夫妇题跋，而俱未收于《渊雅堂写韵轩集》。冬夜展卷，更为跋此。甲辰残腊廿七日，黄裳记。

《梅花喜神谱》二卷，卷首大题下有“雪岩”二字。嘉庆古倪园刻。前有雪岩耕田夫宋伯仁序。序后有金华双桂堂景定辛酉重锓跋。次目录，题“雪岩宋伯仁器之编”。卷尾有容堂向士璧君玉甫跋，嘉熙二年八月廿六日靖逸叶绍翁跋。(以上翻宋本)。有“嘉庆辛未云间古倪园沈氏用影摹宋本重雕”及“侨吴七十老人魏塘夏天培镌”牌记。卷末有徐云路、李福、董国琛、戴延介题词，附录《读书敏求记》一则。辛未复翁黄丕烈后跋，嘉庆壬申楞伽山人跋，墨琴女史曹贞秀跋。

诗人玉屑

此明翻宋本《诗人玉屑》四册，余于北京隆福寺文友堂架上得之，尚是原装。封面题元亨利贞，是当时已是残帙矣。刻工古秀可爱，当是正嘉间开板，重装前记。庚寅大雪日灯下记。黄裳。

《藏园群书经眼录》著录此书宋本，行款俱同。知此本即从宋本翻出。

《诗人玉屑》，存卷一之十六。明翻宋本。十一行，二十一字。白口，单栏。每门标目大字占双行。前有淳祐甲辰长至日玉林黄叔旸序，行书，五行，十二字。序后有“玉林”“清则后人”（钟式）、“黄氏图书”三印，仍宋本旧式。

花间集

《花间》宋刻凡三本。一、绍兴十八年晁谦之刻，八行十七字；一、淳熙鄂州刻，十行十七字，二本今俱在北京，余皆得见之。一、毛氏《词苑英华》所据本，有陆游跋云是开禧元年刻，今不可见。又晁本跋尾言“建康旧有本”，是又一宋刻，且为晁本所祖，亦不传。此刻校雠甚精，取校绍兴本，大致无异，小注亦并同。只宋本卷五末，《浣溪沙》《三字令》之欧阳炯撰者，此本移在卷六之首。又薛昭蕴《浣溪沙》，“江馆清秋缆客船”，不作“揽”；“碧桃花谢忆刘郎”，不作“榭”。俱与鄂州使库本合，皆佳字也。读温序，知茅贞叔所据为家藏建康本，如非绍兴十八年刻，殆即谦之序称建康旧有之本也。校读一过，姑悬一解于此。其他佳胜处尚有，纸短不及入跋，当别作札记。戊戌二月初四日试新收乾隆元年墨书此，黄裳。

《花间集》十卷，题“唐赵崇祚集　明温博点句茅一桢校释”。万历刻。九行，十八字。白口，左右双边。前有唐欧阳炯大字序，题乌程冯年书。次叙目，后有牌记，三行："万历商横执徐之岁朱夏日归安茅氏雕于凌霞山房。"

《花间集补》二卷，题"西吴温博编次　茅一桢订释"。行款同。卷尾有音释及乌程温博允文甫集补序。

花庵词选

此南浔刘氏嘉业堂所藏《唐宋诸贤绝妙词选》十卷，有大司马印，天一阁故物也。板刻精好，为明翻宋本之精者。余二十岁前喜收词集，而佳刻绝少入目。近来所好渐变，然偶见善本，辄亦收之。此册则与旧钞《柳如是集》同得者也。戊子八月，秋雨新凉，题记。

《花庵词选》二十卷，此十卷外尚有《中兴以来绝妙词选》十卷，余后亦收一本，为王氏九峰旧庐故物。今年小绿天书出，亦有《中兴以来绝妙词选》一部，系《四部丛刊》底本。余后更收残本四卷。此《唐宋诸贤词选》则绝少见，况为天一阁故物耶。当珍储之。旧钉六册，今更去其衬叶，改订二册，觉可喜多矣。辛卯正月初三日，黄裳记。

此余始购旧本书时所得也，于今四年矣。其时嘉业堂藏书狼藉市上，余得书不少。残蜀大字本《东坡后集》外以此为最精。明刻词籍极少，而如此精椠乃更不数数见也。

书从盗窟中历劫归来，闲窗展卷，心目俱爽，真绝妙娱老之资也。辛酉正月初九，晴暖如春，黄裳记。

《唐宋诸贤绝妙词选》十卷，万历翻宋本。十行，二十字。上下黑线口，左右双边。板心上记词人姓氏。前有淳祐己酉上巳前进士胡德方季直序。次纲目，题“花庵词客编集”。纲目大题占双行，俱依宋本原式。目后有双行牌记：“万历四年七夕龙丘舒氏伯明新雕梁溪寓舍印行。”收藏有“古司马氏”（朱方）、“吴兴刘氏嘉业堂藏”（朱长）。

《花庵词选》余前得《唐宋诸贤》十卷于文海，是刘承幹旧藏书，后以之示郑西谛，叹为绝佳，以序目皆在也。此《中兴以来》十卷，得之富晋书社，是九峰旧庐物，见之喜甚，急归插架。两美作合，快慰何似。此为《四部丛刊》所祖，而序目俱在，仅末叶为钞补耳。三十七年十二月一日，黄裳。

此亦九峰旧庐书，有朱遂翔经眼印。余于富晋王氏得之，价甚昂。以偭旧得《唐宋诸贤》一集，两美之合，是以不吝重直收之。词选总集，明刻甚少。只此是名书。洪武本《草堂诗馀》出于坊刻，非佳册。《花草粹编》系明人杂辑而成，皆不如此本之为宋时名选、翻宋精刻为可重也。庚戌五月。

《中兴以来绝妙词选》十卷，万历翻宋本。行款同前书。前有淳祐己酉百五玉林序，即黄叔旸也。次纲目。卷尾有三行牌记：“万历二年中秋既望龙丘桐源舒氏伯明新雕梁溪寓舍印行。”

绝妙好词（项氏本）

《绝妙好词》，清初始有刻本。柯氏小幔亭刻本在康熙中，最早。板片后归高江村，挖改重印，所谓清吟堂本也。二本余皆有之，世亦多知其书。此雍正项刻，为附传注最先之本，刊亦最精，余亦有之。惟书品较小，扉叶亦不存。但最珍重之。查厉笺本盛行于世，而人绝不知此刻实为先河，樊榭实亦列名同勘此书，然于序查本时亦不道及，几湮迹人间矣。此二册见于沪市，群玉书堂扉叶尚存，初印明丽，见之眼明。悬直颇昂，仍易之归，是真好书亦好事之尤矣。漫记卷耑，时己亥三月十一日，好春时也。黄裳记。

项氏玉渊堂刻书不少，俱精整。《水经注》及唐人集世多有之。惟此罕传。而别题群玉书堂，尤少人知。此书余旧得一本于郭石麒许，印印川旧物，前失扉叶，书品亦差小。后更见此，悬直殊昂，仍易之归。清初精刻始于康熙，至乾隆而大盛，惟多软美不耐观。此刻清劲婉丽，恰得其妙，实代表作也。近检书及此，灯前展卷，因更跋之，匆匆已六年矣。乙巳小满前四日，来燕榭写记。

此书沦盗窟十年，屡索不得，先以印印川所藏一本见还，欲劫此不出也。昨始重归，欢喜记之。癸亥冬至前日。

《绝妙好词》七卷，宋弁阳老人周密原辑。雍正写刻本。十一行，廿一字。白口，单栏。前有扉叶，题“群玉书堂”。“雍正乙巳七月澹斋项细书于白沙之怡园”序。次题跋附录。次目录。每卷尾有勘定姓氏。“歙项细澹斋”（卷一）、“钱唐陈撰玉几同勘”（卷二）、“钱唐徐逢吉紫山、厉鹗太鸿同勘”（卷三）、“钱唐金士奇绘卣、仁和张隆卜晴沙同勘”（卷四）、“仁和赵昱谷林、钱唐江潆冷红同勘”（卷五）、“桂林洪正治陔华、岑山程鸣松门同勘”（卷六）、“钱唐符曾药林、江都陆钟辉渟川同勘”（卷七）。卷七末有“桂溪项道晖晓峦复勘”一行。

绝妙好词(柯氏本)

此魏塘柯氏刊《绝妙好词》，从钱遵王家钞本出，刻于康熙乙丑，传本甚稀。前曾一见于旧肆，展转为人买去，至今惜之。昨忽又睹此本，印本转胜前书，亟得之归，与旧藏项氏玉渊堂刻一本同储，皆草窗词选之旧刻矣。注本出于乾隆中，后于此二刻约数十年。丁酉闰月初五日秋窗听雨记。

得此书后半年，更得一本。仍此板片而为高江村得去，灭去卷首大字序、南陔序，“康熙乙丑”一行亦削去。士奇自为一序，题“康熙戊寅夏五”。每卷卷首“小幔亭重订”一行挖改为“清吟堂重订”，“弁阳老人”下别增“周密”二字。不见此原刻，几无以发其覆也。惟其本为吴枚庵藏，朱黄杂下，有手跋两行，后归贝氏千墨庵，亦有手跋钤记，滋可重耳。今日午后，偕燕出游，观湘潭齐氏画，过来青阁，买书而归，灯下作记，时戊戌三月十六，立夏之前二日也。

戊戌正月廿六日，晨窗重展。据雍正项刻补卷七第六页一叶竟。一帘花雨，无那春愁。萧斋作记。

《绝妙好词》七卷，属弁阳老人缉，大题下有“小幔亭重订”五字。康熙刻。九行，二十字。上下黑口，左右双边。康熙乙丑嘉善柯崇朴寓匏氏题于静寄轩序，武唐柯煜序，目录。每卷后有校人姓氏。

双崖文集

丁酉春深，收于武林旧肆。书从徽郡山中来，虽不完，亦人间奇秘矣。三月十六日记。

《千顷堂书目》永乐甲申科有周忱《双崖集》八卷一行，下小注云："字恂如，吉水人。工部尚书，谥文襄。"此残册只得全集四之一耳。然自清初以还，藏书家无著录之者，当是孤行之册，因为著之藏书志中。丁酉闰中秋，黄裳更跋。

丁酉春日游武林，于估人许得此残册，颇索重直。余近撰文论残本可重，类此当是白眉。书被掠去七年，近始归来，灯前展卷，漫志岁月。庚申芒种前日。

《明代版刻综录》云，此书四卷，正统十一年周仁俊刊，不知信否。忱为优人谱入《十五贯》中，世多知之。此本卷四有与行在户部诸公书，为抚吴时作。论苏松逃民得七弊。一曰大户苞荫，二曰豪匠冒合，三曰船居浮荡，四曰军囚牵引，五曰屯营隐占，六曰邻境蔽匿，七曰僧道招诱。为明初吴地良史料。甲子闰十月初十日重展记。

《双崖文集》，存卷三至四。庐陵周忱恂如作。明初刻。十行，二十一字。大黑口，四周双栏。

诗翼

此嘉靖刻《诗翼》，精整可爱，惜仅余其半。余箧中残本多矣，抽暇展观，每每忘倦。此意少有人知。所谓玩物丧志、古董家数，殆难免此讥嘲，然犹贤博弈也。今日博已禁断，弈则颇盛，并为显学。然则持一卷书，赏其纸墨之光莹，刻工之劲秀，似亦非甚恶事也。暇当以此意发挥之，为板本学家张目。辛酉八月初二日，余暑尚炽，挥汗整书，戏为此跋。黄裳记。

《诗准》四卷，《诗翼》四卷，宋何无适程希编。嘉靖三年江都郝梁万玉堂刊。南京图书馆有全书。甲子闰月更记。

《诗翼》四卷，存卷一至二。嘉靖刻。十行，十八字。白口，左右双边。前有目。

诗林广记

此册今春获之都中来薰阁书肆，系天一阁旧藏本。查薛叔耘《天一阁见存书目》卷四，著录此书云“前集全，后集存卷一至五”是也。是此册尚是早年流出阁外者，当珍护之。庚寅夏至夜，雨甚，檐溜有声，展书因记。

今日书友持一明大字刊本来，十行二十字。取以校此，无甚异同，印本殊不佳，亦远在此刻之后，因即还之。此书传世者有元刊、明弘治刊及大字刊本，俱常见，惟此正统宁夏刊本未见著录，是匪仅以刊刻纸墨俱古为可珍也已。辛卯二月初二日，黄裳记。

《精选古今名贤丛话诗林广记后集》，存卷六至十。次行属“蒙斋野逸蔡正孙粹然”。“精选”或作“妙选”，“丛话”或作“佳话”。正统刻。半叶八行，行十六字。大黑口，单栏。末有正统十一年龙集丙寅季春中旬日奉政大夫陕西按察司佥事阳平王瑛跋，有“秋霜烈日”印。跋略云：“予按临西陲，公暇往谒参赞军务大理寺丞滏阳罗公尚䌹，出斯集以见示……因念宁夏僻在边方，人罕得睹，遂捐廪给命工锓梓，以广其传。”按木犀轩李氏有此书明初刊本，九行十八字。序文与此跋略同，然非一刻也。其本有元统十一年序，以明刻而妄题元顺帝年号，十一年则仍而未改。是翻雕劣本无疑。

中州启劄

庚寅初冬十月十八日，海上所收。

此本出虞山瞿氏而无藏记，实秘册也。黄荛翁所藏为钞本，称为稀有，此成化本实较元板为善，以误书反少也。翁氏一跋犹在，未为估人撤去，更难得。命工重装，覆以高丽发笺，古香袭人，当珍护之。壬辰初夏五月十一日，挥汗记此。

陆心源有元刻，二十六行廿二字，今归海东静嘉堂矣。

得此书后半年，更收《欧苏手简》四卷，亦黑口本。读翁跋知为伊先此刻成者，甚快事也。

《中州启劄》四卷，成化刻。十二行，二十四字。大黑口，四周双栏。前有大德辛丑四月朔承事郎江西等处儒学副提举许善胜序。后有成化三年莆田后学翁世资跋。读许序"江西省检校掾史吴君仁卿裒中州诸老往复书尺为一编，凡若干卷，辍己俸锓梓"，"仁卿名弘道，金台蒲阴人也"，知编刻者为吴弘道。

远山堂曲品剧品

余既得山阴祁氏遗书，乃取忠敏日记读之，于遗稿撰作时日、搜辑情状，一一摘录，每与遗书复按，若合符节，为之大快。忠敏日记中每记观剧琐屑，又能自谱曲，于此事似深好之者。崇祯乙亥归南快录十一月初四日记云：“予坐书室，竟日不出户，整向日所蓄词曲，汇而成帙。然顾误之癖，于此已解，终不喜观之矣。”是所藏曲本亦至富也。忠敏殉国，祁氏更遭家变，遗书遂不可问。然公子奕庆曾有《奕庆藏书楼目》，向见有明时旧写本，其中著录名剧汇七十二本（凡二百七十种，有详目），杂剧十四本（无目），钞本杂剧十二本（无目），未钉杂剧二帙（无目），是当为忠敏崇祯中手订之旧也。顾其书流落存亡，俱不可知。今秋余在京，得石麒来书，告收得忠敏《远山堂文稚》，候余归沪观之，心念其必为遗著钞存之本也，归而索观，果然。《文稚》外乃更有破书一册，前数叶已撕去不存，仔细审视，始知即公遗书《曲品》也。其叙例却在《文稚》中。计存艳品二十种，能品二百十三种，具品百二十六种，杂调四十六种。前佚约七番，从叙例求之，所录当是雅品、妙品也。少观所记诸曲名目，大半为绝秘之册，非但未见其书，即其名亦从未之知也。余近究心《白蛇传》，以所藏乾隆三年刻《看山阁乐府 · 雷峰塔传奇》为最旧，定谱曲最早当属此本，今读忠敏此书，乃知明时已有此曲矣。为之惊异。他如梁山伯祝英台事，亦早谱入传奇。苟非此品复出，夫谁能更知之耶。是忠敏藏曲虽不可见，其大略却于此中存之，是亡而未亡也。此本前佚之叶，所录俱是名作，世所习知，是虽不可见，亦无伤耳。装潢甫竟，辄为著其源流于此。壬辰十月初九日，黄裳记。

先是余得起元社黑格旧钞本《远山堂文稚》及无题钞本（亦起元社黑格）等三册于石麒许，渠即见告尚有《曲品》二册未出，归而审视其无题一册书，实即《曲品》也。疑莫能明。岂原稿真迹尚在人间耶。屡促其为余致之，昨日书始至，黄昏时过石麒家，挟之而归。灯下细阅，知果为原迹。卷中墨笔蓝笔删改圈点及此叶后“赏音道人”四字皆忠敏亲笔，证之他书，确无可疑。起元社旧钞即据此录出者。尚有一册则未前见，亦是忠敏所撰，却无手迹耳。欣喜逾望，辄记卷耑。尚有祁承㸁示子扎底一册，约明日往取，亦附识之。壬辰十月三十日，黄裳。

余既得此原稿本，乃以起元社黑格旧钞归之北京图书馆。西谛见之，来书告欣喜逾恒。更记。癸巳谷雨。

甲午冬日，付活字印行。乙未春正月十四日工毕。雨窗校一过。其不见于姚梅《今乐考证》、王国维《曲录》、吕天成《曲品》、高奕《新传奇品》者凡二百四十二种。

远山堂明人曲剧二品，余先后收得钞本、稿本于山阴祁氏。既付工排印行世，遂以原本移赠北京图书馆。寄京前撤去余手写诸跋及残目数叶。赵斐云后语余，见此书时意必有长跋纪事，不知何以一字未书，以此见询，余亦笑而颔之而已。此零叶仍在箧中，春节无事，检书又见之，乃为排比，订为一册藏之。癸卯正月初三日，黄裳记。

《远山堂曲品剧品》，祁彪佳稿本。远山堂绿格写。半叶十行，行二十字。《曲品》有彪佳校改。

曲律

此天启中方诸馆刻《曲律》四卷，世罕传本。沈宠绥《度曲须知》、魏良辅《曲律》及《衡曲麈谭》今皆有复本，只此无之。仅北平图书馆旧藏一帙，存亡亦不可知。此册为甬估林某挟来海上，佚去卷一及卷二前九叶，寄吴下故人曹有福君为重装之。以明时旧楮订于卷端，他日当补足之。久久未至，会许姬老索阅此册，因促之寄来，今日书至，因书卷端。癸巳芒种前日，黄裳。

此天启方诸馆本《曲律》得于越中，存其强半。同得尚有万历刻《玉丸记》二卷，亦孤帙也。癸巳清明后一日。

《曲律》四卷，大题下三行题："会稽方诸生王骥德伯良撰　柳城翁孙如法世行订　勾馀郁蓝生吕天成勤之校。"天启刻。十行，二十字。白口，单栏。板心下有"方诸馆"三字。后附《曲律后语》，天启阏逢困敦之岁季春上浣五日松陵友弟毛以燧跋及王骥德别毛允遂诗。

太和正音谱

此旧刻曲谱残卷一册，检得于萃古斋。起自四十九叶，前不知尚有何名也。以余目验，殆是明初藩府所刊曲选之一种。断种孤帙，安得以不完而忽之。所录诸调目录却完，足供曲家考索。癸巳三月十五日，黄裳记。

此海盐姚士粦藏书，卷端有其印记，可珍异也。更知此册在叔祥藏弆时，前如干叶即已不存。罕秘孤行，由来旧矣。同夜小雁再书。

此书买得后即付工重装，未遑考索，亦不知其名，但知为明初旧本而已。今赵斐云来斋中观书，示以此册，欢喜赞叹，以为得未曾有，盖即洪武原刊之《太和正音谱》也。钱唐丁氏曾有旧钞，即影洪武本者，与此正同。后嘉靖前后曾数数翻刻，原本迄未闻有著录之者。今乃重现人间，岂非绝妙之事耶。丁氏所藏旧钞有梁溪蔡氏印，又有汪士钟印。涵芬楼秘籍曾影入之，暇当取此对勘以证之。此书题“丹丘先生涵虚子编”，原本二卷。涵虚子者宁王权之道号，又号臞仙，太祖第十七子。洪武二十四年封，永乐元年徙南昌，正统十三年薨。原书前有自序。《四库》未曾著录，是流传绝罕者。客去后灯下漫记。癸巳五月廿一日，黄裳。

斐云久病，余念之不已。实以近时板本之学无逾此君者，人才难得也。半月前余以事入京师，晤谢刚主，告“文化大革命”中斐云所遇诸酷。先是为拘系于地下室甚久，阴湿不堪。逻者知其性最畏蛇，乃以置于卧具中，大惊怖，遂中风，以至不起。近国家订定全国善本书目，聘顾问三人。周叔弢丈外，斐云亦其一。斐云得讯大兴奋，终夜不能眠，翌日疾作，遂卒。余访北京图书馆之日，适为斐云送葬之辰，因得一赴，并睹遗容，不可谓非有前缘也。此本余初不知为何书，斐云一见即断之为《正音谱》，检视果然。此种眼力学养，今无之矣。因重阅前跋，忆及旧事，不能无黄垆之痛，遂更跋焉。庚申五月廿八日，黄裳书。

《太和正音谱》，洪武刻本。大字写刻，犹存元本面目。半叶六行，行廿一字。皮纸精印。存卷上四十九叶至九十二叶。收藏有“海盐姚叔祥藏”（白文扁方印）、“刘蓉裳珍藏印”（朱文长印）。

琵琶记

此起凤馆本《琵琶记》，余有三本而皆无卷尾《释义》一卷。今夏在京师傅惜华家见一残本，印绝精，《释义》尚存。日昨绍兴估人挟祁彪佳《曲品》来沪归余，同时云更有《琵琶记》一本，绝佳，世未前见。索而观之，实即此本，抚印尚不如此册之佳也，只存卷中及卷上后半，视为奇货，真大可笑事。时与石麒在袁估西江许闲话，西江告伊前数年亦收一最初印本，系洞庭山乡人携来海上者，有一单，遍历三马路诸肆，无人顾问，亦无人肯过而一观也。其人语袁西江曰，吾书携在旅舍，近在咫尺，何妨一观。袁即随之往，于诸恶本中抽出此《琵琶记》二册，绝初印，大喜逾望，以极廉之直易归，送往郑西谛许，即留下，允以新出《鲁迅全集》十部相易，而至今书尚未至也。去年西谛整书北上，西江前往助之理董，陈乃乾、瞿凤起皆在座，得见此本，惊喜赞叹。西谛见之，乃掉首登楼而去。此西江所告如此。其事甚趣，因为记之。此本今存世者，余所知凡六，而只一本首尾完具而初印者即出自洞庭终归长乐郑氏者也。起凤馆所刊尚有《西厢》一种，与此体式全同。惜华亦藏棉纸初印本，真尤物也。壬辰十月三十日，黄裳小雁记。

元本《出相南琵琶记》，存卷上一卷。明刻本。十行，廿二字。前有目。收藏有“由敦”（朱文联朱印）、“武水夏香玉珍赏”（朱长）。

三辅黄图

此书出绍兴山中，估人拔之出于纸丛，余又从而得之。世传此书多嘉靖刘景韶刻，九行十八字。此本却罕见，未闻有著录者。辛卯首夏，黄裳记。

此书出杭州。富晋估人往收旧纸，秤得于残书堆中。一日余过市，书估手此一册叹曰，惜其不为《四部丛刊》本也。肆中方收《丛刊》一部，中佚《三辅黄图》及他书二种。有人持一另种来，索五万金方允售，是以书估有此叹也。余即以十万金易之以归，付工重装，整饬如新。此甚可笑事也。辛卯十月十二日重阅书此。

《三辅黄图》六卷，卷一大题下一行曰“四明薛晨子熙校”。嘉靖刻。半叶十一行，行二十字。白口，左右双边。板心下有刊工姓名，章松、章彬、杨仁等十许人。前有叙、目录。

胡震亨著作二种

壬辰七月十六日，得此册于琉璃厂小西南园雒氏书坊。此书世罕传本，亦未见于秘册汇函中。卷端有吴兔床藏印，亦佳本也。时方得明四明范大澈钞宋本《离骚草木疏》于此肆，甚快意也。黄裳。

今日于徐森玉处见徐晓霞遗书，中有《读书杂录》一册，前尚有序一通，末有陈仲鱼朱笔跋，云至罕传，遣工传录一册云云。其书亦假之拜经楼吴氏者，知此册罕秘，从来已然矣。《盗鉴录》一册陈仲鱼亦未之见也。乙未五月初十日，雨窗记。

此名书也。世不经见。于清初笔记中可与《广阳杂记》竞爽。孝辕藏书有名于时，《杂录》所记往往有关书林掌故，又记明末官军害民种种，皆为实录。胡氏固亦地主士大夫，然于此等处却不为习见所囿，是可重之又一事已。吴兔床家书籍散见京师诸肆者不少，十年前于韩子元许见数十种，皆《拜经楼题跋记》中著录之品，此册当亦其时流出者，却非韩氏所有。后硖石某氏游京师，以重价买归不少。有归徐氏者，所谓小紫来阁者是也。余因徐绍樵之介，得其十数种，此其流转之大略也。然亦不能详其踪迹。今日旧书绝迹市上，吴氏故物更不可问矣。辛丑新正更跋。

《靖康盗鉴录》一卷，明天启元年刻。半叶九行，行十九字。白口，左右双边。写刻疏古。前有辛酉夏四月武原胡震亨孝辕题辞。孝辕生隆庆元年，如辛酉为康熙二十年，孝辕已百余岁，必不然矣。题辞中有云“所恨者七尺身躯，一腔智慧，不拚与建州巨敌，博旦夕命”，亦非作于易代后之语，可证书实刻于晚明也。收藏有“吴兔床书籍印”（朱长）、“石友过眼”（白朱文方印）、“岐昌之印”（白方）、“药师氏”（朱方）。

《读书杂录》二卷，题“海盐胡震亨遁叟著”。清初刻本。半叶九行，行十九字。白口，左右双边。与《盗鉴录》合订一册。

晞颜先生诗集

此本买归后，细阅始知为不全本。此叶为汤某割去四行，别以旧纸补之，以充全书，颇以为憾。十日前更过武林，估人告于旧家见此集残本后半，纸墨如一，闻之惊喜，意亦未敢便信也。三日前与燕会于湖上，畅游三日，暇时过肆，残本已至，果是一书，欢喜无已，以重直赎归。下半凡存四十九至九十九番，又跋一叶。是汤氏得此，割去四行而又撤去一叶也。振绮原目作二册。咸丰庚申辛酉，杭城两遭兵燹，此书散出，分析异地，今乃展转同归余斋于百年之后，书福墨缘，如此如此。付工重装前漫识。癸巳十一月三十日晨窗记。

癸巳十一月廿九日，余与小雁同寓杭城。游孤山、紫云、栖霞后，饭于张英杰先生家。观老人彩衣舞绸后，驱车过市，得此残本一册。此振绮汪氏书也，原订二册。咸丰庚辛之际，杭城两遭兵火，此本散出。上册展转为萧山汤氏所得，此册为一买书人所收，其人所藏皆残卷，然此书乃幸而获全。余先后得此书于松泉阁，出重直，历一载，仅乃得为全书，藏书辛苦与快意，无逾此矣。付工重装，仍为二册，以还汪氏之旧，并识数语。

壬辰冬日，余随军赴浙东一隅慰问，演越曲祝英台故事于湖滨。时方严寒，一夕，雪花如掌，经行坊肆，访书于丰乐桥堍，过松泉阁，买得元板《范文正集》于主人许。有顾大有、周九松二家印记，艺芸精舍原装未损，意颇乐之。更问他书，遂出此见示，执以为元刻，索重直，盖以作者为张翥也。余告之此明刻也，更读序文，知作者姓杨。主人颇悻悻，交易未成，亦遂置之。明年秋，余为盖叫天先生事来杭，寓湖楼二月，暇时屡买书市内，更过松泉阁，此书仍在，主人必以归余，价只少减。余因久未得书，念得此明初旧刻亦佳，遂挟之归沪。细检，始知卷尾割去数行，补以旧楮，心颇怅怅。浙东汤某即汤寿潜，其家书之雪库装者往往残帙，后始知之，遂告肆主，责以不诚。其人亦声言不知。因念此本终无完日矣。又二月，期小燕于湖上，荡桨西泠，看花南陌，归去之日，同车入市，又过肆中，主人亟出书一册曰，此《晞颜集》下半，可配前买之本。展卷惊喜，立出重直得之。小燕视余书痴之状，亦为莞尔。原书递藏中吴金氏，杭州汪氏，咸丰兵火，遂成劳燕，今更重合于余手，又九十五年矣。甲午五月廿五日，灯下书。

据《振绮堂书目》蓝格稿本，此本由金星轺家曾归曹倦圃，然卷中并无洁躬一印，不知何也。今此本序第一番汪鱼亭印钤处旧有挖补之迹，或是曹印所在耶。丁酉六月，雨窗。

《静志居诗话》云："《晞颜集》借之琴川毛氏。蒙叟为施铅评，云'宜亟焚毁，勿暴其短于后世可也'，未免太过。

杨公长者，当存其言。以予所录二首，亦自成章。”牧斋数语，轻薄之状自见。翥诗虽未名家，于明人著作中，亦非下乘，东涧之言，不足论也。梁维枢《玉剑尊闻》、余澹心《东山谈苑》皆记翥轶事，似其人深通黄老之术者。戊戌大雪前五日，重跋于来燕榭。

《晞颜先生诗集》，大题下双行属“门生汤激编录同郡陈宏校正”。明初刻本。半叶十一行，行二十字。黑口，四周双栏。前有长洲陈颀序。卷尾有失名跋。收藏有“金星轺藏书记”（朱长）、“汪鱼亭藏阅书”（朱方）。

龙云先生文集

一九五零年春，余游北京。于隆福寺修绠堂孙氏许获此残本《龙云先生文集》十卷，有明山阴祁氏澹生堂故物，至可喜也。既移居静远兄宅，晨窗展卷记。卷中又有德化李氏木犀轩藏印数方。估人得李氏藏书印，遍钤于旧本之上，其实非李木斋书也。一月十四日写于羊尾巴胡同，黄裳。

《澹生堂书目》卷十三云，《龙云刘先生文集》六册，三十二卷。此已残佚过半。书实罕见，宋人别集中名物，能不珍之。傅沅叔《藏园经眼录》中著录此本。二月七日又记。

《龙云先生文集》三十二卷，残存卷七至十六。成化刻。十行，十九字。黑口，四周双栏。题“安成刘弇伟明”。收藏有“澹生堂藏书记”（朱长）、“旷翁手识”（白文套边方印）、“子孙世珍”（朱文圆印）、“山阴祁氏藏书之章”（白文大方印）。

祁宗规奏疏

余既得山阴祁氏遗书以来，石麒每有所获，皆以归余。近绍兴书估又来海上，余乃过访石麒于其家。又得旧本十许种，而寓山旧藏凡四。此亦明人旧钞也，而不知其姓氏，殆为承㸁祖或父也，当考定之。祁汝霖当是承㸁父辈，查骏佳乡试齿录，承㸁祖名汝森，此是一证。癸巳正月廿一日装毕，黄裳记。

此卷装成后，久欲一考流传端绪，匆匆无暇。前日又读《八千卷楼藏书志》，于史部目录类原写本《澹生堂藏书谱》条下云，旷翁父名汝霖，字秋宇，国子生。而此卷前正有祁汝霖藏印，为之快然。唯更检《澹生堂集·行实》及承㸁、彪佳乡试卷及骏佳崇祯戊辰浙江恩贡齿录，俱云承㸁父名汝森，字肃卿，号秋宇，疑莫能明。岂汝霖为初名耶?《澹生堂行实》中言承㸁高祖梅川公，以进士为名御史，两出守郡国，称循吏，盖殁而特祠祀者一，并祠者二，志名宦者三，志乡贤者一。核之年代亦正合。然则此册即梅川公奏疏稿而汝森珍弆者也。暇当更考梅川名于列卿记中，姑先记此。余得澹生堂藏书，上下凡五世。祁氏世泽清芬毕集斋中，岂非藏书绝妙之事乎。癸巳十月初四夜灯下坐雨书，黄裳。

此为山阴祁宗规撰。宗规字司员，登成化进士。初令唐山，拜御史，历知徽、池二郡。为御史按治所及，务以法惩奸贪，其治一县两大郡，不以法而以恩。为民定礼制，息嚣讼，节冗缓征，爱之如子。卒于池，民为罢市。此徐象梅《两浙名贤录》所记也。更案承㸁稿本《两浙古今著述考》，亦著宗规所撰，有《粤西奏议》二卷，《先忧集》四卷，《仕优稿》二卷，《传芳录辑》二卷。目中仅书祁而不名，是可知为其先世所撰矣。得此册后三年，乃得详考而得作者姓氏，大快。暑热挥汗，烦郁都去。灯下题记。丙申六月初五日，黄裳记。

山阴祁氏旧藏梅川御史疏稿写本，汝霖旧藏，承㸁父也。黄裳记。

《弘治六年巡按广西监御史祁奏疏》三卷，明写本。十二行，三十二字。收藏有“山阴祁氏清玩”（朱方）、“镜湖渔人”（白方）、“圣尧后裔”（白长）、“祁汝霖印”（朱方）。前有目录，共疏草十九通。起弘治六年五月，讫八月。

西湖梦寻

此张宗子《西湖梦寻》，五卷二册。余见之徐绍樵许，同时尚有手稿《史阙》六帙，议价未谐，先得此两册。继而知其书出附近一地摊上，乃过而询之，知书出浙江桐庐山中，盖收藏数百载之秘册也。当终得之，姑先记此。《史阙》尚为毛订本，剪贴成册，首有序三叶，系行楷，似晚明刊板格式。末钤二印，奇古而佳。前有“琅嬛□□”一印。此异书也，何幸遇之于海上，更期能幸而得之，则诚快事已。辛卯春分前六日，海上书，黄裳。

宗子手稿《史阙》后亦归余。即付工同装。今日书来，展卷焕若新书，喜而记此。辛卯谷雨前三日，坐雨书。

三月后更得宗子《琅嬛文集》稿本诗，刊本所无也。

此虽只康熙刻本，而传世绝罕。余与宗子手稿《史阙》同得之于沪上，盖流出于绍兴故家者。三百年来，珍藏密锁，一旦更出，又安得不珍视之耶。壬辰端阳夜饮微醺后书此。

得此书于今七年矣。此数年中亦尝数过湖上，弱柳夭桃，春风秋月，领略殆尽，亦时时忆此册。一康熙刻耳，然罕遇难求，不殊元明旧椠，此意知者殆少。五年前郑西谛过我观书，亟叹此本之佳，向余索赠，未即许之。今西谛死矣，重展此卷，不禁黄垆腹痛之感。戊戌十月。

余收书十年，始未甚重清刻，后乃甚悔之。此册以张宗子故收之，数数跋之，不啻与宋元刻等。此虽清初刻，然可珍实逾旧椠也。西谛收宗子书数十年，未尝见此。撰访书记亦只以光绪刻著之耳。后见余藏此本，遂更跋访书记以纠旧注之失。凡此亦成旧梦，不堪更忆矣。昨海昌许君见过，告近游湖上事。无从得食，坐楼外楼中，见乡人数十百辈拥入。呼豆腐汤并米饭食之，顷刻而尽。此亦一事也。惜更无人为梦寻新录以记之也。己亥三月十九日风雨终朝，灯前记此。

山阴杨宾《力耕堂诗稿》三卷，康熙中叶刻。传本稀见。有《西湖杂咏》六首，约撰于康熙己未，后于宗子此序者八年。其断句有云："歌舞人何在，莺花地已非。"与此序同其感慨。其第四、五首云：

> 世事成今日，乾坤岂旧时。有山皆白骨，何处听黄鹂。塔院调新马，游船载健儿。可怜湖上月，夜夜照燕支。

> 宝石春风到，燕支少妇来。翠环垂耳戴，蟒幅称身裁。钗脚镂新竹，靴尖碎落梅。南屏山色暝，千骑柳营开。

清初西湖风物，诸诗约略尽之，可补此序所未及也。宗子散文名家，设想奇警，而笔端又能传之。明清之际，无逾此公者。所云梦其故有小傒，白头仍是总角，却与西方说部所记有暗合者，而时代早数百年，且一为小说，一写实感，更难能矣。庚戌九秋，快晴爽适，重阅跋此。

庚申四月重归来燕榭。黄裳记。

七日前余游京师，观国藏善本于北海之侧，见马隅卿旧藏《张子文秕 诗秕》二十三卷，凤嬉堂墨格精写待刻稿也。板心上题“琅嬛文集”，属“陶庵张岱著 白岳王雨谦评 雪瓢祁豸佳较”。八行，十八字。白口，双边。有王、祁二序及自序。阑上有评，格式与此如一，惜未刻耳。见之眼明。此《梦寻》得胡氏之助，墨板粤东。然《中国雕版图录》所收为残卷，未见凡例，遂以为山阴刻本。因知板本之事，诚未易言。此书沦盗手者凡八年，近始为龙剑之合，欢喜跋此。庚申五月廿七日，雨窗灯下记，黄裳。

此书前有古夔旧史李长祥序。《温哂园杂录》有李长祥一则云：李长祥字研斋，四川遂宁人。癸未进士。由词林兼御史监军，随鲁监国守闽。闽陷，隐绍兴山中不出。当事亟征之，乃移常州。郎廷佐总督两江，招以优礼，然心疑之。先生乃千金聘金陵美女，工诗善画竹、一时称中山秀才者，梳高髻，拖百折长裙，效古汉妆。又为置美婢，侍其诗画，名墨池先生。日拥姬吟啸高楼上，作长夜饮。郎疑乃释。后不知所终。

《西湖梦寻》五卷，康熙刻。九行，二十字。白口，左右双边。板匡上有王雨谦小字评。卷首大题下属“古剑蝶庵张岱著纂　山阴曲辕王雨谦评定　男铎式宣、镛式鞴、镄式贞编辑”。前有扉叶，题“凤嬉堂藏板”。卷首有“武林道隐金堡偶题”序，“古夔旧史李长祥书”序，“社弟查继佐偶书”序，“弟祁豸佳书于蟫仙庐”序，“潞溪白岳王雨谦撰”序，“岁辛亥七月既望古剑蝶庵老人张岱题”自序。次“康熙丁酉年十月望日孙礼谨识”凡例。次目次，题“虎林道隐金堡定　剑南蝶庵张岱著　古夔研斋李长祥阅　潞溪白岳王雨谦评”。每卷尾有“孙陈书字通、礼立亭参定”等识语。

梦忆

辛卯春二月十二日，获此王见大本《梦忆》于海上。时方得宗子《史阙》手稿及《西湖梦寻》之后二日，鸳湖晤光耀之后一日也。黄裳记。

谭复堂言，《梦忆》以王见大本为最胜，即此本也。极罕见。王氏乾隆甲寅尚有一刻，别有纯生氏案语，今不存。此本后重刊入《粤雅堂丛书》，在咸丰乙卯。砚云甲编本一卷。余收宗子手稿本《史阙》六帙，又《西湖梦寻》原刊本，今又得此，可谓于陶庵有宿缘矣。黄裳记。

《梦忆》原刊大本，曾见于北京傅氏碧蕖馆斋头，刊颇疏朗可喜，极罕传本。此小册亦不多见。余重付装池，覆以洒金绢面，以为斋头俊物。他人偶见此，遂大惊异，以为此非善本，何以珍重如此。因叹解人故自难得也。甲午小寒前日，快雪初晴记。

暑中无事，辄日读数首，惟恐其尽也。描摹物情，曲尽其致。笔端有鬼，辄能攫人物之精灵，牵一发而全身皆动矣。向来作者，未见有如此才华者。连日大热，几不能安坐，适风雨大至，转瞬凉生。读王月生一篇，乃觉伊人如在对面楼上也。乙未五月初八日，来燕榭书。

乙未五月十六日点阅一过。小燕。

《梦忆》王见大本之乾隆刻，大册疏朗，绝罕传。十余年前于京华碧蕖馆中见之，为会稽周氏双凤凰专斋旧物。主人未甚重之，杂厕书丛中。惜华好小说曲本及插图书，余往访，陈书饷客，风月之书多至数十百种。又明万历中刊大板画册数本，皆棉纸印，精妙绝伦。宜其视《梦忆》如土苴也。惜当时不向惜华乞归也。己酉正月廿四日夜坐雪跋。

《梦忆》八卷，明山阴张岱撰。道光刊巾箱本。九行，二十字。白口，四周双边。前有道光二年壬午十月下浣仁和王文诰见大序。次目录。收藏有“松年”（朱方）、“筠甫”（白方）、“松年筠甫”（朱方）、“筠甫审定”（朱方）、“臣印松年”（朱方）、“剑白”（白长）“移盦藏书”（白长）。

琅嬛文集

辛卯六月十五日，余三十二岁生朝也。获此宗子手稿本于海上。时距收得《史阙》手稿已历半载，纸墨咸同，手迹如一，欢喜赞叹，记此。

书友郭石麒向曾以虞山沈氏旧藏书介以归余，颇有佳本，大抵皆爱日精庐张氏、旧山楼赵氏故物。近又以数种来，却鲜佳本。前又遇之市中，怀中出原单见示，知别有钞本《塔影园集》《琅嬛文集》，已为范某取去，即嘱其取归。前日过市，见此《琅嬛文集》系八千卷楼故物，确为宗子手稿，不禁狂喜。今春余于传薪获宗子《史阙》手稿六帙，尚为待刊稿奉，剪贴毛订，所用纸与此册全同，写手亦同出一人，是同为手迹，可无疑义。《史阙》六帙，出之会稽山中，深藏密锁几三百年。此册则不知何时流入武林，入泉唐丁氏。八千卷楼书散，又未随楼书俱入盋山，流至常熟，有翁同龢观印，今又散入市肆，并归余斋，真所谓在在处处有神物护持者，书缘之美，何可言耶！北平图书馆目中有《张子文秕》若干卷，亦称稿本，不知与此异同何若，他日凤城观书，当一决此疑也。余旧好宗子文，然所获从无佳本，今春偶得

《史阙》稿本，又得康熙凤嬉堂原刊《西湖梦寻》、王见大巾箱本《梦忆》，今更得此，是所藏可谓富矣。辛卯六月半余三十二岁生朝，濡笔记此以志幸焉。黄裳。

右凡五卷，自古乐府至五言律，通得诗三百又五章。宗子手稿本也。尚有散叶，夹于卷中，用黑格纸，与所藏《史阙》六帙用纸全同，手迹如一。手稿确无可疑。原订一册，止于五言律，疑非全书。归八千卷楼时即已如是，丁氏亦未甚重之，书面题“集字”，又“别集”“国朝”字样，皆楼中藏书旧式，未钤八千卷楼楷书小朱印，亦不入善本书志，惟丁氏全目中有之，杂厕于清初人别集中，只著“钞本”字样，盖不知其为手稿也。卷端只“曾藏八千卷楼”一印，皆以通常写本视之之证。丁氏杭人，于乡贤著述，茫昧如此。可见孤陋。光绪中《琅嬛文集》曾有刻本，惟只文无诗，只古乐府曾刊入之，所据当是别一钞本。丁氏书光绪中端午桥购归江南图书馆，由杭州载之江宁，入龙蟠里。名书重器俱无恙，惟词曲类及其他零星小册，颇有流失。当是端方幕府中人择取精本，据为已有。或端午桥以之赠当国大老，皆不可知。此种书余得经眼或入藏者，凡六七种。如清初南府写本《麒麟阁》四册，开花纸精钞，有红色小纸题扮演角色名字于人物表下，曾在安乐堂之书也。又清初竹纸黑格精钞本《曲谱》二函，亦内府写本。又澹生堂钞本《对床客话》，有祁旷翁手跋及吕晚村、张宗橚藏印，是皆铭心佳品，虽曾得之，然终不能守。又尝见明初黑口本《吕纯阳集》，为九峰旧庐物，未之收也。又于石麒许得崇祯刻阮大铖三集，原刻精绝，又此册皆有翁常熟观印，颇疑即当日端方持赠翁相之物。两书皆曾有传钞之本，流在人间，实为八千卷楼中最精之本，余得见面收之，书缘墨福，何可言耶。得此书前六月，于传薪得《史阙》稿本六巨帙，用纸与此全同，然皆剪贴成帐簿状，当为宗子手稿长编原式，手迹亦同此书。后得道光刻《史阙》六卷，跋云所据为蝇头细字书，亦不言钞本抑稿本也。宗子著书明末前付刻者似只一二小种，《西湖梦寻》刻于康熙末，余亦收一原刻，板心有“凤嬉堂”三字。张氏子孙家贫，不能刻先人遗稿，《梦寻》之刻，亦赖友人之助。然遗稿颇有传钞副本，其蝇头细字本当即此类。传世亦非仅一二本。昔日尝于诸家藏目中搜宗子稿本，有七八种，皆可踪迹。其原稿之确然无疑者，只此册及《史阙》六册耳。此册中有纪年之诗，断手于康熙九年，又知其当生于万历二十五年丁酉，得年必在七十四岁以上。集中数及《石匮书》撰作事。又方物之咏多至数十章，老饕习性如见。家破之后窘迫种种，亦时见之诗中。《舂米》《担粪》两章所写，最见性情。遗民心事，更处处流露。此集即子孙力能刊刻，亦不敢也。宗子散文第一，《梦忆》《梦寻》，天下无与抗手，诗实未佳，然可徵故实。《石匮书》有盛名，然实不足与他家私史比肩。此集中有诗及《名山藏》，以为秘册，《石匮》一书多据之，可见当日所见亦不广也。余藏此册逾十年，前年始通读一过，曾撰长跋，今亦迷失。今为补目，聊记数事，多凭记忆，未能详也。时戊申中秋前七日，试尺木堂研经校史之墨，书于来燕榭灯下。黄裳记。

四年前得见《文秕》于京师，黑格清稿本，非手迹也。为马隅卿遗书。匆匆翻纸一过，记行款序跋而出，未得细读。他日当与此印行之。甲子谷雨前三日，黄裳记。

《琅嬛文集》，题“剑南陶庵张岱著”。稿本。竹纸黑格。半叶八行，行十八字。白口，单边。收藏有“曾藏八千卷楼”白文方印、“翁同龢观”朱文长印、“左翁寓目”白文方印。

梦溪笔谈

此本四年前得之北京修绠堂，弃置箧衍，未遑装池。会胡道静君重校此书，遂检出付之。校毕，以跋来归，因重付装池，并记数语于此。卷中季振宜印伪制，木斋印虽真，然此非木犀轩中故物也。隆福寺估得李氏原印，往往钤诸旧本，冀得善价。余一时所收，往往有之。此本刊刻似非出一时。卷五至六，自是弘治开板，卷七以后则较早，或在宣德前后。因附著之。乙未端阳后四日，来燕榭坐雨书。

附胡跋：

右黄裳先生藏明弘治乙卯（一四九五）华容县宰徐珤刊本《梦溪笔谈》，残存卷第五至十二，凡七卷。沈存中书明刻诸本传者以此为稀。其覆宋本每半叶十二行，行十八字，世往往以为宋乾道扬州州学刊本者，藏家多有之。此本则仅上元邓氏群碧楼旧有一部（著录于《寒瘦山房鬻存善本目》卷三），旋归杭州王氏九峰旧庐，近顷入藏于上海图书馆。外此所见，只此残本。每半叶十一行，行廿字。黑口，双边。大体不避宋讳，然卷十及十二，语涉宋帝多空格。又检卷五“海州士人李慎言”条，慎字作愼，迹存孝宗赵眘讳字之旧，断其源出乾道二年扬州州学本。盖自元大德乙巳（一三〇五）茶陵陈仁子东山书院重刊乾道本以还，此犹是明代最早之重镌本也。群碧老人宝其字体茂雅，目赏信然。余借校一过，以为此本渊源良古，而惜其雠校未精。若班固之作斑固，夷狄之作夷秋，似此者众，写手校民，应负其咎。然如卷五“侍月黄昏晚未休，乌满呿陀皆奇木”，自明覆宋本以下，各本“晚”字均作“晓”，“满”字均作“樠”，唯江少虞《皇朝事实类苑》（董氏诵芬室覆日本元和活字本，源出绍兴廿三年麻沙刊本）卷十九及二十所引正作“晚未休”及“乌满”，由是知其底本之善。虽传刻未免有讹，然足校正后刊以复乾道本之旧者，功不可没。谨识数语以就正于黄裳先生。一九五五年六月一日胡道静记。

《梦溪笔谈》，存卷五至十二。大黑口。十一行，二十字。四周双边。大题次行属“沈括存中”。

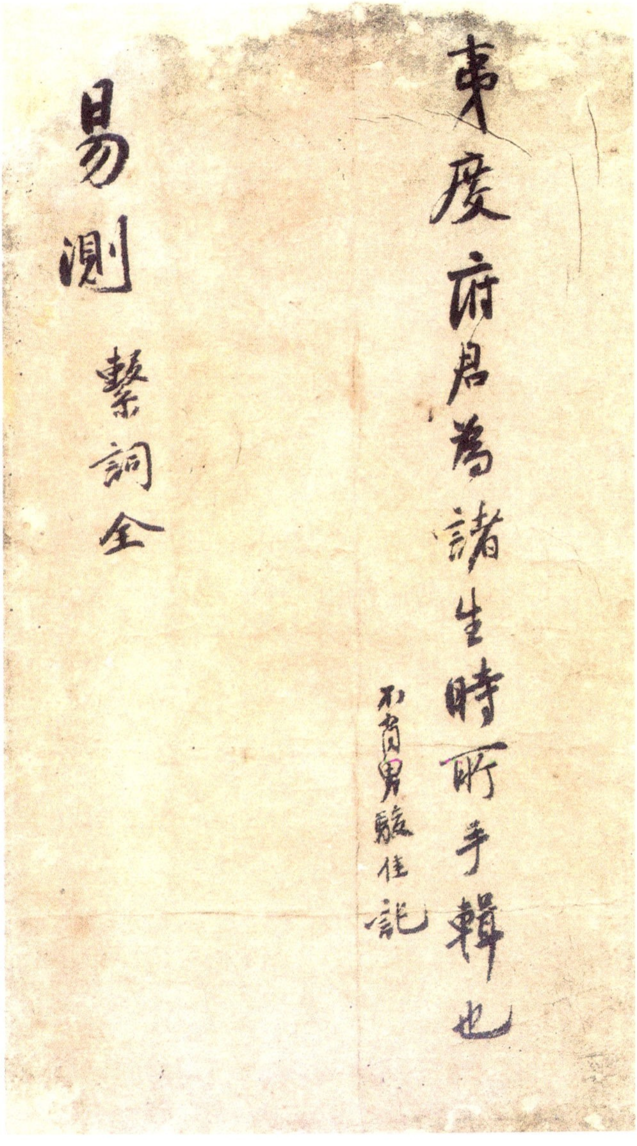
東慶府君爲諸生時所手輯也
不肖男駿佳記
易測
繫詞全

易测（见正文第1页）

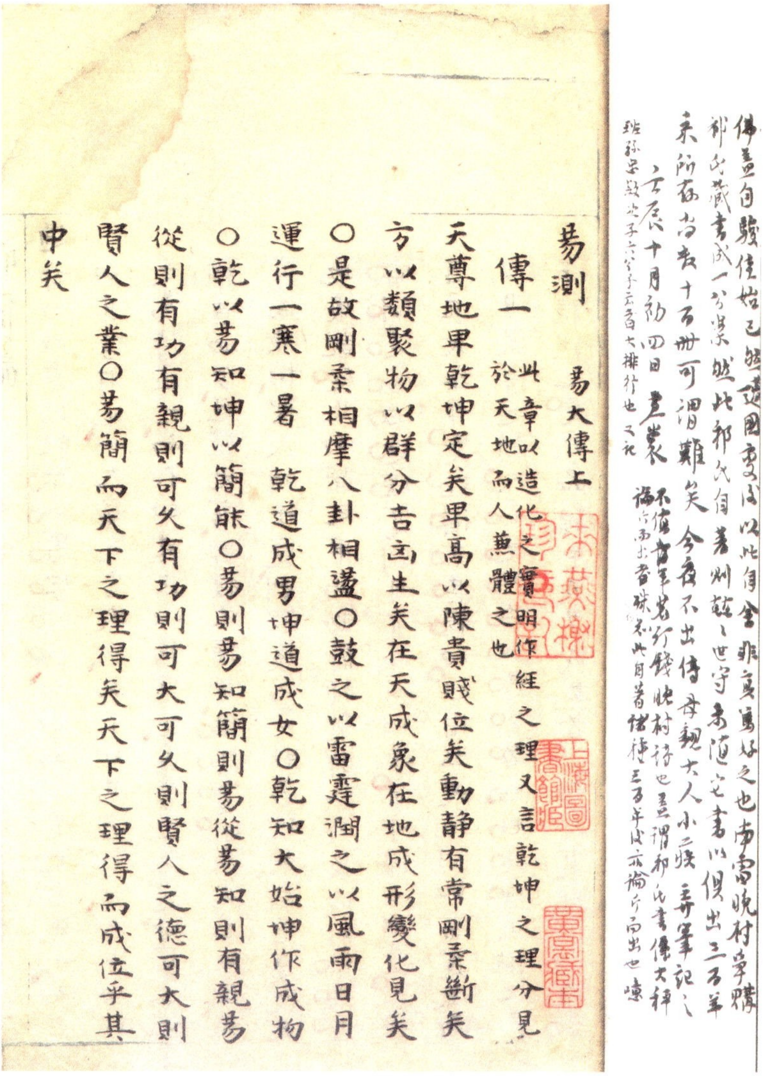

易測　易大傳上

傳一　此章以造化之實明作經之理又言乾坤之理分見於天地而人兼體之也

天尊地卑乾坤定矣卑高以陳貴賤位矣動靜有常剛柔斷矣方以類聚物以群分吉凶生矣在天成象在地成形變化見矣○是故剛柔相摩八卦相盪○鼓之以雷霆潤之以風雨日月運行一寒一暑　乾道成男坤道成女○乾知大始坤作成物○乾以易知坤以簡能○易則易知簡則易從易知則有親易從則有功有親則可久有功則可大可久則賢人之德可大則賢人之業○易簡而天下之理得矣天下之理得而成位乎其中矣

傳蓋自駿佳始，已然遠國變，以此自全，非真篤好之也。南雷、晚村學騰祁氏藏書，成一分渠，然此祁氏自著，州該該世守，未隨它書以俱出，三百年來所存者，十百冊，可謂難矣。今夜不出，傳母親大人小二疾，弄筆記之。

壬辰十月初四日　蒙

易测

埤雅序

男朝請郎直秘閣權發遣淮南路計度轉運副使公事借紫金魚袋宰撰

嘉祐前經義之未作也先公獨以說詩得名其於鳥獸草木蟲魚尤所多識熙寧後始以經術華詞賦先公詩講義遂盛傳於時學校爭相筆受如恐不及元豐間預修說文因進書獲對神考縱言至於物性先公敷奏稱旨德音稱善且恨古未有著爲書者先公又奏臣嘗試爲之未成未敢進也天意欣然便欲見之因進說魚說木二篇自是益加筆削號物性門類編纂將終而求裕上賓矣先公

埤雅（8页）

爾雅卷上

晉郭璞注

上卷目

釋詁第一

校刊爾雅序

東海吳元恭述

夫龍馬出河三極之文斯顯神龜呈洛五行之質㠯彰書契之來良有自矣天地之心見乎時聖人之情見乎辭六經其濫觴哉竊聞不可俄而曉者經之常也是故睎聖之徒不恖于詁訓窮經之士每費于討論童習白紛殊可慨者匪有先覺孰啓後生爾雅之作㫁

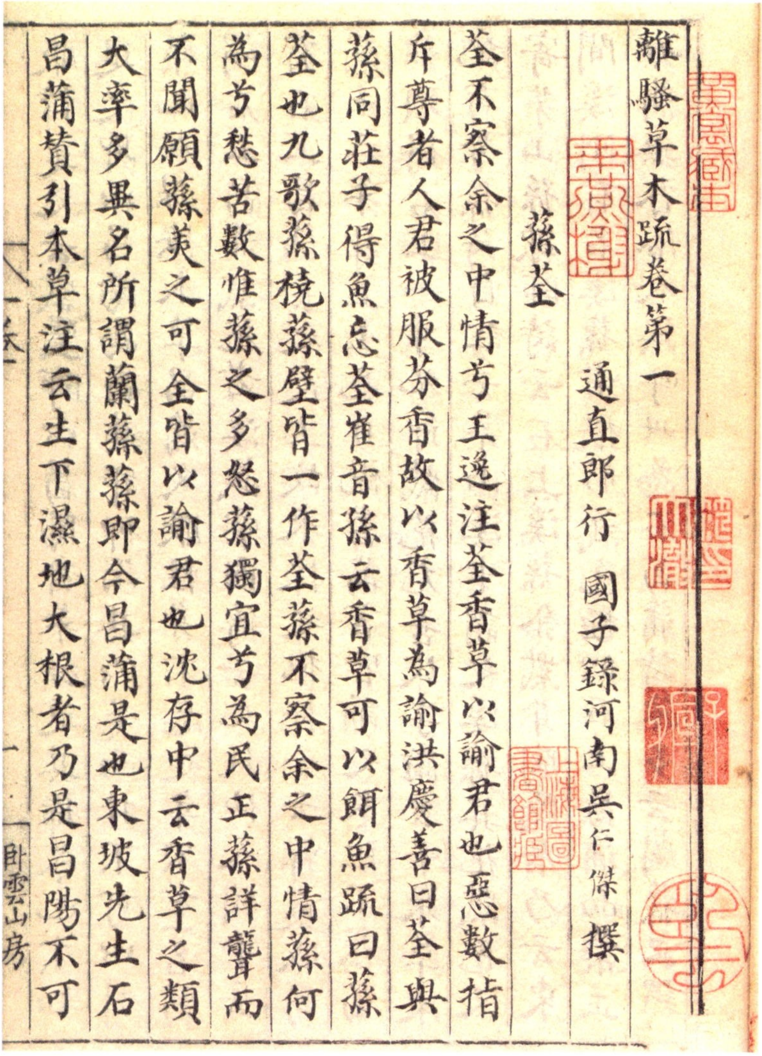

離騷草木疏卷第一

通直郎行　國子錄河南吳仁傑撰

蓀荃

荃不察余之中情兮王逸注荃香草以諭君也惡數指斥尊者人君被服芬香故以香草爲諭洪慶善曰荃與蓀同莊子得魚忘荃崔音孫云香草可以餌魚疏曰蓀荃也九歌蓀橈蓀壁皆一作荃蓀不察余之中情蓀何爲兮愁苦數惟蓀之多怒蓀獨宜兮爲民正蓀詳聾而不聞顧蓀美之可全皆以諭君也沈存中云香草之類大率多異名所謂蘭蓀蓀即今昌蒲是也東坡先生石昌蒲贊引本草注云生下濕地大根者乃是昌陽不可

卷一　一　卧雲山房

离骚草木疏（21页）

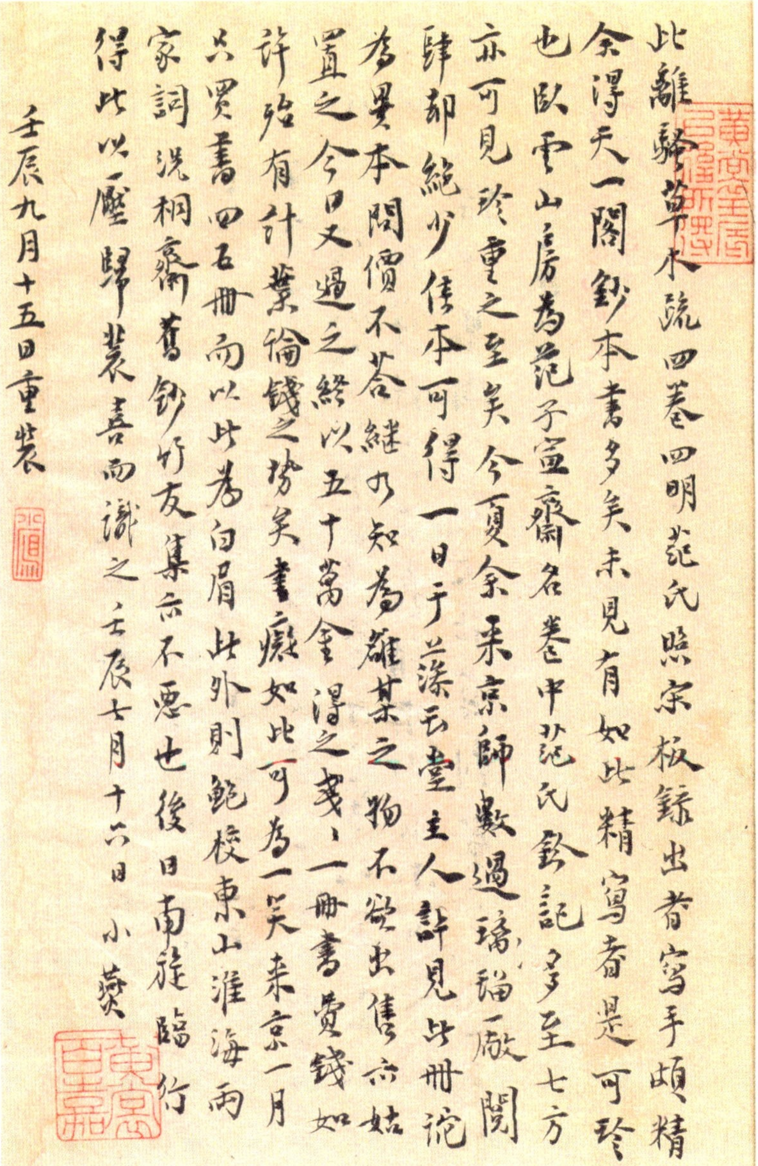
此離騷草木疏四卷四明范氏照宋板録出者寫手頗精
余得天一閣鈔本書多矣未見有如此精寫者是可珍
也臥雲山房為范子宣齋名卷中范氏鈐記多至七方
亦可見珍重之至矣今夏余來京師數過璃瑠廠閱
肆都絶少佳本可得一日于藻云堂主人許見此冊詫
為異本問價不荅繼乃知為雜某之物不欲出售亦姑
置之今日又過之終以五十番金得之戔戔一冊書費錢如
許殆有什葉論錢之勢矣書癡如此可為一笑來京一月
共買書四五冊而以此為白眉此外則鮑校東山淮海兩
家詞洗桐齋舊鈔竹友集亦不惡也後日南旋臨行
得此以壓歸裝喜而識之壬辰七月十六日小蕘
壬辰九月十五日重裝

离骚草木疏　题跋

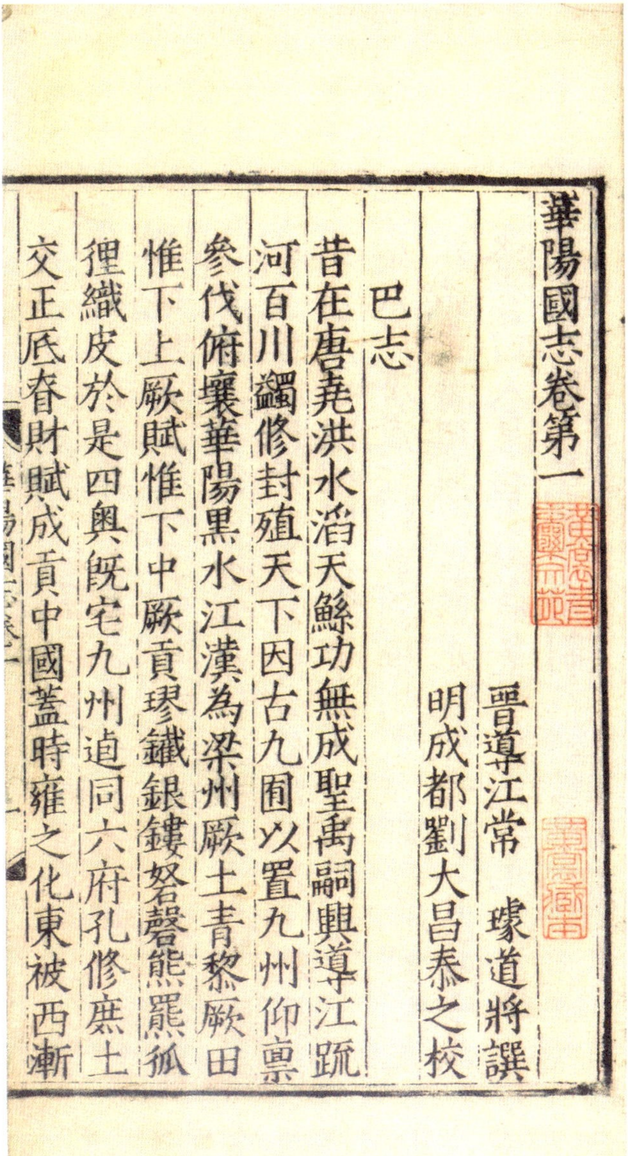

華陽國志卷第一

晉導江常　璩道將譔

明成都劉大昌泰之校

巴志

昔在唐堯洪水滔天鯀功無成聖禹嗣興導江疏河百川蠲修封殖天下因古九囿以置九州仰禀參伐俯壤華陽黑水江漢為梁州厥土青黎厥田惟下上厥賦惟下中厥貢璆鐵銀鏤砮磬熊羆狐狸織皮於是四奥既宅九州攸同六府孔修庶土交正厎眘財賦成貢中國蓋時雍之化東被西漸

华阳国志（26页）

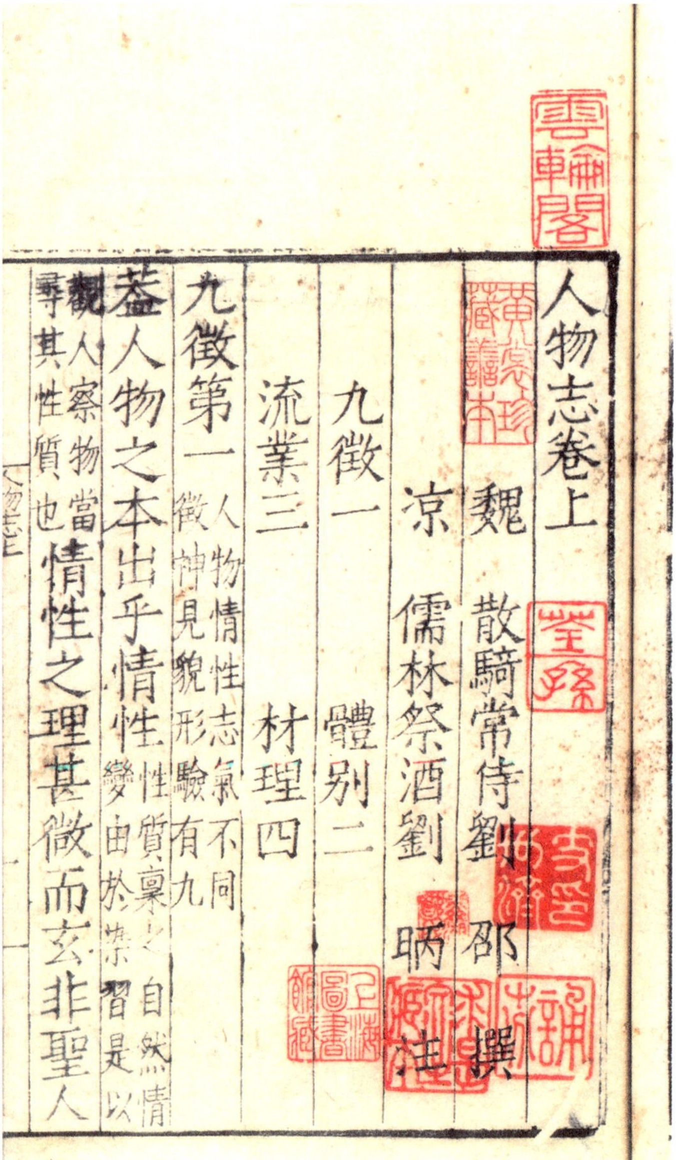
人物志卷上

魏　散騎常侍劉邵撰

凉　儒林祭酒劉昞注

九徵一　體別二

流業三　材理四

九徵第一　人物情性志氣不同徵神見貌形驗有九

蓋人物之本出乎情性性質稟之自然情變由於染習是以觀人察物當尋其性質也情性之理甚微而玄非聖人

人物志（29 页）

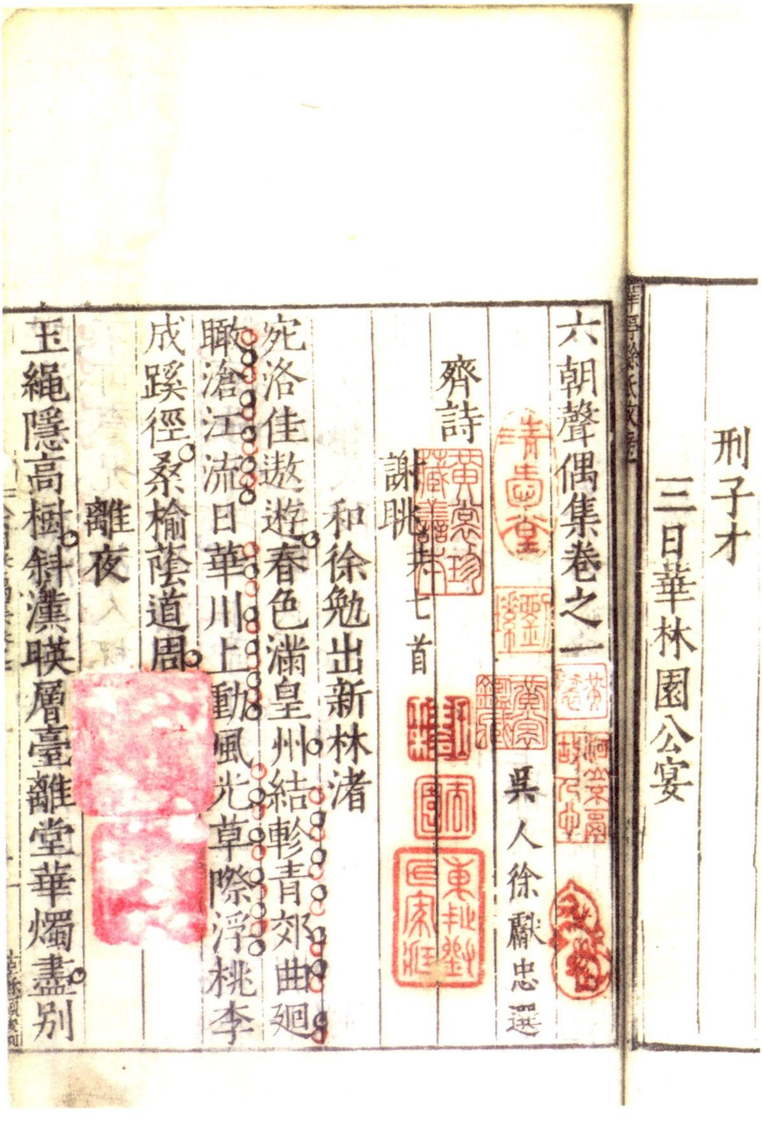
刑子才
三日華林園公宴

六朝聲偶集卷之一
吳人徐獻忠選
齊詩
謝朓詩共七首
和徐勉出新林渚
宛洛佳遨遊春色滿皇州結軫青郊曲迴
瞰滄江流日華川上動風光草際浮桃李
成蹊徑桑榆蔭道周
離夜
玉繩隱高樹斜漢暎層臺離堂華燭盡別

六朝声偶集（36页）

陶靖節集卷之一

詩四言

劉後村曰四言自曹氏父子王仲宣陸士衡後惟陶公最高停雲榮木等篇殆突過建安矣又曰四言尤難以三百五篇在前故也

停雲 幷序

停雲思親友也罇酒（湛）新醪湛讀曰沉園列初榮願言不從歎息彌襟

陶靖节集（38 页）

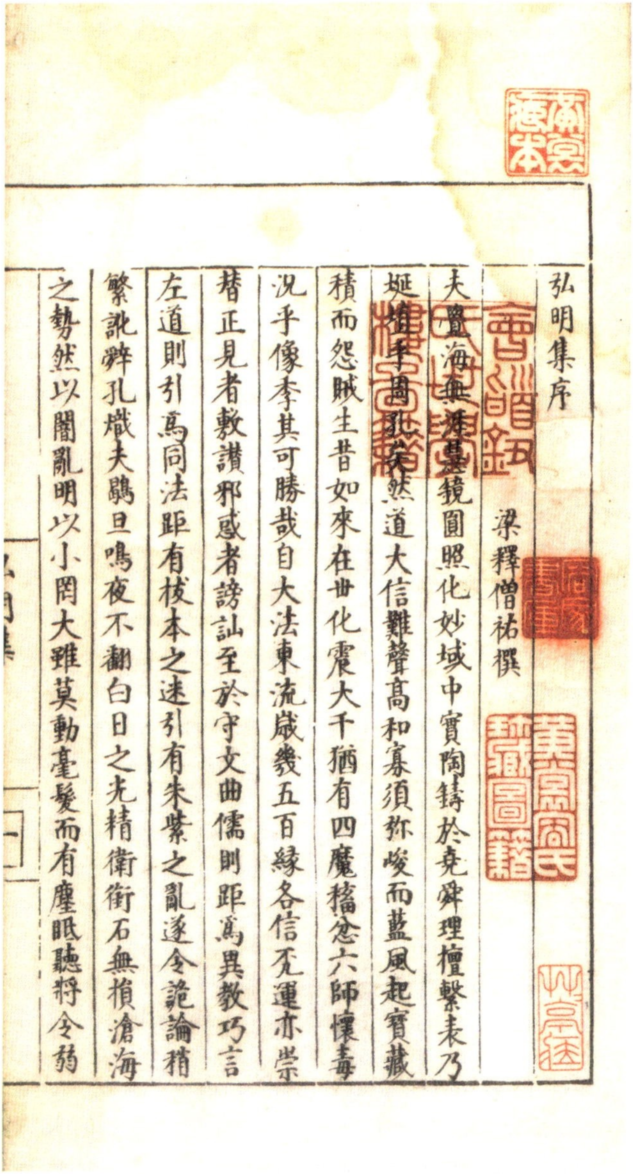

弘明集序

梁釋僧祐撰

夫覺海無涯慧鏡圓照化妙域中實陶鑄於堯舜理擅繫表乃埏埴乎周孔矣然道大信難聲高和寡須彌峻而藍風起寶藏積而怨賊生昔如來在世化震大千猶有四魔搖念六師懷毒況乎像季其可勝哉自大法東流歲幾五百緣各信否運亦崇替正見者敷讚邪惑者謗訕至於守文曲儒則距爲異教巧言左道則引爲同法距有拔本之迷引有朱紫之亂遂令詭論稍繁訛辭孔熾夫鶡旦鳴夜不翻白日之光精衛銜石無損滄海之勢然以闇亂明以小罔大雖莫動毫髮而有塵眠聽將令弱

弘明集　一

弘明集（42 页）

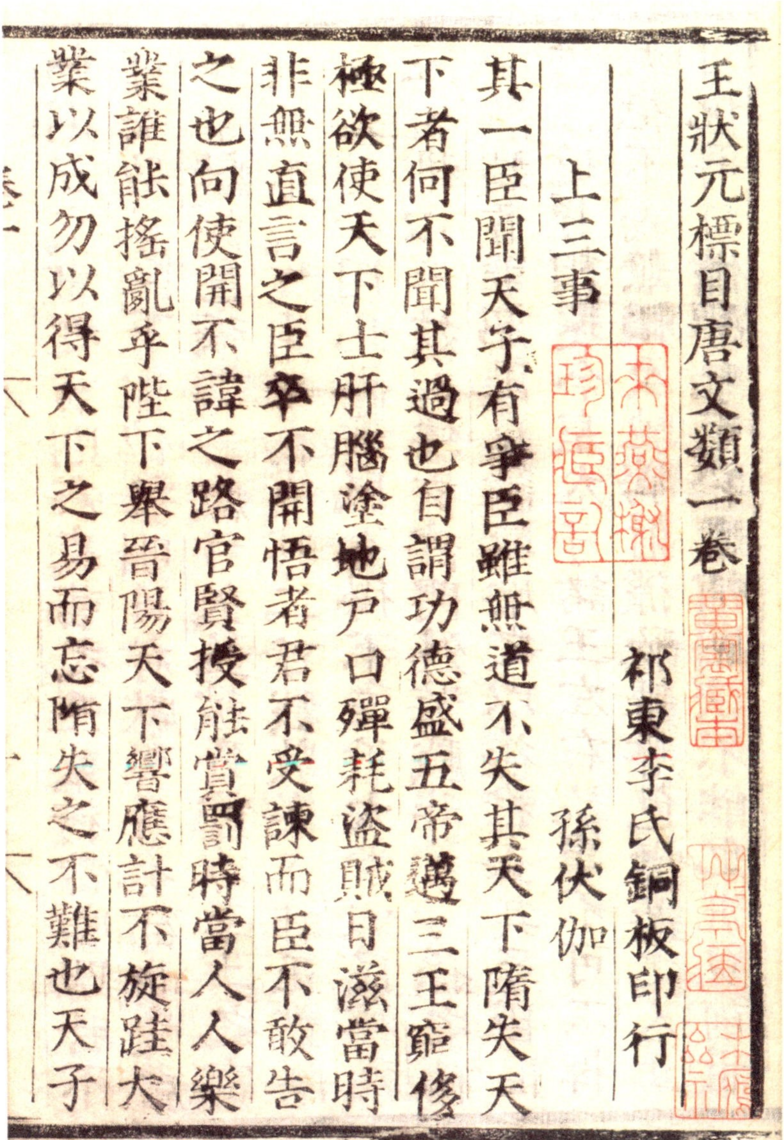

王狀元標目唐文類一卷

祁東李氏銅板印行

上三事　孫伏伽

其一臣聞天子有爭臣雖無道不失其天下隋失天下者何不聞其過也自謂功德盛五帝邁三王窮侈極欲使天下士肝腦塗地戶口彈耗盜賊日滋當時非無直言之臣卒不開悟者君不受諫而臣不敢告之也向使開不諱之路官賢授能賞罰時當人人樂業誰能搖亂乎陛下舉晉陽天下響應計不旋踵大業以成勿以得天下之易而忘隋失之不難也天子

卷一　一

唐文类（46 页）

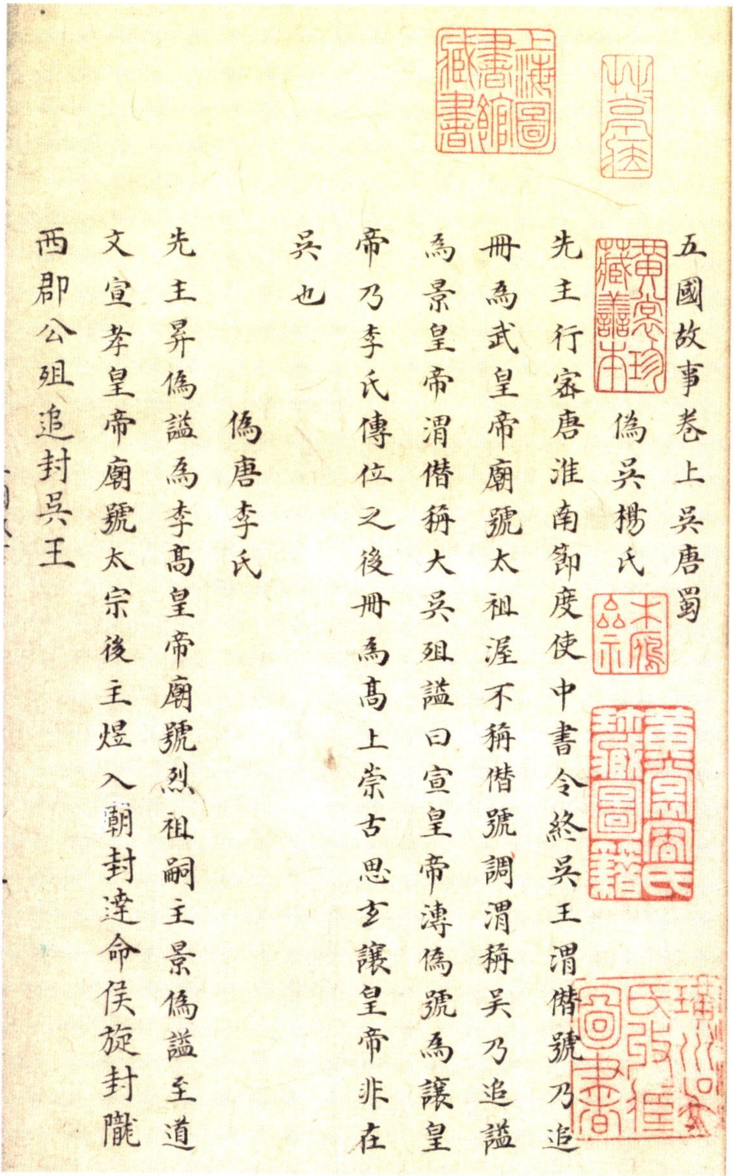
五國故事卷上　吳唐蜀

偽吳楊氏

先主行密唐淮南節度使中書令終吳王渭僭號乃追冊為武皇帝廟號太祖渥不稱僭號調渭稱吳乃追謚為景皇帝渭僭稱大吳殂謚曰宣皇帝溥偽號為讓皇帝乃李氏傳位之後冊為高上崇古思玄讓皇帝非在吳也

偽唐李氏

先主昪偽謚為李高皇帝廟號烈祖嗣主景偽謚至道文宣孝皇帝廟號太宗後主煜入朝封違命侯旋封隴西郡公殂追封吳王

五国故事（68 页）

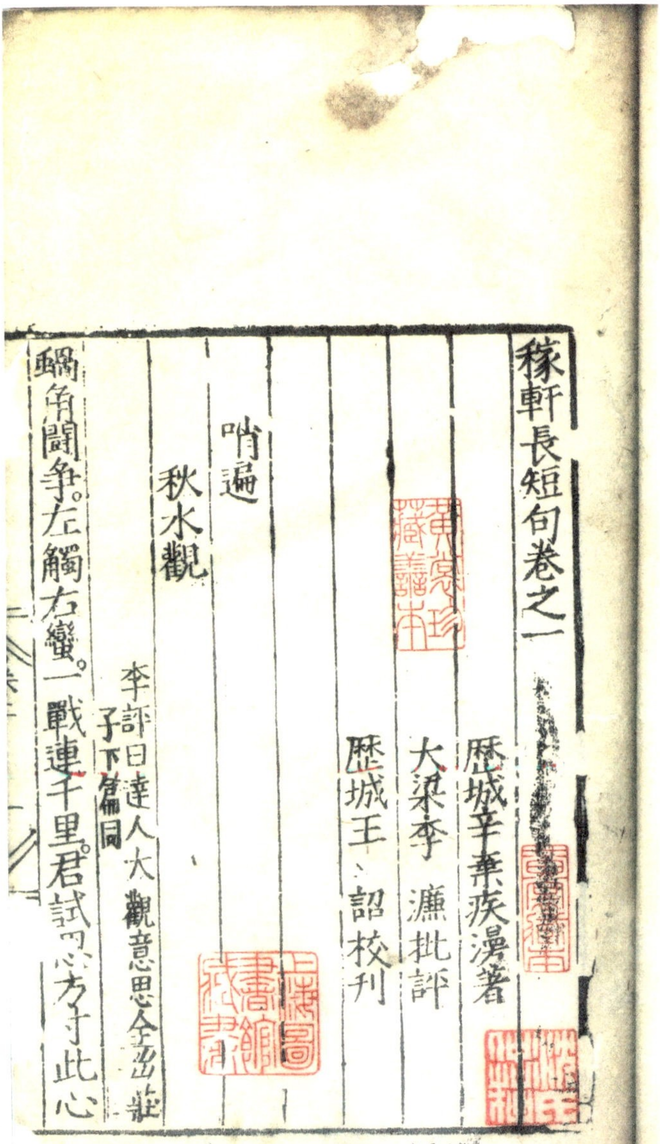

稼軒長短句卷之一

歷城辛棄疾湧著

大梁李濂批評

歷城王詔校刊

哨遍

秋水觀

李評曰達人大觀意思全出莊子下篇同

蝸角鬬爭。左觸右蠻。一戰連千里。君試思方寸此心

稼轩长短句（78 页）

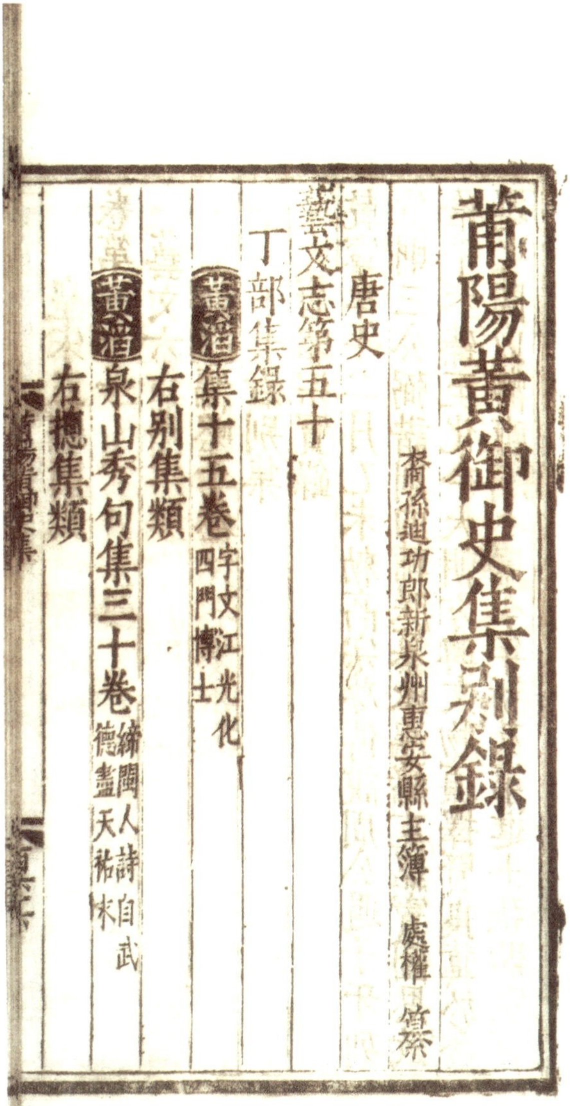

莆陽黃御史集別錄

裔孫廸功郎新泉州惠安縣主簿　處權　纂

唐史

藝文志第五十

丁部集錄

黃滔集十五卷 字文江光化四門博士

右別集類

黃滔泉山秀句集三十卷 編閩人詩自武德盡天祐末

右總集類

莆阳黄御史集（80页）

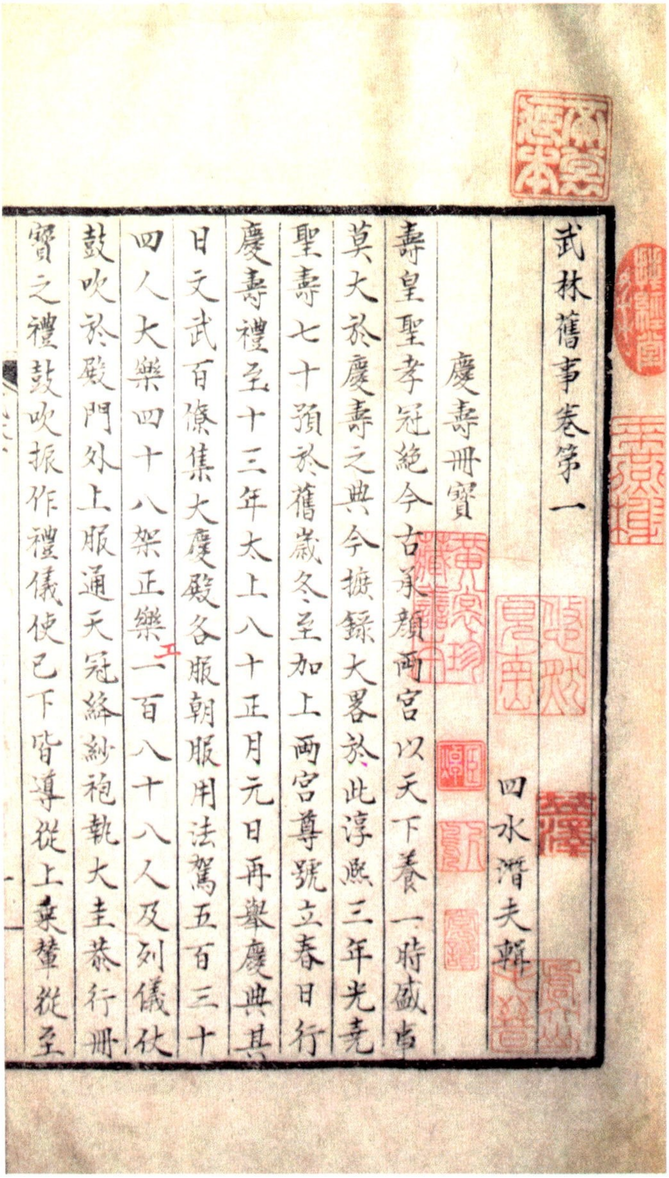

武林舊事卷第一

四水潛夫輯

慶壽冊寶

壽皇聖孝冠絕今古承顏兩宮以天下養一時盛事

莫大於慶壽之典今摭錄大畧於此淳熙三年光堯

聖壽七十預於舊歲冬至加上兩宮尊號立春日行

慶壽禮至十三年太上八十正月元日再舉慶典其

日文武百僚集大慶殿各服朝服用法駕五百三十

四人大樂四十八架正樂一百八十八人及列儀仗

鼓吹於殿門外上服通天冠絳紗袍執大圭恭行冊

寶之禮鼓吹振作禮儀使已下皆導從上乘輦從至

武林旧事（89 页）

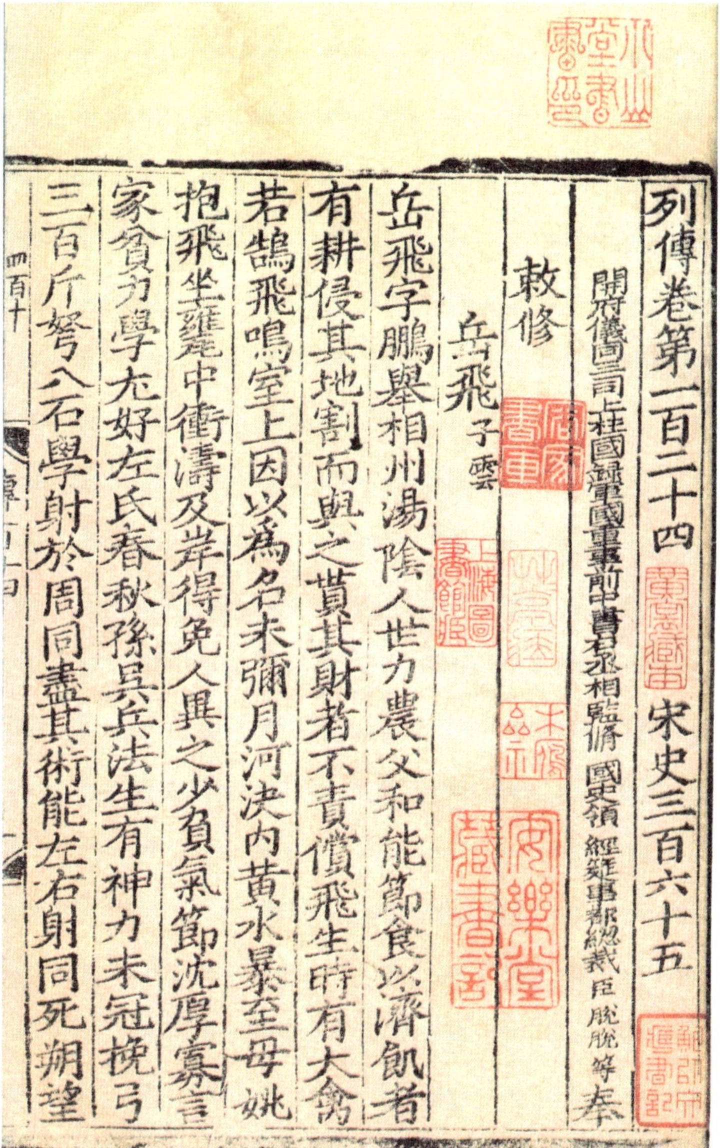
列傳卷第一百二十四　宋史三百六十五

開府儀同三司上柱國錄軍國重事前中書右丞相監修國史領經筵事都總裁臣脫脫等奉

敕修

岳飛 子雲

岳飛字鵬舉相州湯陰人世力農父和能節食以濟飢者有耕侵其地割而與之貰其財者不責償飛生時有大禽若鵠飛鳴室上因以爲名未彌月河決內黃水暴至母姚抱飛坐甕中衝濤及岸得免人異之少負氣節沈厚寡言家貧力學尤好左氏春秋孫吳兵法生有神力未冠挽弓三百斤弩八石學射於周同盡其術能左右射同死朔望

岳飞传（84 页）

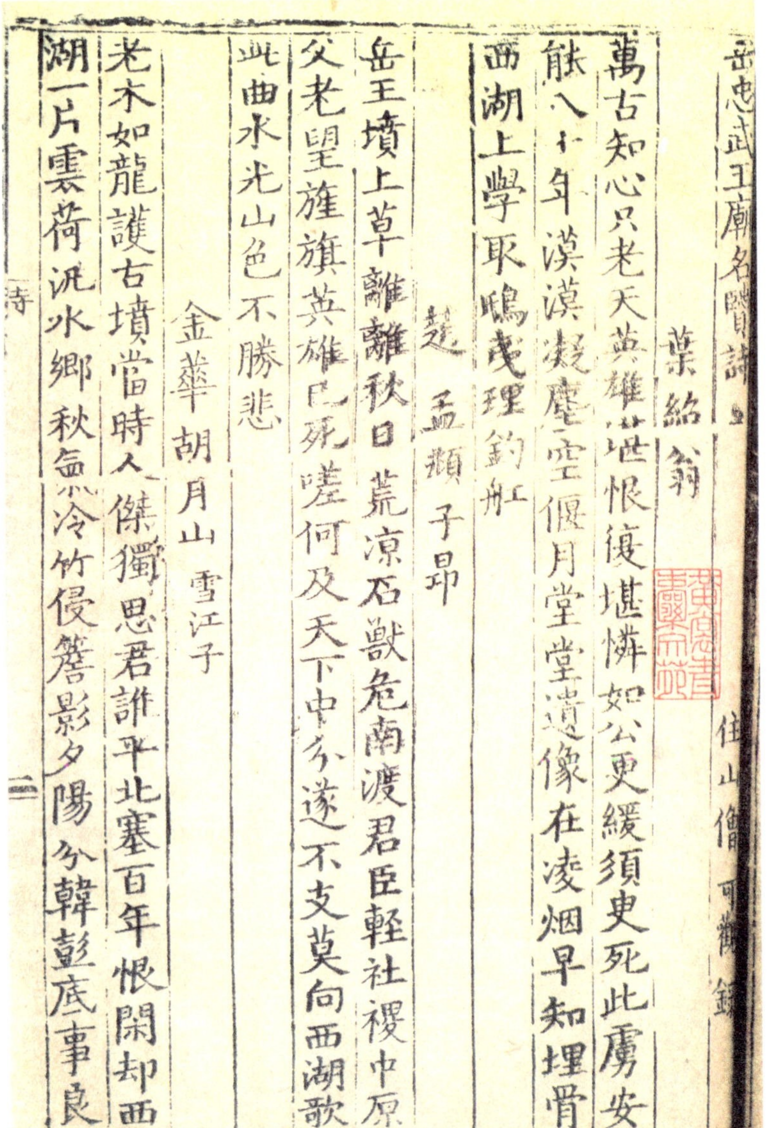

葉紹翁

萬古知心只老天英雄堪恨復堪憐如公更緩須臾死此虜安
能八十年漠漠凝塵空偃月堂堂遺像在凌烟早知埋骨
西湖上學取鴟夷理釣舡

趙孟頫子昂

岳王墳上草離離秋日荒涼石獸危南渡君臣輕社稷中原
父老望旌旗英雄已死嗟何及天下中分遂不支莫向西湖歌
此曲水光山色不勝悲

金華胡月山雪江子

老木如龍護古墳當時人傑獨思君誰平北塞百年恨閑却西
湖一片雲荷汎水鄉秋氣冷竹侵簷影夕陽分韓彭底事良

岳忠武王庙名贤诗（84 页）

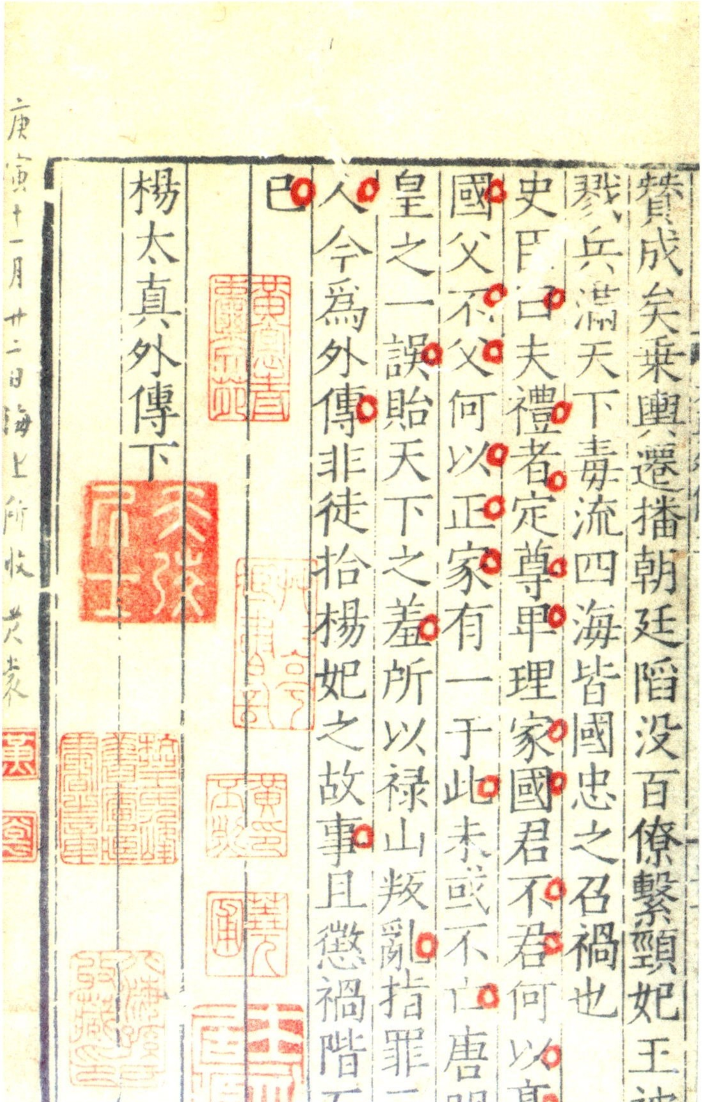

貲成矣乘輿遷播朝廷陷没百僚繫頸妃王被戮兵滿天下毒流四海皆國忠之召禍也

史臣曰夫禮者定尊卑理家國君不君何以享國父不父何以正家有一于此未或不亡唐明皇之一誤貽天下之羞所以禄山叛亂指罪三人今爲外傳非徒拾楊妃之故事且懲禍階而已

楊太真外傳下

庚寅十一月廿二日海上所收　芙蓀

杨太真外传（94 页）

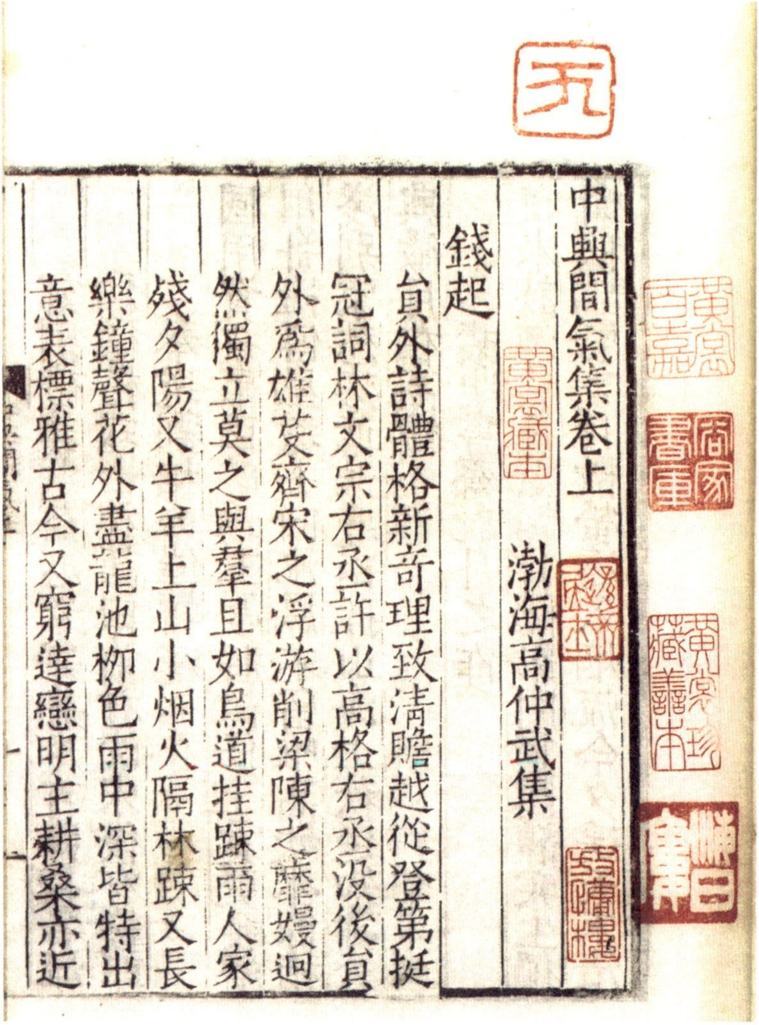

中興間氣集卷上

渤海高仲武集

錢起

員外詩體格新奇理致淸贍越從登第挺
冠詞林文宗右丞許以高格右丞沒後員
外爲雄芟齊宋之浮游削梁陳之靡嫚迴
然獨立莫之與羣且如鳥道挂蹤雨人家
殘夕陽又牛羊上山小烟火隔林踈又長
樂鐘聲花外盡龍池柳色雨中深皆特出
意表標雅古今又窮達戀明主耕桑亦近

中兴间气集（98 页）

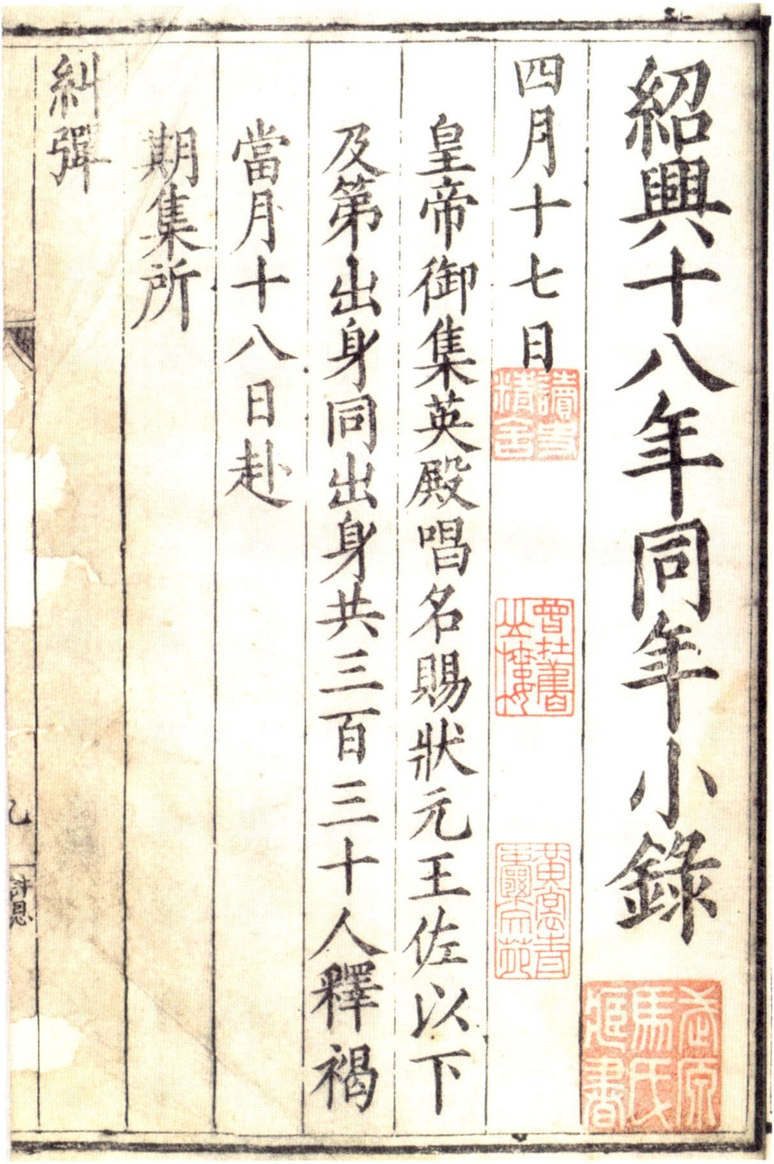
紹興十八年同年小錄

四月十七日

皇帝御集英殿唱名賜狀元王佐以下

及第出身同出身共三百三十人釋褐

當月十八日赴

期集所

糾彈

绍兴十八年同年小录（103 页）

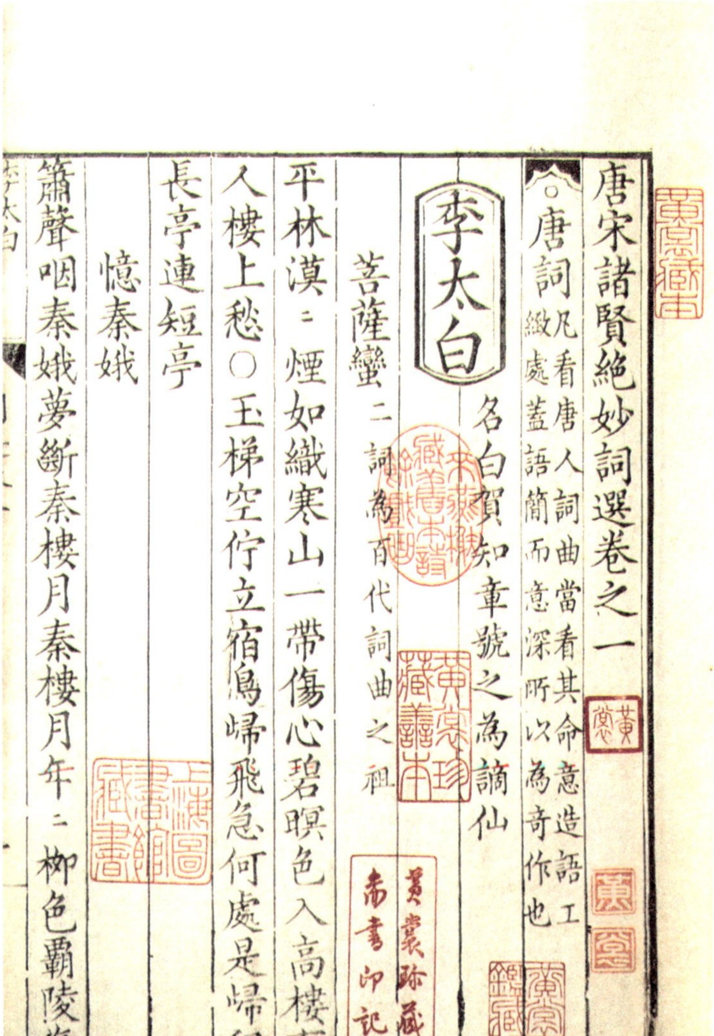
唐宋諸賢絶妙詞選卷之一
○唐詞 凡看唐人詞曲當看其命意造語工緻處蓋語簡而意深所以為奇作也
李太白 名白賀知章號之為謫仙
菩薩蠻 二詞為百代詞曲之祖
平林漠漠煙如織寒山一帶傷心碧暝色入高樓有人樓上愁○玉梯空佇立宿鳥歸飛急何處是歸程長亭連短亭
憶秦娥
簫聲咽秦娥夢斷秦樓月秦樓月年年柳色霸陵傷

唐宋诸贤绝妙词选（120 页）

醒任散人

柳浪館劇 具品

張大謨 鑑冲 山陰

報恩虎 具品　三雞蘇學士 具品　誅稚虎 具品

高 臨安

五老慶庚星 具品

程士廉 水泉 休寧

小雅四紀 具品

胡文煥 全庵 錢塘

远山堂曲品（131 页）

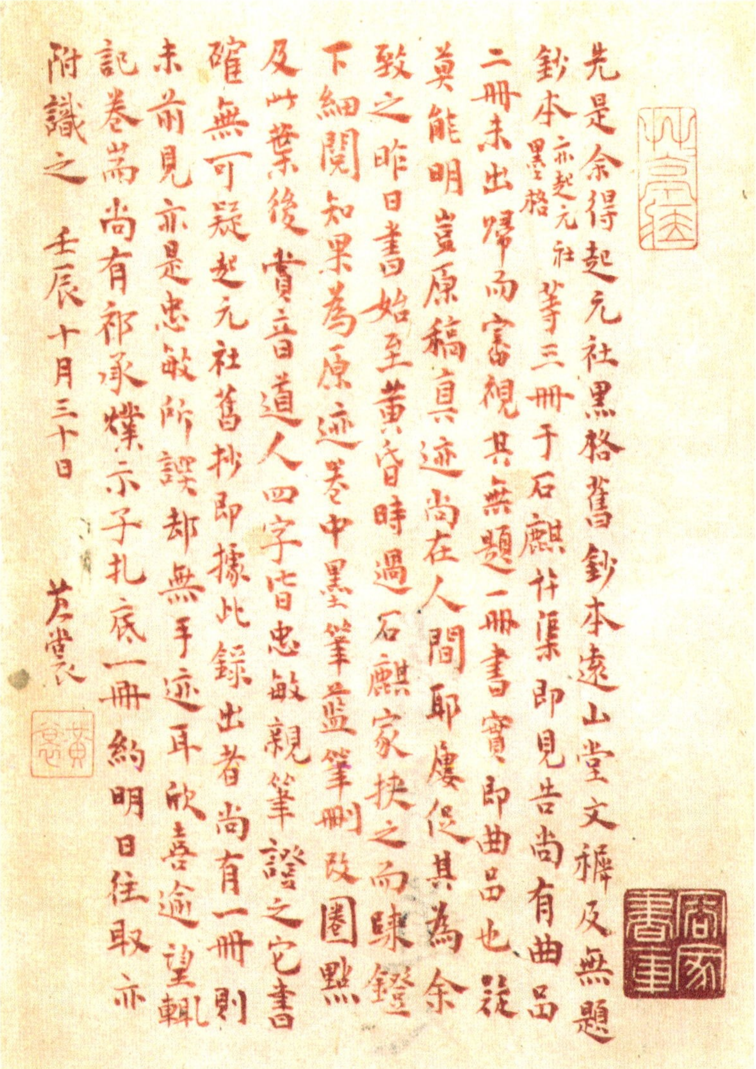
先是余得起元社黑格舊鈔本遠山堂文稱及無題鈔本亦起元社墨格等三冊于石麒許渠即見告尚有曲品二冊未出歸而審視其無題一冊書實即曲品也註莫能明當原稿真迹尚在人間耶廑促其為余致之昨日書始至黃昏時過石麒家挾之而歸鐙下細閱知果為原迹卷中墨筆藍筆刪改圈點及此葉後黃音道人四字皆忠敏親筆證之它書確無可疑起元社舊抄即據此錄出者尚有一冊則未前見亦是忠敏所撰却無手迹耳欣喜逾望輒記卷端尚有祁承㸁示子札底一冊約明日往取亦附識之　壬辰十月三十日　黃裳記

远山堂曲品　题跋

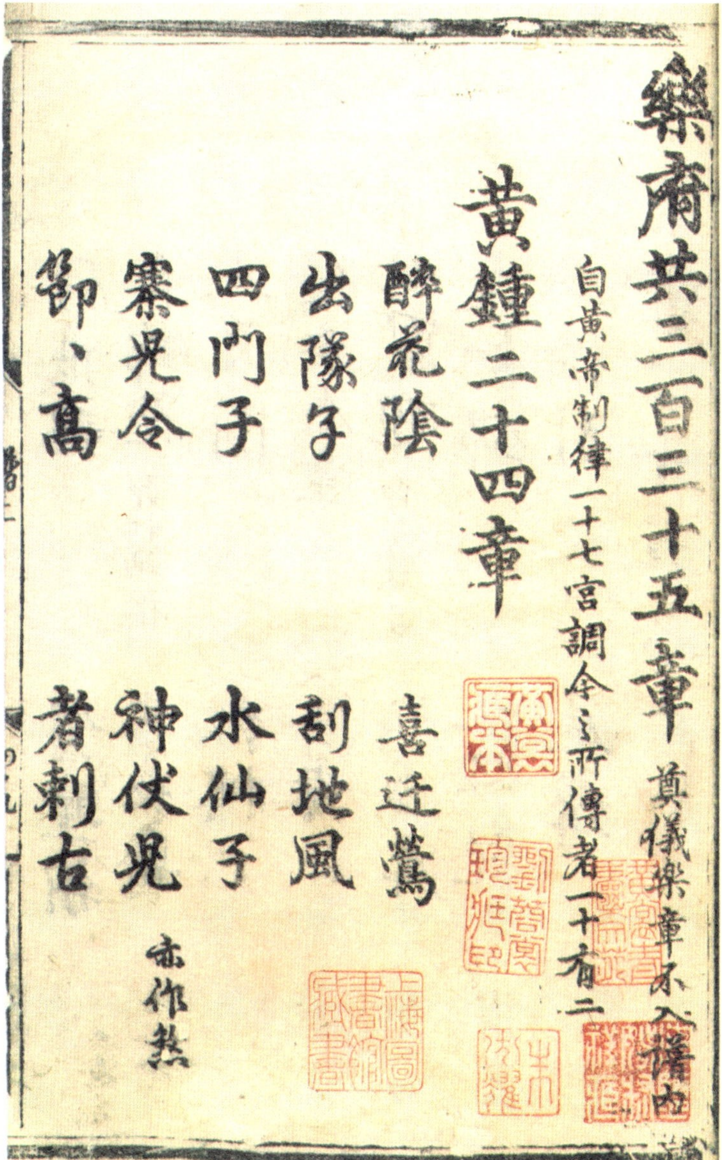
樂府共三百三十五章 黃儀樂章不入譜內
自黃帝制律一十七宮調今之所傳者一十有二
黃鍾二十四章
醉花陰 喜迁鶯
出隊子 刮地風
四門子 水仙子
寨兒令 神仗兒 亦作熱
節節高 者剌古

太和正音谱（135 页）

三輔黃圖卷之一

四明薛晨子熙校

三輔沿革

禹貢九州舜置十二牧雍其一也古豐鎬之地平王東遷以岐豐之地賜秦襄公至孝公始都咸陽（秦孝公十二年於渭北作咸陽徙都之）咸陽在九嵕山渭水北山水俱在南故名咸陽秦并天下置内史以領關中項籍滅秦分其地爲三以章邯爲雍王都廢丘（今興平縣地）司馬欣爲塞王都櫟陽董翳爲翟王都高奴（今延川金明縣）謂之三秦漢高祖入關定三秦元年更爲渭南郡九年罷郡復爲内史五年高帝在洛陽婁敬說曰夫秦地被山帶河四塞以爲固卒然有急百萬衆可立具因秦之故

三辅黄图（139 页）

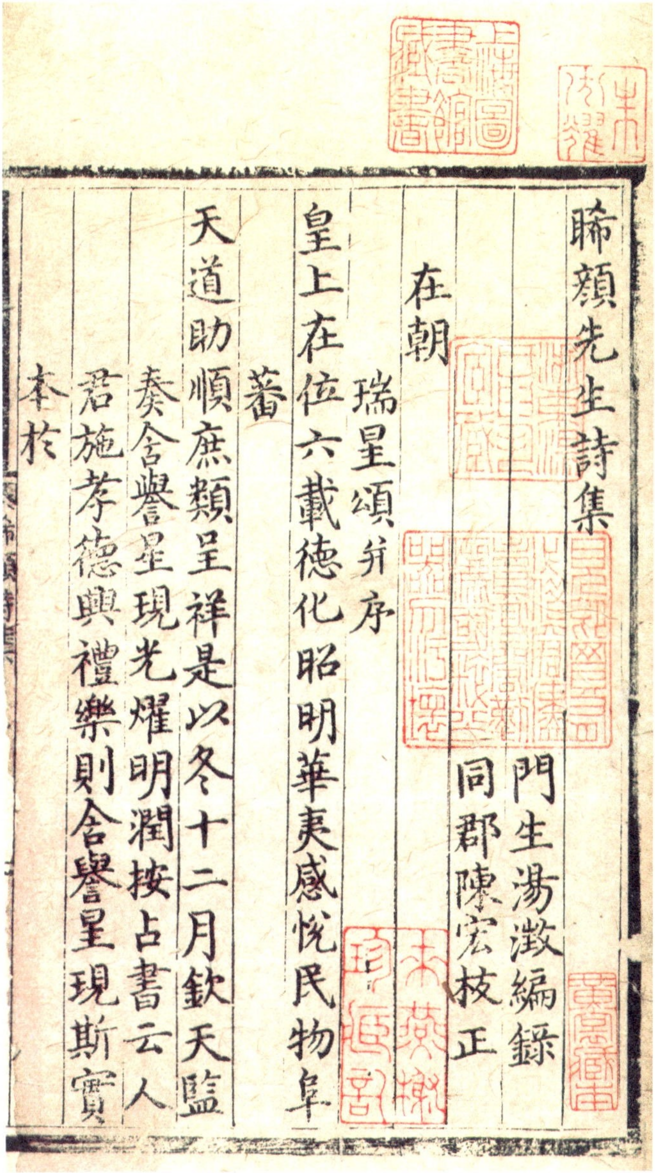
晞顔先生詩集

門生湯澂編録
同郡陳宏校正

在朝

瑞星頌并序

皇上在位六載德化昭明華夷感悦民物阜
蕃
天道助順庶類呈祥是以冬十二月欽天監
奏含譽星現光燿明潤按占書云人
君施孝德興禮樂則含譽星現斯實
本於

晞颜先生诗集（142 页）

欽差巡按廣西監察御史祁　案牘目錄卷之三終

巡按廣西監御史臣祁　等謹

題為猖賊聚衆刦江請調官軍征剿事據按察使陶魯手本開奉總府會劄依奉勘得府江各起蠻賊的係王公朧等每每行刦殺人全無忌憚別無可撫之術會同桂林道分守右叅政洪漢分巡僉事陳烓廣東都司署都指揮僉事孫璧督布官軍追剿分委行都指揮事指揮使謝謙知府余玉哨軍款土兵從洛口路進抵牛尿冲清潭賊巢指揮錢章哨官軍土兵從仙回踏進抵勞泉象磯攬賊冲巢指揮白瑛哨官土兵從大同踏進抵大同江平峒賊巢指揮彭祚哨官軍土兵從小同踏進抵小同江賊巢指揮李寅哨官軍土兵從田冲踏進抵古進田冲賊巢又將指揮馬僙知縣張昶斷事黃蘭百戶程海官軍攙款在於荔浦永安等處地方把截後路署都指揮僉事孫璧通督各峭官軍俱剋弘治六年正月初六日追剿各賊在於大亮腦等處對敵軍兵奮勇向前當陣擒斬首從賊人賊級王公朧等玖拾柒名顆俘獲賊屬男女壹拾六名口奪獲賊仗柒拾陸件餘賊逋往叁昧爽等

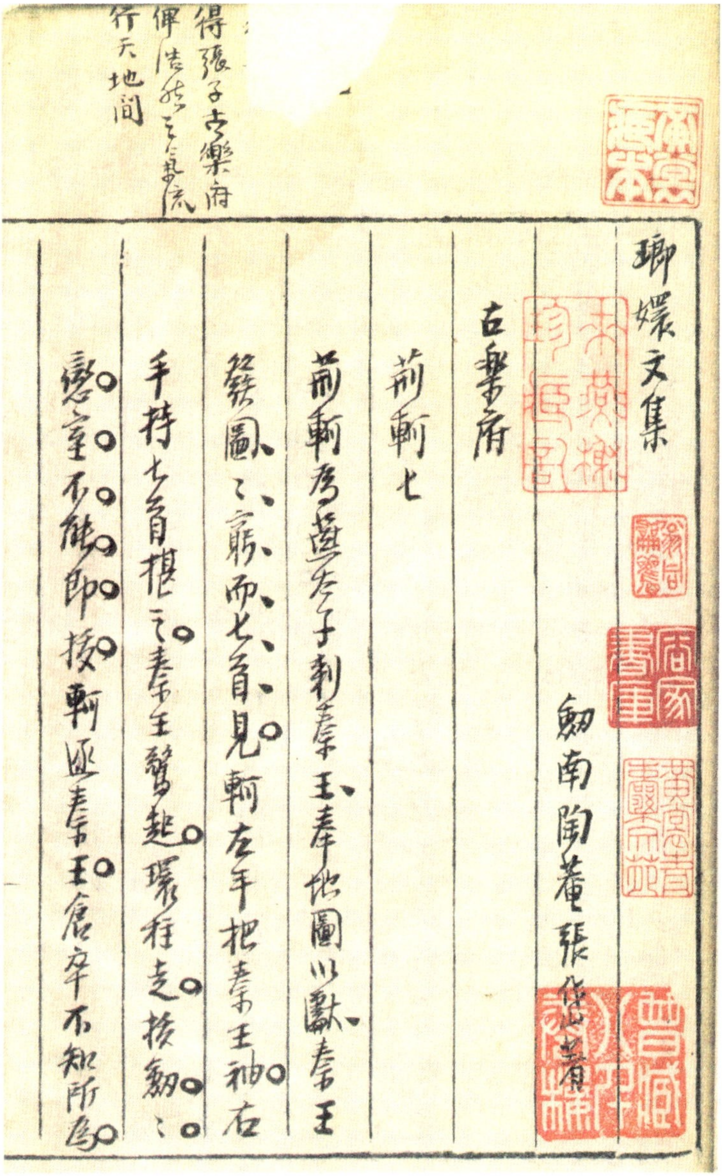
得張子古樂府
俾浩然之氣流
行天地間

瑯嬛文集

古樂府　　　　　　　　剱南陶菴張岱著

荊軻七

荊軻爲燕太子刺秦王奉地圖以獻秦王發圖圖窮而匕首見。軻左手把秦王袖。右手持匕首揕之。秦王驚起。環柱走。拔劒。劒。[illegible]。室。不。能。即。拔。軻逐秦王。倉卒不知所爲。

琅嬛文集（154页）

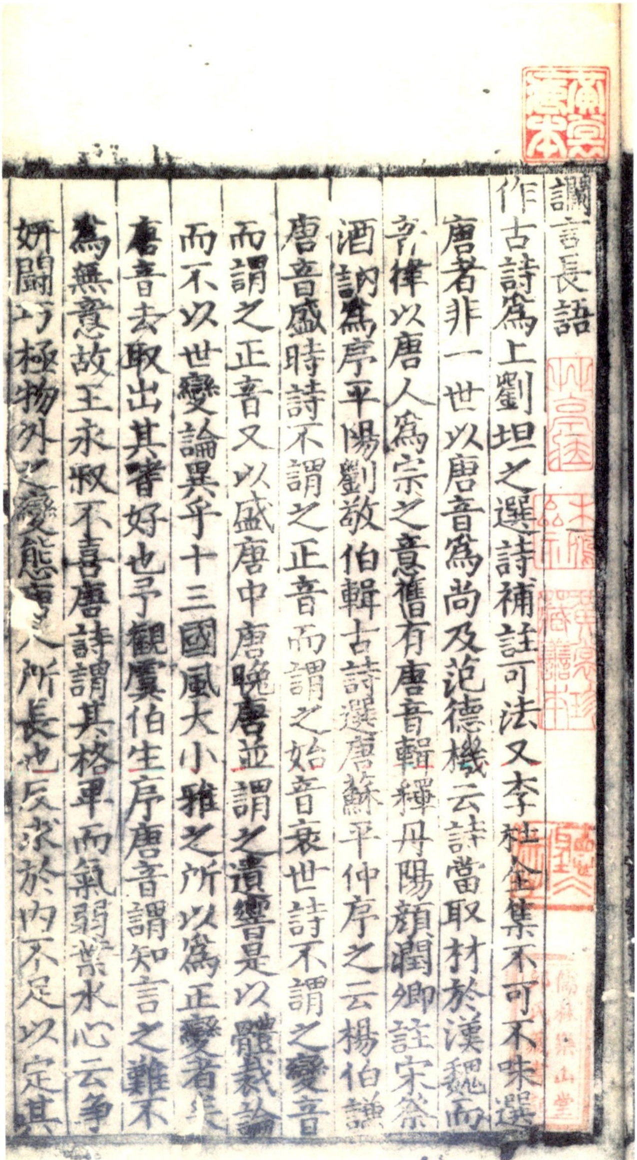

讕言長語

作古詩爲上劉坦之選詩補註可法又李杜全集不可不味選唐者非一世以唐音爲尚及范德機云詩當取材於漢魏而音律以唐人爲宗之意舊有唐音輯釋丹陽顏潤卿註宋參酒詞爲序平陽劉敬伯輯古詩選唐蘇平仲序之云楊伯謙唐音盛時詩不謂之正音而謂之始音衰世詩不謂之變音而謂之正音又以盛唐中唐晚唐並謂之遺響是以體裁論而不以世變論異乎十三國風大小雅之所以爲正變者矣唐音去取出其嗜好也予觀虞伯生序唐音謂知言之難不爲無意故王永叔不喜唐詩謂其格卑而氣弱蔡水心云争妍鬭巧極物外之變態唐人所長也反求於內不足以定其

谰言长语（163 页）

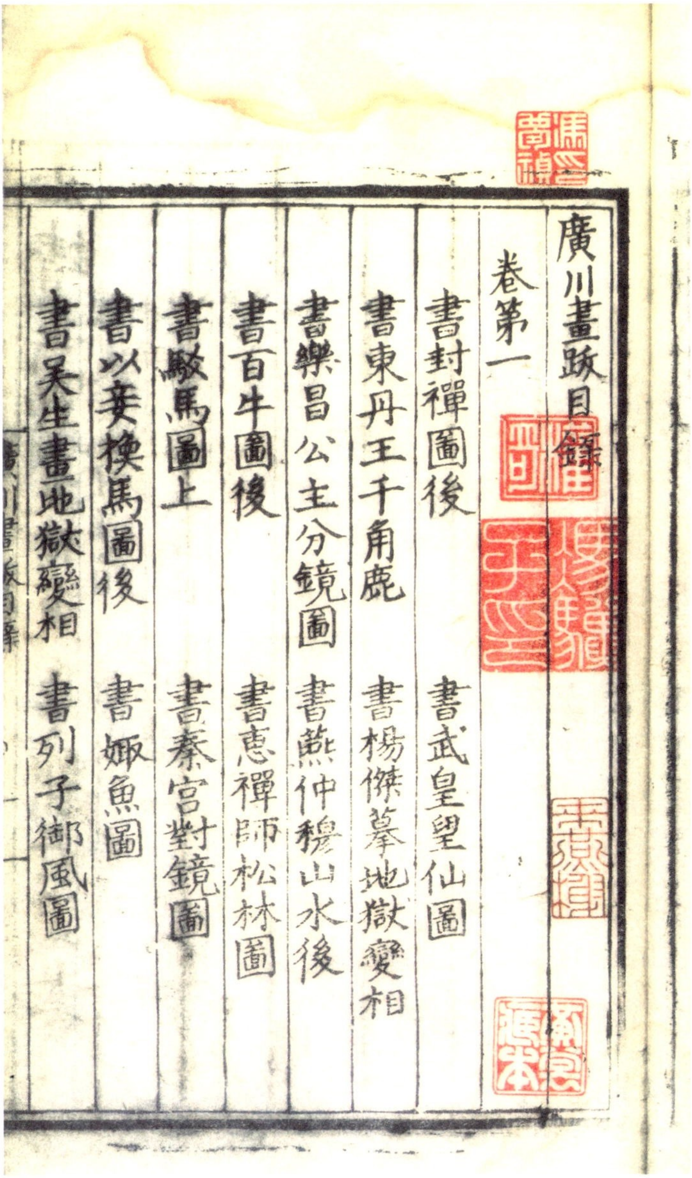
廣川畫跋目錄

卷第一

書封禪圖後　書武皇望仙圖

書東丹王千角鹿　書楊傑摹地獄變相

書欒昌公主分鏡圖　書燕仲穆山水後

書百牛圖後　書惠禪師松林圖

書駿馬圖上　書秦宮對鏡圖

書以妾換馬圖後　書娵魚圖

書吳生畫地獄變相　書列子御風圖

廣川畫跋目錄　一

广川画跋（165页）

剧谈录

《剧谈录》余旧藏嘉靖刻，只余下卷。有抱经学士手校甚多，已重装藏之矣。屡欲配补而无有也。昨日过市观书，于架上抽得此本，旧钞甚精，为江山刘氏故物，亟挟之归，亦一快也。高秋晴爽，摩挲故纸，亦人生乐事，因遂跋之。丁酉闰八月初四日记，黄裳。

嘉靖残刻抱经校外尚有劳季言细字校语甚多，曾于《清吟阁目》中见之，后归结一庐朱氏，不知后入谁家，仅存下半。余收得于郭石麒书包中。旧本因缘，琐琐记之。癸亥大暑前日展书记，黄裳。

涵芬楼有明写本，汪启淑家书。十行，廿四至七字不等。序后有“陈道人书籍铺刊行”一行。前有乾宁二年二月池州黄老山白社序。有士礼居跋二通。是此书佳本。甲子春分日，试尺木堂造研经校史之墨跋。

《剧谈录》二卷，唐池州康骈述。旧精钞本。钞白。十一行，廿一字。收藏有“江山刘履芬观”（朱长）、“彦清珍秘”（白方）。

灵棋经

壬辰正月廿四日收此旧山楼藏本《灵棋经》于海上。

《灵棋经》旧刻殊不多见，此正德庚辰荣府刊本，于有明藩府刻书中尤稀有也。然校刻亦殊草草，卷末汪浩跋乡先达杨文定竟误作先违，可笑甚矣。余后更得一黑格旧钞，小字精写，少一对，序次文字大异，殆别一本也。书出鸣野山房后人沈某，时于河南路旧古玩市场设摊，陈所藏古书，多残卷及旧山楼书。赵氏书于抗日战争中散出，沈某得其奇零，然今日观之，皆秘册矣。卷前有“东吴赵氏次子祥麐印”，仅见于此。殆次侯早岁收书所钤也。癸丑中元后二日，重展跋此。

《灵棋经》，卷首大题下四行题“晋驾部郎中颜幼明注　宋御史中丞何承天注　元庐山叔才陈师凯解　大明诚意伯刘伯温解”。正德刻本。十行，二十字。黑口，四周双栏。前有《荣国重刊灵棋经序》，末有“正德庚辰仲春吉旦书”大书一行，中有“荣府图书”朱文大方印。次造灵棋法、占仪、祭仪、祝文。卷末有“辛丑岁夏五月甲子日括苍刘基书”后序，成化三年丁亥岁五月朔旦南郡汪浩跋。收藏有“非昔轩”（朱方）、“非昔居士”（白方）、“东吴赵氏次子祥麐印”（朱方）。

谰言长语

此正德刻《谰言长语》，明人笔记中佳品也。书颇罕传。余收此类单刊本不少。嘉靖黑口本《林泉随笔记》《两山墨谈》等皆是也。明刊丛书多取此种笔记删节原书，并合卷第，皆为不完之本，至可憾惜。原刊旧本，多为零帙，易致散佚，今罕存焉，是可贵之故也。此书出虞山钱氏，有一单，余曾见之。有元椠《辍耕录》，佚去尾三卷，后亦收得，抚印甚精。钱大成虞山人，曾撰《子晋遵王年谱稿》者。辛卯二月廿四日，黄裳记。

《谰言长语》一卷，淞曹安撰。正德刻本。十一行，二十四字。白口，单栏。前有成化二十二年自识，弘治壬子高密李昆序，成化丙午郡人顾纯序，成化二十二年清平张天瑞序，蓼庄曹先生自赞，正德乙亥夏承务郎同知吉州事门生安丘郭时进跋。卷尾有弘治五年任顺题语，正德十年华阴史纪刊书跋，赵元重刻跋。卷尾一行云："承事郎乡宁县知县卫辉赵元重刊。"

霏雪录

甲午九月半所收，来燕榭记。

月前余在吴下文学山房买得残书数种，中有此黑口本《霏雪录》，存四十一至八十二番。后一月估人告此书之原配三册于故家寻得。又俞君宜《自娱集》卷一至六，亦恰为前购残卷所佚者，亟驰书买得，喜不自胜。余买书不弃丛残，然似此之终得配全者，颇不数数见，更觉可喜。此书原刻世不多见。前岁于济南见一旧钞，为黄荛翁校跋之本，海源阁故物也。似荛圃亦未尝见原刻，余何幸而先获残卷终有全书耶。中有缺番，暇当觅旧本补之。甲午九月廿一日晴窗，书于来燕榭。

《霏雪录》，雒阳镏绩孟熙著。成化刻弘治补刊本。十行，十六字。黑口，四周双栏。后有成化甲辰春仲月吉后学会稽胡谧书后，弘治纪元孟冬望日巢陵张文昭跋。胡谧云，先生名绩，其先雒阳世家，以继宦江浙，至先生始占籍越之山阴。其家有西江草堂，人因称为西江先生云。通一百六十一番。

广川画跋

癸巳十月初八日，偕燕同去吴下妇家，宴之于松鹤楼。饭后闲行坊市，得此残卷于护龙街上，至为得意。此快雪堂主人藏书，有图记四方，绝精。去今三百余年，而奕奕如新。始知明人治印之技为不可及也。开之秀水人，万历丁丑进士，居杭，筑快雪堂于孤山，储藏甚富。余今秋寓湖上几二月，面对孤山，今复得此，因题记焉。十月十一日。

此本罕传，世鲜著录。周氏瑞瓜堂藏有明雁里草堂钞本，其椠刻之稀可知。

明秦酉岩有此书钞本，蓝格，板心“玄览中枢”四字。书经渔洋山人校定。因知此书流转之稀，明人不惮数数钞之也。甲子春分。

此本刻板极古拙，卷一尾似有牌记，墨钉未刻。卷二第一叶刻更拙肆，似在成弘间。他卷亦间有此种，又似非一时所刻者，不知何也。全书皆初印，非有补板，疑莫能明，板本之事，诚难言矣。传本至稀，无从校定。北京图书馆有嘉靖二十一年杨慎韩宸刻本，黄廷鉴校，又明钞等四本。此册前刘序正嘉靖二十一年，然有“与升庵近刻《宣和书画谱》

并传”之语，似又非升庵所刊，不知何也。己酉十一月廿六日，晴窗记。

《广川画跋》六卷，存卷一至三。嘉靖刻。半叶九行，行二十一字。白口，四周双栏。题“宋广川董逌著”。前有嘉靖壬寅夏日东阜刘大谟序。次目录。收藏有“冯氏图书”（朱长）、“冯印梦祯”（白方）、“权奇”（白文套边方印）、“冯骥子印”（白文大方印）。

草书集韵

乙未三月初五日，收此天一阁旧藏书一卷。黄裳记。

薛福成《天一阁见存书目》卷三有“《草书集韵》四卷，缺，不著撰人名氏，存去声”一条，即此本也。书根犹存，阁书旧式也。

祝允明《评书帖》，录赵秉文《草书集韵序》曰：“草书尚矣。由汉而下，崔张精其能，魏晋以来，钟王擅其美。自兹以降，代不乏人。夫其徘徊闲雅之容，飞走流注之势，惊竦峭拔之气，卓荦跌宕之志，矫若游龙，疾若惊蛇，似邪而复直，欲断而还连，千态万状，不可端倪，亦闲中之一乐也。”此虽非其全，然可知书成时代，因为录之于此。甲寅元月初三日。

《草书集韵》，存去声一卷。明初刻。八行，行七字。上下黑口，四周双边。板心题“草韵去声”四字。每草书字下著楷体原字，作阴文。别注书手姓氏一字，如史、锦、鲜、卫夫人等，而以鲜于枢为最多。收藏有“积学斋徐乃昌藏书”（朱长）。

鸣鹤馀音

此天一阁藏书，残存下卷，书根犹存，传世稀绝。黄荛翁所藏为旧钞八卷本，自《道藏》出。此旧刻单行，世无知者。卷中多存小令诗馀，盖亦言元明人词曲者所不可废也。阮元目著录，题虞集撰。殆以卷首有道园和冯尊师《苏武慢》十二首，遂以归之虞氏耳。一日过来青阁，于案头见此，即携之归。索价奇昂，因以家藏旧本十种付之，易此一册书归，灯下题记，为之快甚。书痴如此，当令黄卷笑人也。丁酉小寒前十日，来燕榭灯下记。

《鸣鹤馀音》，存卷下。明初刻。半叶十行，行十八字。上下黑口，四周双边。板心题“文集下”及叶数。通九十八番。

归田诗话

乙未冬晴归来燕榭记。

瞿宗吉曾有《通鉴集览镌误》三卷，余旧有之。后有赵清常跋，系季振宜、张学仁旧藏。有永乐序。实与此册刊刻无异，当同是弘治刻而失其序者，已随他种善本数十种散去。今乃更得此册，不禁念之不已。寒窗展卷，漫志数语，以见今日心情。好书无力，可痛也。乙未残腊，黄裳。

此本系长卷头。卷首即第三叶，知当佚去自序二番也。观提要可知。丙申五月廿一日，灯下更记。

《归田诗话》三卷，钱塘瞿佑宗吉著。弘治刻。十一行，廿二字。上下黑口，四周双栏。前有成化三年四月二十又九日翰林院学士奉议大夫兼经筵官同修国史莆田柯潜序，成化二年岁次丙戌冬十月穀旦赐进士前翰林院庶吉士文林郎河南道监察御史浙江辛卯解元八十翁钱唐木讷序。次目录。后有弘治辛酉季春庐陵陈叙笃垕后序。收藏有“诗龛书画印”（朱方）、“半槎”（朱长）、“惠定宇借观”（白长）、“玉雨堂印”（朱方）、“韩氏藏书”（白方）。韩泰华钞《四库提要》一叶。

岳麓书院石壁禹碑集

乙未十月十七日归来燕榭记。

此嘉靖刻本之别格也。《天一阁目》曾著录之，云明宋楫校刊。观此本季本跋，则出熊氏轸峰，不知果是一书否？百嘉书藏中俊物，当首推此种矣。乙未冬日黄裳小燕记。

《岳麓书院石壁禹碑》，嘉靖刻白文本。前有绍定戊子鄱阳张世南光叔序。次夏禹王像。正文半叶一字，旁注释文，通四十一番。碑后有刊碑跋，亦作奇字。后有嘉靖丙申三月望日资政大夫守南京礼部尚书前国子祭酒翰林侍读兼修国史经筵讲官甘泉湛若水跋。次释义，楚靖沈镒撰，后有甘泉翁“书沈生所辨神禹碑文后”。次《禹碑歌》，附《禹碑释文》，题“嘉靖丙申十二月五日杨慎识”。次《题靖阳沈生辨禹碑集前》，文末属“嘉靖戊戌二月既望东桥居士顾璘书于靖阳行台”。次嘉靖庚子岁仲春晦日长沙府知府会稽季本明德后序。

绿雪亭杂言

此天一阁早日流出之书，余以重直自老书估林集虚处收得。癸巳二月廿七日，小雁。

此嘉靖中单刻本《绿雪亭杂言》，较丛书本远胜之。传世至罕，只天一阁范氏有之，即此册也。卷中有存春庐陈氏印记，余所见天一阁书之曾藏陈氏者不少，亦甬上藏书旧家也。所得书俱在太平之役前后，取证阮薛二目可知。后归老书估林乔梁，即大酉山房主人。曾于《鄞县通志·艺文目》中著录之，三年前以之归余，更有他种阁书之单刊小册者，索直极昂，余亦不吝重价购之。闻其人尚有故书两屋，惜无从更出矣。乙未九月初二日小疾，检书重为跋此。黄裳。

英字子发，号东谷。清江人。正德十六年进士。南户部主事，祠部郎。督学陕西河南，历任藩臬。有《心远堂集》。

敖英更选有《唐人七言绝句》，亦嘉靖中刻，写刻甚精。余有之，亦天一阁故物也。

《绿雪亭杂言》，清江敖英撰。嘉靖刻。九行，十七字。白口，四周双栏。前有嘉靖戊戌自序。收藏有“存春庐陈珍藏”（朱方）。

两山墨谈

此《两山墨谈》十八卷，明人笔记中罕见本也。刊工板式亦殊别致。石麒携以示余，盖虞山沈氏物，喜而留之。漫读一过，见有谈及泗州城故事者，已援引之入所撰新谈中矣。会近日无钱买书，而主人求售甚急，遂由石麒取去，不无怏怏。后知此书已归孙伯恒，孙不知书者也，喜购明板白皮纸书，以干净而无缺番者为胜。人亦天真。每在来青阁中坐谈，道及当代人物，不曰姻娅，即其故友，娓娓不倦。亦妙人也。今午过市，见此书置于案头，乃孙君退还者。中夹二签，盖缺叶两番也。如遇故人，即挟之归。翰墨因缘，非偶然也。今日又获艺芸精舍旧藏元椠《艺文类聚》残本半部，又嘉靖刊《李杜律诗》一册，皆异书也。灯前展卷漫书。辛卯二月廿三日，黄裳。

《两山墨谈》十八卷，吴兴陈霆撰。嘉靖刻本。九行，十八字。板心上有鱼尾，题“墨谈”二字。下黑口。前有嘉靖己亥岁仲春之吉赐进士知德清县事四会李檗刻书序，后有嘉靖己亥陈霆跋。收藏有“南通杨元植藏”（白方）。

张小山小令

今年残腊，余为云间、武林、四明之游匝月，前日始归。闻石麒见告，修文堂孙氏得刘氏藏书百许种，颇有佳本。今日午后乃过访请观。佳本已寄京，如天一阁钞《书史汇要》《吴船录》及成化黑口本《寿亲养老新书》等，皆已不及更见矣。所余尚数十种，余买得吴石仓钞《倚松老人集》、文瑞楼钞《铁围山丛谈》及此残卷一册，而以此为最秘。小山小令传世仅有钞籍，如明代四明范氏天一阁亦只有钞本而已，罕传可知。此李中麓原刊，天壤间恐未必更有，虽残帙何伤乎。此后序二番所存有明一代词曲传布故实至多，人多引用之，得见祖本，快慰诚不可言。黄荛翁得《小山北曲联乐府》三卷外集一卷，为钞本残卷，珍重秘惜，使得见此，不知当如何神往也。士礼居所藏尚有李开先刻《乔梦符小令》十卷，云刊于隆庆中，此本刊刻古雅，殆是正德刻也。挟书归来，漫记数语。时北风复起，残腊光景，依稀似之。正自可喜。遂无江南春早之诧矣。壬辰腊月廿九日，小雁为黄裳书。

《藏园群书经眼录》著录此本，云前有嘉靖丙寅闰十月六日中麓李开先序。甲子春分日重展跋此。

此本丁氏八千卷楼有之，他未闻有著录者。天一阁有钞本，是在明时即已罕传矣。卷端有蒋榖孙印。近闻许姬传先生告其人行径颇悉，亦畸人也，大可写为小说。隽文者其姬人也，早亡。姬老曾与一灯相对，闻伊道蒋某薄幸故事，娓娓可听。终乃推灯起坐，不复能卧矣。其事大有趣，亦藏书逸话之一也。癸巳春深，黄裳。

《张小山小令》下，嘉靖刻。题“庆元张可久著　章丘李开先编”。大黑口，九行十八字。四周双边。后有后序，题“季冬腊日中麓再书”。收藏有“公权”（朱方）、“天都汪氏”（朱方）、“密韵楼”（白方）、“丙寅以后所得”（朱方）、“抱残居士”（朱方）、“隽文掌记”（白文套边）、“乌程蒋祖诒藏书”（朱方）诸印。

禄嗣奇谈

四明估人林乔良所藏天一阁书不少。余去冬去甬上时曾访之于其家，出《鄞县通志》示余。卷尾附《藜照庐书目》颇有佳本，即其所藏。嘱其携书来沪，二月余始至。此册及《范运吉传》皆归余，皆天一阁故物也。余殊感之。虽索重值而不与论价也。此种道家书传世甚罕，余颇有数种，大半皆出于天一阁，半为明钞，似此刻本却亦少见。携书归来，漫志卷端。癸巳清明日，黄裳记。

《禄嗣奇谈》一卷，题“泰和冲一真君撰”。嘉靖刻。十行，二十四字。白口，单栏。前有首叙。

四如黄先生文稿

此残卷一册，买于姑苏。卷尾有兴公手书一行，飘逸可喜，至堪爱重也。黄裳记，时壬辰九月十五日。

《黄四如先生文稿》有嘉靖刻四卷本，天一阁故物。其八代孙钺及子文炳等辑刻者也。其前为曾孙至刊十卷本，未知即此本否？传世极罕，虽残帙亦可珍也，况尚有兴公手题耶。取与天一阁本稍比勘之，编次大异。此本墨钉诸处阁本俱补足，且加注释，不若此之犹存原本面目也。甲午四月廿二日，黄裳记。

此为六卷本，兴公题记卷尾，以是知之。十卷者当又是一本。此亦刻于嘉靖中，观刀法可知。甲午岁暮。

《四如黄先生》文稿，存卷五、六两卷。嘉靖刻。半叶十一行，行廿二字。白口，左右双边。收藏有“闽中徐惟起藏书印”（朱长）。卷尾有徐惟起墨书一行：“万历庚子夏买于建州。”卷五第二十叶为“至治癸亥立秋日男将仕郎汀州路总管府知事黄梓百拜谨识”跋文。

馀庆录

此天一阁藏书也。今日过郭石麒许获之，甚可喜也。癸巳九月廿五日，雨窗识。黄裳。

癸巳十月廿六日重装毕。书从吴下寄至，书根题字，复可辨视，盖阁中旧式也。时江南冬暖，宛如好春。

庚申夏五，此书辛苦自贼中还，欢喜记之。

《馀庆录》一卷，嘉靖写刻本。十行，二十字。白口，左右双边。前有嘉靖甲子仲秋余姚冶山居士徐天衡引。后有徐栻跋："余叨抚两浙，遵例禁宰耕牛。年来畜蕃而民安之，颇有成验。识者谓八善具而轮回报应之说不与焉。诚有味乎其言也。爰为训注，庶共观省。姑苏徐栻识。"

兰雪集(嘉靖本)

此嘉靖刻张大家《兰雪集》二卷，余悬之梦寐久矣。忆初见此在十年前。徐汇唐肆主人于劫中收得故家旧本甚富，陆续散轶，尚存数十种，则珍储之不使人见。余得间睹一二，此即其一。欲请易之而秘惜殊甚，意殊惘惘。后收得鲍以文手校钞本于琴川故家，思欲一校此刻，亦不允借。日前于当湖归来，案头有唐氏所寄一书，亟访之，出旧钞稿本十数种见示，盖方收自甫里者，遂收得之。最后始于枕函中出此册，云可见售。见之狂喜，更不论价。终以家藏旧书近百斤易得，而犹贴米石许。计叶论钱，贵等宋椠。然余则更不之计，以书实罕秘特甚也。案诸家所藏此集，大抵钞籍，仅见王莲泾家书目有皮纸一册，殆即此嘉靖本，而存否亦不可知。知不足斋所钞，底本为孟称舜本，成于晚明，盖与自作传奇相辅而行者。取校此本，大体无异，即据此复刻，而灭去王序陈跋，《张玉娘传》亦抹去作者名字。苟非祖本仅存，何由知孟氏攘窃之迹耶。异字亦间有之。以文所校以意为之，非曾真见此刻也。而所注虞伯生极赏之诗，实非《山之高》三章，却在五律《暮春夜思》后附注中。是皆可征旧本之足贵也。惜轶去十二番，范玉蕖以黄纸补入，颇不耐观。爰损原装取棉纸手为补讫，虽远逊原刻之古雅，亦聊可观览矣。原书每于文断之处割去余纸，明人原装往往如是，今亦用旧楮补完。书出褚礼堂家，为十丈花簃主人沈砚传旧物。范玉蕖系沈氏闺人，原装封面今仍附入。更有徐子晋跋，即撰《前尘梦影录》者也。连日晴暖，昨忽作寒，雨雪不已。坐来燕榭中漫识。乙未春雨水节。

此书有明孟称舜刻，与孟蕴《柏楼吟》合刊。又南城宜秋馆刻本，所据则孔荭谷钞本，有李之鼎跋，称孟氏刊集在顺治中，而孔氏本则钞自知不足斋，以文又钞自赵氏小山堂，并称近年又有狄氏活字本，后有道光丙申孔昭薰跋。武进陶氏涉园亦曾刊之，皆未见。当以此刻为最旧矣。《四库》所著亦鲍士恭家本，不云钞刻。以玉娘所撰，诗格浅弱，不出闺阁之态。则故为苛论。玉娘所制诚不脱闺习，然时有秀句，诸体俱备，咏史则别有手眼，《咏王将军墓》更能表彰国殇，殆非寻常闺集所可同日语者矣。得书后十七年，重展更跋。

《兰雪集》二卷。卷首大题下三行："元裔孙菊庵张献集录　皇明邑人剑渠刘仁嵩编次　两峰陈公明批点。""元"及"皇明"字俱作阴文。嘉靖刻。半叶十行，行十八字。白口，四周双栏。卷前有"嘉靖十五年岁次丙申五月端阳日邑人龙溪王诏书于临睢堂凌潇池之上"序。次松阳后学王诏著《张玉娘传》。书末有嘉靖著雍阉茂日南至石川子陈公廉跋。收藏有"神明镜室"（白方）、

“徐康印信”（朱方）。封面有“《兰雪集》，元女史著，苓芗贻”一行，钤“鳒研室”朱文方印。又跋七行：“此明刻精本《张玉娘集》，惜七言律及五七言排律词曲残失不完，虽已补录，究属缺憾。第以数百年佳著，流传片楮，珍如拱璧，似未可事苛求。且与吾家别有缘系。玉娘大节昭昭，于文字外，益令人起敬不已。讵得与寻常闺集同年语哉。先太夫人深引重其为人，特书书之眉，并记见贻者，得此珍慕之意，可想见矣，尤当遵守弗失。戊申九秋，君寒谨志于红芝仙馆，付玉藁宝藏并书。”

谈野翁试验小方

此嘉靖赵府味经堂刊本也。《千顷堂目》著录，世未经见。刊极古雅，阔栏阴文花边，巾箱小册。半叶六行，行十二字。余尚藏有赵府所刊《前后卫生歌》《修真秘要》《加减十三方》等，行款不同，更附图说，颇古拙，皆嘉靖本之别格也。赵府所刊此种实用书不少，非若其他藩府之徒以刊诗文为事者。亦有以刊曲本见称，如周藩诚斋者，皆可重也。书出姑苏玄妙观，书肆主人收于打鼓者手，索重直，初未能得，洎再去吴下，书仍未售去，价亦少减，遂得之归。装成后记。戊子九月，黄裳。

二十年前游吴下，同行者有郑西谛、叶圣陶、吴春晗诸君。抵苏时已傍晚，饮于市楼。秋风初起，鲃鲊正肥。圣陶取一尾于掌中按之，腹大如鼓，诸君顾而乐之。饭罢已昏黑，西谛访书之兴大豪，漫步护龙街上，呼门而入，凡历数家。后于玄妙观李姓肆中见此小册，索巨直，西谛时方奇穷，顾谓余曰，此可得也。喧笑而去。又十日，余更过吴门，更见此书，尚无售主，还价携归，以为帐秘。《千顷堂目》外，未见有著录之者，殆孤笈已。赵府刊书颇多，有味经、居敬二堂名，皆在嘉靖中。所刻格式奇古。似此乃零星小册，毁弃最易，无怪其稀若星凤也。二十年前事，依稀如昨，而西谛墓有宿草，同游星散，人事变换，几如隔世。重阅此卷，感念无已，漫书。

辛酉腊月初一日，重展此书。前跋所及同游诸人，只叶圣翁健在，年近九旬矣。纸墨之寿，永于金石，何况其余，信然。此书沦于盗手亦七年始归，未沦劫火，亦出意外，是更不可知矣。黄裳漫记。

明刻板式甚多，然类此者绝不经见。暇拟集明刻雕板之有特色者若干种为一小图谱，必有趣。甲子上元书。

《谈野翁试验小方》，嘉靖刻。半叶六行，行十二字。阴文阔花边匡，板心上题“小方”，中记叶数，俱方匡。下有“赵府味经堂”五字。有“弘治甲子三月朔旦孤哀子谈田泣血拜书”之《书先考彝庵公试验小方后》。

赵府刊医籍三种

此赵府味经堂所刊三种，皆医家道家言也。有明一代藩府刻书。此种甚多，而流转甚稀。余旧藏《谈野翁试验小方》一卷，亦味经堂刻。四周板匡作大凤花边，已珍储之矣。今更得此本以俪之，可谓快事。庚寅十月初六日灯下记。

上海解放之初，余于宣和印社得牙章数板，雕钮精好，皆未刻。又得犀角印一对，文曰“木雁斋”“张氏书印”。元朱文甚精，不似近时物。“张氏书”印一钮，无所用之，只以“木雁斋”印钤之卷尾书头耳。又一年，游京师，遇吴兴张珩于团城，欢然交契。偶语及此，始知诸印皆渠家物，为人盗出者，因请葱玉允以“木雁斋”一印相贻，而取“张氏书印”一枚还之。又数年，友人见告，此印已落蠹吻，并藏扇一箧，俱化灰烬，葱玉不胜憾惜。又数年而葱玉下世矣。近有人议余家藏书多用“木雁斋”印，意在借张氏增重，可笑之至而无从辩之，唯付一笑而已。余岂赖蕴辉斋主人之余光而行者耶？此本前亦钤此印，因著其端末以解世人之大惑，亦他年谈艺苑故事者之话柄也。辛亥十月初十日记。

《卫生歌　后卫生歌》，嘉靖刻。八行，十五字。白口，四周三重边。《修真秘要》一卷，嘉靖刻。下图上说。八行，行六字。白口，四周三重边。板心上记书名。凡四十六图。《医家秘传随身备用加减十三方》一卷，嘉靖刻。八行，十五字。白口，四周三重边。板心下有“味经堂”三字。前有目录。收藏有“积学斋徐乃昌藏书”（朱长）、“南陵徐乃昌校勘经籍记”（朱长）、“于印省吾”（朱方）、“双剑誃”（白方）。

参订仙传外科秘方

壬辰残腊，道出四明，小住十日。暇时过应家巷访老书估林集虚，以其所藏天一阁物最多也。所居一陋室中残书盈架，余一一抽而阅之，所得不少，皆出重直，绝不少让，而以医籍为最多。余向不收医家书，至是破例买之。人多笑其痴不可及而不顾也。此残本一册，亦天一阁物，系武林高深父物。世知其曾刊《遵生八笺》，却不知有此也。板心刻法颇雅饬可喜，亦是别格。卷前有“梁父范汝楠”一印，当是钦孙辈行，亦明时人也。世知有汝梓，而不知有汝楠，他日得见范氏谱系，当可一决此疑。得书后一月又半重展因题，小雁。

祁尔光《澹生堂集》前有四明范汝梓序，必万历中人。此本前之范汝楠印，必汝梓兄弟行也。癸亥正月廿六日记，黄裳。

范钦孙、大冲子汝楠，藏印有“九如”。丁丑四月初日记。

《参订仙传外科秘方》，存卷十。万历刻。半叶九行，行十八字。下线口，四周双栏。板心中题“万花居刻秘方卷之十”，下记叶数，皆有画阑。卷首大题下双行云：“明浚仪原阳子赵宜真守素集　武林瑞南道人高濂深甫参订。”卷末有“钱塘床山山人蔡鸣銮　天目山人陈晓同校”两行。棉纸一册。有“梁父范汝楠印”白文扁方印。书根题“外科秘方”，阁中旧式也。

本草乘雅半偈

此《本草乘雅半偈》，残存第五帙一册，余见之沈仲方许。虽为残卷，索直殊昂。余亦喜其刊刻精好，而文字尤尔雅可观也。余不知医，所收医籍却亦不少，大抵取其罕见而板刻精好者耳。而此册更复可读。牡丹芍药二种，引证详明，文采烂然，而体物入微，不嫌词废。凡所论说，多出目验，一较空疏之病。明人著述类此者盖少矣。《四库》著录十卷，公私藏未见著录，安得更见全帙读之，始为快事。壬辰二月十七日坐雨书，黄裳。

余收残帙于沈仲方许不少，亦多异书，而以此册为最可喜。晚明文风浮薄，类皆杂摭浮言而为书帕之具，出之坊肆者乃更芜杂。如此书之渊雅盖难矣。板刻亦精善，无崇祯刊本面目，惜其为残帙也。壬辰重五，黄裳记。

孙殿起云，此书十一卷，崇祯丁亥月枢阁刊，即此书。此册题第五帙，然则全书当十帙，卷首一帙也。观五帙前目录为第四可知。辛酉八月初四日，黄裳记。

《本草乘雅半偈》，存第五帙《本经中品》二卷。

崇祯刻。八行，十八字。钱唐后学卢之颐子繇父核参。白口，双套边。板心下有“月枢阁”三字。板心上有注。

养正图解

此万历金陵原刊本《养正图解》，吴兴周氏藏书。徐贾绍樵介以归余。更告尚有他书之附精图者续出，至可喜也。郑西谛有残本二事，俱是重刊分卷本，所谓玩虎轩本与康熙己酉曹钤得旧板重印之本是也。刊工已易为黄鏻，殆是据此本重翻者。绘图出名画人丁云鹏手，刻工黄奇。线条细劲，不涉纤弱，信是新安诸黄先辈风仪。雕绘进境，由粗犷渐跻纤柔，民间艺术往往如是，不仅板画为然也。吴兴周越然收戏曲小说及明刻插图之书甚富，年来散售略尽，其最精之本，如《昭阳趣史》《素娥编》亦于前年散出，归北京某氏。余去秋北游曾一见之。此则其兄周由堇氏所藏，去年曾见《嘉靖大统历》一册于绍樵许，亦其家书也。乙未小满前五日，黄裳记于来燕榭之南窗下。

《养正图解》，凡六十图。万历刻。半叶十行，行二十一字。白口，单边。前有南京吏科给事中祝世禄序，翰林院修撰儒林郎焦竑序。祝序云："绘图为丁云鹏，书解为吴继序，捐资镌之为吴怀让，而镌手为黄奇。"郑重书之，于明刻中不数见也。

林泉随笔记

此《林泉随笔记》一卷，《今献汇言》中有之，然系不全本。

此系初刻全本，黑口，双栏，古意纷披，真尤物也。按此为嘉业堂故物，当是鼎午之际，出诸南中故家者，并世藏家，别无著录。余见之修文堂，与潜采堂藏旧钞《嵇中散集》同得。书系零页，未及装池，暇当付工订之。今日灯下检书及此，因题数行。庚寅暮春三月廿七日，黄裳题记。

按天一阁薛福成《见存目》中著录，或即此本。庚寅五月廿六日更记。

《林泉随笔记》一卷，淮浦钓者张纶著。嘉靖刻本。十行，二十一字。大黑口，四周双栏。前有“嘉靖己丑秋九月朔日赐进士出身朝议大夫广东布政司右参议前翰林院庶吉士新安方塘汪思书”题序，弘治庚戌春正月中澣日淮浦钓者张纶自叙。后有“嘉靖九年岁次庚寅春正月望日外孙吴廷翰顿首谨书”书后。收藏有“嘉业堂”朱文长印。

陕西四镇军马数

来燕榭珍藏秘册。吴方山手迹，并世所藏，只见有此，可重也。

此书传世极罕，殆是孤本。《近古堂目》有《陕西镇军马数》，《绛云目》亦有之，当即此书。《传是楼目》有《陕西军政马数》一目，当亦一书，或同时别刻。此官府册籍，嘉靖一朝或不只一刻。诸书皆不复存，不能对校矣。戊戌新正初二日更记。

《陕西四镇军马数》一卷，嘉靖刻本。十一行，十八字。白口，单栏。板心题“陕西”“延绥”“宁夏”“甘肃”字样，二十四叶以下板心题“会兵御虏”四字，并附图。收嘉靖七至八年军务帖、札付等十三通。吴岫手跋云：“陕西设总制，自石淙杨公始。嘉靖七年春召归。晋溪公王琼继之，撰为此书。公由谪所起用，一平吐蕃，再平套虏，以兵马素练，钱粮敷足，根本已固故也。下有会御事宜，乃其经略，故并刊焉。继其政者当珍藏检阅勿忽。姑苏末学吴岫题。”收藏有“姑苏吴岫家藏”（朱方）、“季印振宜”（朱方）、“沧苇”（朱方）、“御史之章”（白方）、“书潜经眼”（朱方）。此是傅增湘印，此书著录于傅氏《藏园群书经眼录》。

范运吉传

甬估林集虚所存天一阁故物不少，此亦渠二十年前所得，已刊入其所辑《藜照庐丛书》中矣。去冬余游四明，卖书之肆皆识林君，亦皆钦服其目光如炬，能拔善本于丛残之中，余因访之于其家。告此书原本仍在，即嘱其检出携沪。今日始至。原装一册，刻极古雅，人间孤本也。倾囊付之，挟册而归，喜不可言。此种单刊小册，最易散佚。并世藏家，少有以之著录者。惟赵清常《脉望馆目》史部传记类有此耳。武康山中，白昼鬼哭，绛云一炬，半化焦土，殆已不复更存，遂更使人增珍惜之念矣。癸巳清明日，黄裳记。

得此书后二年，更见嘉靖刻《金子有集》及《白岳游稿》于林估许，皆天一阁故物，索直极昂，遂未能得。余近来之书兴阑珊如此。重展此卷，因更书焉。甲午初冬。

去年秋重游滇南，数过翠湖访书。滇中旧刻，所藏绝少。只丽江木氏家集数种，精妙无俦，皆有杨慎、张含序跋，刻于嘉靖中，疑是吴下开板，纸亦与安氏活字本所用全合。滇中固无此名刻手也。此册则确是滇中所刻，古拙茂美，纸用厚棉料，亦非中原之物。他年有考滇南开板史者，此当为绝妙资料也。丁酉夏日更跋。

癸亥立秋前日重阅。距初得此恰三十年矣。

《范运吉传》一卷，嘉靖刻本。八行，十八字。白口，四周双栏。板心中题“范孝子传”。卷尾属“嘉靖甲寅四月朔后一日赐进士出身奉敕提督学校云南按察司佥事前翰林院庶吉士户科右给事中马平蒙泉徐养正撰”。包背装一册。

解颐新语

此书余获之海上修文堂。后游北京，晤修绠堂主人，乃知此实渠家之书，两肆主人乃兄弟行也。书出天津故家，始某家欲售藏书，呼贾人，估价甚低，再三估而值愈减，后乃售之打鼓者，实论斤而出者。孙某闻讯乃又从打鼓人检得若干种，此其一也。以重价归余。书林鬼蜮伎俩及售书人之惨戚，乃有不可言者如此。庚寅端五后二日重读记。

红雨楼跋此书云：皇甫先生，文章绮丽，如西川美锦。读其全集，真徐庾之后一人而已。《解颐新语》之作，发明六义，语足千古，文成一家。屠田叔拔其俊语为《诗言五至》，此则旧本全文也。春日闲坐，丽春盛开，漫览一过，遂书末简。丁未春日，徐惟起。

《解颐新语》八卷，吴百泉山人皇甫汸撰。嘉靖刻。八行，十六字。白口，左右双栏。前有黄鲁曾序。分八卷，卷有一目，叙论、述事、考证、诠藻、矜赏、遗误、讥评、杂纪也。

宦辙联句

辛卯重阳后三日见此，即收之。此虽戋戋小册，然却是孤行秘册也。余旧藏蓝印本《人物志》三卷，亦王三省所刊，今见此首序，如遇故人。故书因缘，如是如是。漫书。

《千顷堂目》卷二十一有“王时中《海山集》又《宦辙联句》”一条。时中黄县人，太子少保，刑部尚书。因志。

此《宦辙联句》一卷，亦天一阁故物也。四明估人林集虚挟之来沪，以之归余。此册流出甚早，类此者多为残笈，此则以小册获全。余每见必收，所得不少。容当另立一目记之。壬辰七月廿六日，小燕。

《宦辙联句》一卷，嘉靖刻。十一行，十七字。白口，单栏。前有“正德庚辰秋九月之吉东黄野叟王时中书于西夏抚台”序引。次目录。次联句姓氏，著录杨慎、王时中等二十三人，各著爵里。后有嘉靖四年秋七月六日后学关中王三省叙。

西山纪游

此天一阁故物，得于甬估之手。阮元《天一阁书目》著录。此本前失数番为邓钦文诗，后亦佚一二叶，则潘光统诗也。此卷中有安绍芳十诗。绍芳为安民泰孙，即无锡安氏桂坡馆主人后裔，有西林书屋，以藏书著。遗集不可见，却于此中得其鳞爪，至可喜也。甲午二月初十日装毕记。

细检原书，邓诗却在。是阮目著录时即已前失四番，而首纪钦文名姓也。此小册虽残失过半，然所记西山诸胜却有为后来所不及知者，早于《景物略》殆数十年，亦言北京风土所不可废矣。得书后十八年更记。

《西山纪游》一卷，明刻本。半叶八行，行十六字。白口，板心上记书名，中记诗几，下有“玉磬山堂”四字。双套边。前有《刻西山纪游诗序》，失撰人名。作者有邓钦文、陈思育、沈渊、李言恭、安绍芳等。厚黄皮纸，刻工刀法，当在万历中。

祝氏小集

此枝山先生《柔情小集》四种，绝罕见。吴下估人携来，即前售《陈大声乐府》者。此集皆伎流投赠之什，允明集所未收，间存词曲数种。《窥帘集》序题弘治壬子，此集刊刻当在万历天启之际，题下往往记时日，似是少年丽情小集。余前得《烟花小史》，亦此类也。甲午九月廿一日，来燕榭书。

此册得于吴下。《千顷堂目》廿一，弘治壬子科，祝允明著书有小集七卷，为《金缕》《醉红》《窥帘》《畅哉》《掷果》《拂弦》《王期》，共七种，今只存其四。此扉叶估人别立《柔情小集》名目，更刻“四全”字样，取旧楮一叶刻成，印附卷首，冒为全书，以索重值。余笑而取之，颇赏其弄此狡狯。此集罕传，虽不全，何害乎。黄裳。

祝氏小集四种，明刻本。八行，二十字。白口，单栏。《窥帘集》，前有序目，题“异香仙掾”，弘治壬子序；《醉红集》，题“都花散吏”；《掷果集》，题“掷果郎君”，前有题词目录；《拂弦集》，题“斗玉冶郎”，前有序目。

葛氏书目

此平湖葛氏藏书底目集部三册、子部一册，估人自当湖得之，以重直归余，亦书目秘册之一也。佳本无多，而往往有惊人秘册。《朱竹垞手写诗》《沈虹屏手写词》不知今尚存否？葛氏楼书毁于日寇之难，或云监守者自焚之，以灭攘窃之迹，然则佳本尚有在者乎？乙未二月廿二日，黄裳。

《葛氏传书书目》子部一册、集部三册，底稿本。蓝格写本，板心下有“鹉湖学人稿纸”六字。著录颇详，然作者不甚知书，时有门外语，所定亦不尽可信。兹选其佳册稍著一二。

《石楼集》二册，藏书目一册，朱竹垞手写本。冯登甫跋。

《文休承手写曲谱》二册，缪文子藏，翁方纲跋。

《滕王阁集》十卷，顺治刻。钱谦益序，刘彦清藏。

《铿尔词》二卷附《虹屏近稿》一卷，沈虹屏手写本。有跋。

《唐秦隐君诗集》，汲古阁影宋钞本，有毛晋、惠栋、传是楼印。

《沈下贤文集》十二卷，旧刊本。（原题宋刻）九行，二十字。八卷以下敦宿好斋钞补。有澹生堂四印，马玉堂印。

《韦斋集》十二卷附《玉兰集》一卷，宋朱松朱槔撰。元至元旌德学刊本。十行，二十字。有春雨楼藏印。

《白石道人诗集》一卷《诗说》一卷，旧钞本。自序二首后有“临安府棚北大街陈宅书籍铺刊行”十四字。

《许白云先生文集》四卷，旧钞本。有曹楝亭、堇斋藏印。

《南来堂诗钞》二卷《外编》一卷，明中峰释读彻著，吴江顾有孝茂伦选。法孙学忍行坚校刻本。板心有“归云藏板”四字。

《何翰林集》二十八卷，明何良俊撰。嘉靖乙丑何氏香廉精舍雕梓，有牌记。卷末有“长洲吴曜书，黄周贤等刻”二行。

汲古阁书目两种

此拜经楼钞本汲古毛氏书目二种，后人龚氏玉玲珑阁、马氏红药山房、朱氏槐庐诸家藏印累累，盖可为藏家一大故实也。庚寅十月廿四日，海上所收，与知不足斋钞本《东观集》十卷同归余斋。

此本卷中朱笔淡墨细字，兔床手校也。丙申秋日记。

己酉九月廿三日重阅一过，校误字。明日将去奉贤海滨，因记。

余初买书时兴致极豪，绝不问价，而尤好名家旧钞书，往往为人所愚。似此本为吴兔床手校写本，藏印累累，一见即不欲舍去。估人要索重直，知余之不忍轻弃也，乃以旧本数百种易之，真痴绝也。去买此册时已三十余年，旧本亦绝迹。时时展观，得少佳趣。甲子上元日，天色阴晦，似有酿雪之意。黄裳记。

此拜经楼钞本汲古阁书目二种，写手工雅，收藏印记累累，至可爱玩。其“玉玲珑阁”一印，清仁和龚翔麟印记也。龚与兔床盖同时交好，余见拜经楼书之有龚印者不少，其流传之迹可见也。“临安志百卷人家”，吴氏印也。“红药山房”则海盐马玉堂氏书斋，朱氏“槐庐”亦近人之富于收藏者，“玉乳山房”则不知谁氏矣。《汲古秘本书目》为售书与潘稼堂时底册，秘本流传端绪可见。而此目中亦有数种今在余斋，睹之乃别有情趣。得书归来，漫记卷端。书值犹未定，买书钱亦不知何从出，姑先记此。庚寅十月廿四日，黄裳。

余买此书及鲍以文钞校本《东观集》一册，所耗至巨。计斥去所藏明板残本及新书杂志等共五六百斤，估人以车二辆载去，得直以偿孙某，其痴如此。壬辰冬更记。

近又得一旧钞本，为钱梦庐旧藏，有其批语，爰取此册对读一过。辛卯九月十四日晴窗记。

《汲古阁刊书细目》一卷，虞山毛晋著。《汲古阁珍藏秘本书目》一卷，毛扆斧季书。吴骞精钞本。黑格。十行，廿一字。板心下有“拜经楼钞本”五字。收藏有“临安志百卷人家”（白文双行长方印）、“红药山房收藏私印”（朱长）、“玉玲珑阁主人”（朱文大方印）、“玉乳山房”（朱文圆印）、“吴县朱记荣字槐庐号懋之行四鉴别金石书画印”（朱方）、“孙溪朱氏槐庐家塾珍藏之章”（朱方）。

人镜阳秋

前日偕小燕去吴下妇家，闲游坊市，于瀚海书店买此《人镜阳秋》残卷二册，极初印。闻出于洞庭山中故家，云尚有数册，亦允归余。此书世不多见，类此初印者尤少，虽不全亦可珍重。甲午五月十八日，夜窗坐雨书。

得此后一月，估人又以七册来，系一书而后出者，又为要索巨直以去，计尚缺五卷又半，不知尚可出否。饭后驱车循山塘至虎丘，月黑而繁星满天，与燕品茗致爽阁后，小风徐来，细数银河牛女。九时许扶之下山，初月红如朝暾，剑池侧寂无一人。念苏子瞻承天寺夜游小记，此境约略近之。翌日返沪，挑灯漫记。七月廿一日。

此册雕板之精，篇叶之广，于明刻中实为巨观。《环翠堂乐府》及《西厢》《琵琶》之附图本，与此风格正同。刊工皆出新安诸黄，绘图殆亦同出一人，然布局形象，殊无异致，而乏变化之妙，久观自不难知，是一失也。己亥三月十九日，雨终朝，灯下记。

此书出虞山故家，余展转得之姑苏旧肆，存其强半。所费殊昂。世存此书大抵皮纸后印，似此竹纸初印者甚鲜。晚明雕板之书，必竹纸印本始佳。以纸性柔制，以模木刻，锋棱毕现；皮纸厚重，不易尽传其妙也。甲午八月廿九日。

《人镜阳秋》二十二卷，存卷首、卷一至卷三、卷五、卷十至卷二十二。万历刻本。九行，十八字。白口，单栏。板心下有“环翠堂”三字。题“明新都无无居士汪廷讷昌朝父编”。前有长水沈懋孝录、张金砺序、文从龙引、已亥郑之惠题语、万历庚子汪廷讷自序、万历己亥祝世禄序、黄汝良叙、王稚登叙。诸序皆手书上板，祝序、黄序后俱有“歙黄应组镌”一行。次就正姓氏，武塘顾际明以次，凡百零五人。次采用考索书目，凡五百八十四种。次总目、分部目。

两浙古今著作考

此山阴祁氏澹生堂钞本《两浙古今著作考》十五册，祁承㸁著，未刊稿本也。《千顷堂目》录有祁承㸁《诸史艺文钞》三十卷，又《两浙著作考》四十六卷一条，诸家著录，仅见有此。《澹生堂全集》，崇祯刊二十一卷本，自涉园陶氏流出，后归北京图书馆，藏园曾记其卷十二戊午历中有言“辑《两浙著作考》，半载而成”之语，是此书辑于万历四十六年也。其书湮沉三百余年，世无知者。而今一旦更出，岂非快事。余初闻石麒见告，有澹生堂钞本一部，出于杭市，书为残帙而索直奇昂，即嘱其寄来一观，后果以此书头尾二册及远山堂钞本《里居越言》来，索重直，还价不允，遂寄还之。然其书往来胸中实未尝一日忘也。后二月，石麒又告有澹生堂遗书若干册出于绍兴，中有承㸁、彪佳手稿，半为残帙，而价亦不廉。余意复动，念此当是一家眷属而析居异地者，遂告以必欲收之。先后得夷度手稿《老子全抄》《易测》二种，皆有长子骏佳手跋，云是府君为诸生时手辑手评之本，先人手泽，子孙当世珍焉。其书蓝格，板心有“聊尔编”三字。楷法精整，朱墨杂陈，犹是毛订。又《澹生堂诗文钞》八卷，为待刻稿本。前有骏佳跋谓："先君文集，原编二十八卷十六本，流通颇难，诵读不易。爰请海内名公，拣择精华，合而钞之，正得八卷，以付剞劂"云云。卷中校定之处不少，多出诸子之手。后祁氏遭难破家，遂未刻也。又《守城全书》十八卷，彪佳手稿本，毛钉原装八巨册。忠敏手迹，此为巨观。此书辑于崇祯戊寅甲申之际，南北舟车，不废丹铅。积数年之精力，方欲有所用之，而北都国变，弘光拥立。迨忠敏自金陵归里，犹数数以剞劂为念，于远山堂钞本《里居越言》致友人函札中，乃屡屡见之。至乙酉闰六月初六日，遂自沉殉明矣。遗稿不能刻亦不敢刻，深藏密锁，三百年后一旦复出，重见人间，真异书也。此外骏佳稿本《禅悦内外合集》十卷，仅存卷一至二。远山堂钞本《里居越言》存癸未甲申一年御寇一卷。《崇祯戊辰浙江恩科选贡齿录》一册，为骏佳登第同年录。刘宗周稿本《古学经》八卷，残存卷一至五。《孔子家语考次》四卷。天启刊顾若昔《桃花里集》四卷。是皆梅里祁氏遗书也。余皆见而收之。而一时殊无从筹如许巨金。会将北行，乃取所著译编校诸书板税一并付之而犹未足也。留京月余，前日南旋。翌日即走访石麒于其家，遂又得此本以归。价只少减，不容更削，余亦不更计直，竟辇之归矣。此书外尚有藏书楼黑格钞本《诗经》二册，亦祁氏旷园写本。《礼记集说》十卷，闵刻本，祁奕庆寓山藏书，原装未损，旧写书根尚存，亦并收之。此外彪佳奏疏《宜焚全稿》十八卷、《莆阳谳牍》十三册、远山堂钞本《里居越言》八册，皆当日原钞底册，却无力更收之矣。承爜此书所著两浙著述至富，而尤详于绍兴一府。体例甚严，大抵明以前人著述略备，而尤加意于朱明一朝撰述，中多秘册，有未见于诸家簿录者，往往存其原序。天壤佚书，借此聊存梗概，俾不湮沉，其为功文苑，岂浅鲜哉。澹生堂与天一阁、世学楼同为浙中藏书有名之家，遗籍散亡最早，流转甚稀，得其一鳞半爪，往往球璧视之，况此为主人手订之书耶。夷度匪独富收藏，且能读书，更能深识书中之趣，非古董家数比也。余何幸而能有其遗著三四种，安能不珍重护惜之耶。前年余得澹生堂别集原刊三种于海上，为曹倦圃、王端履、傅节子藏书，亦为人间孤本。他日苟有重刊澹生堂遗集者，则余所储为最美备矣。归沪二日来，溽暑不堪，而复奇忙，挥汗跋此，几耗三日之功。适与小燕同出观剧，以北京所购白石画册、小剑珠饰等赠之，归来更续写毕此，已漏下矣。壬辰白露后二日，黄裳。

赵东潜《旷亭读书图歌》为药君七弟作，在《九方集》中，所存祁氏故实甚多，歌词亦慷慨有奇气。于甲申以后祁氏破家诸状不少讳，信是良史。爰为手录一过。癸巳二月初三日。

山阴祁氏华族良，蓬莱清浅驹隙忙。翩翩公子年少郎，自许忠义酬先皇。一朝运去势难挽，弟兄争坐甘斧戕。竟遣其季戍辽阳，从此林亭日益荒。旷园无复曩时望，惟有守贞六大娘。二九盛年早毁妆，翳惟太君祁之甥。遂往奉侍慰余生，娴习礼仪鸣珩璜。先祖就婚东书堂，太君作嫔爰归杭。尔时澹生十万籍，朱墨勾乙储石仓。家公顾视颜色喜，太君谓否徒慨慷。五先生者实家督，守兹群典侔琳琅。学佛成仙学道死，鸾骖鹤驭双翱翔。桀黠窥伺谋夺之，儒林讙咋滋纷争。蔚我徵君思继起，小山图史慎弆藏。瞥见外氏旧铭勒，减衣缩食重新装。梅里蹢躅访遗迹，旷亭榜题弃道傍。亟为购取君子泽，输以白粲四石强。太君回忆说江乡，紫荆花树犹苍苍。卜筑竹间垂烈光，吁嗟廿载终漫浪。迩来如梦亦如幻，云烟过眼同枯盲。乃有第五擅才调，人身骠骑谁颉颃。咨予往事奚为尔，不厌谆复语特详。学古之人耕且养，语未既已心怦怦。两偏列屋并古香，朝夕啸咏邻匡床。颜曰旷亭嘱阿兄，阿兄状似失林獐。别无长物足宝惜，惟余此额堪激扬。八分隶楷法久亡，安得妙手邮亭王。夷度使君远流芳，忠敏克绍声腾骧。少师尚书蜀孔明，两家姻媾朱陈英。联珠叠琲孰敢方，金童玉女世艳称。愿因宅相勤缥缃，呜乎，太君之德永莫忘。

此书尚是未定稿本，卷数亦尚未写定。全书十八册，今存十五册，因书脊旧写册数知之。卷帙颇繁，抽半日闲为写定一目，便检阅也。壬辰七月廿八日秋晴，小燕记。

《杭州府著作考》五卷。卷一晋至唐，卷二宋，卷三元，卷四国朝，卷五寓贤。

《嘉兴府著作考》三卷。卷一汉至元，卷二国朝，卷三寓贤。

《湖州府著作考》三卷。卷一六朝至元，卷二寓贤，附《湖州府诸志考》，卷三国朝。

《绍兴府著作考》□卷。卷一春秋至唐，卷二宋元，卷三寓贤，卷□国朝，《绍兴郡县诸志考》。

《宁波府著作考》□卷。未分卷。

《金华府著作考》□卷。今存六朝至元，国朝以下佚。

《衢州府著作考》五卷。卷一齐唐五代，卷二宋，卷三元，卷四国朝，卷五寓贤。

《严州府著作考》一卷。

《温州府著作考》□卷。后附《诸志考》。

《台州府著作考》□卷。

《处州府著作考》□卷。

以下佚去第十六、十七二册。

《道家著作考》二卷。卷一汉至唐，卷二五代至元。

《浙中名医著作考》□卷。

全书通一千二百十二番。

此稿始辑于万历四十六年戊午。《澹生堂全集》卷十三戊午历中记之甚详。起正月二日："是日辑两浙著作始，首辑杭州府。"以后逐月有记，终于八月十三日，"辑《两浙名僧著作考》完"。《名医著作考》，未见日记，或后来补作。所失十六、十七两卷，当是《名僧著作考》也。癸巳初夏漫录，黄裳。

《两浙古今著作考》，山阴祁承㸁撰。钞稿本。竹纸，蓝格。半叶十行，行二十字。白口，单栏。板心下有“澹生堂抄本”五字。首有“万历戊午秋日山阴祁承㸁顿首书”之《敬询两浙名贤著作檄》。次《辑浙中著作考概》。次目录。

利器解

庚寅始秋中元日获此一卷书于海上。人间奇秘，当珍护之。黄裳题记。

此万历刊本《利器解》一卷，罕见本也。方册大字，写刻俱精，而尤堪重者，以其为火器入中国之史料也。明季西学诸书如《天学初函》等，皆言历算之学，无及兵器制造者。而中国自制铁器、火药、采矿、冶炼，绘图附说如此册之具有规模者，亦未之前闻。书出小李山房，石麒从富晋取出，置来青阁中，索价至昂，无有顾而问之者。余一见称善，立挟之归。赵斐云南来，闻石麒告以此书，大呼如此好书何不归伊。倩石麒向余索观，未即许之。他日当景印流传，与读者共之。庚寅十月初七，黄裳记。

此书为绍兴李柯溪旧藏，流入武林。王富山挟来沪上，由石麒之介归余。今日西谛来访，遂出示之，亦叹为绝佳之本。赏鉴不虚，喜而记之。辛卯三月卅日，黄裳漫书。

《利器解》一卷，万历刊大方册本。九行，十八字。

白口，单栏。板心下有刻工姓名。前图后说。后有总解，附军中救急各方。书前有万历壬寅泰和郭子章序，万历庚子陕西西安前卫指挥佥事温编刻书引。收藏有“小李山房图籍”白文大方印。

草堂诗馀

此万历刊《草堂诗馀》，残存卷首一卷，所存序跋独多，仍收之，不欲弃置也。

此《草堂诗馀新集》，所录皆有明一代作者，不知当有几卷，此只存小令中调，亦可存也。辛卯十二月初二日，雨窗。

此卷得之吴下文学山房，凡二册，皆头本。模印绝初，明丽可爱。盗掠之余，前年还来一册。今日乃又得此，已不更记忆之矣。真意外之喜也，因记卷尾。甲子五月廿三日。

此册与新集一册，皆是头本书。见于吴下文学山房，因即买归。初印精丽，悦目赏心。《草堂》余所获凡五六本。嘉靖本有两种，俱不全。又万历书林张东川刻《类编草堂诗馀》四卷，万历闽书林郑云竹梓新刻《注释草堂诗馀评林》六卷，皆是全书。并于二十年前易去。箧中尚有万历书林本残存下半，连此共四本，皆为残卷。乙丑腊月初十日，天暴暖，斋居不出，理书遣日，漫作此跋。黄裳。

《草堂诗馀正集》，存卷一。明刻本。九行，十九字。白口，单栏。眉上一栏，录评注。题“云间顾从敬类选　吴郡沈际飞评正”。前有古吴陈仁锡序，东鲁尼山樵秦士奇序，西陵来行学颜叔《草堂诗馀原序》，吴门鸥客沈际飞天羽父自题《草堂诗馀四集叙》，鹿城沈瓒馨孺跋。次天羽居士《古香岑草堂诗馀四集发凡》。次东海何良俊正集原序。

《草堂诗馀新集》，存卷一至三。行款同前，题“吴郡沈际飞评选　钱允治原编”。前有吴郡钱允治《国朝诗馀原序》。

《新刻注释草堂诗馀评林》，存卷四至六。大题下三行：“翰林九我李廷机批评　启东翁正春校正　书林龙峰徐宪成梓行。”万历刻。九行，十八字。栏上录评语。四五六卷各题“夏景”“秋景”“冬景”。有跋。

明万历中闽中书林刻《草堂诗馀》余旧藏有二本，俱有牌记。其一亦李九我评也。此册龙峰徐氏所刊，残存卷四之六一册，不知与旧藏之本孰先孰后，并藏之亦妙事也。丁酉十月初三日，雨中游姑苏旧肆，得之景德路上。黄裳记。

孤树裒谈

此天一阁旧藏五卷本《孤树裒谈》，卷一佚。林集虚自甬上挟来归余。此书李默撰，录有明事迹，起洪武，讫正德。《千顷堂目》题赵可与撰十卷本。《天一阁目》有五卷、十卷二本。更有《广孤树裒谈》二十五卷本，别见《千顷堂目》。余前年见钮氏世学楼蓝格钞本，为二十卷本。其书本杂采有明一代野史，分卷不同，无容深诧也。付工重装藏之。时癸巳九月十六日。黄裳记。

今日偶收得残本一册，存卷九至十。十三行，二十四字，白口，单边。每条另行以圈别之，卷九大题下有“壬集”二字，卷十则癸集也。是为十卷本。取校此本，微有异同。每条上小题俱不存。不若此本之善。卷五第四十三叶，“不可得矣”误作“不可付矣”。“织造盐引”条，其本亦不存。丁酉九月廿八日灯下记，黄裳。

《孤树裒谈》五卷，存卷二至五。万历刻。十一行，二十一字。白口，四周双边。板心上题“永乐”，中卷数，叶数，下有刊工姓名。

澹生堂全集

余既获《澹生堂诗文钞》之原写本于山阴，仍以未得见此全集为憾，徒于傅沅叔《藏园题记》中见其梗概而已。傅氏所记原书出陶兰泉家，后归北平图书馆，解放前为挟去美洲，今在台湾，合浦珠还，未知何日，殊令叹怅。今晨石麒来告，又有祁氏寓山藏书多帙来沪，中有此本，为之狂喜，遂驱车同至其家，挟取以归。中佚去卷十三至十六凡四卷，甚可惜也。三月来余获书不少，而尤以山阴祁氏书为最富而精，如行山阴道上，应接不暇。书缘之美，岂胜言哉。壬辰八月初一日，秋分前四日，雨窗题记。黄裳。

取此集与祁骏佳手订钞本《澹生堂诗文钞》对读，凡此本诗文题下有墨圈者，皆已选入《文钞》矣。因知此集亦祁家旧藏为诸子珍守之册也。钞本中往往有改易字句处，亦赖此原本存其旧样。此书卷十七、十八两卷尺牍中“奴虏”字样俱用浓墨涂去。清初禁网之严可见。付工重装前更记。壬辰八月初二，晨窗日影甚丽。黄裳。

昨日又得黑格钞本一部，即从此原本钞出，写校甚精。爰损原装配全，快意之至。此本墨笔涂乙，亦赖补完。癸巳立夏后一日，小雁。

去年残腊，余去武林。偶游旧肆，与估人闲话，偶及澹生堂书故实。其书初散时，杭州诸肆方联营，即以高直收承㸁稿本《两浙古今著述考》及彪佳《里居越言》等。未几何时而营业大坏，此数书石麒曾见之，还价亦不能收。其后续有所得，仍不能售，终削价以归石麒，转来余斋。此后石麒更来杭，捆载烬余以去，此《澹生堂集》亦其一也。诸书余未见者有万历以后乡试录十册。余见而未收者有《万历大政汇编》《东事始末》等。癸巳新正初八日，快雪时晴，展卷书此。

近于旧肆书目中见有此书，标价千金，贵等宋椠。祁尔光集为世所重，由来旧矣。其书出直隶书局，殆即归陶氏涉园转入北平图书馆之物也。原书已为劫去域外，海内所存只有此本，岂不重可珍重耶。乙未腊尾更记。

《澹生堂全集》，原缺四卷。余于平湖人家得抄本一叠，亦不全，惟此四卷却在，得配为全书，意颇欣幸。后此书为群盗掠去。洎还来时乃又失去二册，其卷五、六为诗，十二为记。遂又成不完之本，真堪叹息。乙丑十月廿日，晴窗浴日，理董旧藏，因记。黄裳。

《澹生堂全集》二十一卷，题“山阴祁承㸁尔光著　钱塘张遂辰卿子较”。卷七后题“文集　门人郑重光光烈较”。崇祯刻本。九行，二十字。白口，左右双边。前有华亭陈继儒顿首撰序，次吴趋两代治民通家子范允临顿首撰序。俱大字。以下为旧序。万历丙午宣城梅鼎祚、丁未华亭张鼐、万历戊申楚黄张涛、吴市人冯时可、梁溪邹迪光、四明范汝梓等六篇，俱澹生堂初集序。次门人长洲姚希孟、己未武陵杨嗣昌旷亭草序。次天启丙寅祥符张元佐苏门杂笔序。次苏门游副说序。次天启七年唐焕河朔驱驰录序。旧序共十一篇。次总目。

澹生堂外集

此《澹生堂外集》，存三种。傅以礼别从《知不足斋丛书》中手钞《藏书约》一种，笔墨精妙，至可爱玩。《澹生堂全集》二十一卷，崇祯刊本，其卷十四为《读书记》《藏书训约》《训略》及《庚申整书小记》，是先刻外集后入全集者。郑西谛有明刊《藏书读书训约》《整书小记》，共一册，前有郭子章、周汝登、沈漼、李维桢、杨鹤、马之骏、钱允治诸序，似万历单刊之本，亦外集之一。他日当求书一观，以决此疑，并校傅氏所钞也。此册旧藏静惕堂，后入萧山王氏十万卷楼，有端履手题。更经华延年室收藏钞补，古香袭人，真书林奇物也。王授珊珍重收储，身后为朱某阴没入己，深藏密锁，人不可见。修绠堂孙氏乃独能取其书出。入余库者此外尚有吴尺凫跋明钞本《琴史》，曹巩小集十种、吴时行《两洲集》，皆其中白眉也。得书之后，欢喜无限，爰记此书原委及入藏始末于卷端焉。庚寅初冬十月初六日，天乍寒，灯下记此。

壬辰夏更收夷度手稿四种，澹生堂书余所藏可称美富矣。黄裳记，命小燕书。

余后又收得崇祯刊《澹生堂全集》，此三种亦有之。此盖单刊本也。雁。

尔光天启壬戌五月初八日《示彪儿书》中云，汝齿录上只开我甲辰进士、见任兵部职方司员外，可于我甲辰齿录并履历上，可于转吉安府知府下，即接京察降补宿州知州，升兵部职方司员外，竟削去沂州一段可也。是尔光于降补之初，始授沂州知州，未几谢去，再起宿州知州也。前序撰于万历四十七年己未，颇有牢愁之语。考其所记沂州，当即今之临沂，而非沂水。迁谪之余，不废铅椠，辙迹所经，多记山川风物，所据不仅旧记，而多采田夫里老之言，于孔宅一节，更详于历代赐书，不脱藏书家本色，亦犹所撰《两浙著述考》之意也。虽篇幅无多，亦可与徐宏祖游记竞爽。读之惟恐其尽，漫书卷尾。黄裳记，时癸丑九秋。

无锡孙氏小绿天遗书中，有影写八千卷楼藏《澹生堂藏书训约》一册，系万历中单刊本，惜钞手甚劣，时有误字，不及对校。他日当至金陵，登钵山精舍，取原本一为校雠之。

适又收得崇祯时祁骏佳写本《澹生堂诗文钞》八卷，其卷五为《读书志》，此处所钞，大抵在焉。无论序次大异，即字句中实多歧出，殆亦不必过校，有此节子手书净本可耳。壬辰闰五月，黄裳更记。

余得澹生堂主人家书原迹数十通。其天启壬戌七月初四初十示彪佳二札，皆曾道宿州煤徒之事。时承爜方卸宿州知州返山阴，彪佳则南宫捷后留京师考馆，亦欲南归也。初四日札云，倘果在目下要行，必须由河南路为稳妥，但目下谣传宿州亦岌岌酿乱，则由河南者必由宿州，恐又不便矣。前二月间宿州有煤徒三四千，几至倡乱，若此时我不以镇定处之，计策散之，万一率兵去擒剿，则其铤而走险，岂在邹滕之后哉。数千人团聚不散之流民，只以二三白牌密地晓谕，阴为解散，不动寸兵尺刃，所全流民及地方之生命亦多，此自入睢阳一段恰心之事，但恐人情未必尽知其中委曲，而近恐此辈又复啸聚，或都中有人说起我在宿州时煤徒之事，汝可将颠末一说明。特录事定之后将人犯申详正法，以示惩创后来之意。其招审定案，付汝一看，则自知其详悉矣。初十一札亦以此事为平生一惬意事，因取记事刊木，以代书牍。其付刊殆即在壬戌家居之日。案宿州北今有符离集，又有宋町，殆即宋疃。其地有石炭，始采于万历四十三年，煤工为饥民，而有山之户为窑主。煤工初只数十人，后渐增至三千人，而窑数亦至七十余。承爜记其开采之法，有用力槌击者，有镳铲引煤上者，有荷担出于水次者。每窑非四十余人不可举事。又记窑主与煤工之间，种种纠纷，殆即阶级斗争初期之实状。而诸官张皇情状与上中下三策之实质，无一非佳史料也。世之言明代资本主义萌芽者，多注意于三吴之织工，或新安之商贩，无论规模远不及此，即其争竞之烈与形势之鲜明，亦不及远甚。承爜乃能记之于天崇之交，使此三百五十年前之矿工起义史留一翔实之纪录，其识解亦甚超特矣。此文后亦收于《澹生堂全集》中，未及一校，或有删易。史贵初文，是此原刊尤可重也。癸丑九月十四日记。

《澹生堂外集》，《琅玡过眼录》一卷，《符离弭变纪事》一卷，《两游苏门山记》一卷。明刻本。半叶九行，行十八字。白口，单栏。前有已未菊月既望司马祁承㸁自序。题山阴密士祁承㸁著。收藏有"扫庵"（朱方）、"槜李曹溶"（朱文长方）、"萧山王端履年四十岁后所见书"（白文方印）、"节子辛酉以后所得书"（朱文长印）、"傅氏藏本"（朱文长印）、傅以礼题记："萧山王氏十万卷楼藏本《澹生堂外集》，同治丙寅夏日，得于越郡，节叟识。"《苏门游记》卷尾有墨笔题记："《澹生堂外集》，吾不知共有几种，所见者止此一册而已。此吾乡前辈遗书，子孙其宝诸。时道光乙巳夏六月望日，王端履敬识于重论文斋，年已七十矣。"下钤"王端履"白文方印。卷前有傅跋："《澹生堂外集》，明祁承㸁撰。承㸁字尔光，一字密士，号夷度，山阴人。万历甲辰进士。仕至江西右参政。忠惠公彪佳父也。其澹生堂储藏之富，甲于江浙。著有《文集》十二卷，《馀苑》六百四卷，《牧津》四十四卷，《国朝征信录》二百十二卷，又《澹生堂书目暨古贤杂佩》若干卷，惜均未见传本。此《外集》二册，为萧山王氏十万卷楼旧藏，乱后散出。丙辰得之越城常卖家。计杂著三种，曰《琅玡过眼录》、曰《符离弭变纪事》、曰《两游苏门山记》，前无序目，似非完帙。《知不足斋丛书》载有《澹生堂藏书约》，疑亦外集之一种。因手抄附后，时方增辑忠惠公集，他日当合订为祁氏家书。惟羁宦海峤，力不能任剞剛，不审何日始偿此愿耳。”下钤“节子题识”朱文长方小印。

《澹生堂外集·藏书约》一卷，傅以礼手抄本。凡三十六番。卷尾跋云：“己卯端阳后一日据《知不足斋丛书》本手录，浃旬甫毕。”又一行朱笔云：“庚辰中秋前二日复校一过，计改正二十余字。”钤印有“傅氏钞本”（朱文方印）、“书篦”（白文套边长印）、“以礼题跋”（白文方印）。

指月录

此万历刻《指月录》三十二卷，亦山阴祁氏寓山遗书也。有藏书楼白文大方印及祁奕庆藏印。卷中朱绿杂下，批校至精，未知果出奕庆手否？此叶前绿笔数行少后，当亦祁氏子孙也。与祁承㸁《澹生堂全集》同得于石麒许，甚得意也。壬辰秋分前四日，小燕。

闻石麒言，此本曾送往顾某许，未之收。以前得祁氏诸书已别售，留此更无用处。又有彪佳稿本《万历大政汇编》，亦在顾许，留之逾月，而终无钱买之，终退还估人。因亟嘱石麒追回。此书今日装成，曹君自吴下携来相付，因记。壬辰立冬后日，小燕。

余初得此书时。殊未能定卷中朱笔果出何人。今日细阅，始知即出祁理孙奕庆也。卷中朱批，自称杏庵子。昌徵所录府君辞世偈，在卷首护叶上。张太君者名德蕙，字楚纕，彪佳长妇也，于旧钞张槎云诗祁夫人商景兰序及后附题诗中知之。此书卷二十九第一番眉上批云“昔木陈和尚为先忠敏对灵小参”云云，即记彪佳殉国后事。奕庆弟班孙，字奕喜。因事贾祸，遣戍沈阳。奕庆以赂得免。丁巳班孙脱身遁归，祝发吴之尧蜂，寻主毗陵马鞍山寺，称咒林明大师。奕庆仍时与过从。卷二十五第二十一番眉上，详记班孙祝发后事，称之曰我昼林林，盖有不敢明言者。记其自题亭柱语，谓心固了彻旷达，其言则怆然可痛，今日读之，犹为凄怆。手足之情，真有不能已者。其所记更足补谢山墓志之不足也。卷九第四十一番眉上记壬子夏在夫山，偶与昼林和尚云云，和尚曰，阿兄作么看？是直道其事矣。更言彼时互相酬唱为乐，今乃不可复得，能不悲夫。是此时和尚已示寂矣。乙酉以后，祁氏家难叠起，遗民心事，怆痛无已。逃禅盖不得已。即此旧本仅存，又是禅门语录，批阅时犹时时可见激楚情怀也。余收山阴祁氏遗书若干种，有澹生堂稿本，有忠敏稿本，有骏佳稿本，有奕庆藏本，有昌徵藏本。四世遗书毕具，而祁家故事乃灿然大备，真收书以来最得意事。辄为跋此，以见珍重之至也。壬辰十月初十日，夜窗灯下坐雨书。

此叶前理孙朱笔眉批云："昼林和尚云洞上宗旨……"左方墨书四字即班孙书也。取证班孙手批唐宋文，正出一人。然则此书系班孙先阅一过，理孙更细阅之也。庚戌二月初三日，重阅更跋。

收此书后二月，又得《嘉靖以来注略》十四卷，亦出理孙手批，有跋二，字迹藏记与此本咸同。癸巳正月初五日灯下记。黄裳。

今春又收理孙手批公穀二传及班孙手批唐宋文数十册，班孙印记曰道僧、曰五云头陀，自属曰剩国子。更有题诗，有关祁氏故实不少。暇当更为疏记之。甲午重阳前二日，黄裳记，小燕书。

此书经理孙、班孙兄弟手批。字体瘦劲者班孙笔也。先用墨笔，后用朱笔。肥圆者理孙所书，先用朱，后用蓝。班孙批此不知在何时，当在辽左遁归之后。理孙最后批阅时，昼林和尚已示寂，遂有伤悼之语。此一明刻而经祁氏五六两公子手批几满。故国之情、手足之痛皆具于是，为谢山撰志所不及知，所不敢志，岂非书林尤物。今日冒风雨归自沙港江上。明窗展卷，更跋数语。距初收此已七年又半矣。黄裳小燕更书。

《水月斋指月录》三十二卷，万历刻。十一行，二十一字。白口，单栏。卷首大题下双行："那罗延窟学人瞿汝稷槃谈集　吴郡天池山人严澂道澈甫校。"前有万历壬寅瞿汝稷序，万历辛丑严澂刻指月录发愿偈有述。后附严泽等六人助刻姓氏。次引用宗乘书目。次总目。收藏有"藏书楼经籍记子孙世守"（朱方）、"智昙""钵公"（白朱文扁方印）、"法名智昙"（白方）、"奕庆藏书"（朱方）。前有"不孝男昌徵法名德普泣血谨录"之《先考杏庵居士临终辞世偈》及"先妣张太君悼杏庵居士偈二首"，用蓝笔。

禅悦内外合集

山阴估人得祁氏密园藏书数十册，展转归余。承㸁手稿有《易测》及《老子全抄》，凡二种，皆手迹也。《澹生堂诗文钞》八卷四册，骏佳重订本也。《守城全书》十八卷，彪佳手稿真迹。此《禅悦合集》却只存首二卷，骏佳所著，却是待刊稿本。前有辛亥熊佳序一番，时在康熙十年，约略可见写录时日。又忠敏致同时人手札，皆钞录成册，今存尚数十册，当更收之。壬辰五月十二日灯下坐雨跋，黄裳。

余后又见《楞严旁训》稿本二册亦出自寓山，有骏佳手跋。朱墨杂下，用力甚劬。欲刊而无资，遂未寿之梨枣。不欲得之，辄附记数语于此。壬辰七月廿七日，小燕。

此余初见山阴祁氏书时所得，残存一、二两卷，不以残本而弃之，意欲估人尽救此故书于水火也。后果得见他种甚富，亦未能全收。二十余年前祁氏劫余物为北京图书馆扫数取去，其残零则归之浙江图书馆，余先后皆见草目，似曾见此合集之另三册，未暇记录，不知在北抑在南也。此本久掠不归，已淡忘之矣，今忽还来，真出意外。遂记数语卷耑。季超所与往还，多清初逃禅之名僧，暇当读之，并稽故事。

甲子五月廿三日，黄裳。

首叶数行，骏佳手书，证以澹生堂他种季超手题可知。此殆付刻前板样，然终未刻也。又记。

《禅悦内外台集》十卷，存卷一至二。钞稿本。山阴祁骏佳季超甫著，弟祁豸佳止祥甫、祁熊佳文载甫仝订。黑格纸。半叶九行，行廿二字。白口，单栏。前有辛亥夏五朔日弟熊佳敬撰并书序。略云："余年十七八，追随季兄于曲水社，作文谈道，所交皆一时名士。二十四五随季兄读书于化鹿山。……又随季兄仝游于石梁、念台两先生之门，讲文成之学。又数年季兄且登峰绝顶，撒手悬崖。……又数年，值沧桑之变，季兄脱俗住静，余亦披发入山，沉光晦迹，彼此略同。"此数语记季超佞佛，自昔已然。国变后遂遁入空门。澹生堂藏书，多为沙门窃去，即在此时。此序可当季超小传读也。

江村筒寄

此晚明刻《江村筒寄》四卷，佚去卷二。得于来青阁，余姚谢氏藏书也。世无著录，罕传特甚，而禁书目亦不载，实无上之秘籍已。鹿伯顺世居定兴之江村，万历四十一年进士，为东林之健者。天启二年孙承宗以阁臣理兵事，表为赞画，筹画居多。珰祸起，光斗、大中、顺昌先后死。三氏子弟皆主善继家，一时义声动天下。后迁武选司郎中。以承宗请告，亦引疾归。崇祯元年再起，九年七月清兵攻定兴，善继时居江村，入城为守令部署。六日城陷，大骂不屈而死。启泰序所谓“乙巳定交后三十二年殉国者”是已。江村两染胡尘，而此若干书不毁，终为止生疏而刻之，其有裨国史，诸序已详。刊行之时当在甲申前五六年顷。未几国变，质公又殉社稷于京师。此书之不传，殆必然之事已。止生亦好究心当时史事者，茅衙所刻，类多秘籍。余旧藏《嘉靖大政类编》即所刊也。此书则绝无著录，取祁忠敏手批《两朝从信录》合读，故事往往俱在。然无止生疏亦不能详，然亦终不能详也。安得破数月闲，取晚明史籍，一一参之，更为新疏乎。此三卷中所存共四十六人札，而为世所习知及入东林诸传者不过二十人耳。至其事之为人所知者乃更少，是可重也。此书开板极精，当刻于三吴，大类毛汲古所刊诸种。谢氏诸书多得于劫中。三吴旧家所储，狼藉市上，乃从容收取之，所得遂富而精。此次来青阁得其家书凡十八捆二百余种。余昏夜过而遍阅之，只此为其白眉。尚未有价。然终不欲弃置，因先跋此，以誓必得。书痴如此，不禁自笑。近日拂意事丛集，只借此书卷破一日忧，似酒盏尚不足以逾之也。呵呵！丁酉小雪日灯下记。明日将作姑苏之游。

丁酉小雪前五日，收于海上。今年书市寂寞之至，余亦困于力，无能多收。得此狂喜，为一展颜。黄裳记。

《江村简寄》四卷，卷二佚。崇祯汲古阁刻。八行，十六字。白口，单栏。大题下三行，“定兴鹿善继伯顺辑　归安茅元仪止生疏　容城孙奇逢启泰参”。前有吴桥范景文质公序，容城孙奇逢序，归安茅元仪止生序。收藏有“三年北上东西岳、独马全游内外边”小朱文长印，是茅止生印也。范景文序云：“稽之往牒，国家刑政之大，疆埸彼此之形，世道升降之机，人心淳漓之概，纪传所不能致详，琬琰所不能快吐，稗说所不能综实者，往往见于尺牍。盖其时为亲，其事为患，其心术之微不能隐于笔端也。吾友鹿伯顺，精淳之学，金石之操，行素砥范一时，临变维风千古。当居洛之年，萃四方之牍，事关兴替，道涉否休，简而存之，以示孙子，其友孙启泰、茅止生以为可以补他日国史，遂疏而刻之，余以后之君子可则也。伯顺当三朝之际，干施于军国之大，而位以言诎；环召于有道之时，而言以人重。及绝铨衡而趋丹徼，强病骨而事戎旃，抗一时之朝论，辟四百之辽疆。追乎大憝当衡，引身独决。忘身护友，视死如归。既际中天，力推元老。挽危疆于已覆，反溃卒为爪牙。累卵支吾，于今一纪。伊谁之力乎。岂必青磷熠忠肝，丹血浇义骨，始足以袖领众正、鼎吕纲常哉。伯顺晚萃此编，家园两染胡尘，岿然独在，如玺来汉井，剑出江津。宜乎二君子之欲以传也。岂不先得同然，谓不惟行远，兼为后则乎。至考辽事、论珰祸，不核于是编，则得失盛衰之故，吾未知其所取衷也。吴桥范景文质公题。”

绿窗小史

此晚明刻《绿窗小史》残卷一册，存五种，约得全书八之一，传本绝稀。前有秦淮墨客序，末钤二印，曰蕙若、曰白雪斋。所附精图虽无刊工姓名，然风格却与《吴骚合编》绝类，当亦出之项、汪辈手。殆亦书坊白雪斋所刻书之一也。《绿窗女史》十六卷，世多有之，此《小史》则绝未见著录，大可珍重。余久不得善本书，盖多为捷足者所获，无由得见也。此册则以奇零残册，得入箧藏，亦云幸矣。旧在顾湘舟家，有三印，知为藏书家珍重久矣。丁酉大署日收得，越二日题记。黄裳。

《绿窗女史》十四卷，亦题秦淮墨客。此本流传远较《女史》为罕，收丛著凡四十七种。当时二书殆相辅而行者，诸家目皆未见，只日本东方文化图书馆目中两本皆有之。今日秋晴，凌晨曹君有福过访，携来此册，盖方偷闲于吴下装成者。至璜川吴氏所藏《梅里志》诸种则以破湿甚重，无暇更装之矣。为之叹叹。丁酉闰月二十日午后书此，黄裳。

此本未分卷，亦不知辑者姓氏。其十四卷之本或为此书后印、别分卷目之本，未可知也。

《绿窗小史》，崇祯刻。半叶九行，行二十字。白口，左右双边。前有秦淮寓客引。次目录。分《名姬品第》《名姬藻饰》《名花谱系》《名花燕赏》四分。每分前有小序，次列详目。次精图四叶八幅。卷首大题径作品名，不著小史总题。计存《金陵丽人纪》，吴王稚登撰，何伟然阅；《秦淮士女表》，金坛曹大章撰，谢陛校阅；《曲中志》，天都潘之恒辑，何璧参订；《名姬传》，天台陶宗仪辑，田汝成补定；《燕都妓品》，冰华梅史编，天都潘之恒校。凡五种。收藏有“长洲顾氏收藏”（朱方）、“湘舟鉴赏”（白方）、“湘舟过眼”（白方）三印。

明状元图考

癸巳二月十二日晨尚未起，有姑苏书友挟书来售，开卷惊异。此徽派刻工绝诣也。模印绝精，爱不忍释。余方拟编明代板画影谱，昨于越中估人许闻有彩笔情词，今更见此，异书来投，何幸如之，记以志喜。小雁。

状元图考有明一代凡数刻。大抵坊肆所刊，售之考棚中者，士子每喜得之，以博佳兆，通俗书也。此本则万历丁未所刻，就昆山顾氏本重为增益，别请名工绘图镌木，神采夺人，远非俗本可比，世亦重之。顾颇罕传。故宫曾有一帙，曾远渡重洋，以木刻之绝诣，骇夷人之目睛，今亦不知存否。此本吴下书友吴瀚搜得于三吴乡鄙，远道携以见示，殊感其意，因不吝重直收之。绘者书者皆列名卷首，表之《凡例》，郑重从事，足征此业当时即已重之，不徒近日始以为珍重也。《凡例》云，绘与书双美矣，不得良工，徒为灾木，属之剞劂，即歙黄氏诸伯仲，盖雕龙手也。此语非诬，于今更有盛名。其见于幅中者，应瑞、河清、惟乔、伯符、兆元、元吉、德修、应泰、应渭凡九见。余所藏晚明板画之具诸黄姓名者，往往与此合。计全书佚去卷一第八叶许观一图，卷二第二十一后半叶吴宽一图，共存七十五图，原数当是七十七图。卷端沈一贯序亦缺一叶有半，当觅全本补之。状元本迄于韩敬，今别增周玉绳一叶，此图印行时周方势盛，无人能知其以党社之故，家败赐死也。是更重可慨矣。癸巳春二月十二日灯下记，雁。

《明状元图考》五卷，大题下七行属“勾吴大学士顾鼎臣孙祖训汇编　新都后学吴承恩君锡父、程一桢君宁父校益　黄文德承甫父、吴修道敬夫父仝阅　黄应澄兆圣父绘图　黄应缵嗣宗父书考”。万历刻。九行，二十字。白口，单边。前有万历丁未沈一贯序，万历丁未霍林汤宾尹序。次凡例九条，吴承恩识。次国朝廷试事仪。次采用书目。每卷前有目录。卷尾有万历丁未秋中元日海阳吴立性无相甫跋。卷四为明三及第会元诗文，卷五为明三及第会元考。每人附精图一幅，棉纸初印精丽。

罗汉十八相

此晚明板画至精之作也。世未经见，可称绝秘。余获之估人手，盖自上海故家奚氏论斤而出者。刻工则新安诸黄也。亦往往见之他书，余旧藏吴时行《两洲集》，板心下有“黄伯符刻”数字，可为刊刻同时之证。人物衣褶，细若游丝，神采飞动，信为绝诣。与《人镜阳秋》诸书作风正同。惟所图为十八应真，而非素娥之编，风流绝畅，不足使郑西谛欢喜赞叹耳。辛卯首夏端五后三日，草草亭记。

此万历中新安诸黄所刻，佚去首图半叶。辛卯初夏，海上所收。命工重装记。六月廿一日。

此册出上海城内奚氏铸古盦。其家书始出时，为收旧纸者所得。朱贾惠泉更从而易之，有旧钞数种，石麒告余，乃过其肆，以重直得残本一册，即顾秀野、鲍渌饮、何梦华所藏旧钞《续复古编》卷一是也。朱贾以有利可图，告将更往搜之，约三数日后更过其肆观之，不意书已尽入一旧纸铺，且束为数十担，堆置一处，即将运之入还魂纸厂矣。肆主惮于重拆，每观一包，必索酬几何，且迫促甚至，急于星火。朱贾意沮，仅少抽数包即径归矣。所得无一佳本，而此册却杂其中，破损霉坏，无可措手。余以普价易之，倩苏友曹有福为重装之，始可藏弆。神采焕发，白描绝诣，三百年前镌木之艺，于此可叹观止矣。会更北行，道出历下，以估人之介，观书某氏。见万历刊《东方三大图》一巨册。方册精镌，刻者徽州汪志高也。前有万历甲寅朱延禧序，又《东方三大赋》，又谢在杭序，杨檟序。所图为东海泰山孔丘事，凡百八十番。呜呼，此异书也，晚明木刻施用之广，异本之多，诚有非意料所及者，因重观此册，遂附记其事于此。其书索直极昂，不可少减。旅中所携，不足以购之，洎今又已二月。当驰书更商之书友，苟得邮来，俾与此册并储，实所愿也。辛卯八月廿九日夜窗灯下记。黄裳。

应泰、应瑞为昆弟行。伯符，应瑞字也。《古今女范》四卷亦为所刊，万历壬寅刻本。更记。

《罗汉十八相》一卷，万历刊大方册本。前图后赞，隶书。六行，六字。白口，单栏。末有“海阳汪圣修书”五字。板心下有刻工姓名。黄应瑞刻、黄应泰刻，思桥、应道、伯符、应绅。

城守筹略

三十七年冬得于姑苏护龙街上，翌年春四月装成。

前年冬宗江养疴吴门三多桥畔，余时往探之。每去必至护龙街观书。此册即检得于琴川书店残书架上者，惜佚去末二卷，面目尚存，可知其内容也。此书刊于甲申国变之年，南都倾覆，书板恐即化作柴薪矣。禁书目不见著录，千顷堂黄氏目中有之。明人多病虚夸，终亡其国。著作家言能类此者有几？惜其书出之日，事已不可为。阮圆海锦衣素蟒，临师江上，如梨园家数，此书际此而出，殆不足当阮髯覆瓿之具耳。重展此册，不禁为之黯然。辛卯十月。

此书余获之四年前吴下书坊，不以残卷弃之，珍重装池。近乃又得祁彪佳手稿《守城全书》十八卷，其中亦佚二卷，大略与此编次甚合而翔实尤过之。名贤手迹，更可重矣。晚明此种著作，接踵而出，有心人未可必谓全无，惜其时弊已深，卒无可救，只徒供后人考订之资耳。壬辰闰五月，黄裳。

辛卯春三月卅日，西谛来斋中观书，盛赞此本之佳，遇一解人，亦自可喜也。黄裳坐雨书。

栴字彦林，中丞士晋子。崇祯癸酉顺天举人。陈子龙荐授职方郎中，奉敕视江浙城守，还里而南都又溃，乃避迹村坞。丁亥松督变作，捕子龙不得，相传匿栴所，亦被逮。适其婿夏完淳以闽疏事发，语多连及，遂同日死于市。妻徐氏自沉死。弟棻字仲芳，所刊《梅道人遗墨》余亦有之。此书买得七年矣，今日始补录半村行实，殊愧读书之不精进也。乙未芒种后一日，积雨初晴，记于来燕榭中。

钱默字不识，崇祯癸未进士。知嘉定县，当在甲申夏秋之际。乙酉五月，嘉定始集乡兵，士民乱，默欲宵遁，百姓遮道止之，然意仍不在官，人无纪法。默开帑恣人取之，帑空犹不退，默惧不免，告急于吴淞总镇吴志葵，求以兵自脱。二十八日黎明，默乘间走，乱民亦散。吴兵后至，邑中屏息，乡兵皆解。默后削发入黄山，法名成回，号霜华道人。故事散见章谦存校补丛残中。半村以此书付默，欲其有所建树也，然竟如此。丁亥之难，默亦未与父同死。士大夫大言炎炎，皆优为之，然少有临难不苟者，其故可深长思也。戊戌七月十七日，积雨新晴，窗下研朱，重为此跋于来燕榭中。黄裳记。

戊戌十一月廿日重展，为长文以跋之。时西谛死已二月，重读旧跋，不胜黄垆之痛。来燕榭中呵冻书。

《城守筹略》五卷，存卷一至三。属“武水钱栴半村氏辑”。崇祯甲申刻。九行，廿二字。白口，单栏。前有甲申夏日半村氏钱栴题序，云“儿子默当为令，因付之梓，使其遍告同事地方者”。次目录。卷一先事预防，卷二闻警设备，卷三临敌固守，卷四凭城决战，卷五制器御敌。其火器类著录噜蜜铳、西洋铳、小佛狼机、火箭等，可征晚明火器施用大略。收藏有“瑞轩”（朱方）。

平海图

一九五零年一月，得此《平海图》残卷一册于北京琉璃厂之来薰阁。黄裳记。

此书甚秘。遍检诸家藏目未见有著录者。盖当日纪功之作。晚明图板之精，施用之广，诚有非意料所及者。付工重装前漫识。辛卯清明后一日，黄裳。

近见王重民氏所记美国会图书馆掠去我国善本目中有《壬午平海记》二卷，活字本，当即此书也。此首册以残蚀乃得留于域内，岂非幸事。壬辰白露后一日，小燕记。

海宁谈孺木《国榷》，思宗崇祯十五年三月一条云“盗犯太仓新开河，杀百总王百度”。同年六月庚戌一条云，“崇明盗平。兵道程恂散其党二千余人，藉其兵四百四十人”。此为有关此役之仅存纪录。此书确记王百度死于三月廿九日，可补《国榷》之略。己亥三月初三日，酒后灯前记。

今秋于吴下文学山房更见一残本，存图十二叶，诧为胜缘，亟以厚直易归。今为补入。损原装重订之。不知他日能更见全书否，姑悬此痴念待之。甲午十月廿三日夜窗记事。

谢刚主《增订晚明史籍考》著录此书，云明程峋撰。《美国国会图书馆藏中国善本书录》卷三云，按《永丰县志》卷二十四《忠节传》，峋初名士凤，字垣公。童试时知县瞿式耜大奇之，登崇祯甲戌进士，为部郎，升镇江守，有治声，报最。擢苏松兵备道，迁江南督粮道。闻闯贼陷京师，吐血盈斗，死而复苏。值留都裁督粮道缺，奉亲入粤，升惠潮巡抚。寻遇刺。峋官苏松兵备道时，曾剿平海粽，此即当时往来书札及檄揭也。

徐树丕《识小录》卷四，有甲申四月新闻一条，记峋事：兵备程峋者，永丰人。其在京师，与窠妇杜氏有情。此妇后嫁吾苏缙绅彭某，彭痴蠢人也。娶时为一武弁主婚，武弁认为妹故也。甲申春武弁来吴，至彭家。与妹坐谈间，兵道适至。虽避屏后而以目送情，种种慕恋。程遂寄柬送之，中称“永丰人顿首”及可怜相思救命诸话，贿彭仆妇诸人以达。杜作回书，仍用官封，而衙门人不晓其故，遂直致进。时程方与粮道庄者对坐，庄见官封，意紧急事，促程启封。程亦叵测，才启而红汗斤角露矣，上有诗八句并情语。程不能隐，面发赤，遂对庄笞来人六十。乡绅者闻之，遂一一根究，知此事起于程，乃大张告示于关庙前，欲同程诅于神。一时哄传，笑破吴人之口。程虽强辩，究竟以此去官。

不见野史，不能知程峋果何如人。其闻北都陷吐血盈斗，欺人语耳。录毕为之一笑。壬子夏五月廿九日记。

《壬午平海记图》一卷，崇祯刻。每叶下半毁失，存图三十一叶。书前当有二序，失作者名。首有“北至莺游门南至普陀山沿海地形图”六幅。以下自“贼髻王四等淮河谋抢漕船”起，至班师赏功散众，历记海战、阅兵、商略机宜、枭斩盗犯、收船散众。每两面合一幅，于右上方记事，大似连环画。人物衣冠，海战实状，官府仪节，一一绘出。人物多至数十，而纤悉毕现，雕工之精，不输晚明板画名作。

青楼韵语

壬辰秋九南归，偶过吴下，于琴川估人许获此残帙二卷，附图精绝，自可喜也。小雁题记。

此《青楼韵语》，残存一、二两卷，得于吴下琴川书友夏淡人许。刊印精绝，书亦罕见。卷首摹像者亦列大题之下，可见虽为游戏小品，却亦不草草也。刊者新安诸黄，人物神采飞动，最为绝作，展书漫记。壬辰九月十五日，小雁书。

《青楼韵语》，存卷一至二。万历刻本。九行，十八字。白口，单栏。卷首大题下双行："武林环应居士朱元亮辑注并校证　六观居士张梦徵汇选并摹像。"前有"花衲上人书于绿天庵"题词，下钤二印："许彦辅氏""华衲"。次"莆阳郑应台述"《韵语画品》。次凡例，题"丙辰上元日六观居士张梦徵识"。凡例一则云："图像仿龙眠、松雪诸家，岂云遽工，然刻本多谬称仿笔，以诬古人，不佞所不敢也。"次目录。刊工题名有"黄桂芳刻""黄端甫"。

兰雪集(鲍校本)

张若琼《兰雪集》,余曾见一嘉靖本于徐汇唐肆,甚古雅。后有钞配及跋语,出徐子晋康手。惜索直昂,终未能得。此本出虞山沈氏,为知不足斋钞本,卷中朱校皆渌饮手迹,亦可珍也。其人旧有书数种,余最先议购未谐。黄跋《杜东原集》及弘治刻《李颀集》,后为赵斐云豪夺以去,洪武本《草堂诗馀》,亦归诸严某。余久绝之矣。后又持数书倩石麒示余,俱无足观。只留此鲍校一种,因记。辛卯春正月廿一日雨窗记。

此书系知不足斋主人手校者。以无印记款识,石麒亦未之知也。议价时余告之此事,犹未深信。一日,杨某以鲍校《九经三传沿革例》一册售余,图记之外更有三跋,索重直以去,并告石麒,渠乃云老鬼失匹矣,抚掌大笑。此事甚趣,因为记之。辛卯三月十三日,装成记。黄裳坐雨书。

张大家《兰雪集》二卷,附录一卷。白龙张玉若琼氏著,稽山孟思光仲齐氏较。知不足斋钞本,鲍以文手校。半叶十行,二十字。前有卧云子孟称舜叙。

凫藻集

甲午五月望日，吴下所收。黄裳记。

此正统九年郑颙刻本，前当有正统九年六月望日正议大夫资治尹工部左侍郎双崖周忱序，洪武乙卯陇西李志光撰《高太史传》。江安傅氏曾藏一本，著录于《经眼录》中，为吴氏望三益斋藏书。季迪著书余藏景泰初徐用理刻大全集，为艺芸精舍物，前亦失数卷，皆明初旧刻，此后则皆嘉靖刻矣。此二种皆不全，然可珍，所谓“劫馀古艳”者是已。甲子春分日跋于来燕榭。

高太史《凫藻集》五卷，存卷三至五。后学周立编辑。正统刻。十行。二十字。黑口，四周双边。收藏有“端履图书”（白方）、“十万卷楼藏书”（白文套边方印）、“劫馀古艳”（白长）。

白厓先生集

乙未冬十月，明月正圆，寒霜早降，买得旧本数十种于吴兴故家。此嘉靖刻《包白厓集》其中之白眉也。无论书为秘册，即刊工纸墨亦当于明刻中推第一佳品。经李中麓旧藏，有其印记。中麓藏书名家，制曲妙手。所居处有“词山曲海”之称，以所储乐府最富也。乃四百年来，沧海屡更，藏书星散，世未见其家书也。此本前有嘉荫簃主人印记，殆收于鲁中者。余年来收嘉靖刻百部，近乃剔去习见之册，必求书之秘、印之佳、收藏之有名者始入之录。所余乃仅五十许本。假以数年，必能圆成此愿，辄书此以为券云。

此本有“苍岩山人书屋记”一印，向不知为谁氏。后又见明钞《鸿庆居士集》十册，亦有此印。封面有四库馆进书原签，题真定梁彬藏书，知此皆蕉林相国故物也。蕉林藏书画最富而精，所收书册却亦精审。余向有万历刻《余鹤池诗集》四册，亦有此印，因并著之。丙申三月廿日更记。

包梧，泽子。生而颖异，读书过目不忘。嘉靖举人，通判苏州。时织造中贵，怙势傲睨，故事判庭参，梧独长揖不屈。诸额外取索，裁革殆尽。心衔之，诬奏逮诏狱。谪无为州同知。未几，移成都府通判，寻升漳州同知。梧为文奇绝雄俊，自成一家言。有《白厓集》。

余收得旧本三十余种于姑苏故家，皆滂喜潘氏遗物。明人集部之嘉靖刻者凡五种，皆罕传秘册，而以此为最。包氏四明人，其集并天一阁亦无著录，是真孤帙矣。曾藏李中麓家，大册原装，惜经霉湿，爰命工重装。此第四卷卷尾半叶佚去，亦无从补写矣。装讫漫记。乙未腊月初七日。

《白厓先生集》四卷，四明包梧子木著。嘉靖刻。八行，十八字。白口，左右双边。前有嘉靖丙辰赐进士出身中奉大夫山东布政使司右布政使前陕西道监察御史南充王廷序，嘉靖丙辰赐进士出身中顺大夫知山东济南府事前南京刑部郎中馆甥项守礼序。收藏有“李氏中麓草堂图籍记”（朱长）、“苍岩山人书屋记”（朱长）、“东武刘氏味经书屋藏书印”（朱长）、“伯寅藏书”（朱方）。

杨升庵诗

此天一阁故物也。阮目著录曰，“《扬升庵诗》五卷，书用六行，字俱行草者”是也。今只存卷四一卷，徐氏重装而去其卷五，书根尚存，因可辨识。岂原装散叶脱去耶，是不可知。刊印俱古，当在正德嘉靖之际，极可爱。岁暮天寒，书市寂寥，徐氏子出以易米，余得之来青阁中，漫记卷尾。癸巳腊月廿一日，黄裳小燕记。

此卷五存十番，首叶脱去，后更得于修绠孙氏，系杂于积馀所藏词集中同出者，因合卷四同装之。此滇南开板绝秘之本，至可珍重。宇内所藏，天一阁方志数种外，恐更无他种矣。庚子十一月半，来燕榭记。

卷五诗终于癸未，嘉靖二年也。刊刻当在其时。黄裳记。

此残卷一册，所关明代板刻刷印者甚巨。原书当是升庵自书诗卷，刊刻古朴，然颇传原迹之妙，与嘉万中吴下精刻大异其趣。纸用厚棉料，亦滇中特有之物。凡此皆可珍重。近人言雕板源流史者，渐重时代地域，刻工风气，然尚少注目于用纸。必综此数端，始能定板刻特征也。滇中古刻最少，十年前游昆明，只于翠湖图书馆见木氏家集数种，亦刊印于吴下者，非滇产也。他则绝无一叶。余所藏此种尚多，而半出四明范氏，因叹东明司马之不可及也。

连日溽暑，不能执笔。因检故书阅之，可销永昼。此册为天一阁中窃出之物，入徐乃昌家当在六十年前。积馀又分订二册藏家中数十年，身后分在诸子所。先后入市，余陆续买归，然已失去数叶矣。写手刻工，皆非通常嘉靖刻本可比，盖滇南板刻之代表作也。用纸尤佳，皆可作标本观。癸亥六月望前二日，黄裳挥汗书，时年六十又四。

《杨升庵诗》五卷，存卷四至五。半叶六行，行十一十二字不等。白口，四周双栏。收藏有“南陵徐乃昌校勘经籍记”（朱长）。

高峣十二景待

乙未冬十月十七日归来燕榭记。

此天一阁书也。薛目云“温泉诗一首，《高峣十二景诗》十二首，杨慎撰”。即此。

丙申之秋，重游滇南，数过汤泉高峣，念此书不置。丁酉夏重跋。

此嘉靖刻《高峣十二景诗》，不著撰人。周越然得之陈乃乾，云系杨升庵作，亦不知何所据而云然也。书实甚秘，亦不似附刻它书之后者。此殆当日纪游小诗，刻以贻同辈者。余倩徐贾绍樵议及此书，久而未报。盖以小册难索重直也。今日午后过市，此书与嘉靖刻《岳麓书院石壁禹碑》乃同归于余，为之喜慰。所去几米二石，亦不之惜也。昨今两日所得佳本几近四十种，书缘美甚，因题记焉。乙未十月十七日，月明如洗，灯前记此。

此滇中旧刻，字体方劲，棉纸初印，精绝。去年秋余游滇南，访书翠湖图书馆，见木公家刻孤本数种，前皆有杨升庵序，亦刊于嘉靖中者，雕椠绝精，与苏锡一带所刊，并无少逊，颇疑非滇中开板之物也。升庵所著则绝无藏弆，惟吴三桂治滇时所刻《高峣升庵祠志》一种，尚题吴年号而已。此寥寥四叶，可为高峣志乘中之绝妙资料，可宝爱也。丁酉六月初七日，雨窗展书更跋。黄裳记。

《高峣十二景诗》，嘉靖刻。半叶七行，行十五字。板心上题“高峣诗”三字。单鱼尾，中记叶数，下黑口。十二首后为莺啼序词，题“高峣海庄十二景图”。收藏有“周越然”（朱方）印。

张愈光诗文选

张愈光含，滇南人。杨用修远谪其地，遂相友善。张氏集往往有杨序评点，北京图书馆有《升庵选禺山七言律诗》一卷，又《张禺山戊巳吟》三卷附作诗一卷、续一卷，皆嘉靖刻本。此本并诗文而选之，传本甚稀，殆是孤笈。余更有杨氏《高峣十二景诗》，亦嘉靖刻，只四叶，字大如钱，体近欧柳，皆滇中开板之最精者，与此刊刻同时同地，皆明刻中名物。谁谓边徼之地，文事遂不行耶？此本原衬八册，命工重装，以还倦圃之旧。灯前展卷，漫阅一过，古香袭人，心目俱爽，烦虑都尽。念“书味夜灯知”之句，不禁怡然有感于心也。翌晨作记。丙申三月十二日，试狮峰新茗，记于来燕榭。

胡应麟《少室山房笔丛》论明代印书用纸云：“惟滇中纸最坚。家君宦滇，得张愈光、杨用修等集，其坚乃与绢素敌。而色理疏慢苍杂，远不如越中。”持证此册，一一俱合。是非独滇中开板，且系滇纸所印本也。四百年前边徼手工艺品，流转迄今，稀若星凤。胡氏以明人论当代笺素，以洁白者为上，即所谓白棉纸也。然其雅趣乃远逊此种，不独以罕见见珍。所谓“色理苍杂”，正是妙处。此则胡氏所不及知者。戊戌十月廿八日更跋。

此杨升庵批选《张愈光诗文选》，嘉靖刻之绝妙者。纸系罗纹皮纸，椠印精绝，古香袭人，经倦圃曹氏收藏，印记累累，展卷为之意爽。余旧藏天一阁物《升庵诗》，椠刻之精，差可相拟。升庵当日单刊小集，往往精妙，类如是也。近方检理旧藏，选取嘉靖刻本之精罕者，入百嘉书藏，此本必登之矣。乙未十月十七，寒夜检书，炙砚书。

丙申春三月初六日游吴，此本装成，手为携归并记。

《张愈光诗文选》八卷，附录一卷。嘉靖刻。八行，十七字。白口，四周双边。前有云南布政司左参议前翰林院庶吉士龙岩赵维垣序。次目录。附录为禺山著作旧序。收藏有“曹溶私印”（白方）、“洁躬”（朱方）、“溪亭诗老”（白方）、“潜愓先生”（朱方）、“安乐堂藏书印”（朱长）、“明善堂览书画印记”（白长）。

江南春

丙申二月二日海上收此。黄裳记。

辛丑新春初三日午后，天气晴好。借燕观明代文、沈、唐、仇四家画于市中，都四百余品，快甚。见徵明《江南春》图卷，设色，精甚，制于嘉靖九年，时六十一岁。画置橱中，跋尾不可见，不知即此赵氏小山堂故物否。因忆此书，归而检出，跋此，以记一时兴会。此小册亦有关画史，流传甚罕，他日当与文画合影以传之。此所据为朱兰隅所书，非原迹也，读梁跋知之。黄裳小燕记于来燕榭中。

《江南春词》一卷。道光戊戌广州精写刻本。半叶九行，行十八字。白口，单栏。前有“道光十八年六月，后学邓廷桢敬观”款，附题《高阳台》一阕。次目录，首倡倪云林瓒，次和光石田周以次三十八人，续和顾起元、朱之蕃二人。后有“道光戊戌夏六月，桐城后学方东树谨识于粤东布政使司署九曜一石之南轩”跋。次《江南春词附考》，著作者爵里。末有“道光戊戌六月既望，顺德梁廷枏识于越华池馆”跋。收藏有“鉴赏”朱文腰圆印、“积学斋徐乃昌藏书”朱文长印。

案方跋，原卷是朱之蕃所书，后入扬州马氏小玲珑山馆，继归仁和赵一清小山堂，“余从赵氏裔孙恒借观，间以呈于两粤制府尚书邓公，公一见击赏，谓是宜传留艺苑，用永名迹。因属董琴涵观察，精觅书手，影钞付刊……”是据明朱之蕃录本模写重刊者，赞成之者邓廷桢也。《附考》一卷，亦邓廷桢嘱梁延枏所考定。案此书明嘉靖中有刊本。曾归木犀轩李氏，盛铎跋云：“此为明沈周等追和倪云林《江南春词》，作者凡四十九人，见《四库存目》。然书甚罕见，偶从海王村书肆尘架中得之，殆当时原刻也。乙卯（一九一五）中秋前三日，盛铎记。”与道光刻所出不同。

玉厓诗集

自石麒病后，余已久废买书之事。昨日与雁游会稽归，天凉似水。今晨乃访之于其家，病已大愈，快谈移时。仍出书数种赏观。此天一阁旧藏《玉厓集》，只存三册，乃最惬意。其书绝秘而刊刻至精，于嘉靖本中可称上品。卷末更有武林顾氏清泉馆刊书牌记，雅饬之至。初印原装，尚未穿线，阁中旧式，大抵如此，仍挟之归。此外尚有元刊元印本《史纂通要后集》三卷，为汪士钟、丁雨生旧物；日本室町刊雪窦明觉大师《祖英集》；高丽旧刻《日本考略》等，皆颇佳。因为记之于此。癸巳七月廿一日，黄裳记。

天一阁书三十年前被盗，载之来沪，售于来青阁，陆续散归诸藏书家。余近得见三十年前原钞底目，此本正在其中，缺失亦洽合也。因更记此，知此本散出经过，亦书林掌故也。乙未冬至。

《玉厓诗集》十卷，卷五至七佚。嘉靖刻，十行，二十字。白口，单边。前有嘉靖丙午文徵明序，次玉厓生志，玉厓老人姚章也。后有嘉靖乙巳髯镜山人沈希皋跋。卷末有隶书双行牌记：“武陵顾氏清泉馆刊。”收藏有“感峰楼藏”朱文方印。

杨名父早朝诗

壬辰腊月余客四明收得此本。黄裳记。

文选楼本《天一阁目》著录《篆杨名父早朝诗》一卷附《正文》一卷，即此本也。今前失序一番，《正文》亦不存。当是太平之役流出阁中者。天壤仅存，当珍护之。癸巳新正，小雁。

四明范氏藏书，起自朱明嘉靖一朝，迄今将四百余岁。凡历数劫，犹存故书十许厨。所藏无宋元本，而朱明一代文献，所存独富，殆无可与之埒者。似此种单刊小册，莫非孤本秘笈。余每见必收之，所得凡数十种。亦有残册，或余卷尚在阁中，或历经流转而仅存数卷，亦不弃置。他日重理藏目，天一阁书殆可成一外编，而以范子宣卧云山房附之。癸巳谷雨前日，黄裳记。

郑西谛尝得篆文本《阳春白雪》，亦嘉靖鲁藩所刊也。与此刊刻体式全同，是当日所刻必不只一二种也。甲午秋日。

《早朝诗》，题“岱翁篆”。嘉靖刻。半叶五行，行六字。白口，单边。板心上有“时习轩”三字。前有嘉靖壬戌高唐王岱翁序，大字行草，四行六字。其言曰：“况宗室为今时无用之人，篆书为今时不急之学，以无用之人习不急之学，不亦宜乎。”语甚痛切。序末有“皇明亲藩”“建封海岱”“高唐王书”三印。

缙云集

癸巳十一月廿七日午刻抵杭，意小雁尚未至，乃先过市观书，于宝贻斋中见新自绍兴收来旧书，半为残帙。只此尚是全书，系秋声馆精钞本，写手精甚，为振绮堂故物，有坦臣印记，未知谁何。秋声馆为符药林斋名，余有其遗集，刊于雍正中，写手亦颇精雅。武林藏书旧家，小山堂钞帙流传不少概见，瓶花斋物亦尚有之，此秋声馆钞乃最罕传。冯氏蜀人，缙云在渝市北郊，风景绝佳，有温泉红豆之胜，余客蜀时曾数过之。此集颇有写景之什，旅寓展卷，如历昔游。与小雁添香并坐，漫读数诗，于宋人中亦当为一作手，乃遗集罕传，诸家藏目皆未著录。只澹生堂续收宋人集中，有此名目。亦作四卷、二本。是与此同出一源也。归沪后拣振绮堂目，于卷二诵字第二格中得之，藏书源流，历历可辨，真妙事也。此番杭游，尚买得明初黑口本杨翥《睎颜集》，亦汪鱼亭故物，皆是一家眷属，因并著之。癸巳十一月卅日，黄裳小雁书。

符曾字幼鲁，钱唐人。与樊榭友善，厉氏集中多有与幼鲁游宴之什，有《坐圣几秋声馆作》一律，有句云："屋头大叶自吟雨，衣上绿阴如染苔。”清斋情事如见也。结句云：“明朝知有书船至，珍重荆扉手为开。”则主人喜藏弆也。其集名《秋声馆吟稿》，不分卷。乾隆四年刻本。符已先卒。此本当写于康熙中。圣几身后书散，遂入振绮堂也。甲午落灯之夕，黄裳拥炉记。

符之恒字圣几，号南竹。仁和人。樊榭弟子，有《秋声馆吟稿》一卷，乾隆四年刻本。殁于乾隆三年，年三十又三。幼鲁为君先辈，非一人也。前跋失之。甲午冬日更记。

写此跋后更读仁和王曾祥《静便斋集》，有符南竹《权厝志》，知君讳之恒，字圣几，号南竹。世为仁和人。年十五，从樊榭先生游，药林则其族祖也。凡奇觚怪牒，手自钞写，反复校勘，至夜分不止。生于康熙丙戌三月一日，殁于乾隆戊午九月廿六日，年三十有三。尝检《春凫小稿》，有《哭乐山三弟》诗，系于甲寅。乐山卒年亦三十三，遂误以之恒当之。甚误。因叹考证之事，信不易易也。己亥正月初五雨窗记。

《缙云先生文集》四卷，璧山冯时行当可撰。旧抄本。十二行，二十四字。黑格，单栏。板心下有“秋声馆抄”四字。前有嘉靖十二年张俭刻书序。次目录。后有附录《古城冯侯庙碑》，蹇驹撰。次重庆府推官李玺刻书呈文，作于嘉靖十二年。次嘉靖癸巳李玺后序。收藏有“秋声馆藏”（朱方）、“汪鱼亭藏阅书”（朱方）、“坦臣”（朱长）。《结一庐书目》亦曾著录此本。

许自昌诗

许自昌诗传世极罕。其所刻《太平广记》、李杜集却有名于时。此《咏情草》《卧云稿》二种，皆初刻自藏之本，自为校改，后更有子某、孙丹臣跋，藏印如万山楼、霏玉轩皆许氏园亭，其高阳葵园一印，则心扆妇、叶九来女藏记也。许氏一门群从手迹俱在，实堪珍重。久不收书。偶然过市，居然得此，即跋卷端。甲午十一月初三日坐来燕榭中书。

得此本后一月，吴下估人更以自昌诗三种来，俱万历原刻，亦有玄祐名印。计《唾馀草》一卷，《樗斋诗草》二卷，《秋水亭诗草》二卷。玄祐诗未见者只《百花杂咏》《霏玉轩》二种矣。书皆出许氏家藏而来于异地。先后未一月，并集余斋。故书有缘，信不诬妄。得此本后更于吴江收旧钞许竹隐诗一册，殆亦家传之物。此册破损已甚，遂寄姑苏旧友曹有福君，重为装池。今日寄至，手段大妙。为故书续命，虽出厚价修书，亦不敢惜矣。甲午腊尾，黄裳记。

《咏情草》后有崇祯乙亥许元方跋。元方一字西民，万历壬寅生。子虬，孙心扆。卷后更有心扆跋云，“先严手订”云云，知校改出竹隐手。后改元方跋先君子为先大父，殆欲以此本传刻也。续检高阳许氏家乘，得明端绪，因更记。壬寅十一月廿七日。

许自昌子元方，字季通。孙虬，字竹隐，玄孙心扆，字丹臣。《卧云稿》前所钤四印，可征此集授受源流。盖许氏世守，已四世矣。许氏一门群从，才子名媛辈出，于金成栋《林下词选》小传中知其世系。叶缘督《纪事诗》注亦未能详也。乙未芒种后一日，雨窗漫记。

《咏情草》一卷，茂苑许自昌玄祐父著。万历刻本。九行，行十八字。白口，左右双边。前有辛丑太原王稚登序。辛丑八月安国钱希言题词。后有卧云居士许自昌识语。卷中竹隐朱墨笔校改甚富，皆丙辰道中所作，各有题记。卷尾有许元方墨笔跋："先君子诗集有《咏情草》《百花杂咏》《卧云稿》《霏玉轩》《秋水亭》《樗斋》《唾馀草》行世。《咏情》则最初刻也。凡先君子片纸只字，得之遗编破簏中，罔不奉为拱璧，而况寄情于吟咏者乎？居常每恨生晚，独不及展诵《咏情》为一生欠事。忽一日玄圃陆师袖此草以示余，余不觉悲喜交集者久之。嗟乎，而今而后可释憾于梦寐间矣。殆将什袭以藏，永永珍为先世之手泽，敢复致有遗珠之叹乎哉。时崇祯乙亥八年中秋六日未刻，识于静闻居之海棠花前。"（钤"西民"白文套边方印。"先君子"后旁改为"先大父"。）又许心扆手跋："康熙癸丑年，先严选人留都，征序十三篇，自为手订。推敲一二字间，务期尽善而后已。甲子秋楚任归田，已录七律矣。余稿俱在，幸未散失。壬辰初夏，心扆识。”“此册末叶另数行参阅之。丙申秋记。”“此册墨笔未知谁手。俱非先子书，改句未妥。丙申七月十六日申时附识。紫逊弟同阅片顷。丹丞。”收藏有“心扆”（朱白文小方印）、“许印自昌”（朱方）、“东吴”（朱文葫芦印）、“万山楼”（朱长）、“许虬私印”（白方）、“竹隐”（朱方）、“心扆之印”（朱方）、“丹臣”（朱方）。

《卧云稿》一卷，茂苑许自昌玄祐著。万历刻。八行，十八字。白口，单边。前有万历壬寅婆罗道人屠隆序，万历壬寅陈继儒序。次目录。后有万历壬寅郡人钱允治跋。许心扆跋云：“康熙庚辰年六月重装。读于南阳尺木居之小楼下。子孙其永传之。”“丙申年七月十六日，紫逊弟申刻来霏玉轩诵之，云照原稿刊。戊子年鱼渊兄、钦莱甥已有此论，即《园居》五律一首云，良然良然。云先中秘公与永州公淡远浓郁之殊，各成一家。”收藏有“许印自昌”（朱方）、“许印元方”（朱方）、“许虬私印”（白方）、“许印心扆”（白方）、“半亩梅花”（白方）、“吟诗一夜东方白”（白长）、“美人兮天一方”（朱长）、“结缘”（白文圆印）、“霏玉轩”（朱长）、“心扆之印”（朱方）、“高阳葵园藏书”（白方）。

《唾馀草》一卷，茂苑许自昌玄祐父撰。万历刻。八行，十八字。白口，单边。前有万历庚申朗道人沈颢引。

《樗斋诗草》二卷，茂苑许自昌玄祐父撰。万历刻。八行，十八字。白口，单边。前有友弟邢炯序，陈继儒序。

今日天雨转寒，拥炉校《远山堂曲品》方半，忽吴下估人见过，以故书数种见示。中有此种，欣喜逾望。十日前余方收得许玄祐《咏情草》《卧云稿》，有自昌、竹隐、丹臣三世图记，并竹隐、心扆手跋，朱墨校改之迹甚富，后又得旧钞竹隐诗一册，今更得此，岂非书缘。自昌藏书家，刻书亦富，所撰曲本亦有名于时，而遗集乃绝不可见，《千顷堂目》不收，余何幸乃于十日之内，并得此五种耶。岁暮天寒，书乃渐出。余每年必于岁晚得秘书数种，今年书市零落，方叹寂寥，而数日之间，异本来投及十许种，买书之事，殆未易已，书此慨然。甲午十二月初三日来燕榭灯下坐雨书。

去年岁暮，余收得许玄祐《咏情草》《卧云稿》，有心扆手跋，信为许氏世守之书。继又得此《秋水亭》等三集于吴下，亦有玄祐名印。今春乃更得旧钞玄祐诗于海上，有丹臣手跋，许氏诗集乃获全豹。书缘之美，遇合之巧，皆匪夷所思也。去岁余于书摊上见旧钞多种，破碎如此书，乃知同出一源之物也。踪迹得售书之人，居昆山角社叶姓者，少与谈，知家藏已无数本矣。近又与书友闲话，即曾以旧钞许诗见售者，云《咏情草》即渠买于叶某。乃悟叶氏为九来后人，即许丹臣妇家也。许叶世为姻娅，许书多藏于叶家，此数种即全出叶某。其家书已为虫蚀尽，云尚有三十许斤，即嘱扫数携来，其中或尚有佳册，未可知也。许家书尚藏昆山，尚未议售。不知玄祐所撰诸曲尚存否。三百年来兵火之劫连续不已，吴越故家所储，如山阴祁氏、甫里许氏之世守者殆不数数见。余皆得遇之于偶然，得之于异地，甚妙事也。好春佳日，来燕榭中重展此书，漫书卷尾。黄裳。

两日来叶氏后人更以破书数册来，索重直，仍勉得之。有明刻《词林逸响》一册，只存一卷耳。其后即未见更以书来。昆山许家尚有藏书。惟不允出售，遂未之见耳。更记。

《秋水亭诗草》二卷，茂苑许自昌玄祐父撰。万历刻。八行，十八字。白口，单边。前有王稚登序，万历壬寅屠隆序。收藏有“许自昌印”（白方）、“玄祐”（朱文套边方印）。

甫里许氏遗书，余先后得其三种。最初得白棉纸本《咏情草》《卧云稿》于萃古斋，后于吴下得竹纸本《樗斋诗草》《秋水亭诗草》《唾馀草》三种，后更收明钞诗二册于海上之静安寺，有丹臣手跋印记，其中《百花杂咏》《霏玉轩诗草》二种，皆前所未见，计丹臣跋中所记自昌遗诗俱在矣。书虽出于异地，实散于同源，皆叶氏绿竹堂后人所售也。此册精写，在清初，存《百花杂咏》《丹叶吟》两种。后者赵兰好撰，许心扆妇，丹臣嫂氏也。写手精雅，当出闺中人手。尚有许竹隐诗稿本一册，当亦同装储之。又余曾考许氏世系自昌、元方、虬、丹臣四世于《林下词选》小传中，今于钞本前丹臣手跋中更得一证。跋中称玄祐为曾祖，是自昌至心扆恰为四世也。实为快事。乙未秋分后一日，诸书装讫，自吴下寄至。秋晴佳日，跋此于来燕榭中。

《百花杂咏》二卷，吴郡许自昌玄祐著。旧钞本。钞白。九行，二十五字。前有可一居士张献翼题词、目录。后有万历辛丑孟秋吴郡后学许自昌识。

《丹叶吟》一卷，许竹隐讳虬冢媳、许紫臣讳心扆室赵兰妤楚瑶著。旧钞本，行款同前。

一月前曾访甫里，历观古塑及陆鲁望遗迹。遍询梅花墅，绝无知者。后闻许氏园已改为粮库，尚余断础数事，野水一湾而已。当即其地。无由过访，因记于此。庚申五月廿八日，黄裳记。

余收甫里许玄祐诗八种，后半载更于吴下估人许收此许怡泉沈孺人志状二册，俱万历刻本，而时日却有后先，盖怡泉先逝也。两册皆有孤子许自昌撰行述，许氏家世故实乃为大备。余前考自昌至心扆世系，于此更得确证。故书因缘，如是如是。自昌第四子初名元庄，后改元方，即竹隐父也。卷中更夹小纸，书自昌后世世系表及祭规，殆其后人所写，亦在清初。因嘱装书人同装入之。年来先收山阴祁氏四世遗书，今更收此，皆前明藏书旧家子孙世守四百年之物也。乙未八月十一日秋晴，来燕榭中检书记。

得此后数日，又收甫里《许氏家乘》十卷，有钞有刻，皆康熙中物。题三叟斋藏本，盖许之先、许王俨、许虬所同辑也。板心下有“笑读轩”“梅花墅”字样，并记于此。乙未十月十九日。

《明故四川龙安府照磨怡泉许公墓志铭》，云间陈继儒撰，同邑陆士仁篆盖，通家子陈元素书丹。

《明故例授四川龙安府照磨怡泉许翁行状》，同郡长洲钱允治谨状。《先考怡泉府君行略》，不肖孤自昌泣血百拜谨述，通家子陆祈繁填讳。

万历刻。八行，十八字。白口，单边。

《明故龙安府照磨怡泉许公元配沈孺人墓志铭》，赐进士出身亚中大夫河南参政前翰林院编修管理起居诰敕侍经筵东宫讲读官眷侍生董其昌撰并书丹，寒山赵宧光篆额。

《许母沈孺人行状》，通家陈继儒顿首撰。

《先母沈太孺人行略》，不肖孤哀子许自昌泣血稽颡拜谨述，通家子李成龙填讳。

万历刻。八行，十八字。前赵寒山篆盖原迹。棉纸。合一册。

顾子方诗集

此《顾子方诗集》，崇祯庚午刻本。估人自梁溪故家买得，见而未收，近始买归。子方为《南都防乱公揭》倡首之人，时在崇祯戊寅，正此集刻行后八年也。顾亦明末党事要人，遂与阮髯三集并储之。竹垞《诗话》记其《杨柳枝》一词却不见于此集中，殆后来所作，亦不知曾续刻否。小燕漫记。

集前有兄所止序。所止名枢，子方从兄，自号庸庵。端文公孙。徐乾学撰先生墓表云，逆党阮大铖觊以勤王复职，号召徒众。先生从弟子方与诸名士驰公檄逐之。以先生望重，欲首署其名。先生谓无益，徒生祸端，固执不可。后大铖得志，遂起大狱，杀周仪部仲驭，而子方与其友黄太冲、吴次尾、杨维斗、沈昆铜缇骑逮问，先生以居后独得免。是有关《防乱公揭》之又一事也。贞观为枢第三子，女二，其一名文婉，有《栖香阁词》，适侯晋，俱以词名。偶阅《澹园集》，因漫识之。己亥落灯之日雨窗书，黄裳。

《自靖录考略》卷五载无锡县贡生顾杲字子方，端文公宪生从子。乙酉与宜兴陈贞慧同起兵，城破不屈死。同时死者百人。杲有《结袜子》云："莫歌结袜子，以命许人非国士，纵使感恩深，未是朝闻难夕死。我有八尺躯，卓然有终始。用合帝天心，平消恩怨理。聂政与荆轲，其人亦小矣。"王逢宸按云，《江南通志》顾杲作太学生，明亡，殉节。陈定生《山阳录·十子篇》有顾太学杲，文云："子方泾阳先生从子，负气使酒骂坐，悲歌历落，旁若无人也。居恒与吴应箕张髯抵掌，言天下可悲可啸事，辄呜呜痛哭，哭罢继以歌，间操不律为诗古文辞，醉沈褵褷，祖鞭谊哭，墨间胥有泪声也。既无可如何，辄揽镜自叹曰，大丈夫不问封侯何日，但问沙场何日耳。卒之果然。赞曰，子方岳岳，不可一世，太湖千顷，中有雄鬼。"定生文亦略而不言同起兵事，岂亦有所讳耶。又有记南都失守，子方散家财，募士千人，取道江阴。乡人以为贼，集众御之被杀者，则不知何据。然子方之卒，必在乙酉则无疑。其记子方死事较详者则有徐鼒《小腆纪年附考》，其文云：杲字子方，无锡人。光禄卿宪成从子。阮大铖之失职居金陵也，诸生为《防乱揭帖》逐之，杲名列首，大铖衔之刺骨，募徐丞者劾之。马士英拟旨逮问，会南都亡而事解。王师抵常州，邑人王如玉、顾君起持册献降。杲方起兵以应卢象观江上之师，遇之砂山，命所部执之，两人大呼曰，此贼也。砂山人方团练御盗，仓卒不加辨。群起执杲，杲无以自明，遂遇害。既而审知为杲，砂山人大悔，立祠以祀焉。事隶乙酉闰六月。杲之得名在领衔于公揭，其间种种，定生更有《防乱公揭本末》一文，记之殊详，此不及录。戊戌五月廿七日，晨窗检书，更为此跋。

《悟秋草堂诗》十卷，锡山子方顾杲著。崇祯刻。八行，十六字，白口，单栏。前有朗道人沈颢序，附来柬一通。次崇祯庚午三峰法藏序。次崇祯庚午古娄友弟张崃序。次陈卿茂本符序。次社弟陈宗之书。次庚午兄枢所止序。次“庚午春三月三日悟秋子顾杲走笔记于竹叹斋”漫序。次子方氏小跋。次目录。

金刚般若波罗蜜经论

此天一阁蓝格钞本《金刚般若波罗蜜经论》三卷，写手极精。明人钞本类此者殆不多见。同时尚有此经及《心经注解》二卷，亦同为范氏所钞，今日得于海上。时方自当湖归来，忆于陈夫人案上曾见此经数卷，皆近时刻本，甚不耐观。他日当奉此二书以为唪诵之资。壬辰闰五月廿六日黄裳记。

阮氏文选楼刊《天一阁目》子部二十四番，著录此本。

半月前偕小燕奉陈夫人游湖上，拈香灵隐净慈，于香匣中见经卷一册，因更忆及此书。返沪理书漫记。甲午三月十七日。

《金刚般若波罗蜜经论》三卷，天一阁皮纸蓝格钞本。十行，十七字。单栏。大题下有“受八”“受九”“受十”字样。大题下双行题“天亲菩萨造、元魏三藏法师菩提留支奉诏译”。

赤雅

数日前余偕小燕去当湖妇家，暇辄去故家观书，绝少当意者。惟于西小街一家见旧钞数册，而以此本为最佳，遂论价买归。卷端有梅谷印，奇晋斋主人陆子章也。此册当写于清初，前有曹源祁识语，距明亡不过三十年耳。余近方收海雪堂刻《峤雅》，更获此以俪之，书缘墨福，如是如是。默庵周姓，年六十余，絮絮道醉李故事颇可听也。乙未雨水节，黄裳记。

此书有知不足斋刻本。以文云书前尚有阮圆海序引二通，削去不录。可惜也。湛若《峤雅》卷中多与怀宁倡和之什，海雪堂重刻亦仍之，安得为先生辱乎。鲍本前尚有张沅序，此本无之，惟此旧钞尚是四卷之旧，卷首总论一篇，亦鲍刻所无。每卷自分段落，前有大题，条目甚明，以文俱削而去之，强分三卷，失其旧矣。乙未闰三月廿二日晨窗校记。

《赤雅》四卷，皇明岭南邝露撰。又题南海邝瑞露撰。旧钞本。九行，二十五字。前有崇祯乙亥天中节江左友弟薛采序。有康熙乙丑武水曹源祁跋。收藏有“梅谷”（朱文胡卢印）、“弋书楼”（朱方）、“默庵”（白方）。

雨泉龛合刻

丁酉十月初三日，收于吴下文学山房，索石米之直，毅然得之。书自泰兴来，尚有振宜御史手批明刻《通鉴》一叠，盖同自季家流出者。娴尚有《雨泉龛诗选》，亦顺治刻，却是写刻本，附记于此。后二日海上书跋，黄裳。

《众香集》有娴小传："季娴字静姎，泰兴人。明铨部因是先生女。兄冠月给谏、诜兮柱史、天修水都皆铮铮于朝。适兴化李维章提举，子为霖，河南观察。有《雨泉龛集》，钱唐陆云龙为之序。其侄廷尉清、子观察淥俱志其集行世。"王异公《揖山集》卷四有《读季天中给谏出关诗，赋呈难弟南宫》诗，题下小注云："给谏出关，有七言近体诗四十六首。殁后季弟南宫孝廉收其遗稿，装成一册。沧苇侍御题其后，累累数百言，继以纪梦诗四十韵。辛酉夏五月，余客延令，南宫相招雅集，酒半，出诗册索题，为赋一篇。"又有《城乌行》诗，题下小注云"过季沧苇侍御故居有感"，诗云：

> 延令城中飞白乌，乌啼哑哑当通衢。乔木阴森覆渠居，二三巨族规模殊。甲第连云有渤海，广引旗幡容櫶

盖。指点当年侍御门，雕甍绰楔依然在。侍御平生意气高，殿中执法推贤豪。豸冠柱后持霜简，鹭羽车前拥绣袍。遇事敢言笑缄默，独著丰裁忤当国。白笔曾将上相弹，皂囊不避权臣责。少小尝闻说乃翁，赀雄石氏位山公。东掖西台相继起，一门峻要将谁同。京雒交游势熏灼，歌钟鼎食凭挥霍，林园欲效午桥庄，珍好都收清秘阁。那知世事有兴衰，壮岁惊传赴夜台。绿野平泉顿寂寞，白杨荒草空悲哀。墓木犹新骨已朽，罗雀门庭客散久。图史还归好事家，尊彝又落他人手。我今襆被入江城，门外徘徊未忍行。十年聚散难回首，一旦炎凉最怆情。君不见，七贵朝端争烜赫，声名孰似陶彭泽。又不见铜陵金穴高山丘，谁又陋巷贫无忧。人世菀枯如转毂，祸福由来常倚伏。自古长安似弈棋，史书多少悲残局。乌啼深树日西斜，赢得旁人几叹嗟。为语纷纷名利客，眼看荣盛莫相夸。

右诗之作在康熙二十年，时季氏已衰。泰兴季寓庸字因是，天启二年进士，官吏部主事，名在逆案。为巨富，以行盐集资。尝斥十万金买书画古书。子开中、振宜先后登第，官科道。振宜藏宋板书，有名于时。归玄恭尝言，四衙门贵要，季氏有其三，即开生、开中、振宜也。开生字天中，娴大弟。沧苇三弟，南官则四弟也。此集二册，顺治、康熙间刻本，犹有晚明风气。丁酉秋日得之姑苏文学山房。诗集不全，起乐府变，讫五言绝，是诗部独存而缺七言绝，后无诗馀，不知原刻曾附集末否。估人常挟旧本来沪售余，女史集部索直独昂。此集来自泰兴季氏后人，同见尚有振宜手批《通鉴》，知非妄言。索高直去，余亦不吝得之，实为秘册。集中与天中唱酬悲悼之作甚多，又有《和王渔洋秋柳》四律。天中顺治六年进士，选庶吉士，改授礼科给事中。十五年谏买扬州女子，几置法，卒戍尚阳堡。居四年，为人殴死，年三十三。撰《戆臣诗稿》二卷，为冠月楼诗。顺治九至十年，谒假南归所作。《出关草》则尚阳堡作。题识甚众，有恽格识语，当亦娴所刻也。原集未见，邓文如曾藏之。寓庸颓老尚存，业亦渐衰。于王撰诗中可见。原书分订二册，已遭虫蚀，且线订脱落，装池无人，久置箧衍，今偶检出，遂少记端末，手订藏之。凡此皆旧时代仅存之册，文采无足观，徒以其为名族家世，有关明清易代之际故实，为可重也。己酉春二月初四，春寒尚厉，灯下记。

《雨泉龛合刻》（诗集），康熙刻，八行，二十字。白口，单栏。昭易李季娴静娱氏著。不分卷，分体各起大题。

甫里高阳家乘

此《甫里高阳家乘》十卷，三叟斋藏本，许时秉增定，钞刻杂出，俱在康熙中，末附世系一卷。时心扆尚存也。书出许氏后人，余先后得玄祐诗集八种，万历中刻，有许氏四世藏印及诸子校改手迹，皆有心扆手跋，以为奇遇。后更得万历原刊志状二册，为自昌父怡泉公及母沈孺人墓铭行述也。估人告尚有此家乘二册在吴下，即嘱寄示，二日后而书至，许氏故实乃灿然大备。自昌藏书有名，更刊李杜诗、《太平广记》诸书；亦撰传奇，有《水浒记》《橘浦记》等，刻曲亦富，如《节侠记》等，皆梅花墅评本也。惟所撰述流传绝罕，诗集世无著录，收明人别集富如千顷堂黄氏，亦未尝著录一种。《水浒记》今传世者仅汲古阁刻，原刊亦殊未易觏也。叶菊裳撰《藏书纪事诗》，特详乡邦文献，而于许氏一家亦只入玄祐、孟宏、丹臣三人，更多疑误之词，其事殊不可解。高阳望族，世居吴会，而遗著逸闻湮沉如此，深可慨也。余于藏书家、画人、曲家遗集，每见必收，如澹生堂祁氏，天一阁范氏，古香楼汪氏，皆收藏颇富，今更得梅花墅许氏诸种，可胜欣幸。乙未八月十三日，来燕榭晴窗记。

得书后十九年重订，拆出空白叶十许番，乃于书脊见“癸丑仲冬望日录始”语，是初辑在康熙十二年也。又卷五首叶有丹臣手题一行云，己卯春二月抄，素叶亦数，一篇无失。下钤心扆小印。是为康熙三十八年。时王俨、人华、竹隐、龙友皆先殁。更观世系，心扆下无卒年，而诸孙卒年最晚为康熙四十六年丁亥，可知丹臣其时尚存，年四十八也。

《甫里高阳家乘》十卷，三叟斋藏本。题“长洲甫里许之先人华甫手辑　兄许王俨孝酌甫同较　侄孙许时乘龙友氏增订”。原稿本，钞刻并存。钞本红格，板心下有“笑读轩”三字。刻本板心下有“梅花墅”三字。收藏有“高阳许氏藏书”（白长）、“许印时乘”（白方）、“龙友”（朱方）。

王常宗集

此系陆南村所刻书，绝罕见。收于海上之来青阁中。乙未后三月十八日记。

得此本后半年，于来青阁更见金星轺文瑞楼所藏一本。有“结社溪山”等四印。更有金氏手跋数行，系言言斋故物，颇索重直。以箧中有此，遂未更得。聊识于此，以见弘治本不可得，而前人重此陆刻，由来久矣。

得此后半年，又得钱遵王述古堂钞本，系从明弘治本出者。编次较此为旧，尚有刘廷璋后序为此本所无，《师子林十二咏》亦全。更有《游师子林记》，皆此刻所无。漫勘一过，并补逸文，未暇详较也。十月十九日。

乙未冬日，收得琴川张蓉镜藏旧钞一本，亦四卷，题“王常宗集”，为潘郑庵故物。前有张氏手跋：“嘉定王先生集，近来友人屡嘱觅之不得。戊寅秋中忽见此本，书写精妙，用笔古雅，极似钱求赤先生所书。细审装治，为述古堂钱遵王家故物，遂以重直购得。亦别集中罕见之秘册也。嘉庆己卯中秋后十日，虞阳张蓉镜识。”

《王徵士集》四卷，附录一卷。嘉定王彝常宗甫著，后学陆廷灿扶照氏辑。康熙刻。九行，十九字。白口，左右双边。前有宋荦序，吴郡都穆玄敬弘治壬戌原序，练川沈弘正公路旧序，弘治壬戌邑人后学浦杲题后。次目录。卷末有康熙庚辰同邑后学陆廷灿跋尾。

腾笑集

此竹垞《腾笑集》，传本甚罕，刊刻远在全集之前。三月前见头本于徐绍樵许，即取归。洎京游归来，全书始至，遂以石米之值得之。九峰旧庐清刻本之精善者，亦仅有此耳。其家书往往皆雪库衬订，大不雅饬，盖当日收书，计册论钱，估人遂出此策。当付工重装，仍为一册。漫记卷尾。甲午初冬十一月廿五日，黄裳。

陈古铭《一斋杂著》卷五，录谢子南明评《腾笑集》云："竹垞翁初与长洲陈鹤客，山阴朱士稚、祁奕喜、番禺屈翁山，归安二人共七，结生死交。梅里兰亭，往来群聚，悲歌愤饮，意气激扬，未几遂构壬寅之祸。归安二公坐惨法，祁奕喜戍极边，竹垞、翁山跳而免，而竹垞翁之雄心澌灭无余矣。迨应聘出山，竟成两橛。不特南望厚颜，他日地下亦当两手抱面，羞见陈、祁诸君也。清夜自思，不堪一笑。且恐天下人拍手掀髯，无不齿冷。故出山后集，自署曰'腾笑'，盖亦无聊之甚矣。而托于滑稽，不畏人笑，毋乃强颜自饰耶。或曰：竹垞恐祸终及己，故不得已而出，其苦心亦可原也。余曰：不然。甲申以后，苟全性命者不少矣。竹垞不过自负其诗文，不甘于沦落。其沾沾掉不下者，翰林两字耳。陋哉叟乎。”案“或曰”以下数行低一格，当是古铭语。读竹垞自序，首言少无宦情，终以文章流传湖海四十年自喜，遂以滑稽者自命。以是不畏人笑，人所以笑之之故，则托之与世龃龉，不及其他。而受新朝宠眷，得意之色溢言表。是难免古铭、南明之讥评矣。陈谢之言，盖浙中故老之清议也。因记之。丁酉十月廿八日晨窗记，黄裳。

朱竹垞、李秋锦两先生齐名于时，同举康熙间宏词科。朱官检讨，李归田里。赋桃花云：“水岸亭皋各占春，生来未涴马蹄尘。千株一笑谁倾国，烟雾休遮著眼人”。“行路逢崔也乞浆，隔邻非宋亦登墙。齐名若个先呼李，料得东风爱艳妆。”后竹垞罢官，著《腾笑集》，刊成，李题后云：“供奉吟笺绝可师，换来风格又经时。风人不信偏愁好，才脱朝衫便有诗。”皆于言外见意焉。右方薰山《静居诗话》一则，冬晨漫阅《别下斋丛书》见此，遂书于此卷前，亦读竹垞此集所当知也。癸亥岁不尽前十五日，黄裳。

《腾笑集》八卷，康熙刻。十行，十八字。上下黑口，单栏。扉叶大题书名，又两行云“朱竹垞都下诗曝书亭藏板”。前有康熙二十五年竹垞主人朱彝尊锡鬯父自叙。

通志堂集

此纳兰容若集，原刻二十卷。刻印绝精。徐积馀遗书。余得之石麒许。虽清刻却同明钞二本之直。以深喜《饮水》《侧帽》之词，遂不忍舍去之也。壬辰秋分前四日雨窗记，黄裳。

甲午十月，偕燕入京，居一月。曾数至清宫绘画馆中观画。有纳兰小像一帧，丰神绝妙。衰飒中别有英俊气，文采欲流，题者几遍。惟忆严绳孙一题耳。名画几数百件，难作细观，惟留容若像下移晷，徘徊而不忍去也。归沪展书，遂题数语。时冬晴，日影甚丽，来燕榭中，暖如春时。

《通志堂集》二十卷，属纳兰性德容若，原名成德。康熙刻本。九行，十九字。白口，左右双边。前有昆山友人健庵徐乾学序，康熙三十年秋九月无锡严绳孙《成容若遗稿序》。次目录。收藏有“荆石山房”（朱方）、“徐乃昌读”（朱方）、“南陵徐乃昌校勘经籍记”（朱长）、“吴荆石读”（朱方）。

兼山集十卷

此杨廷麟《兼山诗集》，刊于顺治中。禁书总目著录。传世甚稀。卷十一卷云“兼山遗集”，有男某孙某校字，是独刊于身后者也。此本凡奴虏字俱作墨圈，是刊板时亦知有干新朝大忌，而终入全毁之数，亦可慨已。余所藏禁本都未入目，会当别为簿录著之。乙未冬至后二日重检书记。

机部为明遗臣，殉国难，大节在人耳目。而熊文举以贰臣撰此首序，且以机部甄拔造就之人，上翊新朝圣主为言，真颜甲千重，何其不知耻也。呜呼！

《吴梅村集》中有《临江参军》五古，为机部作也。《梅村诗话》中更两纪之云，其“为文排宕峭刻，在韩苏间。书法出入两晋，仿索靖体。诗则好用奇思棘句，不甚合律，然秀异耸拔，往往出人”，所论颇的当。尝及其哀卢象升诗，而惜佚落不全，是梅村当日亦未见此集，亦未全睹《悲巨鹿》诗也。梅村之言曰：“余与机部相知最深，于其为参军周旋最久。故于诗最真，论其事最当……机部后守赣州，从城上投濠死。集竟散佚不传。”是亦终未见此集也。又记机部殉节后，曾访其子。知在宁都山中，后为彭恭庵赎归。更记机部诗，断句皆在遗集中，错落不全。赖此集以正之。因知在清初即为奇秘之册，何论今日。癸卯四月廿六日灯下更跋。

孙殿起《禁书知见录》著录《兼山集》只四卷，知此全本之罕也。小燕。

“檀州军败济南陷，□骑西山逼云栈。九门辛苦坐公卿，按兵不动高中监。玉堂学士心不平，上书北阙苦论兵。参军新命一朝下，单骑夜出长安城。是时主将卢司马，独将西兵兵力寡。不忍国士死黄沙，故遣参军向城下。参军不行司马嗔，参军既行司马陈，北向再拜谢至尊，曰臣象升死国恩。鼓声阗阗军出垒，司马一呼创痍起。三万□人夜合围，孤军独战皆尽死。朝廷颇轻死事功，翻疑讼疏多雷同。司马精爽久寂寞，参军一官成转蓬。呜呼，国家赏罚未可测，归耕匡庐隐亦得。”辏文此诗补自顺治冠山堂刻《吴越诗选》卷六，题“参军行赠杨机部先生”。颇慷慨，殆仍是甲申前作也。国变后乃为贰臣，不徒无以对陈卧子，亦何由见机部于地下耶。癸卯闰四月初五夜灯下漫录并跋。黄裳。

卷九以前殆刻于机部生前，卷十改题“遗集”，且有男琦孙继祖衔名，殆是后来补刻。熊序言“昭代定鼎已十余年”，则必在顺治末叶矣。

《兼山集》十卷，题“清江杨廷麟著”。半叶十行，行二十二字。白口，左右双边。前有“南州年姻弟熊文举顿首拜题”序。卷十大题“兼山遗集卷之十乙酉丙戌 男琦仁叔敬编 孙继祖、又震较字”。

张缙彦集三种

此张坦公诗三种，顺治刻本，皆撰于甲申以后者。刊刻精雅，有丁野鹤、王阮亭、熊文举序，罕秘之至。卷中纪明亡前后诸社会情状，激楚可观。余最爱读甲申前后人撰著，非必文采可观，而皆有真情实感，滋可重也。此亦姑苏潘氏所藏，余得其三十余种于吴下，近更收此二三种于海上，皆其残零小册也。其人收清人集几二千种，而散于一旦，甚可惜事也。丙申小满日，黄裳小燕书。

余藏明清易代时书甚富，多有异本。其间颇有秘而不传者。多忠义遗集，亦有奸恶人著作。此三集及阮圆海集等皆是也。暇当一一为勾稽而疏记之。乙巳二月杪重展记。

此三集得之海上，绝秘之册也。尝撰为跋文以纪之。而坦公事迹甚富，搜之故籍，几数十百事，而于其辽东行止却少人知。匆匆未暇落笔。因叹读书之事，诚难言已。

《蕉廓脞录》卷五云，阅《流寇长编》卷十七，纪甲申三月甲辰日一事云，京官凡有公事，必长班传单，以一纸列衔名。单到写“知”字。兵部魏提塘，杭州人。是日遇一所识长班亟行，叩其故，于袖中出所传单，乃中官及文武大臣公约开门迎贼，皆有“知”字。首名中官则曹化淳，大臣则张缙彦。此事万斯同面问魏提塘所说。按京师用长班传送知单，三百年来尚沿此习。特此事绝奇，思宗孤立之势已成，至中官相倡率开门迎敌，可为痛哭者已。按长恩阁藏《怀陵流寇始终录》，末书将亡妖孽，亦载此事。文臣第一云是张缙彦也。甲午秋分前二日书。

吴汉槎有《读张坦公先生所撰徵音集却赠》诗，在《秋笳后集》卷七：“一编遗事泪潺湲，变徵声中惨客颜。转战幽并军缟素，侧身梁楚路间关。丘墟敢咎王夷甫，词赋空哀庾子山。惆怅白头荒徼客，龙湖当日杳难攀。”其下一诗题云“张坦公先生谈甲申岁河北讨贼之事感赋”：“风尘铜马帝城昏，痛哭孤臣出蓟门。侠客濮阳藏季布，义旗河朔奉刘琨。乌号异代徒余恨，龙战当时岂报恩。赤社既移终不复，空怜心计尽中原。（贼购公急，赖张蔡二侠士以免。）”汉槎又有《戊午二月十一日寄顾舍人书》，康熙十七年所作，中述塞外情事甚悉。有云：“乙巳（康熙四年）以授徒自给，其夏，张坦公先生集秣陵姚琢之，苕中钱虞仲、方叔、丹季兄弟，吾邑钱德维及鄙人为七子之会，分题角韵，月凡三集，穷愁中亦饶有佳况。其后以戍役分携，此会进罢。”又云：“张坦公先生，河朔英灵而有江左风味。雁群与弟情致特深，唱酬亦富。未殁前数日，即嘱弟在其榻前作行状。人琴之悲，至今犹哽。”此则坦公塞外结局也。其死也，《贰臣传》云，流徙宁古塔，寻死。《新乡志》则云，徙宁古塔，十载卒。顺治十七年下推十年为康熙九年，死期必在九年后十七年前也。

甲子秋分前二日，灯下书。

《徵音诗集》一卷，题“河北张缙彦坦公著　侄欲含萝月录”。顺治刻本。八行，十九字。白口，单栏。卷前有小序云：“自甲申以后，丙戌以前，流离间关，痛遭贼虐。偶记于衿袂间。迨归命大清，山高海旷，痛定而思，涓滴未答，聊存岁月焉。”前有南州年盟弟熊文举拜撰序。

《归怀诗集》一卷，题“河北张缙彦坦公著　渠丘刘正宗宪石定”。顺治刻。行款同前。前有三原门人韩诗顿首拜撰序，匡山社晚弟黄国琦跋，目录。卷尾有“门人刘源洁校”一行。

《燕笺诗集》五卷，河北张缙彦坦公著，每卷校定人各不同。河阳薛所蕴行屋定（卷一）、江右熊文举雪堂定（卷二）、琅玡丁野鹤耀亢校（卷三）、白下白仲调梦鼐校（卷四）、巨鹿杨思圣犹龙选（卷五）。前有顺治癸巳年家弟安丘刘正宗序，蜀仙井胡世安序、“顺治甲午仲春琅玡治民门下士丁耀亢谨题于稷下趵泉之西”序，门人王士禛诗序。卷末有“弟蔚彦校　西湖隐民孙从龙监梓”二行。

竹斋诗集

此旧钞本元王冕《竹斋诗集》一册，刻本未见。有“山阴许氏珍藏”一印。钞本颇旧，当在清初。后归徐积馀。余从沈某许获之。其人陈家存旧书售之，余所得不少，近已不复更有矣。壬辰十月初九日记，黄裳。

《竹斋诗集》一卷，会稽王冕元章甫著。旧钞本。九行，二十二字。前有括苍刘基伯温序。次金华宋濂撰《王冕传》。次诸暨张宸撰传。卷尾有景泰七年丙子郡人白圭《书竹斋先生诗卷后》，诸塄骆居安等跋。云：“诗分三卷，从遗稿编次，未备者期之采补。”是景泰旧刻当三卷也。收藏有“山阴许氏珍藏”（朱方）、“南陵徐乃昌校勘经籍记”（朱长）。

梅道人遗墨

此秘册也，未见有著录者，刊刻当在明清之交。钱氏世代刊书，有名于时。士升所刻《逊国臣记》，余亦有之。得此并储，可为快事。甲午岁晚，黄裳记。

此《梅道人遗墨》一卷，清初刻本。传世只钞本，俱从此出。原刻则绝罕传。曾藏祝小雅氏，清末人，籍隶平湖。余后又得其所藏渔书楼本李贺诗，补录长吉传状等甚富，皆录自《国粹学报》，可知其人时代。乙未四月初七日记。

陈古铭《定泉诗话》云：“梅花道人云：与可画竹不见竹，东坡作诗忘此诗。得力此二句，道人之画，宜其入化矣。道人题墨梅云：相逢京洛还依旧，却恨缁尘染素衣。盖讽同时仕虏者，极有余味。”此二则都不见此集，知所佚多矣。客星山人生于明清易代之际，颇有家国之感。所引道人诗亦有憾于胡元者，大可为知人论世一助，因漫录之。辛丑新春初八日灯下。

《梅道人遗墨》一卷，清初刻。七行，十八字。白口，单边。板心上题遗墨几，记叶数也。前有同里后学萧林钱棻叙。次目录。后有附录，陈继儒《梅花庵记》，钱士升《修梅花庵缘起》，谢应祥《修梅道人墓记》，孙茂芝《梅花墓考》。收藏有“知非楼藏书”（白方）、“小雅珍爱之籍”（朱方）。

竹笑轩吟草

辛卯霜降前二日海上所收。书自四明来。

此《竹笑轩吟草》三集，康熙刻本。余得之石麒书包中，极得意。石麒持书来售，向不论价，余亦从不还价，只此书石麒珍重之至，曰，非若干金不售也。余亦笑而不言。解人难得，纪之以为书林掌故。《千顷堂目》只录初二集，三集盖未之见也。甲午二月廿二日，黄裳记。

海宁朱一是《为可堂集》，顺治刻本，卷十六有《感旧》一题，前有小序云："余发覆额，即与先辈光禄卿葛公徵奇善，垂二十年。乙酉夏日乱作，公及余痛哭海上别去，寻卒。后七年余客他县，竟不及登公墓，伤如何矣。时在秀州，友人偶言公故姬李因守志，毁容屏艺，自甘岑寂，有古闺侠风。为赋一绝，纪其事且志悼公之深云。"诗云："风雨遥伤故国秋，离魂欲到海西头。几年不上尚书冢，寂寞还闻燕子楼。"《为可堂集》刊于顺治丁酉。此诗当撰于刻集前六年。时李夫人三集尚未刻也。乙未腊月二十日，偶得朱集于海上，漫阅及之，遂书首简。小燕。

细审板刻，知三集非刻于一时。初集刊于崇祯癸未，续集刻于清初，前有卢序，三集则刻于康熙癸亥也。

今日于王培孙遗书中见此《竹笑轩初二集》一册，却无三集。前有封面，大书“竹笑轩诗集”五字。下有“本府藏板”四小字。上钤朱文大方印曰“盐官葛氏家藏”。有“贝墉曾读”印，“赤美经眼”印，“是庵摩有缘物”印。签题曰“徐子晋所赠”。是为三吴收藏家珍重久矣。此书复本只见有此。浙馆所储，亦只钞帙耳。丁酉寒露更跋。

黄宗羲有《李因传》在《文定》中，因赠画寿宗羲老母，因作此传答之。传略云“是庵方抱故国黍离之感，凄楚蕴结。长夜佛灯，老尼酬对。亡国之音与鼓吹之曲共留天壤。声无哀乐，要皆灵秀之气所结集耳”。此数语可作三集确评。是庵原诗在三集中。己亥新正初二日晨窗书。

《竹笑轩吟草》，龛山亦史是庵李因著。崇祯刻本。九行，十九字。白口，左右双边。前有“癸未七夕吴本泰书于迦河舟中”叙。叙后更有跋，记是庵遘哗卒之难事，末属“癸未八月识”。次“崇祯癸未秋日介龛葛徵奇书于芜园”叙。次目录。

续集一卷，行款同前。卷端有“江南直指使者燕人卢传敬书于柏台署中”叙。

三集一卷，行款同前。有康熙癸亥止溪圃人朱嘉征序，康熙癸亥甬江黄斐序。次目录。后有康熙癸亥东里杨德建鲁山跋。三集后附诗馀。

倚声初集

南陵徐氏所藏诗馀最富，年来余所收不少，多明刻善本及清刻零种，曾嘱书友更为余致之，久而无所得，亦淡忘之矣。一日过来青阁，见架上有旧本诗馀数种，即得其康熙刻之《古今词汇》三编，有积馀藏印，即询书出谁何。估人告积馀生前以词集二十许箱售归林葆恒，即卷前钤印之讱庵也。数年前主人下世，今为家人售出。所见为第一次出者，多为总集，以巨帙可多得书值也。为之狂喜，即嘱陆续更为余致之。一月后乃见此本及《荆溪词》《瑶华集》《记红集》《词洁》、留松阁《十六家诗馀》等，以百金易之。皆罕见难求之册，一旦收之，大快事也。此集为顺治中大冶堂刻。阮亭时方着意填词，遂有此选，后专意为诗，弃此不为矣。集至罕传，前附词人爵里，明清易代作者，搜罗几尽。余旧藏崇祯刻曹玑诗十集，无论诸家著录未及，复社姓氏录及禁书目亦不载，闷损数年，今乃于此集爵里中见之，知其为江阴人，丁丑进士，与陈子龙、曹倦圃同科，为之大快。其足资考证者，匪仅此一事而已。秋雨新凉，灯前展卷，记此一段。故书因缘，如是如是。乙未八月初五日，四日后秋分矣。来燕榭书。

《倚声初集》二十卷，《爵里》二卷，目录。《词话》三卷，《韵辨》一卷。武进邹祗谟程村、新城王士禛阮亭同选，参阅者卷各不同。顺治刻。十行，二十四字。白口，单栏。前有“丽农山人邹祗谟顺治庚子长至后五日书于广陵之东城精舍”序。渔洋山人王士禛序。

吴越诗选

此《吴越诗选》存卷五至二十二，亦山阴祁氏寓山遗书也。估人与祁奕喜手评选唐宋古文同持来者。无论传本至罕，所收大抵皆明亡后十年中诗，冠山堂亦寓山一境也。魏耕慈溪布衣，为祁六公子所结客，因谋故国兴复之业，事泄被逮，祁氏因以破家。此卷中梅村《听卞玉京弹琴歌》后，钱允武跋云："甲申后十年矣。"七律祁班孙诗题亦有"丧乱以来不觉十载"之语，因知此集编刻，在顺治十年，更八年辛丑，而班孙被祸也。卷一至四一册失去，今不存矣。人间恐无二本。寓山遗藏，历劫更出，当珍护之。甲午春日，黄裳。

祁理孙奕庆藏书楼目，集二诗总类著录此书，"《吴越诗选》二十二卷，明朱士稚等选"，即此书也。戊戌八月廿九日。

长乐郑氏藏此书全帙。日前函应昌弟为补钞序例，今日书至，计前有云间盟社弟吴懋谦六益序，又朱士稚、魏耕、钱缵曾三序，次凡例十一则，其文甚繁。此本所失之卷一为乐府诗、四言古诗，卷二至卷四为五言古诗也。除郑藏外，人间恐不复有第三本矣。序例所言颇有关涉明清易代之际清流议论，似惟恐其选之不备而遭抨击，于钱牧斋、吴梅村、龚孝升、曹倦圃等尤经意，别作一条论之，似朱、魏等不畏新朝斧钺，转于此数人有戒心，其故可深长思也。甲辰三月初一日雨窗记，黄裳。

魏雪窦为东门令史凌祥宇赘婿，联络山海，思得一当。与思溪钱缵曾允武为密友，时允武雪窦通书于延平，为孔孟文首告。初时，孟文尚图讹诈，故舛其名，以钱允武为钱云五，魏雪窦为魏西斗，潘龙基为潘伦吉。浙抚以无其人覆部。时顺治十八年辛丑夏也。而钱魏不知省，未及行赂于孟文。越半载，遂易真名，注明地址，行镇浙将军柯奎秘拿矣。是年十二月，将军发旗下披甲五百人掩至，魏钱已先逸去，仅执龙基赴杭，允武跳身至晟舍闵氏，留一宿，闵兄弟俱连坐瘐死于狱。又至南浔朱少师文肃之孙某许，遂被执。朱亦坐绞。雪窦遁之山阴祁氏，为逻者缚去，三家皆籍没，妻子流徙。次年壬寅，康熙改元之二月，钱、魏、潘三人皆被惨法，死于杭。祥宇坐绞，复株系允武之族人价人，亦论死。价人有《河渭间集选》十卷，魏耕白衣为之序。白衣所著有《息贤堂集》，前有自序。曾见有刊本。右据潘居贞《菊旃日记》，及无名氏《湖城大狱记》二书，述其大略。

余自硖石费寅家得其抄稿本甚夥，中有此纸，述白衣事殊详，因附识于此卷首。时乙未春分前日，来燕榭中漫记。

竹垞《曝书亭集》卷四，顺治十七年庚子，有《梅市逢魏璧》七古一首，前一年己亥，有《梅市对雨迟朱士稚不至》诗，洎十八年辛丑，遂有《山阴雨霁，同杨大春华游郊外，饮朱廿二士稚墓下》诗。排比诸诗，知朗诣之逝必在十七年前后，癸卯年遂有《梦中送祁六出关》诗。此集之刻，必在己亥以前也。戊戌七月廿四日，灯下读《曝书亭集》漫书。

竹垞文集卷七十二有《贞毅先生墓表》，为朱士稚撰也。最有关涉，而生死交情，痛切如见。然文中不敢竟以诸人姓氏写入，文网之密，读之凛凛。六人者朱彝尊、朱朗诣、陈三岛、祁班孙四人，皆见文中。其归安好友二人，曰魏白衣，曰钱允武，即渡江经纪士稚之丧者，亦二人也。按士稚死日，则此集之刻，必早于顺治十七年庚子。更证以允武《跋梅村听玉京弹琴歌后》所云“甲申后十年”之语，则书成必在顺治甲午乙未之间也。己亥二月初八日跋于来燕榭中。

《吴越诗选》二十二卷，存卷五至终。顺治刻。九行，十九字。白口，左右双栏。大题下属“慈溪魏耕雪窦　山阴朱士稚朗诣　归安钱缵曾允武同选”。

余怀集三种

无锡孙氏小绿天书散出，余获其精本不少。后二日，其中著名者数种已送华东文化部，所余尚有明刻数种，余又获其安氏桂坡馆游记、正德刊《皮子文薮》等，精品亦几几尽矣。一日，石麒忽语余谓有余澹心杂著一册，汲古阁刊，已送某氏处矣。余惊喜，请即持来。今日午刻在来青阁小坐，书果至，即此册也。展卷惊异，逸集出诸家著录外者，乃更有三四种。澹心集传世最著者为《板桥杂记》，此外手稿本《玉琴斋词》，今在盋山精舍，《江山集》今所知者凡四种，一《平生萧瑟诗》，一《三吴游览志》，一《枫江酒船诗》，一《梅花诗》，见蒋生沐《东湖丛记》。更有《秋雪词》一卷，《味外轩稿》，《茶史》，《东山谈苑》，《澹心杂录》。澹心所著，世所知者，尽于此矣。此册所存《咏怀古迹》，乃未见著录。雕板出虞山毛氏汲古阁，时在清初，汲古刊板目中无有也。万玉山房所刊《金陵览古》，前有周栎园序，板式与《赖古堂集》绝类，恐非毛氏刻矣。澹心生丁晚明季叶，南都之变且身历之。文酒风流，见于辞咏。后三百年，余更有《金陵杂记》之作，徘徊故迹，摭采遗编，乃未见此册，使当时执此一卷，以游金陵诸胜，赏心愉目，当有更胜于昔游者矣。庚寅十月初六日海上书。黄裳。

去岁余游金陵，宴胡小石先生于秦淮，酒酣，谈白下旧事甚悉。《板桥杂记》中故实，历历可数。《东山谈苑》稿本藏其家，为清钞底本而澹心手校者，于避清帝讳处，浓朱满之，遗民心事可见也。又尝见有山水一幅，中杂坐名士闺流，一少年坐太湖石上，风神绝世，裘葛都丽。襟袖之侧，小字书“余怀”二字，知是渠小影也。事关作者，因更为补记于此。

戊申为康熙七年，旧人墨书以为六年者误也。《金陵览古》作者小引云：“岁次丙午，我心不乐，驾言出游，撰为此书。”是鸿客书成在康熙五年，尚早于《看花诗》两年也。寒铁道人不知卒于何年，《看花诗》第五十八首有句云“唤回五十三年梦”，知康熙七年澹心年五十三。鸿客则卒于康熙六十一年，而不知生年，当更考之。甲寅正月廿五夜坐雨书。

此余澹心《咏怀古迹》诗，凡二十九首。其为余所经行者凡十五，其余则未经搜访，不知今作何状矣。即此十五处余所见者当亦与澹心所睹大异。转瞬江山，皆为故迹，可为叹息。黄裳记。

此本系澹心手书上板者。稿本《玉琴斋词》《东山谈苑》皆是手写，只此曾墨板耳。辛亥重阳前一日更记。

近更于《中国雕版图录》中见澹心所撰《甲申集》一叶，八行十九字，白口，单边。大题下更有“西陵诗”三字，小字侧书。板心下有“海陵偶编”四字。刻板大类汲古阁风，殆亦毛氏代刻者。天壤间奇书何限，澹心遗编恐更不止此。安得荟萃诸种，影写以行，以为《味外轩合集》乎。《板桥》一记，驰誉人间，其记秦淮也，可与陶庵之《西湖梦寻》竞爽。甲乙之际，吴会之间，余澹心与张宗子可谓二奇，而余箧中乃各藏奇书数种，岂非胜缘。庚子十一月十五日晴窗曝日更跋。

《味外轩集·戊申看花诗》，江东余怀无怀氏著。康熙刻本。半叶九行，行二十字。白口，单边。板心下有“看花诗”三字。前有自序。

《七歌》，题“江表余怀”。清初写刻。板心中题“江山集”，下“七歌”二字。半叶九行，行二十字，白口，左右双边。卷末有“琴川毛氏汲古阁镂”八字牌记。

《咏怀古迹》，题“云壑余怀著”，清初作者手写精刻本。半叶七行，行十七字。白口，单边。板心上题书名，下题“浣花草堂”四字。前有目录，卷末有篆字大书浣华草堂藏书牌记。收藏有“小绿天藏书”（朱长）、“孙毓修印”（白方）。

金陵览古一卷，双行题“黄石余赍硕鸿客著　白门张惣僧持阅”。康熙刻本。半叶九行，行十九字。白口，左右双边。前有大梁周亮工元亮序，义兴陈维崧其年序。目次。板心下有“万玉山房”四字。与余怀集三种合订一册。后有□□后序。此书余别有跋，见《妆台杂记》。

十六家词

此留松阁刻《十六家词》，为清初刻诗馀中至罕见难求之册。四年前得《炊闻》二册于京师，纸印明丽，即欲得其全书，乃数年来阅市借人，皆未有此。近又得《延露》一册，模印未佳，不知何日始能得全书也。乃近于来青阁中得见一目，盖南陵徐氏所藏诗馀全目也。清初刻诗馀总集有十数种，此本亦在其中，即携取以归，不更论价。灯前展卷，漫记数语，志欣幸焉。乙未七月初九日，黄裳。

邓文如《五石斋题识》云："国朝名家诗馀十七家，三十九卷。孙默字无言，号桴庵。休宁人。家于扬州。清初各家集中多有《送孙无言归黄山序》。日日言归，得序数十篇、诗数百篇，而卒未归。以康熙十七年卒，年六十六。初默辑三家词，曰《丽农》《延露》《衍波》，刻于甲辰，合《南溪》《炊闻》《百末》曰六家，刻于丁未。合《含影》《乌丝》《蓉渡》《玉凫》四家，刻于戊申，始名《国朝名家诗馀》。至丁巳又刻其余，始有十六家之称。《衍愚》又后来所刻。予别藏《越闻青芜词》二卷、《广陵唱和词》一卷，所未得者《红桥唱和词》一卷耳。盖默随时增刻，故世鲜全书。昔惟江南图书馆有十六家词，亦有缺卷，此本十七家为最完整可贵矣。”此本十六家俱全，大是难得。汪晋贤集中有悼栟庵诗，小注云其卖黄山田得钱以刻词，是倾毕生精力破产以刻词，诚词学之功臣矣。

余旧藏康熙壬子吴江徐釚刻《香严斋词》一卷，卷前有宋既庭序云：“余门士徐子电发梓先生三十二芙蓉词竣，将持是集以谒先生”云云，是其时芝麓尚存也，共一百三十六首。此刻已在龚氏身后，搜求略备。至纪序所谓尚有词十余首者，不知俱补入《定山堂集》否？取此本与徐刻少对一二，别无异字，更记之。乙未秋分前三日，黄裳。

《十六家词》，康熙刻。九行，二十一字。白口，左右双边。板心下有“留松阁”三字。前有康熙丁巳南阳邓汉仪孝威序。次目录。扉叶大书“十六家诗馀”，上下题“同学诸子评”“留松阁藏板”。有“留松阁”白文大方印，“红雪歌唱”朱文圆印。集前各有序目，以《梅村词》为例，卷首大题下四行，属“太仓吴伟业梅村撰　黄冈杜浚茶村长洲尤侗悔庵选　休宁孙默无言较”。他集俱如此题。收藏有“徐乃昌暴书记”（朱长）等三印。

《梅村词》二卷，吴门尤侗悔庵序。

《香严词》二卷，合肥龚鼎孽芝麓撰。已字山樵映钟序。

《棠村词》三卷，真定梁清标苍岩撰。江都汪懋麟序。

《二乡亭词》二卷，莱阳宋琬荔裳撰。云间董俞苍水小引。

《南溪词》二卷，嘉善曹尔堪顾庵撰。尤侗序。

《炊闻词》二卷，新城王士禄西樵撰。自序，尤侗序。

《百末词》二卷，长洲尤侗悔庵撰。嘉善曹尔堪序。

《含影词》二卷，通州陈世祥散木撰。慈湖孙金砺介夫序。

《溪南词》二卷，武进黄永艾庵撰。同郡邹祗谟序。

《月湄词》四卷，山阳陆求可密庵撰。尤侗序，自序。

《丽农词》二卷，兰陵邹祗谟程村撰。广陵宗元鼎定九序。

《延露词》三卷，海盐彭孙遹羡门撰。尤侗序。

《衍波词》二卷，济南王士禛阮亭撰。邹祗谟讦士序。

《蓉渡词》三卷，武进董以宁文友撰。成都杨岱东子序。

《乌丝词》四卷，宜兴陈维崧其年撰。江都宗元鼎定九序。

《玉凫词》二卷，华亭董俞樗亭撰。魏塘曹尔堪序。

名家词钞

此《百名家词钞》，余所得凡三帙，皆不全本。一存一册三家、一存八册五十许家、一存八册七十三家。近又见此本，百家始足。索直甚昂，仍得之。计前后耗于此书者，将二百金，殊堪自笑。此书随见随刻，前后不只百家。残本总目有米汉雯、严曾渠、陆菜、周金然、彭桂、丁澿、吴岩、徐吴升、侯文耀、沈季友、钱芳标等，即不见于此本。而吴秉元词此作“摄闲词”，残本则作“慎庵词”，取校两本，内容全殊。因知板本之学，大非易事。而多收复本，亦非无益事也。残本总目失去第五番，通计当有百家，而复出几将二十许家，当日全刻，当在百二十家以外矣。甚冀他日更收全帙，以决此疑。书出林子有家，即曾刻《闽词征》者。又有徐积馀、叶玉虎旧记，皆近代藏词有名者。巢氏一印则不知谁何矣。来燕榭中，快风时至，暑气尽涤，灯下记此。乙未秋分前二日，黄裳小燕。

余收《南磵词选》于林子有家，尚是康熙原刻。惟书名已为坊估挖改为“放翁词选”，初得时不知作者主名，意甚惑之。后乃于他书考得省斋姓氏，甚快意也。其书大题下有“绣水王

著宓草校订　男持国蓼念编次”两行，凡二卷，取校一过并记。甲辰八月廿六日记。（此跋在何采《南磵词》目后）。

《名家词钞》，康熙刻。九行，二十字。上下黑口，单栏。前有长水曾王孙序，晋人聂先序。次例言。次《百名家词钞总目》，初集六十名家，随到随刻，未及次序。每家前各有目，集后附评语若干则。《棠村词》下另有“百名家词钞总目　甲集四十家”。题“庐陵聂先晋人　长水曾王孙道扶纂定”。收藏有“巢氏千峰”（朱方）、“□香庵主”（白方）、“积学斋徐乃昌藏书”（朱长）、“叶恭绰”（白文套边方印）、“遐庵经眼”（白方）。全目列后：

《梅村词》娄东吴伟业骏公。《香严斋词》庐江龚鼎孳孝升。《寓言集》鸳湖曹溶秋岳。《文江酬唱》吉水李元鼎梅公。《休园诗馀》广陵郑侠如士介。《二乡亭词》莱阳宋琬荔裳。《秋闲词》长水王庭迈人。《南溪词》嘉善曹尔堪顾庵。《衍波词》新城王士禛阮亭。《百末词》长洲尤侗悔庵。《扶荔词》仁和丁澎药园。《容斋诗馀》朝霞李天馥湘北。《金粟词》海盐彭孙遹骏孙。《江湖载酒集》秀水朱彝尊竹垞。《玉凫词》华亭董俞苍水。《荫绿词》荆南徐喈凤竹逸。《秋水词》勾吴严绳孙荪友。《弹指词》梁溪顾贞观梁汾。《玉山词》钱塘陆次云云士。《菊庄词》吴江徐釚电发。《耕烟词》晋陵陈玉璂椒峰。《峡流词》仁和王晫丹麓。《溉堂词》三原孙枝蔚豹人。《青城词》嘉善魏学渠子存。《螺舟绮语》合《兰雪词》云间王顼龄瑁湖。《松溪诗馀》云间王九龄子武。《映竹轩词》遂安毛际可会侯。《锦瑟词》扬州汪懋麟蛟门。《迦陵词》宜兴陈维松其年。《艺香词》延陵吴绮薗次。《棣华堂词》云间冯瑞霄燕。《东白堂词》三韩佟世南梅岑。《万青阁诗馀》浙岸赵吉士天羽。《月听轩诗馀》合《雒鹃草》茸城张渊懿砚铭。《秋雪词》下邳余怀曼翁。《竹香亭诗馀》上海曹垂璨绿岩。《饮水词》长白成德容若。《柯亭词》会稽姜垚苍崖。《红藕庄词》钱塘龚翔麟蘅圃。《柯斋诗馀》云间周纶鹰垂。《志壑堂词》淄川唐梦赉济武。《吴山鷇音》晋安林云铭西仲。《蔗阁诗馀》黄山汪鹤孙梅坡。《柳塘词》吴江沈雄偶僧。《啸阁馀声》云间张锡怿弘轩。《玉壶词》云间叶寻源砚孙。《月团词》乌程沈尔燝凤于。《兰舫词》海上赵维烈承哉。《守斋词》山阴吕师濂黍字。《药庵词》山阴吕洪烈清卿。《探酉词》西湖邵锡荣二峰。《澄晖堂词》休宁江尚质丹崖。《响泉词》云间徐允哲西崖。《画馀谱》无锡华胥羲逸。《蕊栖词》广陵郑熙绩懋嘉。《碧巢词》休宁汪森晋贤。《粤游词》姚江吴之登云客。《藕花词》虞山陈见钺在田。《梦花窗词》休宁江士式梅墩。《容居堂词》云间周稚廉冰持。

以上初集六十家。

《棠村词》真定梁清标苍岩。《南磵词》桐城何采省斋。《横江词》石城徐惺即山。《香胆词》阳羡万树红友。《蔬香词》钱塘高士奇澹人。《枫香词》商丘宋荦牧仲。《留村词》清河吴兴祚伯成。《当楼词》萧山毛奇龄大可。《白茅堂词》蕲州顾景星黄公。《紫云词》温陵丁炜雁水。《微云词》锡山秦松龄对岩。《旬云堂词》广陵郭士璟眉枢。《香草词》渠阳何鼎晴山。《影树楼词》梁溪陈大成集生。《改虫斋词》华亭高层云谡苑。《珂雪词》安丘曹贞吉实庵。《澹雪词》蓉湖顾岱止庵。《万卷山房词》曲林王辂苍霞。《竹西词》济宁杨通佺圣期。《染香词》桐城江皋磊斋。《罨画溪词》宜兴蒋景祁京少。《双溪泛月词》阳羡徐瑶天壁。《湖山词》阳羡徐玑天玉。《摄闲词》山阴吴秉仁慎庵。《课鹧词》山明吴秉钧琰青。《寒山诗馀》太原冯云骧讷生。《红桥词》合肥何五云鹅亭。《一曲滩词》历阳徐来子复。《绮霞词》溧阳狄亿立人。《旷观楼词》荆溪路传经岁星。《团扇词》下邳余兰硕香祖。《栩园词》武进陈鲁得曾起。《玉艳词》山阴何思双山。《仿橘词》武进龚胜玉节孙。《陶村词》锡山王允持简在。《南耕词》宜兴曹亮武南耕。《凤车词》山阴吴棠祯伯憩。《梅沜词》嘉定孙致弥松坪。《荔轩词》长白曹寅子清。《嘤霞阁词》长水沈永令一指。

右甲集四十家。

秋林琴雅

此樊榭先生《秋林琴雅》原刻本，开板精雅，颇类《浙西六家词》之刻，而传本之稀乃远逾之。冯氏勺园钞本，已登北平图书馆善本乙目，殆不知世间尚有原刻也。此本为毛叔美、雷约轩故物，偶得见于故书肆中，盖买自杭城者，即嘱留下。十日后始得议价携归也。丁酉端阳夜灯下记。

此康熙六十一年壬寅无尽意斋精雕本《秋林琴雅》，传世甚稀。前后经毛叔美、雷约轩收藏，又有“次柳”“崇素堂”二印，则张凯藏记也。凯，应云子。应云随扬威将军中英之战，师败名堕。徐子晋《前尘梦影录》记：道光辛丑冬，与张次柳少尉凯同游西泠，得戴松门所刻《墨表》。次柳为白也应云太守子，随任吴门。少年好学，兼有墨癖。郡人所蓄，大半归之。自明初至国朝，二百余品。徐为之撰《续墨表》。次柳后因回避，改赴浙江。旋遭兵劫，没于宁绍差次，所藏遂无踪迹。此有关崇素堂主人故实，重展此书记之。丁酉十一月卅日。

次柳曾刻《苏米斋兰亭考》，余亦有之。是少年公子而好风雅者。此书传本绝稀，大可珍重。《樊榭山房集》传本多见，只此乃为名物。王寅腊月初五日。

此册前尚有王氏廿八宿砚斋藏印，印色灰败。其人名王荫嘉，苏州人，王大隆兄，颇藏佳书。身后有一皮箱书由来青阁介归北京图书馆，大隆为之拟价，最著者《红蕖记》一册，六百元也。其实他种秘本尚有，惟不如曲本之能易高值也。庚戌端阳前七日，黄裳记。

《秋林琴雅》四卷。卷首大题，次行低一字属“钱塘厉鹗太鸿一字樊榭山民”。康熙刻本。十行，二十字。白口，左右双栏。扉叶隶书书名，又“无尽意斋雕本”一行。康熙六十一年同里紫山徐逢吉序，石仓吴允嘉序，“康熙壬寅立秋日玉几生陈撰书于真州之玉渊堂寓馆”序，康熙壬寅鹅笼生吴焯序，意田赵信序。次目录。卷尾有宛平瓮熺履吉跋，又“秦邮夏秉谦校”一行。收藏有“庆善字叔美印”（白方）、“尚友斋印”（白文套边方印）、“茶梦庵”（白方）、“词客有灵应识我”（白方）、“雷葆廉印”（白方）、“约轩”（朱方）、“崇素堂”（朱文双螭长印）、“次柳”（朱方）、“王氏二十八宿研斋秘笈之印”（朱长）。

香胆词选

此万红友词之康熙原刻本，传世绝罕。世只知其词律，又于《名家词钞》中得读一二小词耳。此六卷原本，几无人知。钞刻出山阴吴琰青手，又有吴伯憩序，即撰《吹香》《风车》词者，余亦藏有原刻，见此遂有如遇故人之感。卷六《闻歌疗妒羹曲有感》词小序，记外父吴石渠轶事颇详，词复哀感动人。谈《粲花》故实者，所未见也。乙未十一月初五日，黄裳记于来燕榭。

《香胆词选》六卷，属“阳羡万树红友稿　山阴吴秉钧琰青钞”。康熙刻。九行，廿二字。上下黑口，左右双边。前有“越州后学吴棠祯题于端州之文来阁”序，山阴吴秉钧序。《闻歌疗妒羹曲有感》词序云：“先渭阳吴石渠先生曾制传奇五种，即今所传《情邮》《画中人》《绿牡丹》《西园》《疗妒羹》是也。先生年三十六为福州守。念外王父春秋高，遂弃组归。因教诸童子于五桥石亭之间，拍新撰以娱老。余自学语时从先宜人归宁，即得饫闻，不觉成诵。呜呼，今且四十年矣。后先生起刺吉安，随以宪贰视学豫章，未几，遭闯变，归觐建康。时先生婿晋陵邹孝廉武韩，亦携家伎来，两部合奏，堂上极欢。先生赋遂初焉。乃外王父丁宁命移孝，不得已，叱驭行，抵赣未期而降帆出石头矣。于是趋闽转粤，间关鞠瘁，次衡阳见获，遂绝粒而终。时方傅铁笼车，犹捆载书簏，垂瞑，尚自校所注易疏，谓数十年学力尽此。人第以先生少工制义，中嗜音律，岂知先生者哉。子惟具茨兄一人，隐而早世，嗣孤才数龄，岂天不欲令先生表著耶？先生它著述多不传，独传《粲花曲》，而读《粲花》者又不知为先生书，传犹弗传。且《东岸驿记》为先生初笔，先剞劂于武林，后梓俱在金阊，故今翻刻者以四种成帙，而《情邮》弗与偕。延津之剑，竟尔未合也。其所教诸童子，耳提口授者几三百指，乱后去留者半，旋复晨星。当具茨兄之存，五剧已不复备。犹得二三曲，时一奏，佐太夫人寿觞。余尝有诗云：'翻过韵书朱点在，教来童子白头多。'感慨系之。诸伶以余究心南北曲，多所就正。余为援谱审定音读字节，乃咸喜曰，新词不顾捩折嗓子，欲按板如吞蒺藜角，得此订正始可歌。今又数年，而向之白发梨园，存者只三四耳。嗟乎，叔夜亡来，《广陵》已绝，何戡老去，《渭城》亦荒。余发燥闻歌，今亦齿摇落矣。即欲更坐果利巷旧宅，作顾误人，又安可复得乎。前年客金台，有韩娥数辈，谱活画及《绿牡丹》全本，跫然空谷矣。今来巨鹿，忽有伧父献技，自言能歌《小青传》，颇讶之。及自古门出，则打油钉铰，闻者哄堂。而余辄唤奈何，泫然下雍门之涕也。夫黄河羌笛，赌胜旗亭；大江铁板，邀评坊曲，今沧桑翻复，而余韵在人，是作者名不传而心已传，纵令缺舌聱牙，亦自可喜。凭谁寄语芙蓉城内，更复一粲乎。郗歔久之，乃成后作。虽然余有稚女，惯窃窥吾句背诵为阿娘笑，索果饼归，当取此词秘败笥中，勿令述向太夫人，动老人之戚也。”

劝影堂词

先著，明末人。曾与程丹问有《词洁》之选，别具手眼。久欲求其词集读之而未可得也。今乃收此康熙刻于侯官林氏，为之狂喜，因遂记此。乙未八月杪，来燕榭书。

卷中有《寄怀石涛上人广陵》词，颇可见大涤生平。先迁甫集罕见。近人考石涛遗事者俱未见此，是可重也。卷上有小记云，以上二十余阕，皆作于庚申辛酉间，是康熙十九、二十年也。又云，以后数十阕，亦作于此时。可知寄石涛词作年，并知一枝栖正在长干。癸亥岁晚，拥炉观故书，漫记卷端。词录后。

渡江云

寄怀石涛上人广陵

长干尘外境，高僧瓢笠，曾借一枝栖。放南山入眼，小阁如拳，落叶闭门时。情深得句，写峰峦尺幅淋漓。有随身澄泥研子，日日啜隃麋。　何期，我来卜寻，师去孤游，念往还无几。知爱向芜城久住，烟水凄迷。昨年垂柳虹桥畔，奈轻舟过去才知。相思甚，因风托寄新词。

《劝影堂词》三卷，康熙精写刻本。有扉叶。每卷前有目。卷首有壬辰四月杪之溪老生自记。半叶十一行，行二十一字。白口，单边。收藏有“南陵徐乃昌鉴藏经籍金石书画印记”（白文方印）。卷末有徐乃昌跋：“汪氏《振绮堂书录》，《之溪老生集》，国朝先著撰，字蠲斋，又字染庵，号盉旦子。自泸州迁南京，十世矣。光绪丁未夏日，南陵徐乃昌记于小檀栾室。”下钤“冰弦”（朱文圆印）、“小檀栾室”（朱文圆印）。

林下词选

此《林下词选》十四卷，康熙刻本，徐紫珊旧藏。绝罕传。余久欲得之而未见也。今日徐贾绍樵挟归故家书百许种，余选得十余部，以此为最惬意。余旧藏一残册，仅有下半。亦康熙刻，然板心下有“宁静堂”三字，每卷后更有“丰草庄定本”五字。不知孰为原本，孰是翻雕也。书在吴下装书人处，未能一对。当重装并储之。得书后记。乙未春分后一日。

今日残卷装毕寄至，比勘一过，即是一书而初印者。此则铲去板心下“宁静堂”三字，“丰草庄定本”五字亦削去矣。卷十四原书迄于沈静筠词。此本别增一叶。如非别藏初印残卷，几不知有此事矣。信乎书之不嫌多收复本也。乙未三月初六日。

此为板归金氏后所印，不见初印本不能知也。清初刊书，梨枣精绝，即此展转重印亦可爱。乾嘉后即草草不足观矣。

今日于图书馆中见康熙刻《松陵词选》四卷，题周铭勒山编集，九行二十字，白口，左右双边。板心下有“宁静堂”三字。前有康熙十年许虬隶书叙，次顾有孝茂伦序，次凡例纲目，后有“丰草庄定本”五字，与此本原刻体式正同。后附《华胥语业》一卷，亦勒山所制也。板心中题甲集，又“卧庵少作”数字。南陵徐氏藏书，模印绝佳，稀若星凤。爱不忍释。录其行格序例而归，以存周氏故实。余近得词集二百种于侯官林氏，皆南陵徐氏遗藏。盖积馀生前以诗馀三十许厨归之林氏者。然积馀所藏诗馀佳本实未全入林家也。此《松陵词选》盖即其一。并世不知尚有第二本否？姑悬一愿于此。乙未十一月初二日夜半。

《林下词选》十四卷，康熙刻本。题“松陵周铭勒山编集　海阳金成栋天三重校”。半叶九行，行二十字。白口，左右双边。前有扉叶，题“海阳金天三辑　宜堂藏版”。长洲尤侗悔庵康熙辛亥九日题于水哉轩叙，康熙辛亥同邑慊庵吴之纪叙，“康熙辛亥八月同邑赵沄山子氏题于华星厂”序。康熙庚戌秋周铭题词，凡例，末属“辛亥春正月十有七日书于丰草庄之春雨堂，勒山”。次参校姓氏，总目，目录。收藏有“曾为徐紫珊所藏”（朱长）、“上海徐紫珊收藏书画金石书籍印”（朱方）。

瑶华集

清初词选总集不下二十许种，然多通代选本，其专录明清易代人作者仅五七种，此《瑶华集》则其中之著者。此种总集前往往附词人爵里姓氏，足资寻扯。其时作者如林，词坛鼎盛，诸家单刻别集，百无一存，赖此选本而活者多矣。此本所收之富，不下《倚声初集》，而时代较近，亦罕传本。数年前曾一遇之，以少敝坏未收，后欲更求而绝不可得，乃深悔前之轻弃也。此本为南陵徐氏故物，初印而颇风蚀，不敢更失，遂以重直收得。余年来颇收旧本词集，初未经意，后乃肆力收之，所得不少。而江南旧家扫地以尽，以为不复能多得，今乃陆续得此诸种，不禁大快。旧槧因缘，固未尽也。乙未秋分前四日，黄裳记。

《瑶华集》二十二卷，附二卷，康熙刻，十行，二十一字。上下黑口，左右双边。前有康熙二十五年雪苑宋荦序。次《刻瑶华集述》，题“蒋景祈授子运昌录”。次词人爵里，康熙丙寅夏编。后附《名家词话》《沈氏词韵略》。卷首扉叶大字题书名，上下两行云："宜兴蒋景祁京少（一字荆少）撰次　天藜阁藏版。"有朱文大印曰"日怀堂"。

草堂嗣响

余所收清初诗馀总集甚富，都十许种。知其名目而未得之本，只《众香集》《东白堂词选》等三数种耳，此亦其一。向收词富如南陵徐氏，此集所藏亦只新钞一本，罕传可知。今日午后过市，见估人新收书于洞庭东山，已无佳本，只买得寿言集册一事，皆乾嘉中人书，中有薛生白一帖。继知书籍亦有数种，为袁西江买去，因踪迹之，却无当意者。后乃于架上抽得此四册书，大喜逾望，不殊连城之得也。饮于市楼，薄醉归寓，灯前漫记。丙申三月廿日，黄裳记。

得此后一日，又过书肆阅书，更检得孔西铭刊《红萼轩词牌》三册，有顾天石序，是同出一家之物。书从吴下来，有清初刻姜二酉《韵石斋笔谈》二册，已为西谛买去，云是弘光刻，殆未必然也。

《草堂嗣响》四卷，锡山顾彩天石编辑，阙里孔传铎振路、孔传志西铭同定。康熙刻。十行，二十一字。白口，左右双边。前有例言，题“己丑六月上浣湘槎彩识”。次词家姓氏。次目录。

今词苑

黄裳容氏藏本。庚寅冬海上收。

辛卯大暑日重装毕。明日北行，赴鲁皖之间慰问，将有月余勾留也。漫书。

抱经堂主人朱遂翔，余未曾与之交易。近日却从孙助廉许获其家书不少，皆精本也。昨日偶过市，乃访之观《演山集》，许以重直，乃更约余今日观书。出书数十种，皆旧钞朱元人小集。乃以一两金子获《演山集》、旧抄丁鹤年诗及此三书归。此书传本至稀，所收皆明清易代之际词人之作，而刊板风格体式又与汲古阁无异，别署南磵山房，可称奇秘。携书归来，灯下记此。庚寅十一月十二日，黄裳。

得此本后又得曹子玉小集十种于朱氏。有《天许》《碎琴》诸目。崇祯刻，风气亦与毛汲古无异。诸家藏目皆未著录。集中有赠顾眉生诗，知亦眉楼膩客也。子玉名玑，署江上兰皋，后于王贻上《倚声初集》爵里中得其姓氏。因重阅此记之。癸丑八月初六日，新凉漫书。

余箧中所藏词集甚富，总集尤多。清初此种甚多，十得八九。亦有为诸家藏目绝不著录者，此《今词苑》其一也。

《荆溪词》亦有之，尚不如此本之秘。此种总集所收，多诸家原集未收之作，又可据以校勘异字，往往有妙解，知此意者少矣。乙巳大雪后二日，黄裳记。

此《今词苑》三卷，余以果亲王府旧藏弘治刻《新安文献志》及《南村辍耕录》易得于朱遂翔，可谓珍重之至矣。阅市数年，仅见有此。丙申新正初三日记。

《今词苑》三卷，康熙刻。八行，十八字。白口，左右双栏。属阳羡吴逢原枚吉、陈维崧其年、吴本嵩天石、潘眉原白同选。前有康熙辛亥春暮同里徐喈凤竹逸氏序，阳羡陈维崧序，阳羡吴本嵩序、阳羡吴逢原序，阳羡潘眉序。次《今词苑姓氏》，凡一百另四人。次目录。板心下有“南磵山房”四字，当是汲古阁代刻之书。有旧人手批。卷一录徐士俊《菩萨蛮》词，题作“初三日与柳姬闲话”。其词云：“仙源隐者应如是，桃花引惹渔郎至。一笑不相亲，再来何处寻。　春城寒食句，青满章台路，休道柳如眉，月痕今似谁。”疑是为柳隐作也。

哂园杂录

今春杭估陈某携书一批来沪售余。皆出吴兴包氏，多奇零之本，无有完帙。余所获有《危太朴集》《马石田集》《河东先生集》，皆旧钞而经名家收藏，幸皆获完。而《粤游草》两册系吴枚庵手批校者。此册钞手颇旧而不知撰人，亦不知完否，书名“哂园杂录”亦仅从部叶得之。书不足重，聊资翻阅而已。辛卯二月廿四日，黄裳记。

此册所记多明清易代之际野史。漫阅一过，颇有可资考证之处。卷首吴平西条，记三桂事，大异他书。乃知此是异书也。重装前记。癸巳冬，小雁。

温哂园以《南疆逸史》有时名。此册当是长编札记之俦，世无著录。写手甚旧，康熙中物也。阅前跋，同时所得诸本皆已易米，只此册尚存箧中，不禁慨然。《马石田集》为曝书亭钞，前有渔洋手跋一叶，最佳。《河东先生集》为惠定宇家物，《危集》别无印记，一厚册，钞手亦旧。诸书皆有陈西畇印记，冬夜记此，以存鸿爪。甲辰腊月廿六日。

《哂园杂录》，旧钞本。钞白。十行，二十九至三十字。

半园唱和诗

今日午后，雨中无悝，访徐汇唐肆主人，于案头见四明卢氏抱经楼藏崇祯本《梦林玄解》二十许册，偶翻阅之，知书中以此《半园唱和诗》做衬，系康熙中精刻本，极罕传，遂发兴买之，手为揭下，竟获全书，并签条而有之，亦可欣幸矣。集中存金亦陶等凡十七人唱和之作，亦吴中一故实也。漫书卷端。壬辰正月二十日坐雨记，黄裳。

《半园唱和诗》一卷，题“孙锦荣编”。康熙精写刻本。十一行，二十字。上下黑口，四周双栏。前有横山叶燮题辞。开卷程文彝梓圃序引，略云：“余流寓吴门，割辟疆园之半以居，名之曰半园。”“己巳春日，杜门养疴，与金子亦陶唱和，得诗八首，题曰漫兴。以志闲居之乐，并以传示同志，属而和之。”和者金侃亦陶、朱陵望子、蒋浩曙来、汪言秋原、吴瑶象星、汪琥苓友、金上震东宰、劳澂在兹、顾蔼吉天山、侄枚吉汝谐、谢纮昭度、朱璿粲文、翁澍季霖、弟励云士、王声闻鸣九、吴元轼禹牧。

怀古堂诗选

此《怀古堂诗选》十二卷，康熙刻。牧斋序尚存。刊刻极精，旧为秀野草堂藏书，盖以中吴诗人重之也。九峰旧庐王氏藏书，散佚殆尽，岁暮天寒，又以百余种入市，余选得此本及祁彪佳遗集等五七种，所余精粹，殆无他种矣。跋此慨然。乙未十一月十二日。

邢孟贞《石臼后集》卷二有《酬杨明远寄怀古堂诗兼寄曰补》诗云："亦是衡门士，寸心有所期。郊扉常独掩，乐兴州府辞。昔我发早白，见子弱冠时。皎如雏凤姿，偃息梧桐枝。十年一相见，遂振风人辞。古调每自爱，新声恐见移。吴阊隔千里，远寄怀古诗。尔翁非齿茂，与我亦肩随。世已厌屯否，景多颓别离。如何云间翼，不睹一书遗。"卷四更有《陆墓访杨曰补即与道别》诗，写杨氏家居种种颇悉，有句云："几时光福山中住，大儿已自支门户。"即谓明远。时曰补五十许，以画易升斗，皆可于诗篇中见之。癸卯残腊十九日，晴窗曝日书。黄裳。

得此本后二十五年，更收曰补《怀古堂诗选》二卷、《游黄山记》一卷，顺治原刻，尚是虞山王乃昭旧物，书缘墨福，真为快事。庚申五月初九日，黄裳记。

《怀古堂诗选》十二卷，长洲杨炤明远撰。康熙写刻本。半叶九行，行二十一字。白口，左右双边。扉叶大书书名，上下题“何屺瞻先生鉴定　怀古堂藏板”。有“怀古堂”朱文方印。前有壬辰浴佛日蒙叟钱谦益杨明远诗引，辛卯冬日旧京友人顾梦游序。次目录。收藏有“顾印嗣立”（白方）、“侠君”（朱方）、“秀野草堂顾氏藏书印”（朱方）。

杨曰补二种

余旧藏杨明远《怀古堂诗选》十二卷，康熙精刊，为顾侠君藏书，知尚有无补此集，无从得见。七日前游吴门，于古书肆见此三册，惊喜逾望。尚是王乃昭藏书，有印记甚多。后附《游黄山记》一卷，刻尤疏秀。牧翁序后尚钤朱记，真名物也。上海图书馆有明远《怀古堂诗选》，后附此集，似其书为康熙中刻，附明远集后者，非此原集也。此集前有寿序、行状、墓志等，当是最足之本矣。原书二卷，为人挖去板心，改为上下卷，无知妄作，不知出谁手。乃昭与无补同时人，必不出此。乃昭印记都六七种，又“仆本恨人”一印少后，不知谁何。曰补与杨龙友、邢孟贞善，多有投赠之什，检读《石臼前后集》及《洵美堂集》，三人交往之迹，历历如见。明远集中亦有记文骢死事长诗，所存故实，皆人所未见。自梅村“夜半新林”之句出，文骢蒙谤三百年矣。行当勾稽故书，为之洗雪，庶不负异书之来也。庚申端阳前六日，灯下记。黄裳。

此本可贵在前存序、寿序、墓铭、诔文都七通。曰补与龙友交往之迹，历历可见。龙友死难，清初人集记之独少。

盖以与瑶草为姻娅，遂遭避忌。孔东塘写入《桃花扇》，以清客归之，事亦有据，然非龙友之真也。曰补救徐汧事，最可见龙友在乙酉弘光一局中真面。明远昭法只能隐约言之者，独详于法柄所撰传中。得此数文，龙友心曲乃灼然可见矣。曰补《哭龙友》二诗及明远《梦龙友》一诗，又邢孟贞一诗皆沉痛，亦真能传龙友者也。曰补与毛子晋亦故交，此集殆亦汲古阁所刻，子晋任刻资之半，见金孝章序。诗只存二百首，亦见金序。卷二有《为王乃昭赋乐饥篇》诗，而此书有乃昭名印甚富，当是当日刻成持赠之册。庚申五月初九日，灯下更跋。黄裳。

此杨曰补《游黄山记》，附《诗选》俱来者，然非一时所刻也。《诗选》毛汲古刊于曰补身后，此则当时游稿，刻于生前。文字佳甚。有钟谭之风调而无其险怪。造语遣词，皆颇经意。状难写之状，摩胸次所感，皆非通常套语。游黄山者多矣，诗文杂出，似此未易一二见也。他日当为流布之。月前游京师，闻李一氓先生欲以黄山旧记辑为一书，惜未见此。癸亥六月大暑前日，黄裳记。

曰补此游在壬申，崇祯五年也。文中“高皇帝”提行高出一字，是刻于明末也。板式疏古，亦一时风气。甲子正月重展记。

《怀古堂诗选》二卷，长洲杨补无补著。清初刻本。半叶九行，行廿一字。白口，单边。前有乙未立夏日虞山友人蒙叟钱谦益为序，钤“钱印谦益”（朱方）、“牧翁蒙叟”（白方）二印，俱朱钤。次已亥长夏耿庵金俊明序。次丁酉春日俟斋徐枋撰《隐君杨曰补先生六十寿序》。次男炤《先考处士古农府君行状》，次钱谦益《明处士杨君无补墓志铭》，次吴门法柄撰《杨隐君传》，次友弟金俊明纂《明处士古农杨君诔》。收藏有“乃昭氏”（白方）、“王印慎德”（朱白文方印）、“槐隐”（朱文腰圆）、“王氏乃昭”（白方）、“墙东小隐”（白方）、“乐饥”（朱方）、“安节后裔”（白方）、“一肚皮不合时宜”（白方）“书痴画癖”（白方）、“寄巢”（朱长）、“西山布衣”（朱长）、“虞山王乃昭图书”（朱方）、“乐饥”（朱长）、“仆本恨人”（朱方）、“古吴北郭潘惠字孟游别号鹭田书画记”（朱方）

《游黄山记》一卷，寒山杨补曰补著。崇祯刻本。半叶七行，行十六字。白口，单边。

默庵遗稿

此冯巳苍集，罕传本也。禁毁之余，藏书家无以之著录者。徐传是楼亦只存《北征》《浮海》二集耳。孝慈堂亦有此二集，注云，棉纸一册，当是初刻，刊刻尚在明末。此本当刊于康熙中，钱牧翁序犹存，唯后杂文二卷割去，不知尚有完本流传否。今日过市，于沈氏许见此，即论价携归，并记。壬辰二月初二日，黄裳。

卷中多有铲去之字，大抵皆违碍语也。然铲亦未尽，激楚之音，时复可见。文字之狱，百世之后，尤为凛然。更记。

得书后从肆中假得活字印本《常熟二冯先生集》，为燕谷老人张鸿所刊。所据即是此本，文阙，用传钞本足之。卷末有江南赤凤公子之廉跋，谓戊戌之岁，获之京师，归虞，遂付梓人，并题二绝句云：

> 烽火虞山十丈青，难凭草木吊诗灵。与君同此新亭泪，敢信天公遽不醒。
>
> 如此诗才薄玉溪，乐游原上望凄凄。中朝党祸犹连结，回首长城厌鼓鼙。

歸田詩話上卷

錢塘瞿佑宗吉著

鄉飲用古詩

古詩三百篇皆可絃歌以爲樂除施於朝廷宗廟者不可其餘固上下得通用也洪武間予忝臨安教職宰縣王讓北方老儒也歲終行鄉飲酒禮選諸生少俊者十人習歌鹿鳴等篇吹笙撫琴以調其音節至日就講堂設宴席地而歌之器用罍爵執事擇吏卒巾服潔淨者賓主懽醉父老嘆息稱頌儼然有古風後遂以爲常凡宴飲則用之如會友則歌伐木勞農則歌南山賀新居則歌斯干送從役則歌無衣待使客則歌皇華之類一不用世俗伎樂識者

归田诗话（169 页）

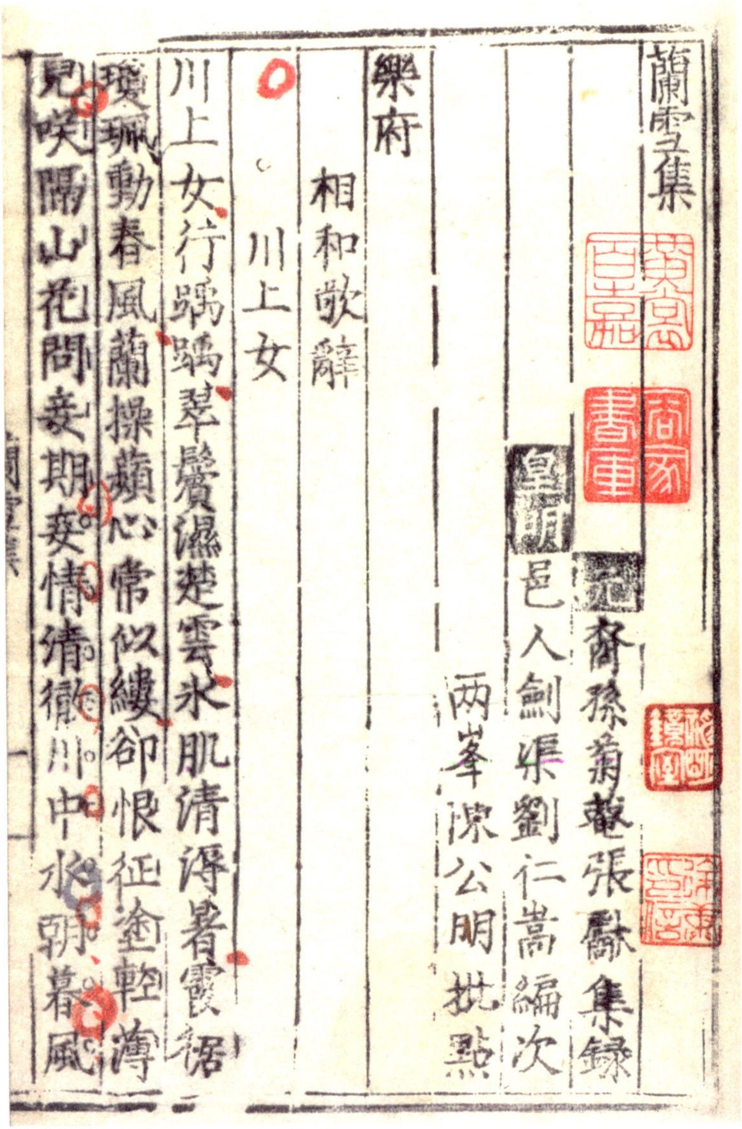

蘭雪集

元 裔孫翁菴張獻集録

皇明 邑人劍泉劉仁嵩編次

兩峯陳公明批點

樂府

相和歌辭

川上女

川上女行蹁躚翠鬟濕楚雲冰肌清溽暑霞裾璚珮動春風蘭操蘋心常似縷却恨征途輕薄兒咲陽山花間妾期妾情清徹川中水朝暮風

蘭雪集 一

兰雪集（嘉靖本，179 页）

养正图解（190 页）

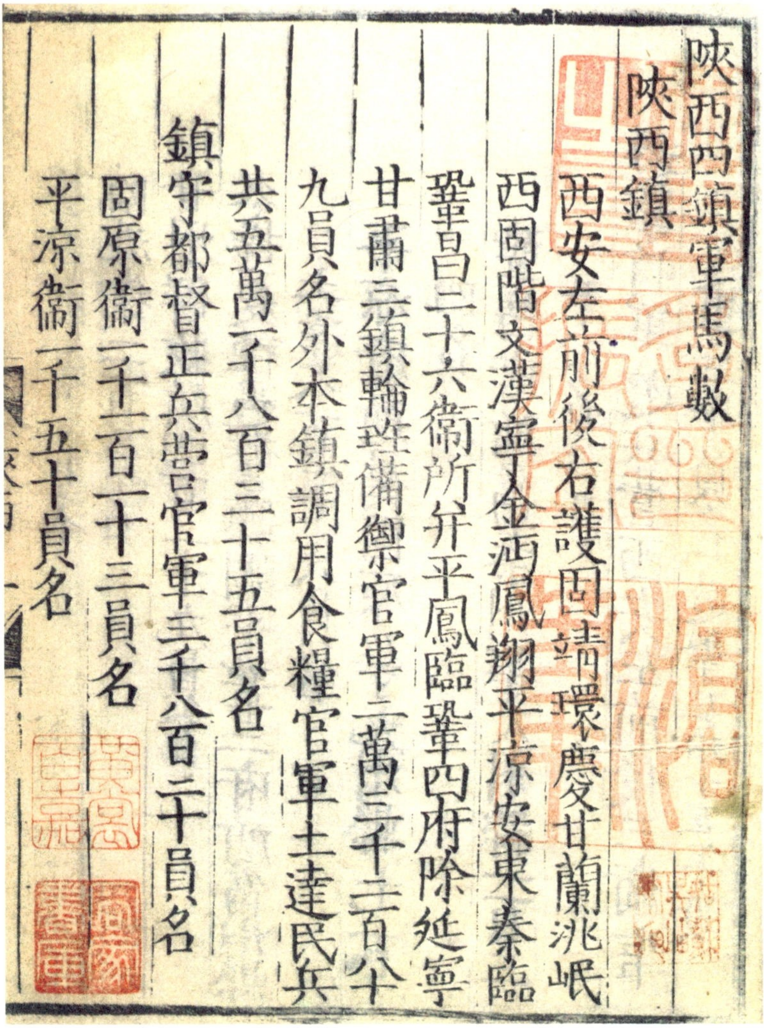
陝西四鎮軍馬數
陝西鎮
西安左前後右護固靖環慶甘蘭洮岷
西固階文漢寧金河鳳翔平涼安東秦臨
鞏昌三十六衛所并平鳳臨鞏四府除延寧
甘肅三鎮輪班備禦官軍二萬三千二百八十
九員名外本鎮調用食糧官軍土達民兵
共五萬一千八百三十五員名
鎮守都督正兵營官軍三千八百二十員名
固原衛一千二百一十三員名
平涼衛一千五十員名

陕西四镇军马数（192 页）

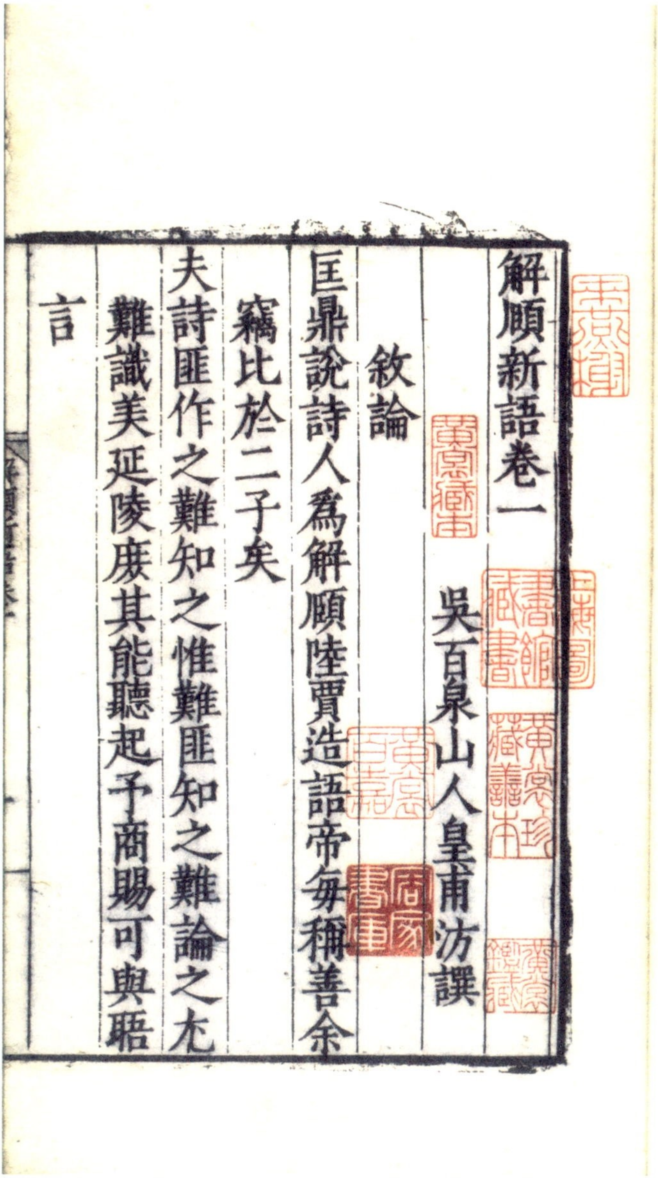

解頤新語卷一

吳 百泉山人皇甫汸譔

敘論

匡鼎說詩人爲解頤陸賈造語帝每稱善余竊比於二子矣

夫詩匪作之難知之惟難匪知之難論之尤難識美延陵賡其能聽起予商賜可與晤言

解颐新语（196 页）

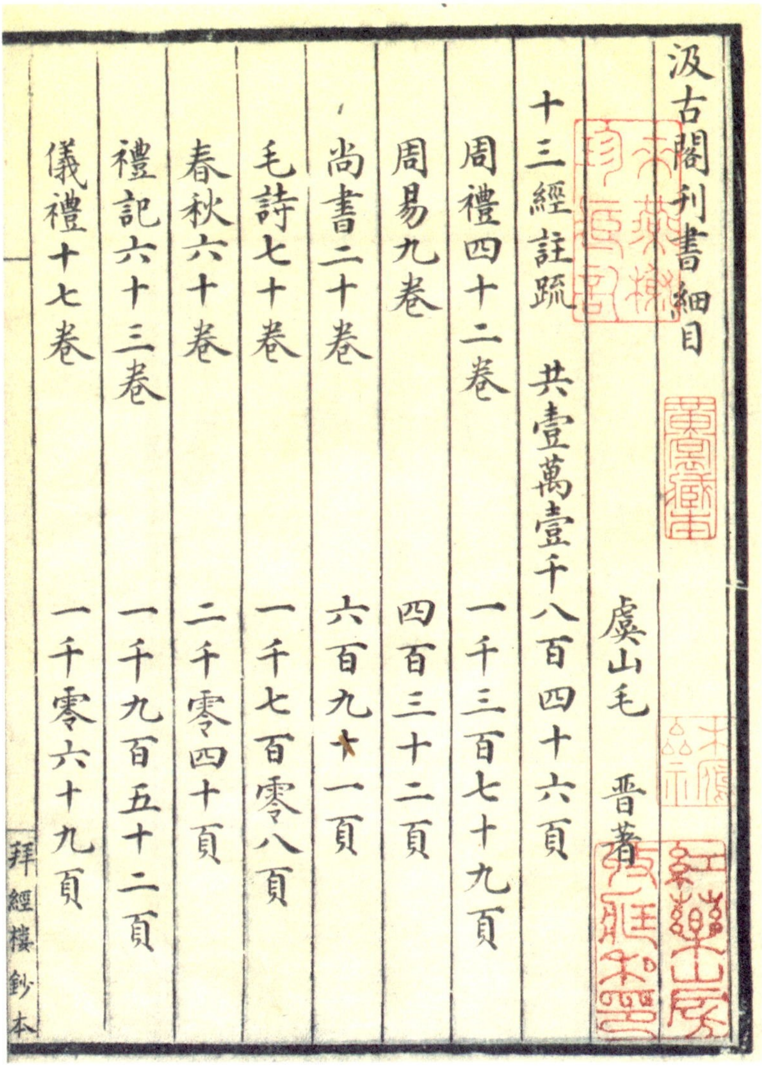

汲古閣刊書細目

虞山毛晉著

十三經註疏　共壹萬壹千八百四十六頁

周禮四十二卷　一千三百七十九頁

周易九卷　四百三十二頁

尚書二十卷　六百九十一頁

毛詩七十卷　一千七百零八頁

春秋六十卷　二千零四十頁

禮記六十三卷　一千九百五十二頁

儀禮十七卷　一千零六十九頁

拜經樓鈔本

汲古阁刊书细目（202 页）

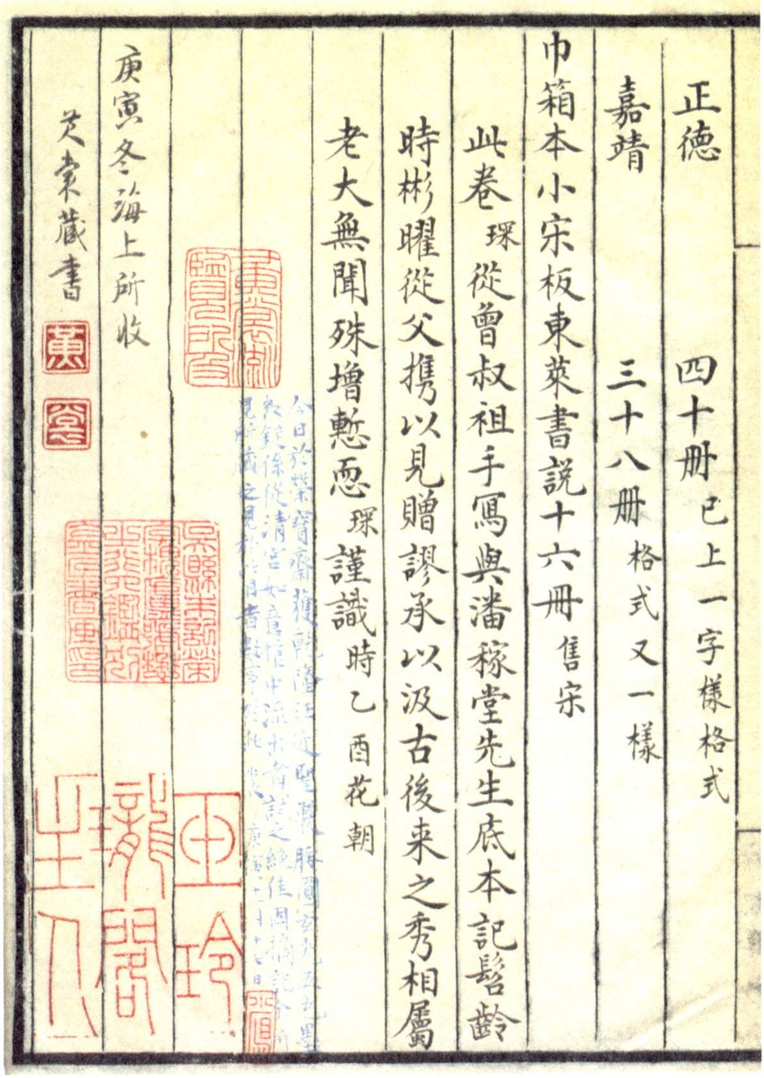
正德　四十冊　已上一字樣格式
嘉靖　三十八冊　格式又一樣
巾箱本小宋板東萊書說十六冊　售宋
此卷　琛　從曾叔祖手寫與潘稼堂先生底本記髫齡
時彬曜從父携以見贈謬承以汲古後来之秀相屬
老大無聞殊增慙恧　琛　謹識時乙酉花朝
今日於榮寶齋獲觀乾隆汪近聖製勝圖玄九五好墨
數錠係從清宮如意館中流出者誠之絕佳因摘記於
足所藏之見於此目者數帚於此　庚寅十一月十七日
庚寅冬海上所收
芝裳藏書

汲古阁珍藏秘本书目

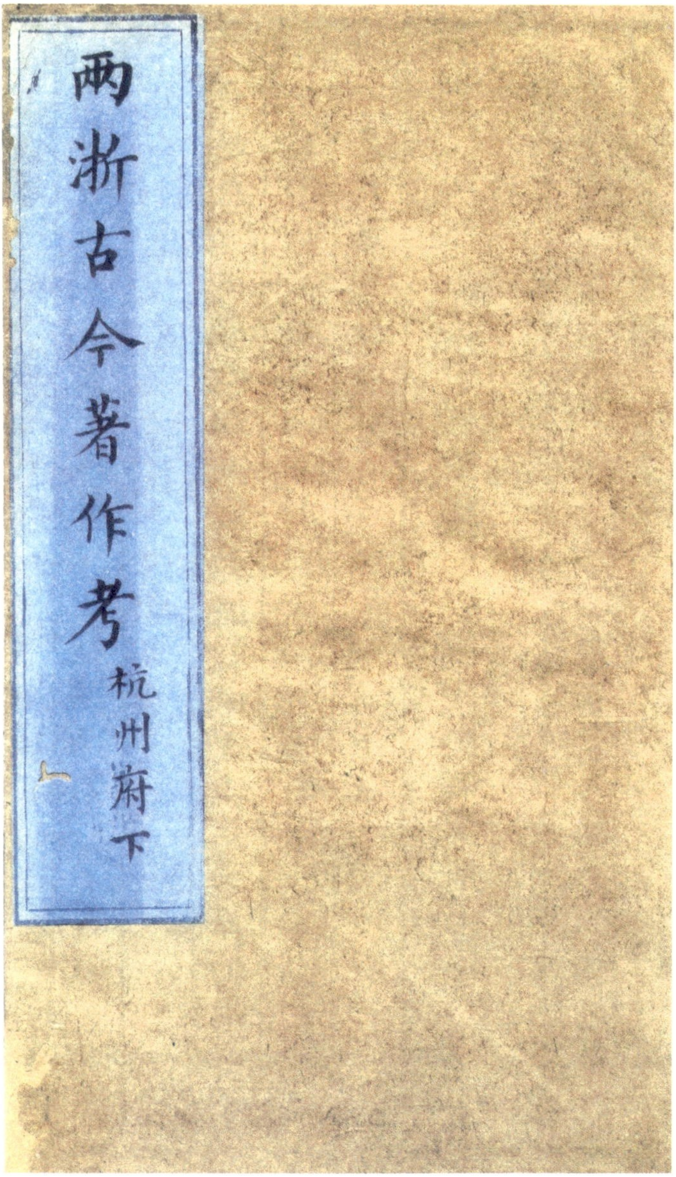

两浙古今著作考（206 页）

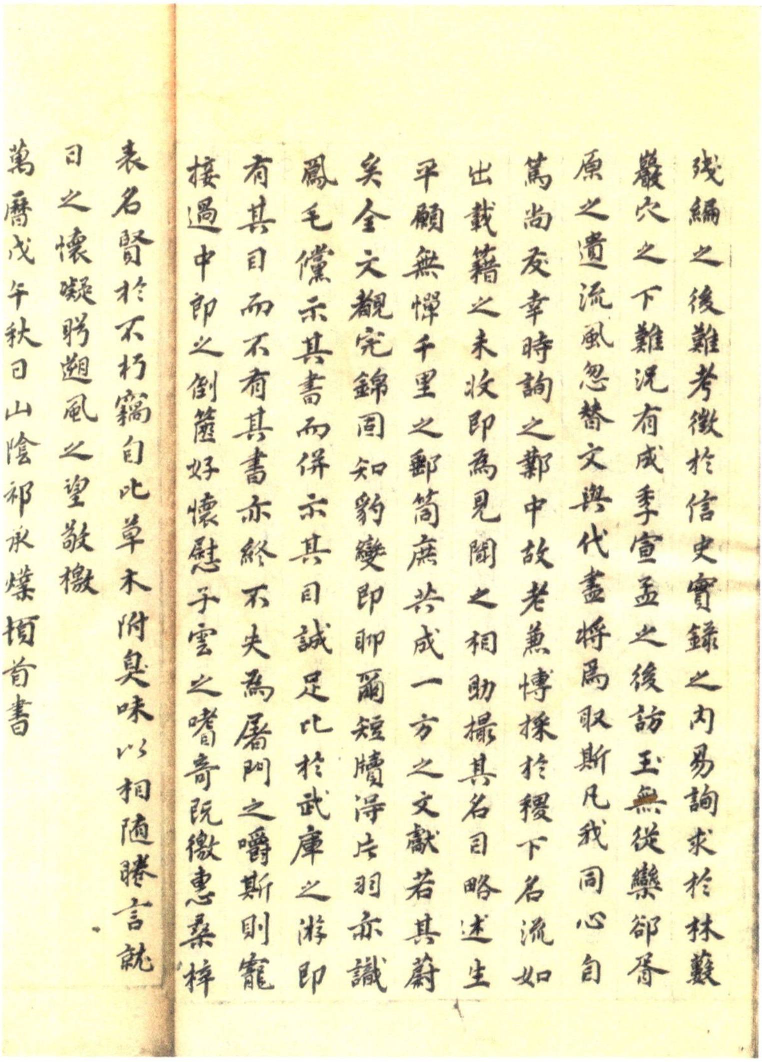
殘編之後難考徵於信史實錄之内易詢求於林藪巖穴之下難況有成季宣孟之後訪玉無從欒郤胥原之遺流風忽替文與代盡將焉取斯凡我同心自篤尚友幸時詢之鄉中故老兼博採於稷下名流如出載籍之未收即爲見聞之相助撮其名目略述生平顧無憚千里之郵筒庶共成一方之文獻若其蔚矣全文觀究錦囿知豹變即聊爾短牘得片羽亦識鳳毛儻示其書而併示其目誠足比於武庫之游即有其目而不有其書亦終不失爲屠門之嚼斯則寵接過中郎之倒屣好懷慰子雲之嗜奇既徼惠桑梓表名賢於不朽竊自比草木附臭味以相隨勝言就日之懷凝盼迴風之望敬檄

萬曆戊午秋日山陰祁承㸁頓首書

两浙古今著作考

绿窗小史（233 页）

绿窗小史

明状元图考（235 页）

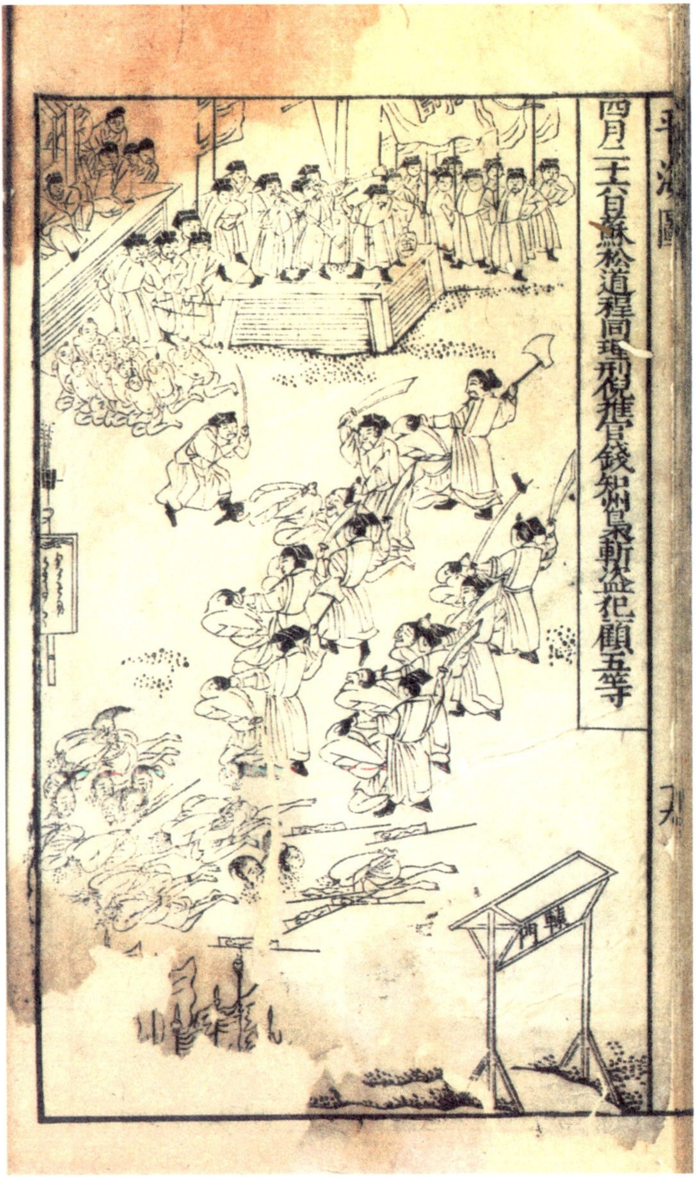

平海图（242 页）

平海图

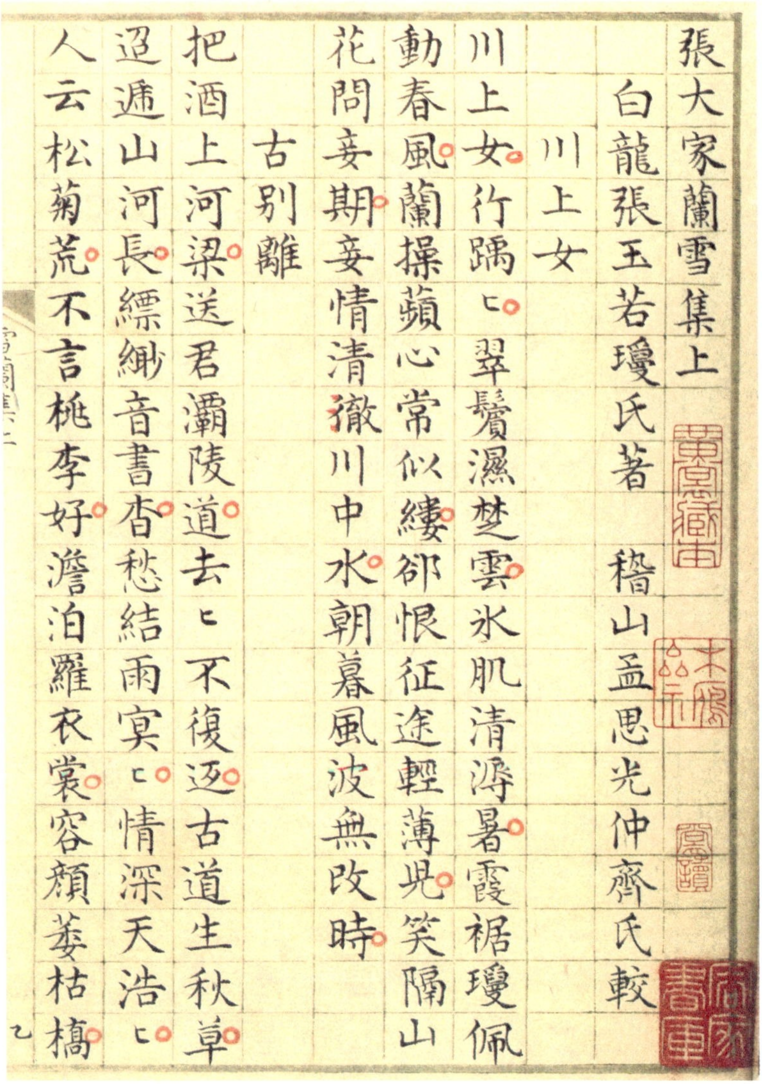

張大家蘭雪集上

白龍張玉若瓊氏著　稽山孟思光仲齊氏較

川上女

川上女竹踽々翠鬢濕楚雲氷肌清溽暑霞裾瓊佩
動春風蘭操蘋心常似縷却恨征途輕薄兒笑隔山
花問妾期妾情清澈川中水朝暮風波無改時

古別離

把酒上河梁送君灞陵道去々不復返古道生秋草
迢遞山河長縹緲音書杳愁結雨冥々情深天浩々
人云松菊荒不言桃李好澹泊羅衣裳容顏萎枯槁

兰雪集（鲍校本，246页）

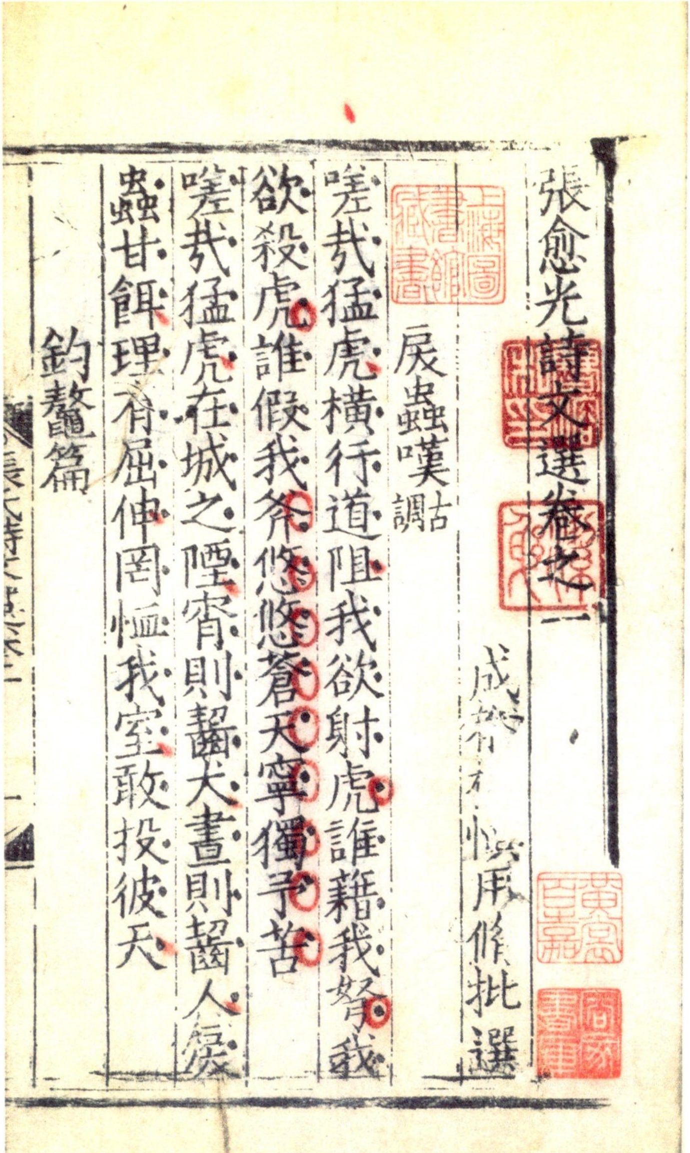
張愈光詩文選卷之一

成都楊慎用修批選

戾蟲嘆 古調

嗟哉猛虎，橫行道阻。我欲射虎，誰藉我弩。我欲殺虎，誰假我斧。悠悠蒼天，寧獨予苦。

嗟哉猛虎，在城之隍。宵則齧犬，晝則齧人。侯蟲甘餌，埋有屈伸。罔恤我室，敢投彼天。

釣鼇篇

张愈光诗文选（254 页）

縉雲先生文集卷之一

五言古詩

遊石龍偶成寺僧通首坐飽歷叢林歸老此山故詩多及之

飛泉撼琳球群山高崔嵬中有古道場紫煙籠觀臺石門不施閑榮辱自不來霜鍾鳴萬壑日出山霧開老僧挈筇籃上山復拾羹材歸煮南澗水至味謝塩梅食飽不下床法身充九垓破衲一甲子雲閑與徘徊我欲吐清語銘之古巖隈雲切戒多事勿聽龍為（作）媒為雨非不佳世間多塵埃預恐為雨罷歸來污蒼苔

友人惠酒殊佳用清光滑辣四字為韻以謝

六府萃百感攻愁須酒兵故人如我知侵月走雙䲢手裂絳泥

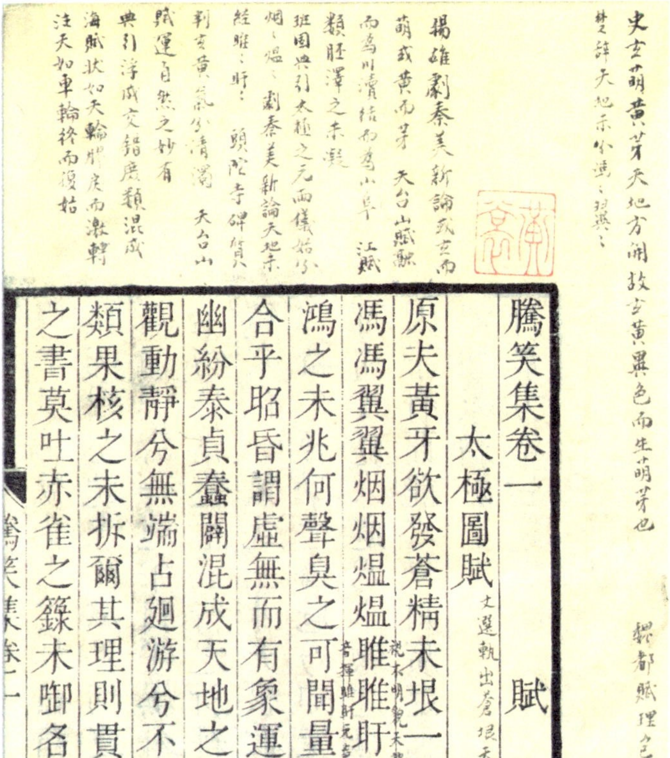
騰笑集卷一

太極圖賦 文選軌出蒼垠天畔也 音銀 賦 古體詩一

原夫黃牙欲發蒼精未垠一氣融結萬象胚渾馮馮翼翼烟烟熅熅雎雎盱盱綿綿分分既罷鴻之未兆何聲臭之可聞量則包夫淸濁質斯合乎昭昏謂虛無而有象運妙有而無鄰鴻靈幽紛泰貞蠢闢混成天地之先互藏陰陽之宅觀動靜兮無端占迴游兮不隔譬水車之恒轉類果核之未拆爾其理則貫一象實函三白麟之書莫吐赤雀之籙未啣名雖傳乎十翼義尚

騰笑集卷一

腾笑集（283 页）

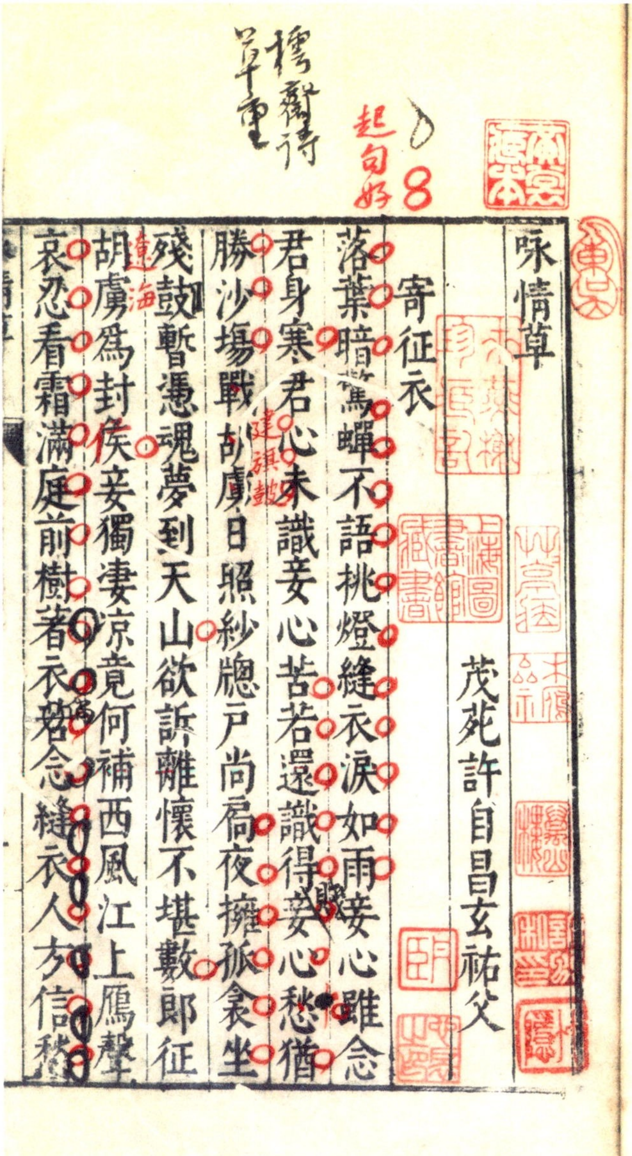

咏情草

茂苑許自昌玄祐父

寄征衣

落葉暗驚蟬不語挑燈縫衣淚如雨妾心雖念君身寒君心未識妾心苦若還識得妾心愁猶勝沙場戰胡虜日照紗牕戶尚扃夜擁孤衾坐殘鼓暫憑魂夢到天山欲訴離懷不堪數郎征胡虜爲封侯妾獨凄凉竟何補西風江上鴈聲哀恐看霜滿庭前樹著衣君念縫衣人歹信稀

咏情草（许自昌诗，264 页）

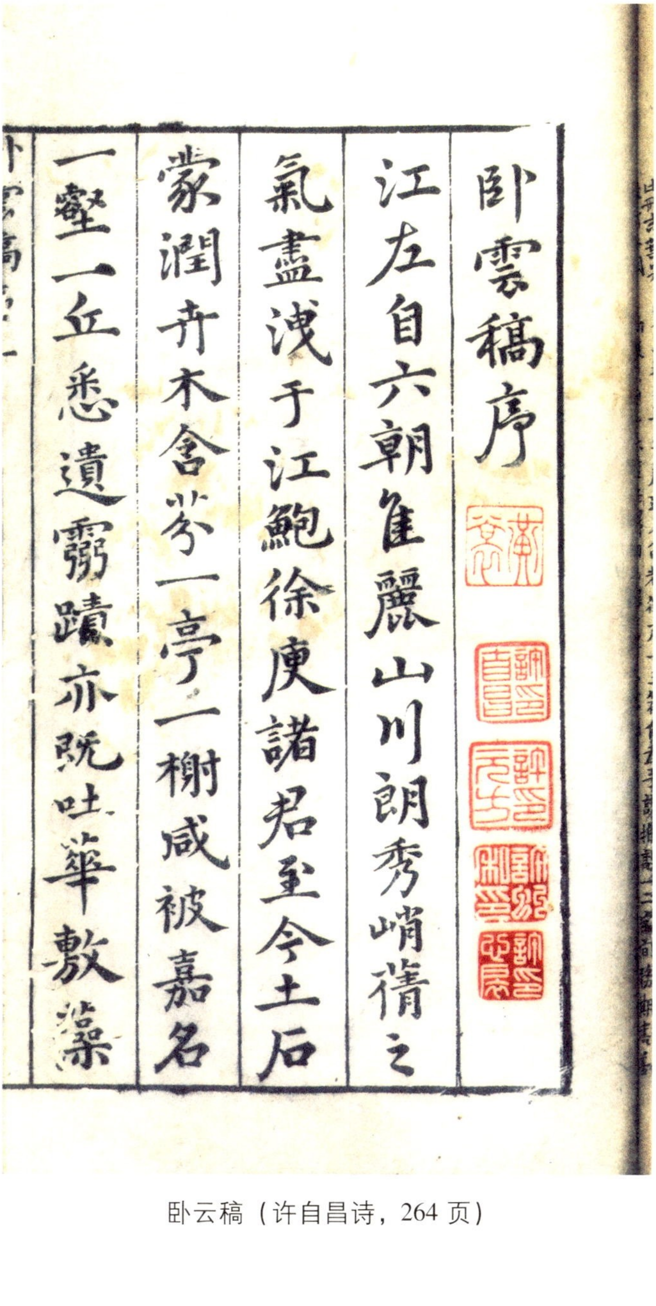
卧雲稿序
江左自六朝隹麗山川朗秀峭蒨之
氣盡洩于江鮑徐庾諸君至今土石
蒙潤卉木含芬一亭一榭咸被嘉名
一壑一丘悉遺霧蹟亦既吐華敷藻

卧云稿（许自昌诗，264 页）

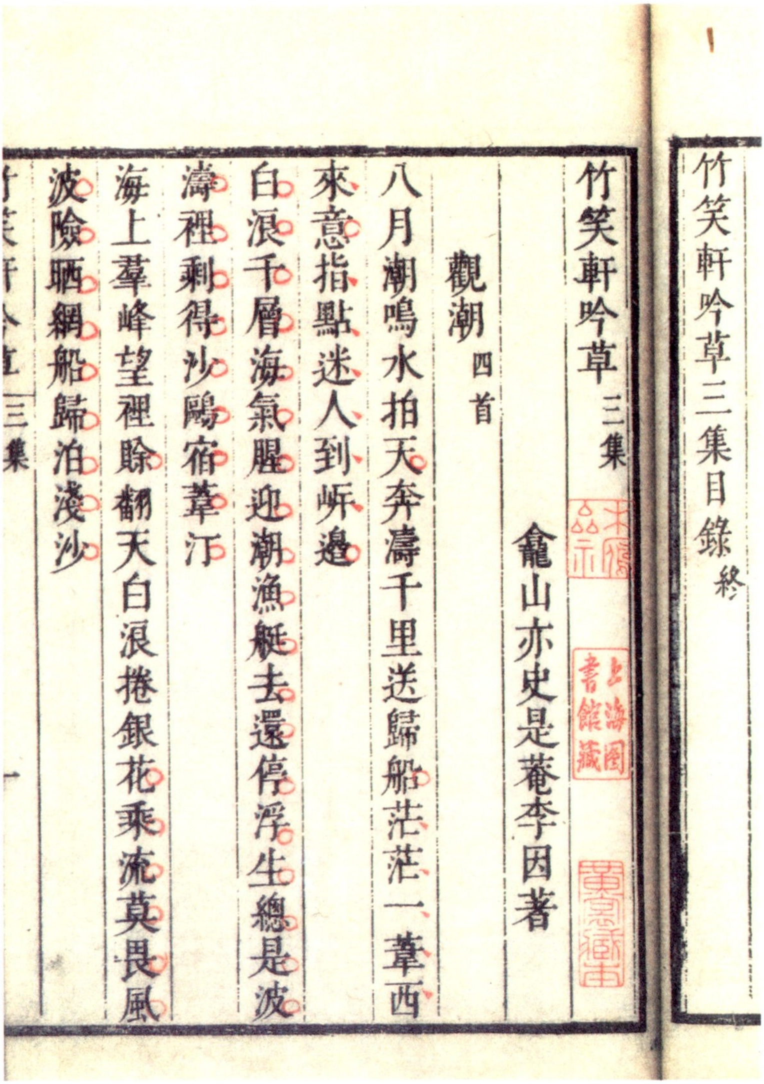

竹笑軒吟草三集目錄終

竹笑軒吟草三集

龜山亦史是菴李因著

觀潮 四首

八月潮鳴水拍天奔濤千里送歸船茫茫一葦西來意指點迷人到岸邊

白浪千層海氣腥迎潮漁艇去還停浮生總是波濤裡剩得沙鷗宿葦汀

海上羣峰望裡賒翻天白浪捲銀花乘流莫畏風波險晒網船歸泊淺沙

竹笑轩吟草（294 页）

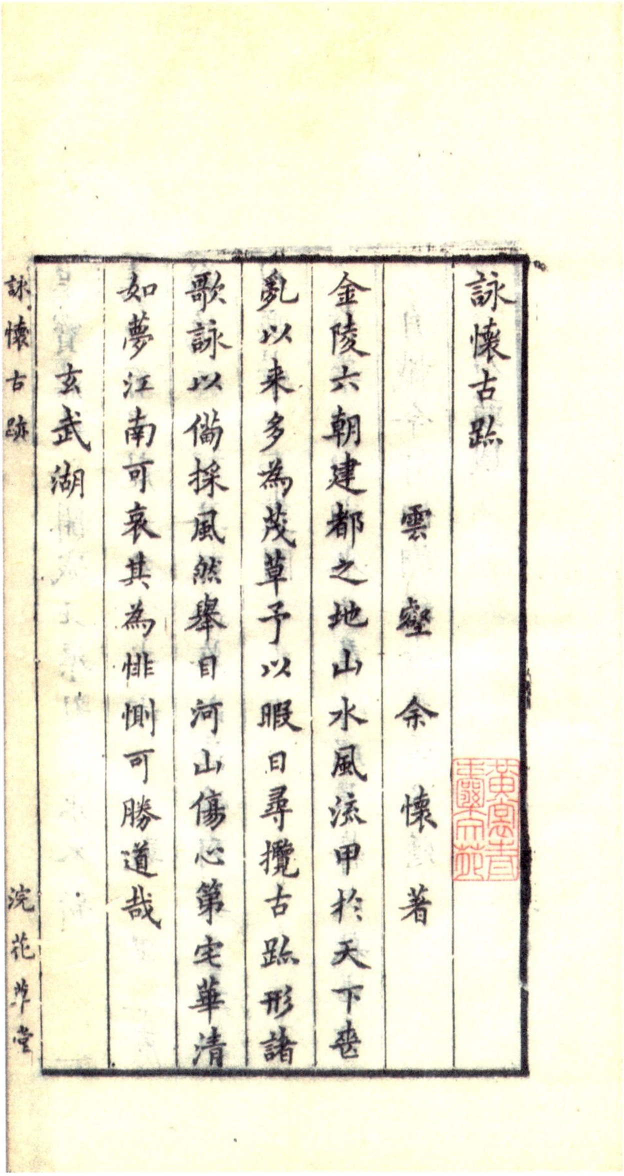

詠懷古跡

雲壑　余懷　著

金陵六朝建都之地山水風流甲於天下喪
亂以来多為茂草予以暇日尋攬古跡形諸
歌詠以備採風然舉目河山傷心第宅華清
如夢江南可哀其為悱惻可勝道哉

玄武湖

詠懷古跡　　浣花草堂

咏怀古迹（301 页）

七歌

江表　余懷

效杜甫七歌在長洲縣作

有客有客字船子，平生赤脚蹈海水，身経戰鬭少睡眠，功名富貴徒爲爾。自比稷契何其愚，非薄湯武良有以。嗚呼一歌兮歌激昂，日月慘淡無晶光。

其二

我生之初遇神祖，四海蒼生守環堵，旌旗杳杳三十年，金銅仙人淚如雨。皇天剥蝕國運徂，况我無家更

七歌（301页）

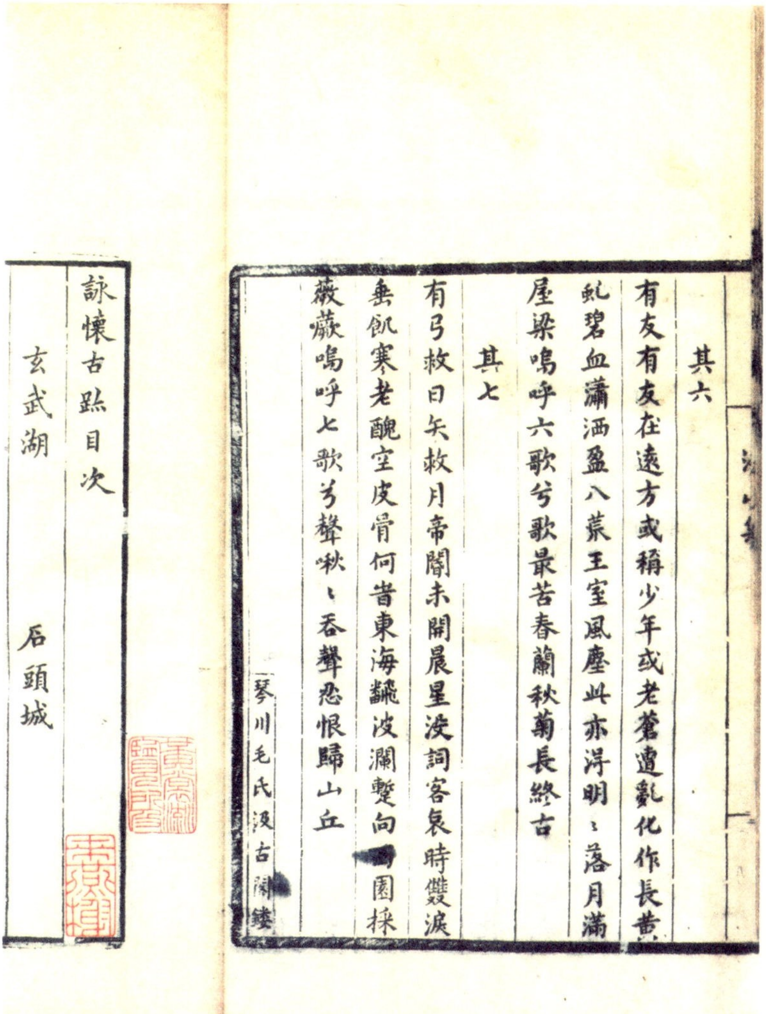

其六

有友有友在遠方或稱少年或老蒼遺骸化作長黄虬碧血瀟洒盈八荒王室風塵此亦淂明々落月滿屋梁嗚呼六歌兮歌最苦春蘭秋菊長終古

其七

有弓救日矢救月帝閽未開晨星沒詞客哀時雙淚垂飢寒老醜空皮骨何當東海鱗波瀾雙向[illegible]園採薇蕨嗚呼七歌兮聲啾々吞聲恐恨歸山丘

琴川毛氏汲古閣鏤

詠懷古跡目次

玄武湖　　石頭城

七歌

錢牧齋先生尺牘卷第一

賀黃陶菴

泥金報至爲之酌酒相慶喜制科之有人國家可收聖賢豪傑之用也此番英俊鋒出然必欲如先生與子壹者方可謂之真舉子方可謂之真得士此益之所以喜而不寐也伯申傳佳卷至真正經術大儒之文所謂永嘉之後復聞正始之音如此猶以常格見收南宮更不作第二人矣預賀預賀犬子童稚不能登堂叩首罪也何如皋比之席難乎其難尚賴先生指示耳一芹奉申燕賀幸哂存之

钱牧斋先生尺牍（334 页）

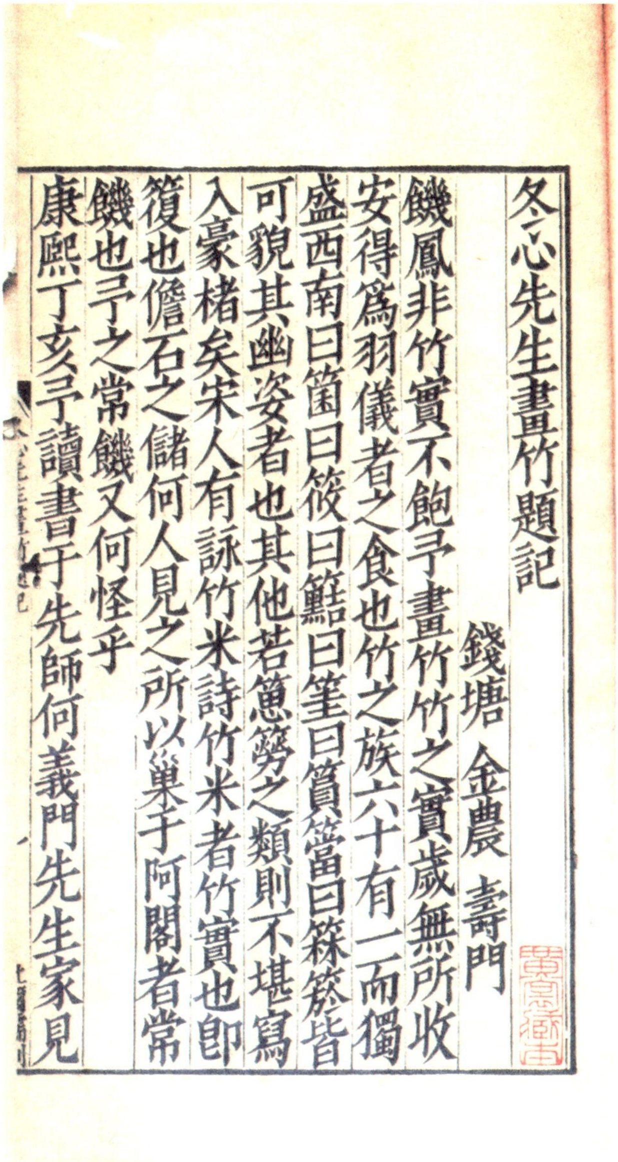
冬心先生畫竹題記

錢塘 金農 壽門

饑鳳非竹實不飽，予畫竹，竹之實歲無所收，安得為羽儀者之食也。竹之族六十有一，而獨盛西南，曰箘曰筱曰䈽曰筀曰篔簹曰箖箊，皆可貌其幽姿者也。其他若篻簩之類，則不堪寫入豪楮矣。宋人有詠竹米詩，竹米者竹實也，即箙也。儋石之儲何人見之，所以巢于阿閣者常饑也。予之常饑又何怪乎。康熙丁亥予讀書于先師何義門先生家見

冬心先生画竹题记（376页）

私史纪事

史禍紀事本末

七十有二范韓魏公謹述

癸卯史禍之獄，闔門被逮，上至七旬祖母，下及懷抱嬰兒，一家期親四十八口，羈獄中半載。至五月廿有六日，得賜昭雪蒙

聖天子浩蕩之恩，且錫典歸家，皆再生之日也。中間艱苦備嘗，咸可述而志也。余非默默也，蓋不忍言之爾。四十五年來，親友議論不一，互相謬傳，且好事

私史纪事（403页）

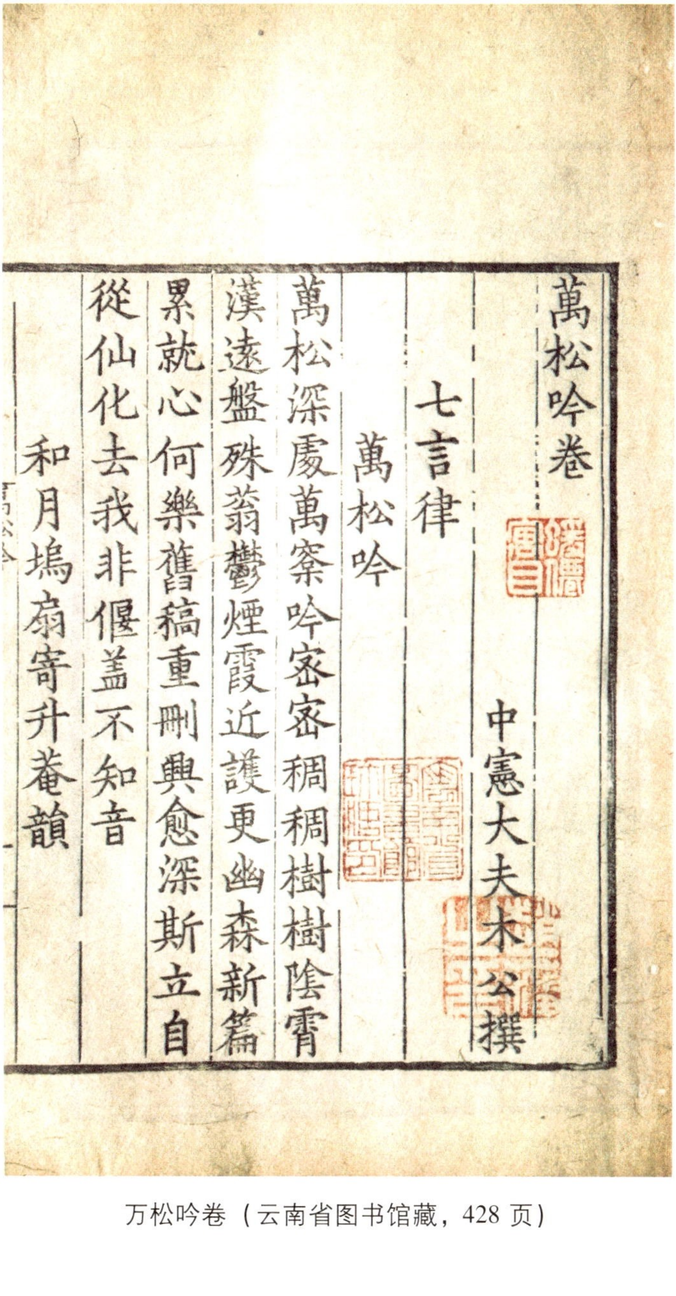

萬松吟卷

中憲大夫木公撰

七言律

萬松吟

萬松深處萬窠吟密密稠稠樹樹陰霄

漢遠盤殊蓊鬱煙霞近護更幽森新篇

累就心何樂舊稿重刪興愈深斯立自

從仙化去我非偃蓋不知音

和月塢扇寄升菴韻

万松吟卷（云南省图书馆藏，428 页）

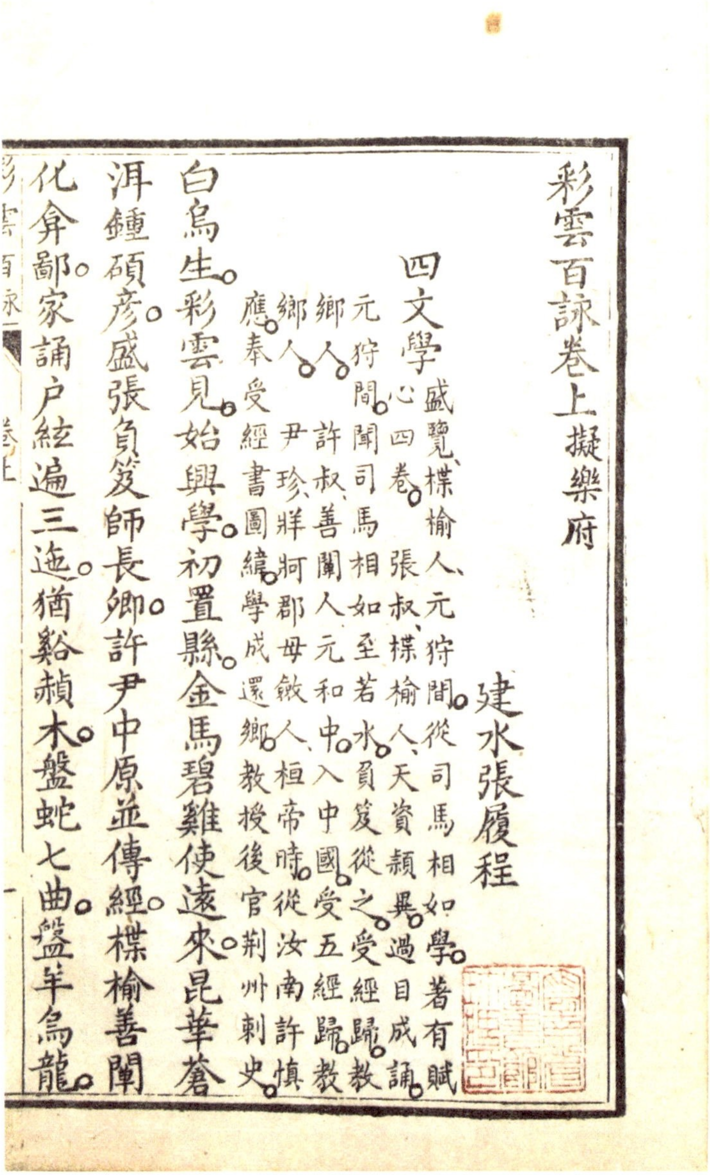

彩雲百詠卷上擬樂府

建水張履程

四文學

盛覽、楪榆人。元狩間。從司馬相如學。著有賦心四卷。張叔、楪榆人。天資穎異。過目成誦。元狩間。聞司馬相如至若水。負笈從之。受經歸教鄉人。許叔、善闡人。元和中。入中國。受五經。歸教鄉人。尹珍、牂牁郡毋斂人。桓帝時。從汝南許慎應奉受經書圖緯。學成還鄉。教授。後官荊州刺史。

白烏生。彩雲見。始興學。初置縣。金馬碧雞使遠來。昆華蒼洱鍾碩彥。盛張負笈師長卿。許尹中原並傳經。楪榆善闡化弇鄙。家誦戶絃遍三迤。猶谿賴木。盤蛇七曲。盤羊烏龍。

彩云百咏（云南省图书馆藏，452 页）

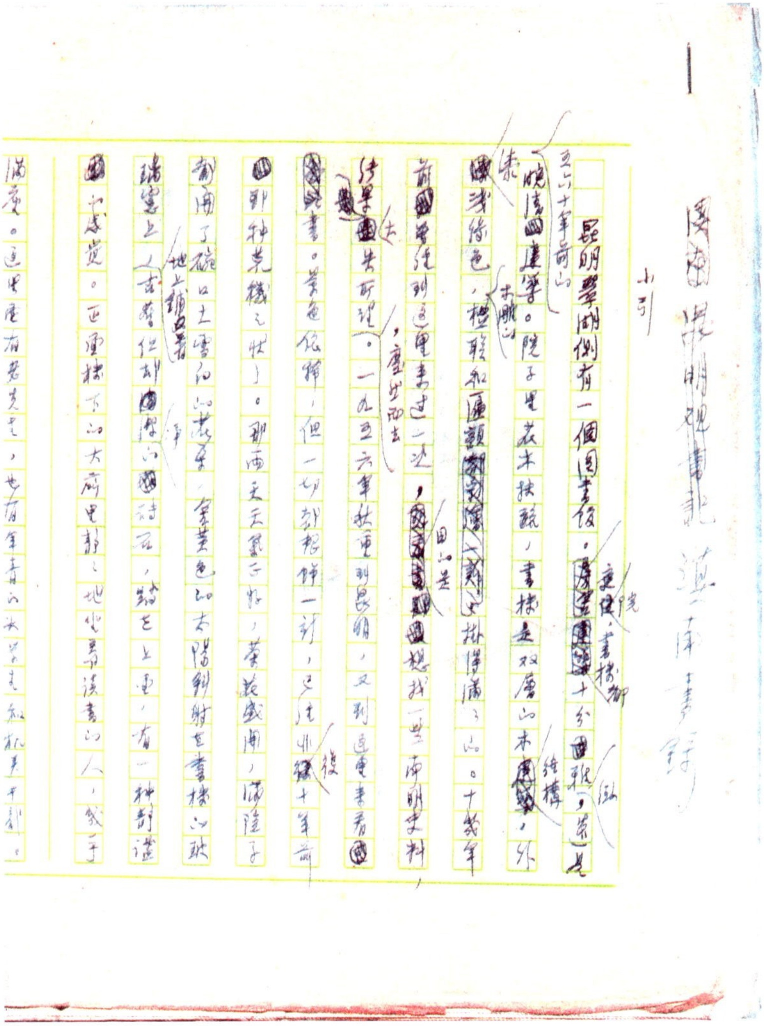

《滇南书录》手稿之一

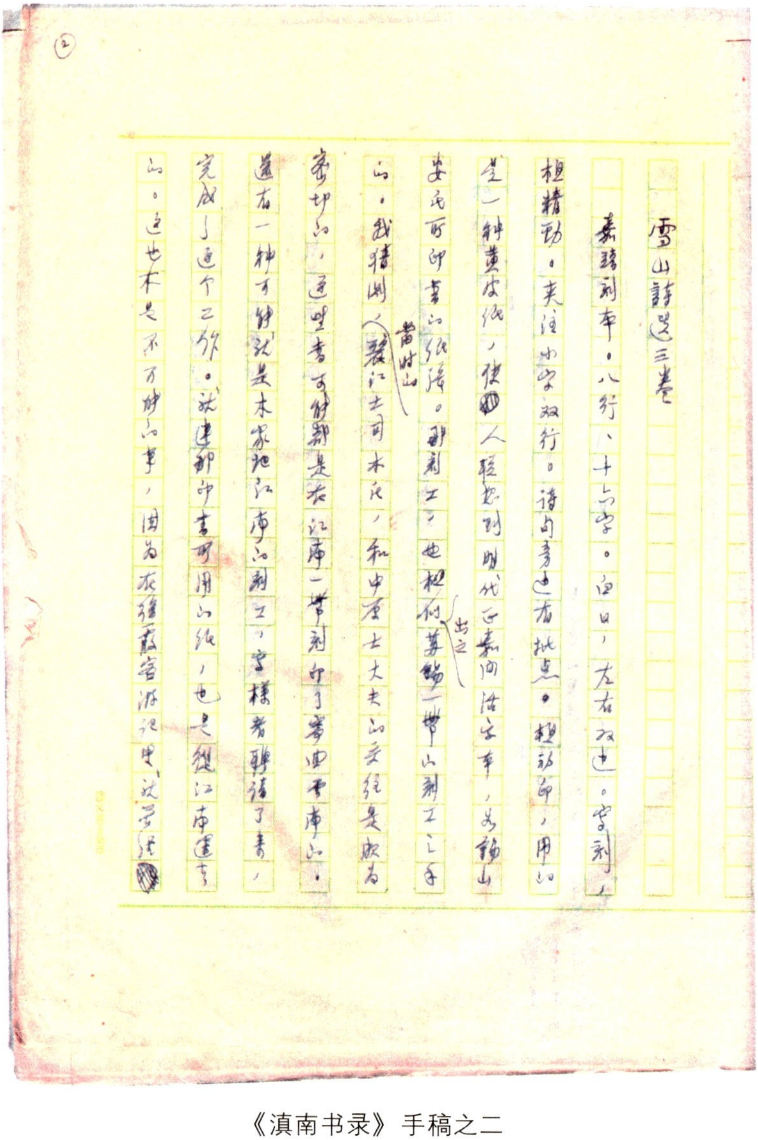

《滇南书录》手稿之二

燕谷老人云，景芝刻此集时，系以二绝句，即前诗也。嗣汪柳门侍郎见之，怵以党祸之将起，非世家子弟所宜出，弢夫严命毁板，景芝不从。或缺一叶，或截去后一截句。今景芝已逝，余亦衰老，重印《二冯集》以践宿诺，信笔补志，不觉泫然。是景芝先曾据此残本刻诗八卷，活字本始为全书也。更记。

《默庵遗稿》十卷，存卷一至八。长乐冯舒巳苍撰。康熙刻本。十三行，二十二字。白口，左右双边。板心下有“世豸堂”三字。前有蒙叟钱谦益序。次冯巳苍传。次总目。

钱牧斋先生尺牍

此康熙中刻《牧翁尺牍》三卷，当与归有光尺牍合刻者，得于吴下琴川书店，携归桃花坞妇家，漫阅一过，颇存故实。与子晋、遵王札各存数十通，其中颇道牧翁居乡情事，《杜诗小笺》之刻，其本末亦详记此中。欲见明时大老乡居种种，殆非于此中索之不可也。后十日更于琴川店中买得钱孝修稿本《穷愁漫语》，用怀古堂绿格纸，是皆可喜，因并著之。甲午七月廿一日，黄裳。

此《牧斋尺牍》三卷，系与归氏尺牍合刻者。刊刻颇精，更极初印。诸札《初学》《有学》二集俱未之收，颇存钱氏故事。论事知人，此种最妙，往往能见真性情也。乙巳八月廿五日漫记。

近日欲捉笔为《鸳湖记》小说，记吴来之、周玉绳故事，而以钱柳因缘入之，或亦琐琐可观也。因日翻故籍，以觅资粮。箧中无牧翁集，无《虞阳说苑甲编》，旧钞《湖上草》亦于数月前弃去，而此二册尚在。漫阅一过，颇得其益。清晨坐雨，研朱读之，惜无暇从容为此胜业，念之闷损。壬寅五月十一日书。

此书卷二有致毛子晋书四十六首，而致毛奏叔者只四首。是子晋逝后，与毛氏关系浸疏也。牧翁《手校汉书题记》云：“毛子晋邑中富人也，乱时曾有小德于余家。往年死，余不吊。是日葬于戈庄，因一行，以尽故旧之情。然子晋尚以财自豪，今诸子又不逮，将来毛恐不昌矣，嗟乎！”此跋缪艺风《云自在龛随笔》有记，云“此钱牧斋、毛子晋师生间利尽交疏也”。其言不为无因。

卷一有与王贻上书四首。其一云：“荆妇近作当家老姥，米盐琐细枕籍，烟熏掌簿，十指如锥，不复料理研削矣。却拜尊命，惭惶无地。”此答阮亭索河东君和诗之言也。渔洋《秋柳》诗成，自甚得意，遍请海内诗人和之，不忘钱柳。《秋柳》诗眷怀故明，牧斋于郑延平方率师薄金陵败后，何敢命笔。又一书云：“《秋柳》新篇，为传诵者攫去。伏生已老，岂能分兔园一席，分韵忘忧。白家老媪，刺促爨下，吟红咏絮，邈若隔生。无以仰副高情，思之殊惘惘也。”是渔洋曾一再请而终遭婉拒也。然因此得留河东君一二行迹，亦可珍重。壬寅五月望前一日，灯下记，黄裳。

《钱牧斋先生尺牍》三卷，康熙刻。十行，二十字。上下黑口，左右双边。卷尾有“虞山如月楼刊”双行牌记，又“顾氏藏本”图记。

符山堂诗

此残本《符山堂诗》二册，余得之传薪徐绍樵许。当尚有两册，闻在郑西谛许。郑公远游北平，最近无由得见，他日把臂，当向之索赠也。三十八年三月廿日，黄裳记。

此明末作者，所与倡和有刘同人、谭友夏、于奕正、陈章侯，颇存故实。刊刻亦在清初，佳书也。壬寅小除夕书。

此集十余年前得之徐绍樵许，失七言律以后数十页，幸目尚存，得知梗概。性符为张弨力臣父，诸生，为复社眉目，卒于崇祯末。此集所与倡酬，有陈老莲、刘同人、谭友夏、于奕正，曾及《帝京景物略》。诗颇清健，无多故实。刊刻绝精，为力臣手书上板。遇“钟陵”“皇祖”字样皆空格，刻行当在清初。力臣手书付刻炎武《音学五书》亦精，尚有传本，此则绝无仅有矣，大可珍重。徐贾得淮上人集甚富，皆残册，皆以重直归余。忆同得尚有邱迵《翼堂诗集》孙一致《世耕堂诗集》等，皆残册，亦皆罕传。己酉二月十三日重跋。

《符山堂诗》，清初刻。不分卷，以分体各为起讫。半叶七行，行十八字。属“淮阴张致中性符著”。每卷尾有“男彀、弨、弧较梓”一行。前有全目。

蘧庐诗

今日过严阿毛许，为观清初刊《封神演义》也。系四雪草堂本，索价奇昂，遂未与论价。架上有康熙刊本蘧庐诗，以廉直易取以归。会陈乃乾君步入，叹曰：此亦佳书，十年前当值银饼十二枚。鸣呼，此日书价贱如泥沙，似此皆论斤之物。阅之兴慨。辛卯十月廿七日，黄裳。

此本得之严阿毛许，于今七年矣。阿毛之逝亦已四年。得此本时其价甚廉，陈乃乾见之叹曰：此书之直如在十年前当为银饼十二元。陈君固曾为书店经理者，宜其有此言也。此日书价更低，故书亦绝迹，此论亦无人更发之矣。噫嘻。己亥三月记。

《浙江采集遗书总录·癸集》收之。引沈德潜语曰，子蘧为求仲子。求仲为汤霍林所累，不无失身之讥，子蘧终身抱憾，时时饮泣云。辛丑八月廿四日晨窗记。初得此已十年前事矣。

张秋水《冬青馆甲集》卷六有《书诗兼逸集稿本后》一文，言“从拾香草堂借得此稿本两册，所选共廿二人，各系小传，绝无头讫，唯题明诗兼逸集而已。按蘧庐为吾湖明状元韩求仲少子。乙酉后，以兄茂贻之祸，避迹栖贤山中，杜门谢客，撰《诗兼》时年几八十矣。后严大令海珊怀人诗注，言《诗兼》乃其嗣怡园续成之。则蘧庐存日，固未有完书，即怡园之续，亦未见刊播。吾友杨秋室修校《吴兴诗录》，曾就沈舱翁《湖州诗摭》及是册采掇，今书内有涂乙处是也。然其题曰逸集，疑又刊落之余，不入正续两集。故开卷即为严石嫛、魏白衣，其不录可知矣。蘧庐尝以近刻寄李秋锦，秋锦报诗云：家仍吏部文章裔，手续冬郎甲子编。必非此书也”。观秋水所记，似亦未尝见此刻者。集中《七十自寿诗》自注云：“余选《近诗兼》，自启祯迄今，百有余家，家各有叙，又辑《明诗兼》，搜罗颇广。”《诗兼》大略见此。秋锦所得蘧庐寄赠者，亦是此本，三百年来，湮沉久矣。今夜酒后翻阅藏书，偶及秋水此记，为之快甚，因更跋此，以记墨沈因缘。辛丑寒露日，来燕榭灯前记。

《蘧庐诗》，不分卷，以诗体分别部居。吴兴韩纯玉子蘧著。九行，二十一字。白口，左右双边。板心下有“凤晨堂”三字。前有“康熙甲子七月上浣蘧庐居士书于德未暮斋”自序。次目录。感遇诗有“心长发短，为之奈何”句，又断句如“天荒地老人如旧，浊世何妨心太平”，“年来莫下新亭泪，事去空怀杞国忧”，遗民心事如见。内兄陈之遴自辽左还朝，有诗寄之。癸酉七十自寿诗云“年年空说俟河清”，语皆刻露，不入禁网，幸也。

巳畦集

此横山叶星期集二十二卷，康熙二弃草堂刻，旧藏东山刘蓉峰家，初印精善，传本甚稀。偶得之书林架上，可喜也。《原诗内外篇》四卷今佚。检旧目知同时尚刻有诗集十卷，附残余集，皆燮撰。《午梦堂诗钞》则沈宜修、叶纨纨、叶小鸾撰也。不知能再遇否。此名书也。星期生丁甲乙之际，投老空山，所往还者皆胜国遗民，集中存诸老故实甚富，大可寻扯。余爱读明清易代时书，得此不啻收一珍珠船也。近来旧本日稀，即偶有之亦不可见。今日天雨过市，见此四册书杂厕恶刻丛中，亟拔之出，亦书缘也。丁酉寒露前十日灯前坐雨题记。

戊戌重阳日，雨窗重阅，匆匆得此已一年矣。此一年中风雨如晦，世情甚恶。唯仍不废丹黄，积习殆未易除也。

余旧藏二弃草堂本《巳畦集》，后附《原诗》四卷佚去。前日去吴下观书，于架上见此《原诗》四卷，为之眼明。此为初刻宋体字本，尚早于《巳畦集》之刻。题里贯作“嘉善”而非“吴江”，是可珍矣。壬戌重阳前日，黄裳记。

《巳畦集》二十二卷，吴江叶燮星期撰。康熙刻。十行，十九字。白口，四周双边。板心下有“二弃草堂”四字。前有康熙甲子自序。次总目，每卷前亦有目。收藏有“传经后人”（白方）、“蓉峰”（白方）、“花步刘氏家藏”（朱长）、“曾在东山刘惺常处”（白长）、“花步寒碧庄印”（白长）、“传经堂鉴藏”（白长）“彭城伯子”（朱圆）、“空翠阁藏书印”（朱长）、“传经堂印”（白方）、“蓉峰氏”（朱圆）、“臣恕私印”（白方）、“寒碧庄章”（白方）。

《原诗内外篇》四卷，嘉善叶燮星期撰。康熙刻。十行，十九字。上下黑口，四周双边。板心下有“二弃草堂”四字。扉叶大题书名，又“杂说嗣出”四字。收藏有“家树私印”（白方套边）、“平江谢氏望□楼藏书印”（白长）。

读书堂诗集

此汪无己《读书堂诗》，写于康熙中，墨格精写，当出家藏稿本，诸家俱未著录。张匠门序称曾刊为七卷，亦不知果有其书否。《匠门书屋文集》中亦不载此序，不知何以删之。丁酉惊蛰前二日收并记。

此集曾见于北平图书馆善本乙目，雍正刻本，题汪日祺撰。日祺殆是景祺初名。雍正三年，景祺，以《西征随笔》案立斩枭示，妻子发遣黑龙江，给与穷披甲为奴，期服亲兄弟侄辈俱发遣宁古塔，是汪氏兄弟俱以文字狱而身死流徙也。此集撰于康熙中，有竹垞、西河、匠门诸序，今检毛、朱、张氏本集，题序俱已削去。文网之密，凛然可畏。此钞似尚在付刻以前，天壤仅存，弥可重矣。丁酉春分后一日更跋。

昨日取此集通读一过，知此集即汪景祺撰。此集有《放歌行》，有句云，“岁在壬子十二月，汪生忽到人间来”，是生于康熙十一年壬子腊月，下推至雍正二年，正五十三，与《西征随笔》前序正合。可证无己即霦次子。至《杭郡诗辑》书成在年狱之后，遂去其名。受祺或无己弱弟。此集诗纪年始见者为康熙三十六年丁丑除夕，终于四十年辛巳七夕，前后凡六七年。又无己于其时已刻集八卷，曾呈竹垞，有诗存此集中。章藻功序亦称“卒读全编，合观六卷”之语，大受序更云“刻所著诗七卷成”，凡此皆旧刻三十以前诗，非此集也。集中存康熙庚辰湖上陪竹垞、西河两先生游宴诗不少，按之《曝书亭集》，一一俱合。竹垞集卷二十有诗题云“八日汪上舍□□招同诸公夜泛五首”，其无己名已挖去，当是雍正三年以后印本之证。因知年狱兴后竹垞、匠门诸集亟亟削去与汪氏往还之迹，非无故矣。己亥落灯前日，雨雪初霁，晴窗沐日记。

昨日过市，更检《曝书亭集》之初印本，知所削去者为“日祺”二字，是可定此本即汪日祺撰，后乃更名“景祺”也。又检康熙刻《梅会诗人遗集》李琇瑑亭《道南堂诗集》，有《秋感次及门汪无己韵二律》。其一诗云：“飞扬跋扈少年场，老去从前莫较量。冷月一钩寒绛帐，新炊几度断黄粱。寻山常负秋如锦，对镜堪怜鬓已霜。倘得荷锄归计稳，绿阴深处结茅堂。”雍正初大狱数作，清初诸老集中有关故实几全削去，幸留一二，翻检得之，不能不珍惜也。己亥正月廿三日更记。

此集中有与查德尹投赠诗不少，然遍检《查浦诗钞》，却无一字道及无己，仅有《题汪无亢濯足图》一绝，则无己大兄也。德尹集之刻，亦在雍正中，在日祺得罪之后。刊书敬慎如此，终何益乎？己亥春分前一日漫书。

景祺诗颇不凡俗，自是湖上诗人一作手。时有故国之思。有《读屈翁山诗集》诗，句云：“荒朝余烈士，兴代有顽民。”“未谙新礼乐，惟痛旧山河。”此集幸不为新朝君臣所见，其违碍殊不下于《西征随笔》也。又有《观秣陵春、燕子笺杂剧》诗，其一云：“风流演出秣陵春，文学曾为旧侍臣。一自鹤书征去后，凄凉帘下唱歌人。”为吴梅村作也。又《舟次虞山过牧斋先生故居》四绝，亦是名作：“影堂深树雨萧萧，苔闭重门久寂寥。管领眼前新俎豆，不堪回首望南朝。”“廷野争传谢傅名，出山可是为苍生。疏桐叶落空阶月，疑是尚书旧履声。”“望省楼中属望劳，老成旧德领仪曹。尚方亦有宫衣赐，试展遗图看锦袍。”“燕许文章屈宋才。岂无麦秀黍离哀。余生且缓须臾死，为录成仁事实来。（原注：先生有《成仁录》，载死事诸臣甚详）。”钱吴评价，在清初如此。

此卷二十四年前抽得于书肆架上。时老书估孙实君在侧，余告之此是《西征随笔》作者清钞底稿，虽不著撰人姓氏，观书口集名可定也。孙大惊，随口骂徐绍樵不知书，草率定价。其事甚趣，重展记之。辛酉十二月初一日，黄裳记。

《读书堂诗集》二卷，不著撰人。康熙刻，黑格纸，板心有“读书堂集”四字。半叶十一行，行二十一字。上下黑口，左右双边。前有康熙辛巳五月小长芦朱彝尊序，七十七老翁毛奇龄初晴氏序，章藻功序，张大受序，吴廷桢、王誉昌题词。

大山诗集

此刘大山诗集五卷二册，康熙刻。见于来青阁，即买之归。书自甬上来，《四库》未收，诸家亦无有著录之者。明清易代诗人湮沉者多矣，安得一一见而著录以为治史者一助乎。丁酉四月十一日，雨窗记，黄裳。

甬上谢为雯《春草堂文约》有《江浙两大狱记》，其一即桐城方氏狱，略云："学士方孝标与丁酉江南主考方猷有私，去官遣戍，三年逢赦归，入滇，受吴逆伪翰林承旨职。及吴逆败，孝标投诚，得不死。著《钝斋文集》《滇黔纪闻》，称弘光、隆武、永历为帝，削本朝年号，刊刻行世。翰林戴名世见而喜之，遂著《南山集》《孑遗录》，语皆悖逆。尤云鹗、方正玉捐资剛刻。方苞为之藏板。由是同官汪灏、方苞、尤云鹗、方正玉、朱书、王源、刘岩、余生皆有序。都谏赵申乔上其事，九卿谳鞫，各吐情真。拟戴名世大逆，法寸磔。族皆弃市。未及冠笄者尽发边将为奴。朱书、王源病故免议，汪灏、方苞、尤云鹗、方正玉、刘岩、余生以诽谤论法应绞，罪及妻孥。时方孝标已殁，拟锉其尸。子登峄、云旅，孙世樵皆斩，男妇数百人照罪名世家罪罪之。檄桐城、江宁二县，凡属方姓者族。以尚书韩菼、侍郎赵世麟、御史刘灏、淮扬道王英谟、庶吉士汪份三十七人与名世论交友善，俱坐罪。《滇黔纪闻》内所引用冯再来《滇游考》胡皃庵《雪涕录》《西南见闻录》，马君辉《征行纪略》，邓凯《也是录》，诏莄下尽火其书。疏奏，仁帝恻然良久，谕戴名世处斩，方登峄、方云旅、方世樵减等免死，徙其家。馀干连者悉肆赦。汪灏曾效力修书，出狱叙用。方苞随旗行走。是案也，得存活者三百余人。此康熙辛卯壬辰间事也。”案，大山文集名《匪莪堂文集》，光绪中始墨板。此诗集从无人知。其诗有“我罹文字祸，不敢歌大招”语，又有塞外诸作，是放归后刻行者。卷四有《题马士英画》一诗，最有关系。此集不入禁网，殆当日流传即稀，不为馆臣所见耳。甲子十二月十三日，黄裳。

《大山诗集》五卷，江浦刘岩著。康熙刻。九行，十九字。白口，左右双边。其《题马士英画》一诗云：“福人醉不醒，幕府凯歌休。君臣鸟兽散，兹事羞千秋。断续焉中看字样，凤阳提督金陵相。尚有闲情作画师，六代山川咨跌宕。小部新翻燕子笺，吴绫细楷朱丝缠。司马填词宰相画，孝陵王气飞灰烟。吁嗟鼠子金衢走，人间尚惜迂痴手。看画君须掩姓名，画工莫问为谁某。”

小方壶存稿

乙未三月十七日，赴吴下。夜过卧龙街，诸肆皆闭歇，只吴某小肆犹有灯光，推门而入，于架上得此，甚快。余收古香楼书多矣，此却未见，盖晋贤晚年定稿也。初刻余皆有原刻，即此册旧序所列诸目也。《文钞》六卷尤秘，无著录者。惜经浆裱，当倩良工重装之。来燕榭春宵记。

庚戌四月廿七日重展，漫阅一过。中有《与余澹心倡酬》《过钱遵王留饮》及《题秦楼月传奇》等什，皆掌故可观。卷七有挽孙无言诗。无言客扬州久，屡欲归黄山，同人多有赠别之诗，然终未得归。晋贤诗有句云“二顷田何在，半瓢词枉存”，下小注“桴庵往年卖黄山田，刻十六家诗馀，又有寓居名半瓢，征词甚多”。此《十六家词》余收一本，皇皇巨帙，今知是无言卖田所刻也。晋贤富而好文，喜刊书，朱十《词综》之成，亦赖其力。《文钞》卷一有《自桐川抵虞山记》一文，记游牧斋故居秋永阁、明发堂，“堂东西多曲房邃宇，涧壑树石，人迹所罕至。其东北书室尤僻寂。风从虚牖入，作窣窣声。其中则牧斋及河东君二殡在焉。余与诸子凄然感之”。牧翁卒于康熙三年，下至丙寅已二十余年尚未葬。此言钱柳遗事者所未道也。黄裳记。

《小方壶存稿》十八卷，《文钞》六卷，休阳汪森晋贤撰。康熙刻。十行，二十一字。上下黑口，左右双边。首书前三首，鹤塘钱德震、剡中黄宗炎、沈进撰。次总目。首“康熙四十六年南书房旧史朱彝尊书于真州东郭之水轩”序。次旧序：松陵朱鹤龄、盐官陆嘉淑《华及堂诗稿序》，钱唐徐之瑞、明州姜宸英《华及堂续稿序》，汪琬《旅行日记序》，新安程世英《裘杼楼诗稿序》，曲阿贺国磷《浮溪馆吟稿序》，梅会沈进《粤行吟稿序》，嘉兴盛远《梅雪堂诗稿序》，丰南吴绮《桐扣词序》。

经钼堂杂著

此昆山叶九来杂著，康熙中刻。附《十叟图》《醉乡从事图》，刊刻甚精，传世绝罕。图仿明人小品欣赏编，余旧藏陆南村刻《续茶经》，亦有十图，与此绝类，盖一时风气如此也。叶氏家藏书余收得不少，皆甫里许玄祐所著，以两家为姻娅也。今更得此，快何如之。有稽瑞楼藏印，后入旧山楼赵氏。其“萧散在琴书”一印似是曹彬侯印。余得之海上故家。乙未四月廿五日记，黄裳。

乙未十月廿日装毕，漫阅一过，妙绪纷呈，非唯秘册，实佳制也。别有曹彬侯二印夹于卷中，因证前跋不诬。

《半茧园十叟图》，康熙刻。左图右说，前有二泉居士诗序。半叶七行，行十四字。白口，左右双边。板心“经钼堂杂著”五字。收藏有“稽瑞楼”（白长）、“曹炎印”（白方）、“彬侯”（朱方）、“萧散在琴书”（白方）、“曾在旧山楼”（朱长）、“非昔元赏”（朱方）、“醉月”（白方）、“翰墨流香”（朱长）。

《醉乡从事图传》，行款同前，二泉居士序。

《经钼堂文稿（金石小笺）》二卷，昆山叶奕苞九来著。康熙刻。十行，十九字。上下黑口，四周双边。前有目。收藏有“桃花源里人家”（朱长）、“樵隐”（白方）。

《经钼堂文稿》，昆山叶奕苞九来著。康熙刻。行款同前。扶风马鸣銮殿开序，琅玡王洄宛仲序，奕苞自题醉乡约法自序。收藏有“醉月”（白方）、“西亭”（朱长）、“畹亭”（白长）、“平原仲子”（朱长）。

《经钼堂附集》。收宜兴陈维崧其年《半茧园赋》、慈溪姜宸英西溟《小有堂记》、宛陵施闰章愚山《春及轩记》、同里卧龙山人葛芝《下学斋记》、同里归庄元恭《僾然室记》、南昌彭士望躬庵《归云阁记》、同里徐开任季重《半茧园记》、秀水李良年武曾《三友园记》、同里顾苓云美《扪虱庵记》、宁都魏禧凝叔《经钼堂记》。

木厓集

此为名集，颇存明清易代史事。蜀藻踪迹多在淮上金陵一隅，所与往还亦多皖人。喜纪时事及感慨之言，遂多秘录，可补官书野史之遗，是可重也。乙巳冬至前日雨窗书。

此本入禁书目。安抚部院闵咨会禁书十六种中有此书。案语云“荒诞悖逆，语多狂吠”，可见切齿之深。茂伦序称蜀藻游屐所至，政治得失，风俗淳浇，民瘼国恤，皆发为诗歌，是致禁毁之由，亦可重之处。清初史事，时可于此中捃扯得之。卷十六有《大行皇帝挽诗》六首，为思宗作也。表扬忠烈，痛斥降臣，颇极痛切。又有《纪事诗》二十三首，则为南都倾覆而作。其一律云：“华林乐事讳闻兵，相酌君觞诵太平。蟋蟀岂堪充国事，虾蟆何故为官鸣。金钱买笑难将去，粉黛承恩不送行。辛苦高皇百战地，一年歌舞失南京。”于史阁部可法、吴太学可箕、黄靖南得功、赵忻城之龙各有一诗，悲歌慷慨，是不能不入禁网也。卷十三有《金陵杂感》九律，其一云：“王气犹京口，降帆已石头。可怜一载梦，难抵六朝羞。雨报黄花节，风生白纻秋。老僧谈往事，叉手骂黔州。”则指马瑶草也。卷十五有《挽无可大师》十一律，以智以不良死，清初人集中挽诗少见，只此为巨观。其一云：“岭峤已间关，匡庐复再攀。无非祈死日，宁复望生还。半世皈曹洞（师为曹洞法裔），千秋配叠山。悬崖今撒手，正气在人间。”又一律言以智能画：“万念俱空后，丹青偶尔为。竟无干净土，只有向南枝。木石伤精卫，烟花忆子规。闲图旧山水，残剩亦堪悲。”故国之思，盈溢楮墨，是皆被视为狂吠者也。戊戌十一月初八日。

此潘氏《木厓集》，原装六册，蛀孔甚多，仍破重金收之，以传本至稀也。诸家著录仅有二十一卷本，未为全书。此册以诗馀终，且为作者手订之册，可珍重也。丁酉二月廿三日记，黄裳。

《木厓集》二十七卷，桐城潘江蜀藻著。康熙刻。十行，廿二字。上下线口，左右双边。前有吴江顾有孝序，丙辰冬日旧山隐者吴道新序，田间同学弟钱澄之序，竹溪同学李雅芥须序，康熙十五年同学弟许来惠序，康熙丙辰年家眷同学弟张英序，同学姻弟陈焯序。次目录。目后有受业门人等编次属名，戴名世田有其一人也。

江冷阁诗

丙申小除夕，雨雪交作，寒甚。过古书店观书，于架上抽得此冷士嵋集，大喜逾望。此集罕传，盋山精舍所储为钞本，曾据以印行。不意原刻竟能得之偶然也。同得尚有张商言《竹叶庵文集》三十三卷，为徐渭仁家故物，皆精绝。余每年岁晚必得旧本，今年明刻一种都无，收此二种，聊可快意。灯下漫志，黄裳。

冷秋江集久佚。道光丙午，族孙冷鹤、冷鹏重刊先集，只文集正续二编，依旧刻付梓。诗集则以旧本残蠹，先后刊为两编，次序紊乱。近刻横山草堂本，亦未见康熙原刻，只据道光本重梓耳。丙子秋柳翼谋丈为盋山精舍得宗冷合刻于孙殿起，遂补校重印，并附全目。取校一过，此本挖去诗篇，柳本亦不存其目，且泯其迹，大是憾事。因知此集刊成后即藏板焦山，印行未广。文字狱起，乃削去干碍之作，其后模印，皆铲后本也。己酉十月十九日重校记。

杨宾《晞发堂诗集·亡友》诗于士嵋云："冷氏举义旗，全家著忠烈。秋江百死余，毵毵满头雪。朋旧化异物，往事向谁说。终身白衣冠，表此一生节。垂老乃识君，又复与君别。赠言井中诗，看君语悲咽。此别亦寻常，何以遂永诀。维舟哭草堂，伤哉魂欲绝。”邓文如引此诗，并参杨棨冷参戎歌，论之曰，宾诗足概士嵋生平。所云“冷氏举义旗”者，其兄之曦字子晋，为史可法牙将，高杰进军归德，为参将。后死曲阿之难。知士嵋曾举义旗，图恢复。遗诗甚多慷慨苍凉之作，非无故也。

《江冷阁诗集》十二卷，首一卷，末诗馀小令一卷。《绪风吟》三卷，卷分上下。京江冷士嵋又湄氏著。康熙刻。九行，十九字。白口，四周双栏。前有广陵同学宗元豫序，宁都同学弟魏禧叔子序，丁未秋自序，总目。《绪风吟》前有“秋江书于北固东之江斋”自序，八十以后作也。

屈翁山诗集

徐贾绍樵常买书于朱氏，其家颇有旧本，年来携取将尽矣。今日更过之，又有书出，已无旧板，只选得此康熙刻翁山诗词以归，尚是叶氏丽楼藏书。漫阅一过，其中颇存山阴祁氏故实，可补余《祁氏事辑》之不足，大可喜也。翁山客山阴颇久，与祁五理孙、祁六班孙甚密，图故国兴复之业。祁氏家破，翁山已归粤，不及于难。卷一有《梅市别祁四丈季超》诗，为祁骏佳作也。有句云“昔我别慈亲，王事劳孤征。风雪历四载，谋深竟难成”。自道其抗清事迹，最为显露，他处诗文无此自叙也。是季超虽佞佛，亦不废联络山海，倾家结客。又有《寓山园吊祁忠敏公》诗，皆客梅里祁氏时作。大均有《翁山诗外》十八卷，康熙刻。此研露斋刻已在身后，盖鸳湖徐氏选刻也。

《屈翁山诗集》八卷，附《词骚屑》一卷。康熙刻。十行，二十一字。白口，单边。卷首大题下属“鸳水徐肇元抡三选　周源长荆思、徐起元瀛奇校正”。前有鸳湖同学弟徐嘉炎序。次目录。收藏有“方蔼”（朱方）、“观古堂”（朱方）、“叶德辉焕彬甫藏阅书”（白方）。

翁山文钞

前日过传薪，徐绍樵出示一单，告新收书一批将至，约余往观。昨日午饭后遂过其肆，书已至，堆置案上，翻检久之，殊未见有当意者。绍樵抽出书六册，已水湿，多霉坏。偶一翻阅，知系《翁山文钞》，大喜逾望。索价五万金，即如数与之。挟书归检阅，知十卷俱全，首尾无缺，即付曹有福君装之。夜归，检《广东丛书》，亦收此书，系景印番禺黄氏忆江南馆藏本，只四卷，而以南州书楼所辑《翁山佚文钞》附后。黄荫普氏跋尾云，丛书编者原拟以佚文钞本付梓，北平孙伯恒君适函告，某故家所藏《翁山文钞》流入厂肆，余即函托代购，惟肆主误认书为明刻，复以书为禁本，故昂其值，首卷又为有力者假阅不归，孙君几费心力以踪迹之，复往返磋商方成议。余斥重金得之云云。徐信符君《翁山佚文辑序》称，此书今所罕见，诚为孤本，亦疑其为残佚不全。余何幸竟以偶然之机缘，得此全本，书缘之美，足傲并世之藏家矣。《贩书偶记》亦著录此本，称为康熙刻，每卷书名及作者名俱已挖去，是所见为后印本矣。黄荫普氏所藏，薛序佚其首叶，余本有之。而《翁山文钞铭》两页，余本却已失去，当钞补足之。昨日在传薪晤风子兄，示以郑西谛北平来书，亦复殷殷致意，谓近来必更有所获云云，惜无由以此书相示。千里睽隔，更时以收书之事相询，其意可感。近日能收书者有几，能收残书者更有几人，每念及此，遂不能已其怀想之忱，而更不能以此故纸生涯为无聊而弃置之矣。今日星期，驱车游青浦、松江，五时许归寓，整理前日所获诸残本，复濡笔记此一段故事，以破岑寂。连日春暖，今忽作寒，雨声淅沥，灯下独坐，展视此明遗民集，禁毁之余，重现人间，是深可纪念者也。三十八年四月十日夜，雨窗题记，黄裳。

此《翁山文钞》十卷，罕见孤本也。余收得此本后，即持示张菊生丈，欢喜赞叹，以为秘册，约他日更为景印之。荏苒已将三载，而菊老病废，世亦不复重此景印流布之业，每一念及，辄为闷损。辛卯三月廿六日。

近见汪宗衍文，记何氏得此书之曾藏朱希祖家者，前有《文钞铭》，然印本已在乾隆中，卷中多所挖改，不如此本之尚为康熙原印也。汪氏据翁山《字八子说》中四十九岁生明洪，今年十八语，知文作于三十四年，后一年翁山即谢世，知此刻必在康熙三十四年后，实平生著书最后刻本，亦以此而流传独少。因重展此书辄记于此。壬戌八月初三日，黄裳记。

此本可补丛书本者凡三十八篇。

《翁山文钞》十卷，康熙刻本。半叶十行，行十九字。上下黑口，左右双栏。卷首大题下双行题“番禺屈大均著　常熟薛熙评”。扉叶大题书名，并“三间□□”。首常熟薛熙孝穆序。次目录，题男明洪、明泳编。

曝书亭集

此集余箧中旧有一本，系洞庭葛香士藏，少后印。近因收得汪日祺《读书堂诗》稿本，乃检此，见日祺名俱已挖去，是雍正三年以后印本也。卷二十三《喜青宫再建》诗亦挖去，是此书刊成未几，康熙五十一年再废太子，即有削板重印之本矣。会见古书店架上有此初印本，都无所失，遂请孙实君为余易之。书至之日，漫书数语于此。可知板本之事亦正难言，虽一清人别集，亦颇有关涉也。然竹垞与梅里诸祁及朱朗诣等往还诗文，都未削去，是时代少远渐无避忌之证，不徒竹垞笃于风义也。己亥清明前五日，黄裳记。

顺治冠山堂刻《吴越诗选》选录竹垞诗不少。皆早年作，不入此集。今据补《同谭舟石左羽两表兄感旧》等七诗。朱朗诣云："先文懿与文恪相公有一日之雅，尝传辛丑之岁，先文懿应召过秀州，停舟相访。而文恪以赎带服于典质之家，移时方出。其廉洁若此。今诸孙贫乏无糊口策，而复矫然自立，不与世事，为禾城之冠。"凡此皆可与此集相证。竹垞、朗诣固生死之交也。己亥清明后二日，雨窗。

此集卷二十《八日汪上舍日祺招同诸公夜泛五首》，此集后印本俱削去日祺名。日祺后更名景祺，雍正中以年狱遭显戮。余去年收得《读书堂诗》稿本，中有与西河、竹垞湖上游宴之诗不少，按之此集，一一俱合。近于市上更见西河、竹垞小像一本，为王莲生模赠越缦者。爱伯手题几满。按之诗集，即此时同游湖上所写照也。原本忆是郑芷畦笔。乙巳霜降前四日灯下书。

卷七十二有《贞毅先生墓表》，为朱士稚（朗诣）作也。记“朗诣既免系，放荡江湖间。至归安，得好友二人。其一自慈溪迁于归安者也，自是每出则三人俱”。此好友二人，竹垞不录其名。慈溪迁归安者，魏白衣也。另一入则钱缵曾允武，二人皆以事见法，是以竹垞讳之。顺治冠山堂刻《吴越诗选》，编者即此三人，殆即出入与俱时所作。后又交陈三岛、朱彝尊、祁班孙，“后先凡六人。往来吴越，以诗古文相砥砺，吴越之士，翕然称之”。“又明年壬寅六月朔，二人坐惨法死，祁子亦株系戍极边以去。当予与五人定交，意气激扬，自谓百年如旦暮，何期数岁之间，零落殆尽。”此记山阴祁氏通海案，其时日最确，可正全谢山记载之误。此表情文俱至，大狱之后，不削此文，竹垞笃于风义如此。

《曝书亭集》八十卷，附《叶儿乐府》，秀水朱彝尊锡鬯撰。康熙刻。十二行，二十三字，白口，左右双边。康熙戊子潘耒序，康熙五十三年查慎行序。王士禛、魏禧、查慎行、曹尔堪、叶舒崇、柯维桢旧著原序。象赞，目录。卷尾陈廷敬撰传。后附秀水朱昆田西畯《笛渔小稿》十卷。

鸡肋集

此揆恺功集，刊刻极精，传世绝罕。余于藏书家集，每见必收，不欲弃置。似此戋戋小册，亦出石米之直以易之，得不谓为书痴乎。卷尾朱笔二行，沅叔手迹也，亦可为此书增重。乙未十月十七日书。

揆叙字恺功，正黄旗满洲人，明珠子。康熙三十五年由二等侍御特授翰林院侍读。后六年遂跻掌院学士，兼礼部侍郎，官至左都御史，仍兼掌院。卒于五十六年，年四十三。有《益戒堂自订诗集》十二卷，为康熙三十一年壬申迄四十二年癸未之诗。《后集》十二卷，其子永寿裒遗稿自四十三年甲申迄五十二年乙未之诗，并前集刻之。揆叙此集刻于三十二年癸酉，是生前所刻两集不收之少作也。揆叙少师吴汉槎、查初白、唐实君，诗篇甚富。二十年间谒陵游幸、南巡出塞，无役不从。诗皆编年。于山川道里、物产风俗记载特详。域外见闻，多可征信。诗多恬退语，世宗独深恶之，谓大臣中居心奸险，结党行私，唯阿灵阿、揆叙为甚。揆叙挟其数百万家资，与阿灵阿合谋，买嘱优伶，每于官民宴会之所，将二阿哥肆行诬蔑，二阿哥之废，阿灵阿、揆叙攘为己力，要结胤禩等同为党援，肆无忌惮。令于阿灵阿墓碑改镌不臣不弟暴悍贪庸阿灵阿之墓，揆叙改镌不忠不孝柔奸阴险揆叙之墓。盖康熙四十七年太子既废，令于诸皇子中，举奏一人。揆叙与佟国维、马齐、阿灵阿、鄂伦岱皆举胤禩。后来阿塞年隆之诛，幸而早卒，不然必不能免。此本前有慎行一序，时尚未入南书房。雍正中以弟嗣庭案，举室赴请室。虽被放归，未一月而死，亦党案之余波也。此册流传绝罕，世无知者，刊刻精雅，当与旧储《通志堂集》并储，真俊物也。书出俞氏，余得旧本数十种，此小册与明初黑口本等价，亦收书豪举，因并识之。丙午正月十九日，检书记。

此本前有慎行序，作于癸酉，是康熙三十二年。书当即刻于是年。慎行亦以是年成举人。其初授揆叙读当在二十八年顷，四五年前事耳。此集刻成，恺功只二十岁少年，是最初刻之少作也。揆叙《益戒堂自订诗》，起康熙三十一年壬申，当即始于此集。慎行继吴兆骞为揆叙师，同时唐孙华亦曾授读，此集中皆有涉及。明珠门下固皆才人也。戊申又七月廿二日重展，因考索年代事实，更为此跋，时秋阴向晚，研乾隆光被四表墨书。

此本《送唐实君先生南归》诗，“真”字缺末笔。然集中“真”字亦有不缺笔者，是印于雍正，修板未尽者。甲子上元日重阅记。

《鸡肋集》，古今体诗计一百四十一首。康熙精写刻本。卷首大题下双行：“长白揆叙恺功父惟实居士著　男永寿仁山甫较订。”半叶九行，行二十一字。板心上黑口，四周双栏。板心下有“谦牧堂”三字。前有癸酉长至后三日同学查慎行序。卷末有傅增湘朱笔题二行：“辛巳冬至后日假阅一过，录出《碧云寺》《来青轩》二诗以备入选。藏园老人识。”

汪方壶集

此《汪方壶集》四卷，后附诗馀，雍正汪栋刻本。开板颇精，传世甚稀。有璜川吴氏、振绮汪氏两家印记，亦名书也。今日偶过来青阁，还旧欠书值，遂得之归。余箧中所储，清初刻宋元人小集不少，皆精善可藏弆，惜故书日稀，无从多聚耳。近日忙甚，往往漏夜始归。今夕偷闲，灯前展卷，听雨记此，亦人生乐事已。丁酉五月廿九日，黄裳记。

吴江沈冠云有《汪峻堂哀词》，在《果堂集》中，记峻堂生平大略甚详。卒年只二十九，爱重乡贤，敬礼祖德，雅爱文籍，果堂之言，非虚誉已。此集传世亦稀，诸家著录，但有钞本耳。此本得于来青阁。先是有俞某者，吴人，画师也。家有藏书求售，无受主。余以估人之介，得其数十种，皆潘伯寅故物。后更知其有振绮堂劫余之物不少，在吴下故宅中。明初黑口本有一箱之多。方洽议购而有滇蜀之行，遂不果。洎倦游归来，知其书已为京估载之去矣。而汪氏藏书原目尚在敝箧。此种小册主人不甚措意，以赠估人，余乃以重直获之，为鱼亭先生收拾余烬，亦可笑已。得书后三年矣，来青阁闭歇亦已二年。余之种菜田间亦渐匝岁。近得数日闲，偃息海上，聊理故箧，又见此本，因读沈集得汪君故事，遂写此跋。春雨空蒙，几砚都润，研朱点卷，久无此乐矣。庚子二月初三日，来燕榭主人书。

《方壶先生集》四卷，族后学栋峻堂重订。雍正刻本。十行，二十字。上下黑口，左右双栏。前有雍正辛亥初夏吴下寓人族后学栋《重刻方壶遗集》序。次咸淳山阴孙嵘叟、浚仪王应麟、嘉定戊辰刘次皋等旧序三通。次李以申撰传。次方壶先生遗像，嘉定四年程珌拜赞。次目录。收藏有“璜川吴氏收藏图书”（朱方）、“汪鱼亭藏阅书”（朱方）、“振绮堂兵燹后收藏书”（朱方）。

仁山金先生文集

此金元功刻《仁山先生集》，罕传佳椠也。数年前曾于沈某许见一开花纸印本，系蒋光煦旧物，以蚁蛀未收。去年秋更收一本于吴下，亦蠹吻如丝，未遑装治。今日乃于市中见此本，初印精好，价复不昂，遂买得之。一清刻而求之四年，始得入手，辛苦亦至矣，欣愉亦不可言，辄记数言卷尾，并识岁月。乙未五月半，荔枝初熟，流酸溅齿之时，记于来燕榭之东窗下。

此九峰旧庐王氏书。王氏身后，精本为朱贾遂翔巧取以去者不少。其最精者凡两皮箱，余曾于抱经堂楼上见之，妄索高值，不欲售也。余以孙助廉之介，得其数种。文瑞楼钞宋宾王校之《演山先生集》、绝初印之《吴骚合编》皆是也，皆出巨金得之，一时群诧为书林豪客也。会朱别营金笔业，欲急得资，助廉乃劝其售书，精骑尽出，余所得不少。《澹生堂别集》三种《曹子玉十集》，《今词苑》《丁鹤年集》等皆可观。独惜北宋猫儿桥书铺刻之《文选》三十卷本残卷，余最初见之，却未能收得。又二年朱氏病偏中，钢笔业亦不振，所余王氏书之奇零，遂以廉值尽归袁估西江，此即其一。是亦上海书林一小沧桑，记之以谂来者。壬寅冬十一月二十日记。

《仁山金先生文集》四卷，后学金弘勋元功校辑。雍正春晖堂精写刻本。半叶九行，行十九字。白口，左右双栏。前有扉叶。首雍正乙巳金弘勋序。次正德戊辰潘府敬书序，万历戊戌徐用检序，万历己亥赵崇善序。次象赞。次《元史·金履祥传》。次目录。卷尾有附录。收藏有“绶珊六十以后所得书画”（朱文方印），“绶珊收藏善本”（朱文长印）、“琅园秘笈”（朱文方印）。

西斋三种

此博明著作三种，传世颇罕。虽嘉庆时刻，亦堪珍重，况此为翁覃溪故物耶。后更藏朱氏结一庐，并有平安馆主人手题，前贤故迹，皆可覆按。客岁余滞杭城二月，暇辄访书。清河坊抱经堂经过最少。一日百无聊赖，辄更过之。架上残书，虫啮鼠伤，积尘盈寸。偶观数册，每有结一庐印记，遂发兴穷搜之，凡得四种。已谐价矣，主人自外归，见余恐甚，翻阅后叱其妇欲泣。遂悔约，索值十倍。无已，仍买之。其吴枚庵家旧钞《百川书志》却为抽出，不能更得矣。甲午十一月初二日，来燕榭记。

《西斋偶得》三卷，《凤城琐录》一卷，《西斋诗辑逸》三卷，蒙古博明希哲著。嘉庆辛酉刻。十行，二十二字。白口，四周双边。前有嘉庆五年北平翁方纲《西斋杂著二种序》。又翁氏附识一叶，手书上板。次乾隆三十八年自叙。诗集前亦有方纲题诗，亦手书上板。扉叶题“翁覃溪邵楚帆两先生同鉴定”。收藏有“大兴翁氏石墨书楼珍藏图书”（朱文大方印）、“结一庐藏书印”（朱方）。卷尾有“甲戌仲夏叶志诜借看一过”墨书一行，下钤“平安馆印”白文小方印。

春融堂集

徐绍樵载故家书数十种入市，约余往观。登其小楼，选得旧钞《神仙传》，璜川吴氏书也；《虞山人诗》三卷，小山堂赵氏抄本也；徐刻《唐文粹》，王惕甫手批本也；初印之《宋诗纪事》，杨芸士藏书也。后见厨下尚积旧本千许册，漫检一过，得此王兰泉集初印本，陈仲鱼藏而有吴兔床题词，有二人手校，三君皆藏书家，得之不禁狂喜。癸巳立夏后一日，小雁。

余得《春融堂集》，惜缺《杂记》八种。前日偶过武林，于湖滨旧肆架上抽得此本，正好以俪向山阁旧物，且为叶润臣旧物，更可喜也。旅寓展卷，快读一过并记。

《春融堂集》六十八卷，《年谱》二卷，《春融堂杂记》八种。青浦王昶德甫撰。嘉庆丁卯塾南书社刻。十二行，二十三字。上下黑口，左右双边。嘉庆四年新城鲁嗣光总序，武进赵怀玉文序，长洲吴泰来诗序，嘉定弟鸣盛诗序，嘉定钱大昕词序。目录。集后有“男肇和侄孙绍成谨校”二行。《杂记》前有男肇和跋。收藏有

“海宁陈鳣观”（朱长）、“信天巢”（白方）、“陈氏仲鱼”（朱方）、“得此书费辛苦后之人其鉴我”（白长）、“仲鱼图象”（朱长）。杂记前有“汉阳叶氏敦凤好斋印”（朱长）、“汉阳叶名沣润臣甫印”（白方）。卷端有吴兔床手题词：“孔颜乐趣，伊吕襟怀，王谢身价。万里参军，珠勒宝刀长跨。刮耳危崖金箭折，潞江妖雾戈船驾。运奇谋，自楼兰斩后，百蛮齐下。 看振旅凯歌盈路，铭勒燕然，勋铸铜马。洛社旋归，赢得鬓丝如画。金薤编成香满室，渔庄客去花飘榭。乍销魂，对凉檠，泪珠频泻。（调寄倦寻芳）嘉庆辛未夏仲，读述庵司寇《春融堂全集》感题一阕，并请简庄孝廉顾误。星沧后学吴骞，时年七十有九。”钤印有“兔床”（朱方）、“吴骞之印”（白朱文方印）、“拜经楼”（朱长）。

白下集

昆明云瑞街有旧书肆，主人年老，自喜藏弆。导余登小楼上，观所储书册，皆清代精刻常见之书。后乃于锦函中见旧钞三本，靳不肯售，后终以重直得此册归。册最薄而实最秘也。两峰《香叶草堂诗存》，余有原刻二本，此《白下集》却写于墨板之前，写手精雅，当在乾隆中。此行远逾万里，遍历滇蜀名郡，古书绝无所见，得此亦大可喜慰矣。归沪漫记。丙申秋晚来燕榭中记，黄裳。

丙申秋日，远游蜀中，更去滇南。所至访书，绝无旧本。不图乃于昆明市上得此两峰手稿。此必八年寇难，中原文士携之远适南疆者，后乃流落市上，假余手得归故里。书缘墨福，使人欢喜。此集为乾隆四十六年秋冬，两峰客金陵作，恰百九十年矣。

两峰《香叶草堂诗存》，刻于嘉庆初元，板片后归先生孙小砚世守。商之金竹簃，重印行世。竹簃撰一跋于册尾，时在道光十四年。金跋云，扬州罗两峰先生，楷祖妣之从兄也。是金罗亦旧时姻娅。跋尾属“钱唐后学金楷竹簃父拜跋于懒云草堂”。取证此册卷首二印，一一俱合。取校《诗存》，颇多刊落。此殆当日清稿，编集时从之选录者，可据补两峰遗诗也。庚子二月初一日重跋，黄裳。

此书后为友人假去，审定为两峰手迹。友人为书画鉴定家，颇见罗氏旧迹，所言当不诬也。癸卯九月十八日，秋窗阴晦作记。

《白下集》一卷，扬州罗聘两峰氏稿。稿本。黑格。半叶九行，行二十字。白口，左右双边。收藏有“金氏竹簃”（白方）、“懒云草堂藏本”（朱方）。

听松楼遗稿

余昨日访石麒于南市，出新得嘉兴钱氏故书见示。中有钱仪吉《三国会要》残稿一叠，更有钱泰吉手稿《从父中丞公福祚行述稿》一卷。今日吴下估人携滂喜斋清人集部数十种见示，中有此册，喜而收之。炜卿仪吉室，金闺俊彦，善为文章，且能说经，其致外子家书，委婉尽情，实散文佳作。余收女史集多矣，皆诗词，间有为传奇杂剧者，文集殊少见。于《春雨楼集》外，殆未之见。因珍重之，取与仪吉手稿并储。乙未十月初六日，晨窗坐来燕榭中记。

乙未小雪日更收钱警石手跋钞本《益翁文稿》《击辕草》《吟箫偶存》，又手书书目信札各一册，当同装之。黄裳。

《听松楼遗稿》四卷，余杭陈氏尔士炜卿著。道光刻。十一行，二十三字。上下黑口，单栏。前有道光元年有此庐老人金氏孝维叙，王照圆序，阳湖董祐诚序。目录。后有附录，男保惠跋。

芙蓉池馆诗草

今秋游西南三月，初拟小住桂林，更探阳朔山水之胜，后以留滞滇南过久，匆匆作归计，未得一泛漓江之棹，意甚憾之。归后乃于书肆架上抽得此卷，似助余为卧游之助者。书价大昂，两册书索价至三十金，然仍毅然收之，以传本至罕也。书系道光中刻于粤中者，山水图多至一册，虽不足与萧尺木作抗手，然刀法谨严，尚能不失画意，亦言雕板史所不可废也。书刊成而太平军起，板片灰烬，人间未必更有数本矣。丙申腊月廿五日，黄裳作记。

《芙蓉池馆诗草》二卷，临桂罗辰星桥著。道光刻。十三行，二十七字。白口，四周双栏。前有道光丙戌芸台阮元序。道光辛卯龙南钟振超序，番禺张维屏题词，赵古农诗。次桂林山水图并诗。板心上“桂林山水”四字。两半叶合为一图。起独秀山，讫碧莲峰，凡三十三图。诗草前有芙蓉池馆图，又赵古农等题词。卷末附赋草。

冬心先生集

乙未二月杪海上所收，黄裳记。

徐子晋《前尘梦影录》亟称冬心此集刊刻精妙，余欲买之而久久未能遇也。一日偶过市，见店中有旧书一堆，杂置地上，论斤售之。检之忽得此册，大喜欲狂，以白米一升之直买得。平生买书，无如此廉者。大可纪念。余所得画人集不少。罗两峰《香叶草堂诗存》、汪近人《巢林集》、恽南田《诗钞》、方士庶《环山诗钞》、奚铁生《冬花庵烬馀稿》，皆原刻也，并几而观，大有趣。此书重装寄至，遂更题记藏之。乙未五月十二日，来燕榭灯下记。

此《冬心先生集》，清刻中俊物也。雕椠精绝，罕遇难求。此册四年前收之冷摊，论斤之物也。尝见《前尘梦影录》记此书及老人他种，尚有旧纸模印之本，墨光如漆，不输宋椠。心甚羡之。两年前偶见四五种于来青阁，即佳纸初印之本。每册皆有寿门钤记，惊喜讯价，却已为西谛先收之矣，为之怃然。今西谛墓有宿草，藏书尽入北海书库，而余此册尚在箧中。闲窗展观，纪此故事，何胜人琴之感。己亥五月廿八日，暑热不可耐，来燕榭漫书。

七日前在吴下见《冬心画竹题记》一册，收之。书前有冬心乾隆上章敦牂九月九日序，次小像，与此集前小像同为一本，惟无“四十七岁”字样。后有新安方辅题、嘉定杨谦书赞。半叶十行，行十七字。白口，左右双边。第一叶板心下有“杜尔儒刻”四字。全书十八叶，卷末有“金陵汤凤仿宋本字画录写”一行。用旧纸印，厚粗棉料，殆宋笺也。久不见异书，睹此眼明。虽破重直，所不敢惜。书痴加人一等，跋此一笑。庚申端阳前三日，黄裳。

《冬心先生集》四卷，钱塘金农寿门撰。雍正刻本。十行，十八字。白口，左右双边。板心下有刊工姓名，姜林伯、孟子衡等凡六人。每卷尾有篆书双行牌记：“雍正癸丑十月开雕于广陵般若庵。”前有楷字大书扉叶，雍正十一年十月自序。次广陵高翔写“冬心先生四十七岁小像”，背面蒲州刘仲益题赞。收藏有“盱眙王氏十四间书楼藏书印”朱文方印。

沽上醉里谣

此乾隆中杭州陈江皋词稿本，写手精雅，与《蔗塘未定稿》系一人所书。余有初印桃花纸本《莲坡集》，并几而观，笔墨并同，绝妙事也。此本余初见于来青阁，系侯官林氏旧藏诗馀，都百许种，议直未谐，匆匆取去。后秀州估人复携之来，不与论价而留之，恐交臂之失，不可复得也。陈氏尚有《吾尽吾意斋乐府》二卷，乾隆中刻，未见。又查莲坡刊《沽上题襟集》八卷，中亦有江皋诗。一时浙人聚于沽上者往往在焉，因附识之。乙未九月初三日，来燕榭题记。

《沽上醉里谣·己未》一卷，古杭陈皋江皋撰。稿本。十一行，廿一字。白口，单栏。前有“东壁弟吴廷华拜手”叙，乾隆己未小除日秀水研弟万光泰序，赵昱题词，查学礼题词。前半工楷书，后稍率易，朱墨笔校改处甚多。收藏有“徐乃昌马韵芬夫妇印”（朱文扁方）、“积学斋”（朱长）、“南陵徐氏”（朱方）、“积学斋徐乃昌藏书”（朱长）。

弹指词

今秋余偕燕入京，曾过通学斋孙殿起许，云曾得乾隆刻《弹指词》，已送北京图书馆，颇惜未之见也。今乃于来青阁得此册，大可快意。梁汾词雍正甲辰曾刻之，同里杜诏、华亭姚培谦所订也，似最早。此则重刊，封面有积书岩藏板印记，顾氏家刻也。开板甚精，雅可爱玩。名作名刻，堪为词藏甲观矣。得书翌日，大风严寒，雪花如掌。夜坐来燕榭中，弄笔记此。闻故老言，百年来无此畸寒，金陵雪十日未止，淮上人家，多为雪没。深宵拥炉观书，大幸事矣。噫嘻。甲午腊月廿三日，黄裳小燕记。

雍正中杜诏刻，后亦收得。小字狭行。又得贞观姊氏文婉《栖香阁词》之道光原刻，皆南陵徐氏故物。戊戌四月。

康熙中聂晋人、曾道扶《名家词钞》亦收《弹指词》。取校此本，颇有异字，有通体改易者。选本当出初稿，此则晚年定稿也。对读一过，可知文心之细。乙未又三月十二日。

卷上《师师令·题裙》一阕，初本改本大异，几不识原来面目矣。比而观之，甚有趣事也。《殢人娇》下片，“喔喔荒鸡，哑哑宿鸟”原本作“檐马回风，城乌向晓”，改笔未必尽好。又曾选有《虞美人》《佛手柑·和严荪友》等二词，此本不载，兹据原本补入。乙未闰三月，好春时候，研朱漫读。来燕榭中鸟语花香记事。

《弹指词》二卷，题“锡山顾贞观著　男开陆、孙钟珦校录”。乾隆刻。九行，十八字。上下黑口，左右双栏。前有乾隆癸酉二月之望同里后学杏程诸洛序。次耳录。原扉叶书名下有“曾孙顾图河、宗海、安淮、倬汉重镌”字样，并钤二印：“积书岩藏板”（白朱文方印）、“华峰”（朱文腰圆印）。

白云集

来青阁近从湖上买得旧书一批，余过而观之，选得清刻集部四种，而以此为最佳。挟书归来，漫阅一过。文格甚遒，而旷达不凡。《狱中书》及《再减徙绝域与亲故书》，皆恢廓从容，如读渊明自挽文也。绣虎至宁古塔，遇吴汉槎，为撰诗序，《秋笳前集》不载，殆以流人而去之也。其《拟上怀宗皇帝书》撰于甲申，痛论时事，信为一代大文。其远戍穷边，不知以何事系累。遗文幸得刊于百年以后，无少避忌，且未触禁网，斯亦奇矣。牧翁一序撰于顺治十七年，丁酉科场狱后三年也。刻时亦未削去。旧藏汉阳叶氏，知为藏书家珍重久矣。丁酉九月廿二日，寒秋纪事，黄裳。

顺治丁酉科场狱，《东华录》记，十月甲午，给事中任可溥参奏北闱关节案，至翌年春四月辛卯，法司审拟王树德等俱应立斩，张旻孙等俱应立绞，凡五人，绣虎名列第五。监候秋后处决。后酌减，责四十板，流尚阳堡。又《丁酉北闱大狱纪略》云，杭州贡生张绣虎，原系光棍。拐妓逋寓京师，惯为掌讹扎诈之枭，从中鼓煽恐吓，诈得张李二房考银一千二百两云云。是绣虎遣戍，实以科场之案。然读此集，文采斐然，似非光棍所能出。且吴季子有诗相赠，知其人必非不齿于清流者，他日更见旧记，当再论定之。丁酉九月二十二日灯下记。黄裳。

此书得之来青阁，价石米，不廉也。然书则绝佳，中多清初流人故实。绣虎诚奇人，诗文俱佳，人品则劣。观《致龚孝升书》可知，光棍之称殆非诬也。其人非无识见无文采，徒以立身不端遂致如此。此本刻于乾隆中，不入禁网固大幸，其子若孙竟不知为祖父讳，不少删削而并刻之，则尤大幸也。世之欲知明末清流诸状者，此固要籍也。板刻不佳，与《静便斋集》刊刻颇同，为当日杭州雕板之下驷。贫士刊书，往往如此。得书翌日，灯下漫志。

叶润臣书杭州多有之，然其书固散于京师也，余箧中有其家书十数种，皆清刻，皆佳本。润臣有《过琉璃厂书肆》诗云："曾仿渔洋绘载书，十年前事渺愁予。补亡未许酬三箧，积富今难说五车。暇日逍遥东郭履，归来啸傲长卿庐。海王村畔怀游侣，大似黄公旧酒垆。（谓徐星伯、刘燕庭、梅伯言诸丈，与名沣同有购书之癖。琉璃厂辽金时地名海王村）。"风致可想。亦李南涧记后故事，缪荃荪不知有此也。辄为录之，以为敦夙好斋主人纪念。他日有修海王村志者，当有取焉。戊戌冬日，黄裳。

《白云集》十七卷，钱唐张贲绣虎氏稿。乾隆刻。十行，二十二字。白口，单边。乾隆壬申陈撰序。顺治庚子钱谦益序。目录。收藏有"汉阳叶名沣润臣甫印"白文方印。

冰玉山庄诗集

昨日偶过吴下，漫阅诸肆，绝罕旧本。于琴川书友架上抽得此《冰玉山庄诗集》八卷，椠刻精绝，绫面旧装旧式犹存，系明善堂主人集，传世绝罕，无著录者。主人后更有《明善堂诗集》，张纯熙序仍附卷首，更有伊都立序。叶昌炽《纪事诗》即采两序为说。此集起戊午，讫癸亥，为十七岁后六年诗，是初刻也。怡僖亲王弘晓，康熙十三子怡贤亲王允祥第七子，生于康熙六十一年，雍正八年袭怡亲王，乾隆四十三年卒。王字秀亭，号冰玉道人。明善堂藏书富甲辇下，余箧中亦有数种。王生与曹雪芹同时，今存己卯本《石头记》即怡府所钞，于诸旧钞中为最早。又尝刻《平山冷燕》廿四回于静寄山房，有序。知其好小说也。乙未霜降后一日，来燕榭灯下书，黄裳小燕。

《冰玉山庄诗集》八卷，乾隆九年刻。十二行，二十二字。白口，四周双边。开花纸印。前有乾隆九年四月上浣秀亭冰玉主人自序。钤黄色印六方：“赐额忠孝为藩”（白方）、“纶音、好书犹见性情真”（白方）、

"怡亲王宝"（白方）、"冰玉主人"（朱方）、"御赐明善堂"（白长）、"忠孝为藩"（白文双螭长印）。次乾隆九年沈景澜序，九年张纯熙序，华亭范棫士序，南汇张衡序。

在亭丛稿

此书收得已数年，价颇不廉。清初集部类此者真善本也。客山诗《咏归亭集》后亦收得，似较文集流转少多，价亦远逊。谁谓估人无横通之学耶？此集中苏州织造李煦一传为曹雪芹家世考不可或缺之史料，最可珍重。戊戌秋九，灯前读记。小燕。

李煦一传大有关涉。煦与楝亭姻连，颇有人疑《红楼梦》所写金陵王或史氏即其家者，虽妄拟不经，然雪芹撰书必曾有所取材也。此集非必甚僻，然当世红学诸家俱未尝援引及之，何欤？周氏《红楼新证》但于钱仪吉《碑传集》中录杜臻撰《李士桢墓铭》及《广东府志》“士正”一条耳。客山此传殆未尝见也。戊戌重阳前一日灯下漫书。

邓文如《书衣杂识》记客山事颇详。《咏归亭诗集》中《述怀诗》“言归复北渡，飘然去扬州。繁花咏铃阁，春风驰紫骝。八载不觉久，佳境常淹留”，即道客李煦幕时事。又集中《生别二首》有“回溯三载别，春风盈阘扉”句，之诚疑是煦事解后与果重晤时赠别之辞。实为煦得旨从宽发遣出关时赠行之作，其事固未解也。之诚殆亦未见果文集，只就

《咏归亭诗》论之耳。之诚又言，“诗集身后沈德潜为删存四百一十五首。果与德潜同出横山叶燮之门，齐名称沈李。然德潜制行不足以望果，诗文疏陋亦相去远甚。集中不朽之作，必有因忌讳而删者”。此言甚是。德潜最喜删易他人诗文，改笔往往拙劣，大失原意。是文字之一劫。《咏归亭诗》无一有关时事之作，盖皆为德潜删去矣。天寒手僵冻，不便作书，书亦拙劣。狼毫亦垂尽，墨则殊佳。以乾隆二品、嘉庆一品和之，皆名制。窗上冰凌堆集，小园一望皆白，积雪二寸许，海上久无此景色矣。戊申腊月十四日灯前记。

《在亭丛稿》十二卷，长洲李果硕夫撰。乾隆刻。十行，二十一字。白口，左右双边。前有康熙辛丑二泉同学弟杜诏、同里学弟周准旧序二通。次乾隆七年葑溪尤秉元序，乾隆十五年觉罗雅尔哈善序，学弟沈德潜序。次总目。

蔗塘未定稿

此《蔗塘未定稿》及《外集》，刊刻至精。余最初见一竹纸印本于抱经堂，九峰旧庐书也。索价奇昂，遂未之收。后得桃花纸印本一部于传薪，意颇快，然缺《诗话》及其他一二种，觅补经年未得。后于徐乃昌家得一本，却是竹纸本，《诗话》仍无有也。今日偶过萃古斋，于案头见此开花纸印本四册，全书也。疾携之归。一清初精刻本耳，觅之数年，始得入藏，聚书辛苦，岂易言耶。癸巳三月廿八日雨窗记，时已燠如初夏矣。小雁。

得书后一年又半，复于吴下得《铜鼓书堂遗稿》三十二卷，查礼恂叔撰，为仁弟也，亦乾隆刻，因并储之。甲午十月廿五日记。

近收南陵徐氏藏陈皋《沽上醉里谣》词集稿本，黑格精写，与此本如出一手。想此本当日或出江皋手书上板也。乾隆时人墨迹，二百余年前旧物，精整如新，娟秀似美女簪花，一种静穆之气，使人意远。清斋展卷，日影正丽，茶香鸟语，研朱书此。乙未寒露日记，黄裳。

《蔗塘未定稿》，宛平查为仁心穀撰。乾隆精写刻本。十行，廿一字。白口，单栏。前有乾隆八年钱塘厉鹗序，得天居士张照序。次目录。

《花影庵集》二卷。康熙五十八年长沙陈鹏年序。

《无题诗》二卷。康熙五十九年初白庵主慎行序。修亭钱陈群、弇山王霖、槐塘汪沆、柘坡万光泰、对鸥陈臯题词。

《是梦集》。乾隆四年山阴王霖序。

《抱瓮集》。乾隆二年符曾序。

《竹村花坞集》。乾隆六年万光泰序。

《山游集》。乾隆六年汪沆序。

《押帘词》。吴陈琰、汪沆、万光泰、陈臯题词。

《蔗塘外集》。

《赏菊倡和诗》。康熙五十九年海光释成衡序。

《花影庵杂记》二卷。雍正癸丑敕赐文觉禅师元信序。

《芸书阁剩稿》，山阴金至元载振撰。陈鹏年撰小传。康熙壬寅赵执信序。康熙辛丑王时鸿序。康熙辛丑胡捷序。雍正辛亥查为仁序。

《游盘日纪》。吴廷华序。乾隆五年杭世骏序。

《莲坡诗话》三卷。乾隆辛酉杭世骏序。乾隆六年自序。

蓑笠轩仅存稿

此楼敬思集四册八种，钱塘何氏梦华馆旧藏，得之甬估许，甚以为快。集刊于乾隆中，极罕传本，未见著录。其《洗砚斋集》一卷，皆论词之作，辨律极精。诸集附词亦俱佳妙，亦清初词人一大作手。奈何名姓不彰，遗著无传。此集无总目，不知共有几种，然天壤孤行，自当珍护也。甲午寒露日，黄裳记。

此为甬估林乔梁所售。去年京估陈济川去甬上，以七千金得林氏书若干种，恐不更有佳册矣。今夜孙估见过，闻渠告之如此，因更记之。此刻颇有误字，读之时时有飞尘入目之憾。当时校刻亦未甚精审也。丁酉九月初六日，黄裳。

黄漱兰《醉乡琐志》云："楼西浦京卿俨，工音律。初为上海寓公，与缪雪庄、张幻花以词倡和。康熙己丑诏修词谱，被荐入武英殿，纂修词谱，与杜紫纶诏同馆。辨析体制，考订源流，驳正宜兴万红友《词律》百有余条。又以张綖之《诗馀图谱》、程明善之《啸馀谱》及毛先舒之《词学丛书》，率皆谬妄错杂，倚声家无所遵守，自订《群雅集》一书，以四声二十八调为经，以词之有宫调者为纬，并以词之无宫调者依世代为先后，附于其下。朱竹垞太史彝尊为之序。卷帙重繁，未能付梓。门人曹君直孝廉为我言之，惜未得见。今不知尚有钞本否。”按西浦浙之义乌人，侨居上海，官至江西按察使，改京卿，有《蓑笠轩仅存稿》。戊戌十月十四日漫录。

余家书掠去后，即呼顾某来为鉴选之。顾手写一目，凡二千余种，此四册书不与焉。然念之不能忘，数数索之，今始还来。卷首阑上割去一处，当旧有钤记，亦非馆印，疑莫能明。意此书曾为人中饱，不入目，遂无踪迹可寻。然干没终非稳妥，遂更出也。其中委曲，非我所能知矣。此四册书为词学要籍，流传绝罕。二十年前曾寄夏瞿禅读之，手钞副本。原藏梦华馆何氏，亦湖上名藏家也。会当为一文以记之。甲子五月廿三日，黄裳记。

《蓑笠轩仅存稿》，西浦楼俨敬思撰。乾隆刻。十行，十八字。白口，单栏。板心上记书名，中记集名。计《洗砚斋集》一卷；《朝天初集附词》一卷；《叩拙集附词》一卷；《零雨集》一卷，后附词；《碧鉴集》一卷；《馀清诗稿》一卷；《载月吟》一卷，后附词；《北飒集》一卷，后附词。收藏有“何印元锡”（白方）、“何氏敬祉”（白方）。

春雨楼集

二年前西谛来沪，余访之旅寓。于案头见此集残卷之桃花纸本，有青要山人白文小印，珍重之至。后即刻意访求，绝无所获。去年访小雁于当湖，求之，亦无人知。颇憾之。近小雁来沪，与共游赏。归去之日，见一单于肆中，居然有此及梅谷十集，亟得之归，欢喜题之。癸巳立夏。

得此本后十日，又见一本于林乔良许。印不如此之初，且已敝坏，因未之收。此集连遇二部，可谓异事。

五日前在当湖，访书故家。遍问虹屏书迹遗集，几无知者，不禁叹风流之歇绝也。后乃于人家书堆中见中国书店曾有石印本虹屏手书词稿杂文一册，有奇晋斋印，与此正同，知此本模刻精绝也。原迹不知归之谁氏矣。又曾见明刻游明本《史记》，有虹屏手书跋语，极纤秀而无此工致，知此为其刻意之书也。乙未雨水日装成，记于来燕榭。

《春雨楼集》十四卷，卷末一卷，平湖沈彩虹屏著。

乾隆刻，虹屏手书上板。九行，十九字。上下黑口，左右双边。前有乾隆四十七年暮春下浣萧山汪辉祖龙庄甫序，乾隆四十四年梅谷序。次青要山人临池小影，汪亮写，某谷赞。次目录。卷末题词。

爱日堂吟稿

此小山堂主人遗集，罕遇难求，于清人别集中最称珍秘。十余年前读一文，记黄吕争祁氏书公案，引及《春草园小记》，即悬之梦寐。然历数寒暑，阅市借人，终不可见。又数年，余先后收澹生堂四世撰著藏书百许册于梅市，更重刊虎子所撰《远山堂曲品》稿本，撰长跋，记遗事，知仁和赵氏与祁氏为姻娅，赵氏父子集中颇多记外家故事之文，然箧中所储，亦只原刻《东潜文稿》耳。《春草园小记》只能转引于他书，不无缺憾。丙申之秋，道出蓉城，乃于馆中见此集，尚是法时帆故物，快读一过，亟钞数文以归，补刊入祁氏《曲品》中，于愿少慰，然于此集则未敢作收藏想也。乃十日前于古籍铺架上，抽得两册，亟买之归，检视之，知仅存上半，自卷八以下皆佚去矣。《春草园小记》仍未寓目，意当不更可遇矣。前日雨夕过市，更入书库观书，乃更得此全帙，始入手时殆未敢信。书缘之美，何可言耶？此本有旧人朱校，尚是初刻成时改本，惜不知出谁何手。一书之得，艰难如此，藏书之事，夫岂易言。己亥二月初一日来燕榭中晴窗记。

《爱日堂吟稿》十三卷，附稿二卷，仁和赵昱谷林撰。乾隆刻本。半叶十一行，行二十二字。上下黑口，单边。每卷前先目录，直接正文。前有全祖望序，次全祖望《小山堂藏书记》。次方棨如《小山堂唱酬诗题辞》。次全祖望《前徵士谷林赵君诔》。卷十三后有男一清述。附稿卷十四为诗馀，卷十五为春草园小景分记。分记中旷亭一题，记山阴祁氏故实甚详。卷十三有诗一题："购得外氏山阴祁夷度先生文集，又吴门王邵棠见遗澹生堂藏书印章。予蓄祁氏书仅数十册，年来欲广收而未能也。志感二首。"后附全祖望诗一首，亦道祁氏事者。

宝闲堂集

丙申七月廿七日，客杭收此。《响山词》已收原刻初印精本，只此绝罕，喜得并储，因记。黄裳。

此集禁书目著录，漫阅一过，别无违碍之处，不知何以得此青睐。卷中有《客有谈故将军事者，赋之》，又《为某大将军题全蜀形胜图》二诗，疑皆为年羹尧作，刻集时年败已久，而不删此诗，此其所以干朝廷之大忌乎？戊戌十一月。

《宝闲堂集》四卷，临潼张四科哲士撰。乾隆刻本。十行，十九字。白口，左右双栏。前有乾隆己卯季夏清河张四科自识。次总目。次渔川居士四十九岁小像。《客有谈故将军事者，赋之》一诗录后：

“酒酣双耳热，复典鹔鹴裘。看君飒华发，意气尚莫俦。昔事大将军，万里从军游。星驰青海战，电卷黄云愁。扫除王庭空，指顾胡命休。成功献天子，开国冠诸侯。豪贵让绝席，卿相拜马头。势等山岳崇，权将人主侔。此时亦受赏，仍参幄中筹。微谏愧伍被，游扬希曹邱。门生半天下，资货溢九州。武安益骄横，淮阴无反谋。由来功名盛，容易生疮疣。天子终见疑，廷尉俄来收。冰山一朝摧，敌国起同舟。盈庭对狱吏，独蒙脱累囚。赫赫显要地，昔人戒轻投。炙手虽可热，失足易起羞。临事苦不慎，过时空自尤。于今年七十，不醉复何求。”

沙河逸老小稿

此马秋玉集，刊本罕传。乙未九秋收于闽县林葆恒家，与他种诗馀同得，并旧藏二查集同储，可为快事。黄裳记。

《沙河逸老小稿》六卷，《嶰谷词》一卷。祁门马曰琯秋玉撰。乾隆刻。十行，十九字。白口，单边。前有乾隆戊寅沈德潜序，乾隆丁丑陈章序。

南斋集

甬估林集虚时以天一阁书来售，余所得不少。亦时有清刻集部，索直殊昂。盖以此种书皆二十年前所藏，亦皆按当时旧价也。去冬一夕，出清刻集数十种见示，中有此马佩兮集，余甚喜之，而索米二石，无从得之。近又见之，询此集尚在，即还价收之。余见藏书家遗集必收，所得不少。他日当集印之。甲午四月望前一日，小燕。

得此本后一年又半，更收马曰琯集，刊于乾隆戊寅，早于此本四年。两书皆罕遇难求，今得并储，快甚。乙未九月。

《南斋集》六卷，《南斋词》二卷，祁门马曰璐佩兮撰。乾隆刻。行款同前马秋玉集。前有乾隆辛巳杭世骏序，乾隆庚辰蒋德序。

二妙集

此旧钞本段氏《二妙集》，曾经蒋西圃、李南涧两先生藏弆，皆有手迹，系姑苏某氏所藏。余因俞氏之介收得之，甚以为快。南涧系乡先辈，余旧只得其所藏《宋文鉴》残卷耳。今乃得见手迹，至幸事也。西圃校藏之书，亦是初见。旧山楼书散于劫中，精骑半归吴下，余所得不少。见此如故友重逢。岁暮每收异书，是人生最得意事，而知者殆少矣。同收尚有澹生堂钞《对床夜语》，有旷翁手跋，亦铭心绝品也。乙未立春。

南涧于乾隆己丑五月廿三日谒选至京，十一月初七日出京。撰《琉璃厂书肆记》，娓娓可读。记云，“又西而南转沙土园北口路西有文粹堂金氏，肆贾谢姓，苏州人，颇深于书。予所购钞本如《宋通鉴长编纪事本末》《芦浦笔记》《麈史》《富简》《乾坤清气》《滏水集》《吕敬夫诗集》，段氏《二妙集》之属，皆于此肆”。此册尾恰有南涧手迹二行，即当日所购之一也。真绝妙之事，不可不为拈出。庚子十一月十四日，寒夜灯前记。距南涧此题已一百九十一年矣。黄裳小燕书于来燕榭中。

《二妙集》八卷，旧钞本。半叶九行，行廿一字。素纸钞白。前有翰林学士资德大夫知制诰同修国史临川吴澄序。次虞集撰《河东段氏世德碑铭》。末有泰定四年丁卯春别嗣辅识。又成化辛丑中州贾定刊书跋。蒋西圃朱笔手校，卷尾有题记一行云："雍正戊申秋八月自新甫归里校对，西圃老人。"收藏有"西圃蒋氏手校钞本"（朱长）、"旧山楼"（朱长）、"非昔过眼"（白方）。卷尾有李文藻墨笔手题："乾隆己丑六月，李文藻购于琉璃厂。是时得宋元人集二十余种，此其一也。"下钤"泉氏家藏"白文方印。封面有胡子莹手题，又手跋："今春从间壁潜研堂钱氏购获朱泽民先生《存复斋文集》、邵复孺先生《野处集》、刘种春先生《方是闲稿》、杨文举先生《佩玉斋类稿》及此《二妙集》，为河东段遁庵先生与其季菊轩先生合著，凡数书胥未覯梓本。其间或未刻，或刻而毁，或毁而刻而复毁，时代辽远，意显晦出没，所历多矣。流传归余，异日萃而付梓，余之志即诸先生之志也。《佩玉斋类稿》及是集并为李南涧文藻所藏，南涧辛楣丈弟子，意其时执贽时持赠者。道光十一年辛卯，子莹胡澄记于裘杼居。"下钤"子莹"白文套边方印。按胡澄嘉定人，有《裘杼居遗集》五卷，刊于道光十八年秋，在此跋后七年。

汪水云诗

初余闻来青阁估人告，周越然家尚有劫余之物将出，只清刻本而已，即嘱代留精本。今日过之，买得此种及卢雅雨《出塞集》、盛小云《啸雨草堂集》等三种。甚快意也。此集前数日得残本二册于他肆，只余《水云集》后半，不图半月后竟得全书，且为瑞轩、莫棠递藏之本，书缘之美，何可言耶。此虽乾隆刻而流传甚稀，直当以善本视之矣。丁酉七月半。

此鲍以文早年所刻书，模印甚少，传世颇稀，殆以赵宋遗民之作，故国之思，洋溢卷楮，于文网渐密之日，颇不宜也。吴敦复一序，语亦刻露。大非四库馆臣所愿闻见，宜以文之讳之也。以文喜刻故籍于乾隆间，必求近古，似与四库修书抗衡者。然老寿没世，且邀清帝赏誉，真天幸也。如《知不足斋丛书》中尽属此种，祸不旋踵矣。此事似尚未经人道，因拈出之。己亥六月廿九日书。不亲朱墨将半载矣。

《水云集》一卷，钱唐汪元量大有著。乾隆刻本。十行，十九字，上下黑口，左右双边。前有钱塘吴城撰

《知不足斋合刻汪水云诗序》。后有附录三卷。卷尾有陆嘉淑、吴焯、鲍廷博、余集跋。跋尾有“仁和陈载周刻”一行。《湖山类稿》五卷，附一卷。题“水云汪元量大有行吟　须溪刘辰翁会孟批点”。前有刘辰翁序。行款同前，卷首板心有“知不足斋正本”六字。卷尾有乾隆乙酉五月既望得闲居士鲍廷博跋。末附亡宋旧宫人诗，后附廷博跋。收藏有“瑞轩”（朱方）、“古柱轩图书印”（朱长）、“莫棠楚生父印”（朱长）、“铜井山庐藏书”（朱文界格方印）、“曾留吴兴周氏言言斋”（白长）、“言言斋善本图书”（朱长）、“振祖之印”（朱方）、“荫丘人”（白方）。

私史纪事

乙未上元前一日，吴下估人携此册来。此有关庄史之狱文献，于卷中可窥清初文网之密，书坊情景，曲曲可观，良史料也。来燕榭坐雨记。

魏公范骧子，骧亦庄史参阅之一人，与陆丽京、查继佐同。因书未寓目、事前检举得脱。范君名姓未彰，不及查、陆远甚。丽京后逃禅远游，不知所终。继佐稿本《罪惟录》亦得复印行世，只骧事几无知者。非此稿本仅存，其行止几将湮没。卷中有宗楷笔，则陆氏子也，似狱解而两家亦凶终隙末矣。震霆之下，尚何友朋之可言，读毕为之三叹。得书后四年，寒窗记。

谢氏《晚明史籍考》著录，题作“范氏记私史事一卷”，殆从此稿本出而别立书名者，云是吴兴刘氏嘉业堂旧藏钞本。北京图书馆藏钞本又《南林丛刊》本。谢氏云，骧字文白，号默庵。性孝友，工书。环堵萧然，日以经学自娱。因史案被逮，释后志气如常。卒年六十八。门人私谥清献先生。是书为文白之子韩记史案情事，述其原委颇详。查陆范三家子弟，记先人罹祸之书已有其二。沈起撰查《伊璜年谱》，记庄氏史狱及所撰《罪惟录》事甚详。谢书又著录《秋思草堂遗集·老父云游始末》一卷，钱塘女史陆莘行缵任氏撰。傅以礼有跋。丽京脱罪后往粤，从金道隐为僧，法名德龙，字谁庵。又从函是游，改名今竟，字与安。云游东南，每至易姓名，不知所终。被难时莘行方七岁，后适祝鲲涛子棐，字龙自，年九十余乃终。《鲒埼亭集》卷二十六有《陆丽京事略》，所记亦详。今日午后雨风大作，灯下检书更跋。黄裳写于来燕榭中。

"陆圻字丽京，鲲庭之兄也。为文长于俪体。乱时避至东浙，馆于吾家。言当此兵戈载道，无不闭门听难，而宾客满座，盗贼不犯者，唯朱湛侯与黄氏两家耳。庚寅同宿吴子虎家，夜半推余醒，问旧事，击节起舞。余有怀旧诗：'桑间隐迹怀孙爽，药笼偷生忆陆圻。浙西人物真难得，屈指犹云某在斯。'史祸之后，丽京以此诗奉还，云，自贬三等，不宜当此，请改月旦。其后不知所终。人有见之黄鹤楼者，云已黄冠为道士矣。"此黄宗羲《思旧录》一则，记事可珍。史祸之后，丽京盖深有所悔。展转刀斧之下，未能抗言，只有泥首偷活。此殆后来弃家出亡之因也。甲子闰月初十日，黄裳漫录。

《史祸纪事本末》，后朱笔圈改为"私史纪事"，稿本。大题次行属"七十有二范韩魏公谨述"。后有跋，后属"七十有二老人范韩拜启"。钤有"范韩之印"（白方）、"魏公"（朱方）、"寄情处"（白方）。

金石契

今日天雨，偶过市阅书，于架上见此小册而有布函，颇精整，意必吴静安物也，抽阅果然，即得之归。系文鱼手书上板者，亦可赏玩。余始收吴氏书在十年前，不意零芬散馥，今犹未尽。同时架上尚有赵琴士《金石文钞》，亦是原刻，却未之得。携书归来，夜窗作记。今日天雨燠甚，亦江南天气之常，颇不似早春也。辛丑落灯之夕，黄裳记。

此本流传颇稀，只于李木斋目中见之，定为乾隆四十三年刻，是未见此册前总目也。吴静庵藏书多小精品。其姬人江采能画，乃不能守遗书。前后两次皆以贱直斥售，不知何也。壬子春三月十七日重阅，更以旧于石麒许所得金石拓本散叶夹入书中。有新莽泉范一叶，钤石鼓亭印，为文鱼故物，却未收入此书，岂后来所得耶。黄裳更跋。

《金石契》，前有目，题“嘉庆丙辰冬日张燕昌编次”。乾嘉间刻。前有乾隆四十三年王杰序，乾隆三十六年朱琰序，乾隆三十六年杭世骏序。卷首大题下属“嘉禾张燕昌过眼”。板心下间记刊刻年代，多成于乾隆中。前图后说，通百四十四番。收藏有“延陵季子之孙”（白方）、“吴定”（白方）、“吴静庵”（白方）。

飞白录

清刻中之精善稀少者较明板恶册远胜之，而世不知此，大可叹惋。来青阁收书于故家，余过而观之。得此册及康熙陆南村刻《王徵士集》以归，大是得意。此家所藏不必尽是善本，而类此正多，可见主人亦善读书者。《王常宗集》余后收也是园钞本，有张芙川跋。以较陆刻，误字反多。然持二书入市，其价乃不能同日语也。得此本前，曾于石麒许收得黄椒升《续古印式》，皆醉经楼主人所刊，亦俱少传本，乃知卷轴因缘，殆非偶然。初购书人多重明嘉万中白纸书，能知黑口本即已少进，能收钞校本则目力必不低，至笃好清刻，降及嘉道刊板，则其沉湎古欢，必非一日。珍赏会心，乐更无艺。聊借此余纸一发狂言，世有知者，当为一笑。丙申端五前二日，黄裳记。

《飞白录》二卷，吴趋陆绍曾、海盐张燕昌同辑，同里黄锡蕃参订。嘉庆九年刻。九行，十九字。白口，四周双边。板心下有“擘荔轩”三字。上下卷尾俱有双行牌记：嘉庆甲子年海盐黄氏开雕于三山官舍之“擘荔轩”。

孤儿编三卷

近来心境甚恶，几月余未过书肆。昨日春晴，东风作厉，偶至传薪，已改名为古籍店之廉价部。绍樵病废，卧于楼上，未之见也。偶于架上抽得此《孤儿编》三卷一册，绝初印，阔大，价八金，亦殊不廉，仍买之归，今后殆亦不复能购书矣。念之怅惘。与此编并行者尚有《容甫先生年谱》一卷，《汪氏学行记》六卷，皆喜孙撰。箧中俱无之。此编流传尤罕。旧曾数见《述学》之初印本，亦未之购，他日不知尚能一一得之否。容甫遗诗则仅有木活字本，惜未精刻传世。此编首有椒堂朱氏书一通，系小燕曾祖所作，益增爱惜之念。翌日晨兴作记。戊戌三月初一日，明日谷雨，黄裳记。

得此书后近三年，乃更收《从政录》四卷于海上书林。写刻较此俊爽，亦罕传，取以并藏，信是佳事。辛丑春分前三日。

《孤儿编》三卷，道光刻。半叶十三行，行三十字。白口，左右双边。撰者尚是墨钉。板心下记字数。前有朱侍郎书，题“道光六年嘉平月弟朱为弼”。次许印林瀚书，次道光二十年二月二十三日甘泉汪喜孙自叙。

湘弦别谱

癸巳三月，石麒访书越中，道出湖上，归而以祁忠敏《按吴政略》《疏草》及顾千里、钮树玉手校之《庄子》遗余，更俪以清刻词集数十种，此其一也。罕传佳本，卷前更有郁达夫题识，盖自风雨茅庐中出者，更可珍矣。黄裳记。

此本为郁达夫故物。达夫向有家在杭城，乱后弃去，书籍星散。此戋戋小册竟展转归余，睹之兴感。甲午上元前日，黄裳。

《湘弦别谱》一卷，元和朱绶仲环撰。道光刻。十二行，廿三字。白口，左右双边。前有扉叶，道光壬午褚逢椿题。自序。封面郁达夫题。

《知止堂词录》三卷，元和朱绶仲洁父撰。道光刻。行款同前。道光庚子戈载序。次总目，董国华识。道光癸未潘曾沂序，戊寅高篃序。嘉庆己卯朱绶环之《缇锦词自序》。本书卷一《缇锦词》，卷二《湘弦别谱》，卷三《黛湖渔唱》。收藏有“蒋印志凝”（白方）、“淡怀”（朱方）。

张亟斋遗集

戊戌腊月初九日，大风严寒，过市观书，架上颇有旧本，皆近时买自结一庐朱氏、江都秦氏物也。佳本自非余辈可见，然清刻精本亦尚有数种。因抽此本与原刻《桂老落集》以归，皆久求不可见者。此册尚有丁俭卿印记，当是刻成后自藏之本。文选楼印则阮氏后人所钤，书刻成于同治中，阮伯元无从得见矣。卷前更有许珊林一序，世无知者。光绪中辑刻《古均阁遗集》，亦失收。持示许氏后人，亦叹书囊无底也。寒宵炙砚书。

得此卷后适海昌许君闻泉过访，即出以示之。珊林为君曾祖，其家搜先世遗书遗墨颇备，向未知此。后十日乃更携珊林遗札一通过我，道此书刊刻故事，遂借录之：

俭卿三兄同年大人阁下：力臣先生遗稿能得阁下为之刊刻，俾前哲幽光，昭垂后世，胜造七级浮屠多矣。兹将原稿奉缴，其签出各条，仅就管见所及，恐讹误尚不少也。承询刻工，自以苏垣为妥。校雠之役竟可责之杨学博一手经理，较为便捷。附去《钞币论》十本，有同好者，即烦分致。此弟手制而署名舍弟者，正之。

此扎当作于道光丁未，后终未刻，后若干年始成于盱眙吴氏手。刊殊草草，远逊许刻诸种矣。《钞币论》余亦有之，不见此札不知其出于珊林而托名其弟者也。己亥正月廿三日晴窗记，黄裳。

力臣父致中《符山堂诗》，清初刻本，亦力臣手书上板，二十二年前余得一本，只存前半。希若星凤。力臣手书刻本《音学五书》亦曾见之，精绝，似铜合字，亦未收也。《符山堂诗》不分卷，每体后有男彀、弨、弧校梓字样，知力臣尚有兄弟。辛亥十月十一日重展记。

《张力臣先生遗集》，不分卷。同治刻，十行，二十二字。白口，双边。前有《四库》提要。道光二十七年海昌许梿叙，同治三年山阳后学丁晏叙。板心下有“望三益斋”四字。收藏有“山阳丁晏藏书”（朱方）、“扬州阮氏琅嬛仙馆藏书印”（朱方）。

松邻遗集

此吴伯宛遗集，久欲得一本读之，却亦罕觏。今日偶检得于故书店头，亟挟之归。灯下漫阅一过。藏书题记诸篇俱佳，远胜沅叔之卖弄、式之之穷酸，雍容大雅，惜其不多也。十五年前曾收伯宛手稿《甘遁村氓日札》一册于储礼堂家，已移赠周叔弢丈，今不知仍在自庄严堪中否。丁酉七月廿五日黄裳记。

伯宛先生毕生所刊诸书俱精善而不甚多，亦自收藏，其行径在艺风、授经之间，不愧钱塘吴氏绣谷后劲。所刊《宋金元词》，未能收得一部，而《松邻丛书》亦稀若星凤，只得残帙数种于修文堂。所藏佳本更绝未经见。叶揆初云："伯宛先生任陇海路局秘书时，屡于宴叙中接谈，而未得请益之机会，其时收入尚丰，因喜购故籍及金石精本，整理刊印，不惜重资。性又豪迈，用度仍苦不足。民国六七年间，将嫁女蕊圆，检出所藏明刊及旧钞善本四十种，定价京钞一千元，出售以充嫁资。余请张京庾楼为介，如值购之。是为余搜罗善本之发轫。其时京钞甫停兑，市价八折，实费现币八百元也。"此跋颇存伯宛故事，蕊圆即此集卷尾附刊姓名者。春晨无事，因移录之，以存书林掌故。戊戌二月十八日。

叶揆初《卷庵书跋》跋此书云："印臣先生故后，友人章式之、傅沅叔、邵伯褧等搜集遗文，交式之担任编辑，辑成，交琉璃厂文楷斋刊刻。文楷刻成而刻资无人担任，阁置数年，文楷甚窘。壬癸间葵入都，伯褧告葵曰，文楷急于结账，只需付四百元，便可印刷数十部。葵允出二百元，分得红印二十部。尔时沅叔正作峨嵋之游，葵固未知伯褧未与接洽也。迨沅叔回京，甚怒文楷之专擅，不许再印，文楷乃以原板改作他用。葵携二十部出京，同好分索，让去十九部，只剩此一册矣。十九部中有赠平湖葛氏一部，松江图书馆一部，此次倭患，不知已付劫灰否？去年颇思将此册付之石印，倭事起，又不易实行。印臣一生坎坷，其遗著亦尚在显晦之间，可慨也。戊寅四月廿一日记。"又云："校《邦畿水利集说跋》，即陈硕甫所藏沈氏原稿，上次上海战事时，葵向东方图书馆借校，未付劫灰者。印臣此跋，定稿而未写入原书，大约此书由印臣让归传书堂，再转入涵芬楼者。印臣遗稿丛杂，诗词尤夥，多未成之作。此集颇为一时传诵，式之编次之审慎，实居其功，可谓不负死友矣。此集并无序文，式之谦让未遑，闻沅叔颇思列入所刊丛书中。未经商允而即付印，所以逢彼之怒也。"此跋颇存《松邻遗集》故事。此书刊成，殆只印不及百部，恐未有墨印本也。式之君子，沅叔骄横而好名，伯褧则好好先生，胥司于此书之一段公案中见之。此册殆即仅存数十册之一，亦可珍矣。戊戌清明后一日，黄裳写记。

《松邻遗集》十卷，仁和吴昌绶伯宛著。文楷斋刊红印本。半叶十三行，行二十二字。上下黑口，左右双栏。每卷尾有“女蕊圆辑录并校”一行。书端邵章属题“己巳”，一九二九年也。

谈往

四年前余草《鸳湖曲笺证》，欲广求吴吏部遗事，驰书春晗北平，即以此《谈往》一册见寄，为民国初年活字印本，所得甚多。是为得读此书之始。后又得《适园丛书》本，未遑对读也。今日过市，乃于沈仲芳许见此旧钞，有朱墨笔批注，当是清初故物，遂更买归。余收此种晚明野史最多，旧钞亦富。不知更几何时始能得暇重理故业，念此惘然。同得尚有乾隆鲍钤俊逸亭刻《茶山老人遗集》，携书过来青阁，遇孙伯绳，约十日后往观宋板《花间集》。归来记此。壬辰立夏日，小燕记。

卷端有泉唐戴氏印，朱评亦钤醇士小印，不知是戴鹿床印否？

《谈往》一卷，题“华村看行侍者偶录”。旧钞本。九行，二十四字。收藏有“泉唐戴氏珍藏”（朱方）、“书仓旧主”（朱方）、“醇士”（朱方）。卷中旧人录印光任《澳门纪略》文，已在乾隆中，此本钞成当更早。

民抄董宧纪略

今晨访孙实君于修文堂，仍偕渠去孙伯渊寓观小绿天遗书，所存已无何精本。检得此《民抄董宧纪略》，秘书亦有用之书也。后有刘履芬藏印，亦流传有自者。此书近有排印本，恐少于此本，缺番未必能补全也。庚寅十月十七日。

《民抄董宧纪略》，旧钞本。钞白。半叶九行，行二十五字。前缺四番，通三十九番。收藏有“须江刘眉士校藏”（朱文方印）、“彦清珍秘”（白文方印）、“小绿天藏书”（朱文长印）、“孙毓修印”（白文方印）。封面有旧人手跋：“此本得于奉贤陈礼园家。董文敏居乡颇不利于人口，盖亦是时吴下乡绅习气，即徐文贞不免云。戊子正月十七日。”卷末有孙毓修朱笔跋：“辛亥冬日，得于吴市。有刘泖生印记。书颇奇闷，惜缺数番，安得补钞足之。留庵记。”又孙氏朱笔记：“董之父号白斋，故自号思白云。思白有子四人。长孟履，次仲权，三季苑，四玉宣。孟履最好，仲权以恩例为南都别驾，被盗劫于涂。子名刚，以督镇吴胜兆谋叛事收捕杀于江宁。

孟履之子名庭，字对之。宏光时出守河南，力谕枳民降顺。沈犹龙恶之，嘱总兵黄蜚杀之泖中。右见松江李昌期《郡治纪略》抄本，共纪四十五事，其第四则为《董宦民抄事略》，不及此册之详也。注云丙辰年事。丁巳四月七日，留庵摘录。”又朱笔跋：“据提学御史，昆山有周元晖一案，不知周案何似。各官为诸生卸罪，而董公欲避民抄二字，必罪诸生，未免所见不广。至提学衙门在江阴，其时业已如此，不自本朝始也。此宁海章一山太史借看后所跋，为摹入卷中。”又书眉孙氏批：“黑白卫传奇刺董也。详见毛祥麐对山《墨馀录》。留庵记。”“杜士基（案系‘合郡孝廉公揭’之一人）有《类衷》百卷，曾见钞本。留庵记。”

壬癸集

壬辰十一月廿五日午后游交通路书摊，偶见此册，颇罕传而古意纷披，遂携之归。有蕙风簃藏印，亦可珍重。漫读一过，《昔游》六首颇可观。江南风物，描绘都尽，似较大篇尤佳也。雁。

乙未寒露前二日，海上秋风大起，寒意满襟。重检阅此。静安诗固不恶，而此本更古雅可爱，不愧近时善本。藏王氏遗书者，殆皆未知有此也。卷中墨笔校字极工，系出王氏自改者。黄裳坐来燕榭中书。

《壬癸集》，海宁王国维撰。木活字本。十行，十八字。白口，左右双边。前有目，古今体诗二十首。收藏有“又韩”（朱方）、“况”（朱方）、“又韩”（白文套边方印）、“蕙风簃”（白长）。《颐和园词》“高秋风日近重阳”，近改过；“为制金章特与钤”，制改赐，钤改镌；“北渚方深帝子愁”，方深改何堪；“兼黄阁”，阁改閤。《蜀道难》“千年谟训毛公鼎”，年改言。《孝定景皇后挽歌辞》“腐心看社屋”改“看夏社”；“此去惭先帝”，惭改朝。《兰亭会诗》“物文千秋”，改文物。卷尾双行牌记：“大日本京都圣华房以江州旧木活字印行。”通十五番，皮纸印。

陈师曾遗诗

丁酉三月廿四日，午刻与文杰饮于市楼，又过旧书肆观书。偶于架上抽得此册，至为得意。此虽近时所印，然罕传却甚。手书出女弟子江采，吴静庵夫人也。今日所得书皆乙库物，定价奇廉，然不少佳本。戏语文杰，当镌一印曰“乙库秘宝”以钤之。黄裳记。

师曾天才飘逸，诗境空灵。虽深于宋诗家法，然夭矫腾挪，终非余子拙涩之比。惜不永年也。寅恪诗亦绝佳，惜无传本。春灯漫阅，不觉夜永。黄裳记。

《陈师曾遗诗》二卷，补一卷，义宁陈衡恪撰。石印本。江采手写，字迹娟秀。半叶十行，行二十一字。前有民国十九年八月叶恭绰序。后有镇江吴庠跋。卷尾有“传画女弟子钱塘江采写”一行。

补编

滇南书录

小　引

昆明翠湖侧有一个图书馆，庭院、书楼都十分雅致，还是五六十年前的晚清建筑。院子里花木扶疏，书楼是双层的木结构，外漆浅绿色，木雕的楹联和匾额挂得满满的。十几年前曾经到这里来过一次，目的是想找一些南明史料，结果大失所望，废然而去。一九五六年秋重到昆明，又到这里来看书。景色依稀，但一切都整饰一新，已经非复十年前那种荒秽之状了。那两天天气正好，茶花盛开，满院子都开了碗口大雪白的花朵，金黄色的太阳斜射在书楼的玻璃窗上，地上铺着古旧但却洁净的砖石，踏在上面，有一种静谧的感觉。正面楼下的大厅里静静地坐着读书的人，几乎满座。这里面有老先生，也有年青的大学生和机关干部，都低着头在钞录着什么。

变化最大的是右侧楼上的善本书室。这一个大统间里装满了书柜，都是有关云南地方的善本册籍。这都是解放以后搜罗整理出来的。原有的图书馆藏书仅仅占了很可怜的一小部分。这个发展是可惊的，特别是在云南这样的边疆地区，刻书、藏书的风气本来就远逊于江南一带的。聚集了这许多善本，保存了这许多可贵的资料，实在是值得高兴的事。

当然，这里的善本标准是稍有不同的。这里没有有宋元旧刻、名家钞校的书，甚至连明刻都稀若星凤，但它们大抵都是刻于云南、有关云南或云南人的撰著。偶有别处的刻本、钞本，但也总不外上面提到的内容。这些图籍，在外地是极少有机会看到的。

我花了三四个半天的时间，看了几十种书。由于图书馆同志的热心帮助，我得到这个愉快的读书机会，这是此次西南之行使我不能忘怀的一次美好的经历。但是时间毕竟太仓促了，我无法作详细的记录，只摘录了自己有兴趣的一些材料。下面就是我的读书札记。

雪山诗选三卷

嘉靖刻本。八行，十六字。白口，左右双边。写刻，极精劲。夹注小字双行。诗句旁边有批点。极初印，用的是一种黄皮纸，使人联想到明代正嘉间铜活字本，如锡山安氏所印书的纸张。那刻工，也极似出之苏锡一带的刻工之手的。我猜测，当时的丽江土司木氏和中原士大夫的交往是颇为密切的，这些书可能都是在江南一带刻印了寄回云南的。还有一种可能就是木家把江南的刻工、写样者聘请了来，完成了这个工作。就连那印书所用的纸，也是从江南运来的。这也不是不可能的事，因为在《徐霞客游记》里，就曾经有过木氏土司从江南聘请过许多技术工人的记载，虽然没有提到刻工。

这些书的选订、编辑都出于当时远谪滇南的杨升庵之手。前面就正好有杨氏的序文，凡四叶，末题“嘉靖己酉六月廿四日成都杨慎书于高峣之一萍轩”。目录八叶。正文三十七叶，最后还有杨升庵的跋。升庵序中提道：

“《雪山诗选》者，丽江世守雪山木侯恕卿之诗也。……永昌司徒南园张公序其《雪山始音》，称其诗，……又属余合前数集，汇选其尤，将镌之玉湖精舍以传。……”

可以知道这是丽江土司木公恕卿的诗集。其余诸集，大题下皆有撰者姓氏，只此书无之，大概因为是选本，所以只在序中提到。

全书分上中下三卷，又分“雪山始音”“隐园春兴”“庚子稿”“万松吟卷”“玉湖游录”“仙楼琼华”等六题。这是先后单刻的六个诗集，选本即是从这六个集子里面选出来的。我把他应杨升庵之请而作的高峣诗钞了下来：

升庵简来，命作《高峣十二景诗》，续书于后：

翠岩晚霭

日暮翠屏开，俄看触石来。海光分缥渺，林影共徘徊。（升庵批：此首绝佳，绘出翠岩景也。）

碧关朝霞

蟠木天鸡唱，扶桑海色开。青霄通蜀峤，丹气回纾开。

（升庵批：用《蜀都赋》“纾丹气而为霞”最切题，且见怀乡之意，妙句也。）

茭塘去帆

夕照纾飒急，鱼龙吐浪腥。镜中谁荡深，点点滮风舲。（升庵批：有去意。）

水云归棹

水光看澹澹，云影去迢迢。归棹缘何速，（升庵批：见归意。）愁人动晚飙。

净耳山带

山腰横玉局，溽暑湿云生。（升庵批：湿云字佳。）伏后天将雨，先看白气萦。

罗藏水椿

螮蝀饮沧溟，断如双杆形。（升庵批：写景入绘。）晓来看海际，云密雨零零。

八村渔火

洲渚如棋局，家家快晚晴。渔翁收巽网，渔妇爇松明。（升庵批：似辋川。）

九寺梵钟

连然多古刹，晨夕响蒲牢。自说禅林净，谁堪铁兽嗥。

南峦松雪

甸南天列画，矫首屹寒峰。皎洁千重玉，棣梣百尺龙。（升庵批：状景体物，如此乃佳，非泛用韵者。）

东林桂月

秋空蟾窟炯，金粟远浮香。净扫银河影，姮娥笑醉狂。

梨园春游

蕊女春游艳，铅妆晚更鲜。千株垂素雪，风景似樊川。

（升庵批：十二首中，此首尤秀出。）

莲池秋泛

满船红紫漾，醉唱采莲歌。画鼓声相应，波心逐队过。

就诗论诗，这的确不能算什么佳作。杨升庵的批语，恐怕也难免存在面子观点，但当作明代少数民族上层人物用汉文字写的作品的标本看，这也是很珍贵的资料了。

万松吟卷不分卷

中宪大夫木公撰

嘉靖刻本。九行，十五字。白口，左右双边。前有嘉靖癸卯十月六日博南山人杨慎序。后有自跋。属“嘉靖癸卯秋孟月恕卿雪山甫书于青松白雪楼中”。下有方印“垒柏后人”。

玉湖游录

丽江木公恕卿著 太和李元阳批点

嘉靖刻本。八行，十五字。白口，单边。板心甚阔。虽然同样也是写刻，但字体更较疏秀。前有嘉靖乙巳仲春赐进士刑部主事大理洱皋贾文元序。后有禺山外史兼明台真逸遁野荒民张含愈光甫序（嘉靖乙巳孟夏十有八日）。诗卷后有自跋，小字。原签尚存。

“莋彧有山曰玉龙，有水曰玉湖，玉湖即玉龙之水滘合而成之也。湖西一里许，楼阁隐映于万松之间，乃玉山书院也。

予若居于院，游饮于湖。醉中每获之句，集曰《玉湖游录》。湖之景不书者，览其作则见其湖之景于目矣。时嘉靖甲辰岁冬十一月望日，六雪主人书于对岦亭。”（下有二朱文长方印曰：“玉湖钓客”“雪山主人”。）

仙楼琼华

丽江木公著　太史杨升庵批点

嘉靖刻本。八行，十五字。白口，左右双边。嘉靖丙午五月廿二日博南逸史成都杨慎序。杨慎的《高峣十二景诗》即附见此卷中。

雪山始音上下卷

丽阳木公恕卿著

嘉靖刻本。八行，十五字。白口，左右双边。板心下叶数用大写字。前有嘉靖二年岁在癸未冬十月望前三日南园老人张志淳序。这册书虽然同为写刻本，但字体较小，亦颇古拙。原签犹存。

隐园春兴

雪山野人著

嘉靖刻本。八行，十五字。白口，左右双边。前有《隐园春兴班》二叶，刻更古拙。虽系汉文，但极不易通解。如“子张子译而异之，曰，木氏世兽丽江，世为二千石，木子又以长贞绥位匪隐谐即如木子……”次“嘉靖元年春三月廿之一日雪山野人书于南圃草亭”序。末有小字自跋：

> 先父莅政，愚闲处于家，朝饮莫作而已。於乎，今日则不然也。何哉？愚乃承天子之命，继守斯土，惟勤心锐意以图尽共理分忧之职，日思之，恐不及焉。幽隐之趣敢复为乎？虽然，政事日为而隐园春兴亦不可泯也。因命杨生务之重录成卷，似览有居于家者，则知先隐而后仕之意云耳。
>
> 嘉靖六年春正月知丽江府事木公再书。

这是木公在继父任丽江土司以后所编定的著作。从跋文里可以看出，他虽然努力用汉文写作，而且必然经过汉族文人的修改，但文法仍旧不十分通顺。前面的《隐园春兴班》原文可能是用纳西族的文字写的，所以有“译”的说法，而译文也依旧不甚可解。

雪山庚子稿

丽江木公著 永昌张含批点

嘉靖刻本。八行，十六字。白口，左右双边。大字写刻。前面有《庚子诗集序》，序后属“赐进士守荆州前翰林院庶吉士乡人太和李元阳书于竹里馆，时嘉靖癸卯阳月之望”。后有永昌外史张含后志。

万松吟卷

中宪大夫木公撰

这是一个万历以后的重刻本。行款改为八行十五字。字体也改为宋体字而非写刻了。至于前面的序，则仍是嘉靖原刻，但后印而已。

芝山云薖集四卷

丽水解脱道人木增生白父著 华亭董其昌玄宰父改阅批点

毗陵周延儒挹斋父、燕山张邦纪瑞石父参订

昆明傅宗龙括苍父校正　男懿参、懿乔、懿宿同刊

崇祯刻。宋体字。八行，十八字。白口，单边。前有天启癸亥上元日光禄大夫少保兼太子太保户部尚书武英殿大学士毗陵周延儒序。次通家侍生张邦纪序（衔名未录）。次赐进士第中宪大夫巡按贵州奉敕监军督饷前奉敕督理浙直盐课海防太仆寺少卿兼山东道监察御史侍生傅宗龙序。次目录。卷尾附词廿一首。

这书和《云薖淡墨》完全是崇祯中浙刻风气。卷前所列批点参校诸人大抵都是当时的名人、贵官。所以我推定这两

部书和嘉靖刻诸种，极可能都是在江南刊板的。同时也可以看出木家和中原士大夫往来关系是异常密切的。

云蓬淡墨存卷三之六

崇祯刻。半叶八行，行十八字。白口，单边。原装，竹纸，书面上的蓝纸原签犹存。刻本装订印刷的风气和晚明浙江刻本书完全一样。这是一种类书，木增所根据的书，如卷三有闵花景的，有丘文庄的《群书抄方》《养生诀录》等。也谈到印刷术、纸墨等，也引据杂说如《云仙杂记》等，最后则杂采史传中间因果报应之类的记载。卷一之二已失去，所以不可见原本题名，第三、四、五卷无题名，但卷六则又有题名："云薖淡墨卷之六　天台陶宗仪纂　雪峰木增缉释庄义　云间章台鼎吉甫较。"

这一卷完全是"解庄"的。刊书体式和一般明本中的高头讲章完全相同。上阑是"释庄义"，下面是注释。后面是双声叠韵集、释义、释六书。云间章氏，我想可能就是代木增刻书的人。这一部书是很值得注意的，作者很注重实用价值和"教育"意义，他显然是想编纂一部在当地有实用价值的类书，自然也还是着眼于上层的。木氏的藏书也的确不少，对汉文化的发展起过一定的作用。

这部残本书里夹着一张纸条，写着："书得自丽江木家。不全。存三、四、五、六四本。似明末清初板，不忍留在乱纸堆中，故亦检出。祝又祥，十一月十三日。"

据此可知这是丽江木氏保存了三百多年的藏书。前面那一批嘉靖本也同出一源，但前者早即被人重视，多有赵藩的题字印记，但只是借观，未曾流散，解放后才一起从木家转移到图书馆来的。

明丽江知府木氏雪山
端峰文岩玉龙松鹤生白六公传

崇祯刻。这是上卷的书名。撰人署“赐进士第中大夫云南布政使司右参议前浙江按察司按察使考满授浙江布政使司右参政奉敕提督四川贵州学校按察司副使兵部车驾司郎中吴郡冯时可顿首拜撰”。

云南木大夫生白先生忠孝纪卷下

崇祯刻，为前者的下卷。又有些像前书的附录。题“崇祯元年夏五月五日蔡毅中撰”。前存作者“白”半叶，竹纸蓝印。下面是朱印的“敕谕”，大龙纹花边。敕文开始写“敕加升四川等处承宣布政使司左布政使致仕木增……”

据传文，知木增的撰述有《云薖集》《山中逸趣》《竹林野韵》《啸月函》《空翠居录》《云薖淡墨》等，除两种外，均已轶失不存了。木氏的历代谱系如下：初——土——森——嵚——泰——定——公——高——东——增

原书有朱文长方收藏印记，“敕赐祝国悉檀禅寺”。这书恐非木家旧藏，因已流入禅寺了。

翛园集八卷

滇中唐泰大来著

康熙刻。八行，十八字。白口，单边。皮纸，刻得十分拙劣，是明清易代之际滇中开板的代表作。前有大泌山人李维桢本宁序。次陈继儒序。次董其昌引。卷三卷八两卷钞配。这是从万历丙午起迄明末的诗。国变以后，大来弃家为僧，名担当，诗集名“橛庵草”。我怀疑此书当有明代刻本，这个本子已是第二刻，与《橛庵草》同时合刻的。

橛庵草七卷

鸡山僧通荷担当著

康熙刻本，行款同前。前有自序，后有七十六岁自跋。卷四钞配。卷中颇有剜板之处。卷一自崇祯壬午年起，是明亡前一年。

担当是有名的滇中诗人，明亡前曾经到江南来游历过，和徐霞客是好友，《游记》里颇记有在云南和唐大来来往的故事。大来游金陵时曾经到过旧院，见过马湘兰等名伎，那时大来还很年轻。记得抗战中在重庆见过胡小石先生所写的一副六言诗轴“总角簪花旧院，白头泼墨橛庵。鸡山烟霞绝世，归来何必江南”，颇能道出当时流亡内地的知识分子的某种灰暗心情。诗题即是“题担当集”。担当诗的刻本流传极少，我只买到过李根源在清末的铅字排印本（收诗甚少）和《云南丛书》的刻本两册，刻得非常难看。这次见到原刻，虽然已是后印且有钞配，也是值得高兴的事。担当的画流传尚多。听说昆明有收藏者斋名是“百担斋”，说明他收藏了一百幅担当的作品。只是诗集的刻本却流传得如此之少，这两种可能已经是孤本了。

我从担当集中钞下了几首诗。

“一关在东一关西，不见金马见碧鸡。相思对面三十里，碧鸡啼时金马嘶。”（《金碧谣》）

滇南诗人或来游滇南的诗人集中往往有这样题材的作品，比并而观，是可以看出一些风物、传说的变化的。下面一诗，也几乎在很多集子里同时有着，而传说则各各不同。

滇中星回节（有引）

六月廿五夜，滇人以松脂为炬，挂于门前。光焰烛天，笙歌如沸。游戏者近晓不休，乃六诏故事也。

近郭山光红未了，何妨此夜烛来稀。不逢七月先流火，忽到三更见落晖。宝马争驰如电扫，城狐选影似灰飞。刺桐花下痴儿女，游到天明归不归。

“云鬓恼新霜，不分娇花放。佯羞采嫩枝，插在儿头上。”（《余年十三在金陵，湘兰老马姬采花为余簪髻，戏之》）

这首诗是很多人知道的，也就是“总角簪花旧院”的出处。

“春去犹闻春酒香，湖山千古想钱塘。西泠倩女情楼小，南渡忠魂墓草长。枉把十年教歌舞，难将一棹载兴亡。渔家不改游人老，桃柳含愁对夕阳。”（《西湖怀古》）

“闻有千年不谢梅，先春喷玉夏还开。雪消打湿罗浮影，渔妇妖娆入梦来。”（《点苍山下有天生桥。桥倚怪石，激水成珠，鬓辫宛然。昔有韵人题为“不谢梅”，喜赋》八首，此第四首）

我又在昆明市上买到一册有光纸活字本的《担公遗诗》，是宣统元年腾越李根源辑刊的。前面有太和李文治序，黄膺题词。这个本子共收诗一百七十七首，来源是李氏叔高祖颖樟公所辑《听泉楼杂钞》里的三十首；又将北京琉璃厂肆的旧写本和陈筱圃辑本所存诗辑为一册，分量远较《云南丛书》本为少，但是也可算是个旧本了。后面还附有担公堂弟唐英的《秋雨轩诗遗》五首，也是从旧钞本辑得的；又担公长女唐素蕙遗诗三首。她是明朝亡国时投井身殉而死的。后面又附有《晋宁方氏家藏普荷诗》五首。此次所见康熙原刻担公集两种即是晋宁方树梅旧物，不知何以李氏当时只钞到了五首。

关于大来在明亡以后的事迹，还有两事可以在这里补记一下：他是在明亡以后就薙发为僧，结茅鸡足山。后来永历西奔入缅，他又曾托名云游入缅甸寻车辟，结果到了腾冲就为兵所阻，不果而返了。其次是他和钱邦芑的关系。邦芑字开少，镇江人，是明朝的云南巡抚。他们可能在江南时即曾相识。后来钱事败，藏在民间，几及于难，是担当援之入山，连床耦耕而隐的。邦芑后来也削发鸡足山为僧，号大错，曾撰《鸡山志》。这也是个有名的诗僧。

游滇诗历二卷

康熙刻。十行，廿字。上下黑口，左右双边。题“古鄞谢为霖念蓼著”。前有康熙戊辰仲春年世姻弟冯佩实序。又“春草堂主人念蓼谢为霖题于昆明旅次”自序。叔祖人皋有□氏题词。收藏有“纳雩书屋”白文大方印。

念蓼为冯佩实姊婿，冯序略云：“……尊大夫象三先生，起家进士，仕至太仆寺卿，赫赫为当时柱石。尊先公宣子先生，接踵科名，殉国难以没，声光烂然，照耀千古。从父今愈宪峩先生，高文甲第，持玉尺而简群材。”

“岁丙寅，从父祖学滇中，从都门走一介邀余，辞之不获。因趣装耑往。……孟冬中浣，始达滇南。”（自序）

卷下，《妇负石》（七古）小序云：

“大理府南十里，阳和铺右，世传汉兵入境，观音大士化一妇人，以稻草縻大石，背负而行。将士见之，吐舌曰：‘妇人膂力如此，男子可知。’兵遂却。居人德之，建寺祀大士。今石尚在寺中。”

《星回节》（七古）小序云：

“滇中六月二十四日为星回节，俗名火把节。家家烧松火围，聚啖生肉、哑酒为乐。儿童向尊长撒火以为敬。家畜马者，驰骤街衢间，云使马不骇，视诸郡皆然，相沿已久。滇史谓起于南诏邓睒妃慈善故事。今猓彝以二十四日为节，民间皆二十五日。”

“谢公子为霖，字孝辅，一字念蓼。行人于宣长子也。大父太仆，当赧王时为行人请恩恤，并荫一子，念蓼已承任太仆，入本朝而讳之。时念蓼年少，颇以大父所为非是。谢氏自丁亥戊子而后，贻祸乡里，几不得豫衣冠之列矣。念蓼刻意求雪之，于故国诸遗民，虚己师友之，于是高丈隐学、李丈杲堂、钱丈退山，皆稍稍叹曰：‘山公所谓天地间尚有消息者也。’引而进之。谢氏之得免排斥，自念蓼始。……”

“三谢鼎足，念蓼胸中，书卷独多。其滇中游历，所至有诗，予录之不能尽。万里归家，十日而卒。……”

（以上全谢山《续甬上耆旧诗》）

升庵年谱一卷升庵遗事一卷升庵集略一卷升庵寄赠（附挽诗）一卷

周四年（一六七七，即康熙十六年）刻本。八行，廿字。白口，单边。板心下有“高峣藏板”四字。刊刻极精，和中原的康熙宋体字刻本风格全同，但与滇中开板风气不类。前有杨升庵柱杖戴冠的小像，刻得也极精，有“江夏后学程封拜手题”的题词。这是仅有的见于著录、用吴三桂叛清纪年为刻书年号的书，是非常可珍的，比起永历刻本来尤为难得。

“周三年丙辰，云南按察使来度（号则庵，萧山籍，三原人）倡仪，重建太史祠于高峣旧址，左布政宗彝（有六，大兴人）、右布政丁浴初（蛟门，真定人）、粮盐道郭昌（介繁，太康人）、提学道耿弘启（九万，四川人）、云南府知府彭可壮捐资重建。（康熙十一年壬子，封谪在臬司参军用荐权知昆明县知县事，数过高峣，访公遗迹，得公小影于李生员家。拟上启重建公祠，以迤西用兵不果。）”

“周四年丁巳，太史祠成。三月三日，云南按察使来度、迤东驿茶道彭可壮（化南，辽东人）集客泛舟，迎神奉祀。”

从上面的记载，可以知道升庵祠建成的时日和经过。书后有“江夏后学程尌石门再书于高峣之太史祠中”跋。

从年谱中知道升庵定居高峣水庄，在嘉靖二十六年丁未，时年六十，是年定十二景名。嘉靖三十八年己未七月六日卒，年七十二岁。

三教经

洪化己未（一六七九）刻本。七行，十六字。白口，双边。板心上题“三教经”，下面跨边题“孝经”“四十二章经”“道德经上·下”字样。前有“洪化己未岁长至日灵武夏惟修□敬甫”序。刊刻甚精，大类精致的万历宋体字刻本。皮纸印。

洪化是吴三桂的儿子吴世璠的年号。吴世璠在三桂死后嗣立，即刻此书的前一年——戊午（一六七八），过了三年就灭亡了。

两部刻于吴氏父子称帝时期而且用了他们的年号的书，可以算是十分珍贵难得的了。

鸡足山悉檀寺本无禅师风响集四卷

金陵蝶庵陈斌校　台山不退陶珽阅　潜石张炳订

门人体极道真录、法润道源刊

这是明僧本无禅师诗集的永历刻本。九行，十九字。白口，单边。前有崇祯丙子陈继儒序、太仆寺正卿生白居士木增序、台山不退居士陶珽序，永历甲午冬日普荷担当序（行书写刻，序里自称后进），大明崇祯壬申岁仲春八日悉檀牟尼开山老人释禅题引。写刻，棉纸印本。

初知稿六卷（残存卷四之六）

原知无为军洱源文槐何邦渐著

古叶榆郡后学明中甫赵惟精评

皮纸旧钞本。九行，十九字。写手精极。后有“万历丙午岁孟夏原守濡口下邳吏滇浪穹文槐何邦渐识于息游轩”后序。卷六尾双行云“男何源长源受汇辑　侄何鸣凤翔凤校梓”。看样子这是从刻本钞出的。

胜国遗臣臧否传二卷

江南桃山居士史淮次江甫纂

旧钞本。皮纸，墨格。极像狭长的账簿。半叶十六行，每行十七字。白口，单边。板心上有“勤笔勉思”四字。前有“康熙四十七年岁在戊子季春月上浣□□桃山居士史淮次江氏书于信古草堂”序。次例言，卷末题“吕梁山人再识”。最后有璞山主人跋。又一行云：“乙巳仲秋楚南衡阳桂常官厂录。”

这是纪吴三桂事的野史，晚明史事所纪甚详，以前未见著录，但文体近于小说，是否完全可凭自是疑问。作者作此书时距三藩之平不久，自有可以参考的价值。封面有剑川赵藩的题字。

玅香国草

古庐陵高奣映雪君父著

古坪、螳川门人李铭、罗天柱同校

康熙写刻本。结体瘦劲。八行，二十字。白口，单边。板心上记书名，下左侧有“清贯堂”三字。前有年家旧乡眷寅弟伍柳序。次丙寅蒲月自序。次凡例五则。

高奣映是姚安人，任土同知，是白族的著名文士。两位校刻人的籍贯，古坪即是石屏，螳川则是安宁（安宁又称螳蝍川)。这一册书完全是记大理的风土名迹的，类似诗话。每诗都附有详尽的叙文，是研究大理传说的重要参考资料。我摘钞了至今仍为人所熟知的一些旧迹的片断：

“在无为寺北。昔元世祖驻跸于此。后人召以表之。高俯一川，颇堪游目。……又遍知寺东，少北行一里许，亦有世祖驻跸台，其高原旧号澄城，今题故以北岗别之。”（北岗）

“李中溪《西洱志》，引左思《蜀都赋》曰，诸葛亮之平南中也，战于是水之南，即此水也。……相传武侯自排居深入，其军排行，乃出于谿口，故人呼其地为排军。予审势度川，则龙尾关东多平田，即洱水之南也。元时郭松年者，博通之士也，谓关之东曩有石马桥，为群波争道之地，灵涛雪浪，掣壑争天，其下架梁十五丈，穹如饮虹。其南有汉以来结阵之场，尠足据为传信耳。”（武侯水南战处）

“树高数丈许。轮菌如虬。花色腻泽，芳白间错。状若桂栗含银，岁闰则瓣增焉。其殆与尧阶蓂荚相类。昔年以玩赏扰居民，居民恶花之害己，伐而焚之。或勾萌之拳续，即践折去之。游觞无人，而居民乃安。一花之为累，不足以称瑞矣。”（上关花）

“（天宝）十年夏，四月庚寅，剑南节度使鲜于仲通将命讨凤伽翼，没军六万。至十三载，云南太守李宓涉海自交趾南击南诏，阁罗凤诱之深入，至太和城，坚壁不战。粮尽引还。蛮追击之，全军皆没。杨国忠隐其败，更以捷闻。高适、储光羲乃侈其功，比之廉、蔺，诚足为诗史哉。唐之世，前后覆没战士二十万，故李谪仙诗曰：‘喧呼救边急，群鸟皆夜

鸣。’又曰：‘至今两洱河，流血拥僵尸。’真诗史矣。”（唐天宝战士合冢）

这次在大理，曾经去看过这个“天宝战士冢”。这是在一个旧称“天宝公园”的院落里的，冢前有楼，现在已经是机关了。这是一个大圆坟，四周用石块叠起。前面有碑，是十几年以前新立的。又有同治十二年抚滇使者岑毓英的碑记（民国二十九年重刊）。冢的正面有大块大理石碑，上书“大唐天宝战士冢”。据碑记，这个地方是在“龙尾关外，洱河之滨，隶凤仪西北部”。据说，“风雨晦明，恒闻鬼泣。万历副总兵官邓子龙诗以吊之”，鬼声才阒寂了。

邓的原诗，岑毓英还看见过。现在早就没有了。我是从岑的和诗前的小序上读到的。诗云：

“唐将南征以捷闻，谁怜枯骨卧黄昏。惟有苍山公道雪，年年披白吊忠魂。”

这自然还是封建时代统治阶级的口吻，但那苍山却正在后面，上面也正罩着浅浅一条积雪。岑毓英的和诗更不佳，抓住了后人曾把邓诗中“公道”改为“飞到”而大发议论。岑碑刻于光绪十三年。立碑者是“提军赴叶榆受篆”的黔西蔡标。他也有一段小记：

“自西林夫子嘱磨更此碣，于今七年。其间西南伏莽窃发不时，旁午军书，几无暇及之。而夫子归道山又五年矣。……记壬申岁驻兵龙尾关，杜文秀犹死据郡城。日日攻之，朝去暮来，数月乃克。”

然则蔡标又是镇压回民起义的反动头目了。原碑上“杜文秀”三字还是后来磨去重写的，悬想原来一定是“杜逆……”之类的字样。

那一天，一九五六年十一月十六日，就正在这个冢的前面，我看到了许多年青的白族男女，在兴高采烈地排练歌舞节目，准备庆祝白族自治州的成立。在读碑的当时，是引起了很强烈的感受的。

“唐贞观六年，双流县尉迟和尚其名敬德者，自蜀征良工，造成三塔，塔颠铸鹏，以压龙也。其后开元初，张建成入觐，得唐大匠恭韬、徽义至，又重建。升庵中谿时，尚见塔顶有铁铸‘贞观六年’字，今觅则无矣。相传四鹏，一飞赵州飞来寺，一飞北隅小塔，今中塔存其二，击石塔下，应声塔上，有若九皋鹤唳然。”（金翅鸟）

按这里所记的是三塔寺的故事。其记传说的部分与一般的记载不同，可资参考。

“孔中风来，吹人寒颤。虽壮夫莫久当。酷暑而重裘，不能居竟日。……”（风孔）

“蒙氏时，董善明者，虔铸大士像。以铜少，工几罢。善明斋心吁请，冀天之助己。无何，而天雨皆铜矣。像成之日，瑞光五色，布满郊圻。夫诚一其心，则感无不通，洵有然矣。”（雨铜观音）

“株质刮铁，其黑理多霉黯痕，痕点圆若楮实。其叶翠阳而绿阴，状类蒲葵。大则仅及一菱芡钱。孟夏初入，卷如兔目。数日后，又似鼠耳。更旬始规圆。又更旬，叶巅乃锐。四月则花，其色近鹅乳雏。渐开渐白，盈树皆蝶矣。方以类

聚，而胡蝶亦联翩五色毕集，花蝶缤纷，观者遽然莫辨。树动蝶惊，才知飞者为蝶耳。惜无香为一恨。”（胡蝶树）

按这里所说的胡蝶树，即大理上关的胡蝶泉上的树。我曾往一看，但非花时，胡蝶亦只有一二小者。大理人民对这棵树有着非常美丽的传说，诗人集中也多有咏此者，但这里所记乃独详。

笔冢录二卷

高雪君先生手著

康熙刻。八行，廿字。白口，单边。板心下有“述思堂藏板”五字。前有“古庐陵磷山逸隐高奋映雪君父偶识于通志堂”序。次迪孙序。次《家课八种细目》。次凡例。前有扉叶，大题“迪孙”二字，上下双行题“懿文馆日课”及“振敬楼藏板”。这是高氏家塾的课本，刻得颇精，最后有雪君的自识。

陈翼叔诗稿

这是晚明诗人陈佐才（翼叔）的诗集。佐才蒙化人，明季官把总，明亡不仕。他和担当是朋友，集子即为担当所校刻。共分《宁瘦居集》《宁瘦居续集》《是何庵集》《天叫集》三卷，附《石棺诗》。

康熙刻。八行，廿字。白口，单边。前有题词。次豫章湖溪居士王尊贤秉仁甫题词。次诗评。《续集》卷首题“阳

瓜陈佐才著　鸡山僧普荷校”。

《是何庵集》卷前题“滇南陈佐才翼叔甫著”，写刻。八行，廿字。白口，单边。有吴门许又浑序。

《天叫集》题“滇西陈佐才著”。八行，十八字。白口，单边。写刻。有自序。

《石棺集》属“七十老妻安氏付刊”，后附诸名公赠诗。

白国因由

康熙刻。八行，十六字。白口，单边。不著撰人。凡三十一叶。卷尾双行云：“康熙肆拾伍年丙戌孟夏之吉　圣元寺住持寂裕敬刊”。

圣元寺在大理。这书是用神话传说记述白国故事的。自“观音初入大理国示现”起，分十八段，大抵皆有观音的神迹。原为僰文，今改译为汉语，是考证白族史实的重要文献。又有活字重印本，即从此出。

增订百咏梅诗

洱源七十九岈夫文槐何邦渐著

同邑八十五社叟宁宇寸居敬评

男何源长源受阅梓　侄何鸣凤翔凤校梓

天启刻。九行，十九字。白口，四周双边。写刻。前有“天启六年仲春吉旦原知无为下邳郡事滇浪穹守拙愚生何邦渐书于息游轩”《增订百咏梅诗小引》。次目录。板心题“初知咏梅”及叶数。凡廿六番。

丽江府志略上下卷

乾隆八年雪山堂刻。十行，廿四字。白口，四周双边。前面有纂修者姓氏：“丽江军民府知府管学宣　丽江府儒学教授万□□”。前有乾隆八年巡察迤西道朱凤英序，乾隆八年钦命署理云南总督印务巡抚云南兼建昌毕节等处地方赞理军务兼督川贵兵饷督察院右副都御史加三级又军功加一级纪录八次广宁张允随序。次失名序。次乾隆六年刘吴龙序。次乾隆七年汉阳张坦熊序。次乾隆八年丽江守者安成管学宣未亭氏序。后有乾隆庚申中秋丽江教授石屏万咸燕和斋跋。有定远县的官书印。

这是仅存的丽江府旧志了。图书馆关于云南地方志方面的收藏也相当丰富，虽然有些不过是道咸之际的刻本，却也是流传极罕的。因为交通不便，过去云南所刻的方志，也往往只在本省流通，中原一带是极少见的。但明代的旧刻却绝无仅有，还要向天一阁等处借钞。从这里也可以看出明代四明范氏收藏方志的魄力与识见，实在是值得佩服的。由于时间的限制，我没有机会多读方志。只因为想到丽江去，馆中又新装了这部罕见的旧本，所以才借观了一次。

商山鸾影

嘉庆巾箱写刻本。八行，十六字。白口，双边。前有“嘉庆甲子伏月中州李元沪书于滇南馆寓之香雪亭”小引。

次即所谓陈圆圆曲，凡六叶。次题词，凡七人：蔡振中、李元沪、谢文荣、沈谦、刘永安、何钟、张于恭。后有佚名跋。

这是一本伪书，是士大夫闹的鬼把戏，但却很有名，后来曾有无数的“骚人墨客”反复咏叹。他们所根据的却是从乩坛上获得的陈圆圆的作品。这是原刻本，流传得很少了。

关于《商山鸾影》的故事，长沙杨蓬海《词馀丛话》有颇详尽的记载。故事大略是相同的。文章清丽有如唐人小说，但《陈圆圆事辑》诸书却都不曾引入。

“嘉庆间，苏州郑生客游滇。春日踏青商山，访圆圆墓，不得。崩榛荒葛中，忽迷归路。俄而落照西沉，暮烟笼树。遥望前途，似有人家，思往借宿。至则朱门洞开，玉瑱金铺，俨然王侯第宅。乃使阍者转达，良久而出，导入东厢。为设食，尊酒簋贰，亦极精洁。饭已，有老媪出问：‘客操吴音，是何乡贯？’具告之。少顷，媪秉烛而出，肃客登堂。有女子容色绝代，羽服霓裳，如女冠装束，降阶而迎曰：‘妾邢氏，埋香地下，百有余年。时移物换，邱陇就平。念君是妾同乡，有小诗十首求为传播。’因命侍女取诗付郑。其末章云：‘鸳鸯化尽鱼鳞瓦，难觅当年竺落宫。’郑问‘竺落’之义，曰：‘竺落皇笳天，为十八色界天之一，载在道经。妾旧时所居宫名也。’取翠玉笛一枝见赠，并吟一诗，曰：‘叹息沧桑易变迁，西郊风雨自年年。感君吊我商山下，冷落平原旧墓田。’遂命送郑出。时东方微明，向之第宅俱无所见，惟四面隐隐若有垣墉。谛视之，则深林掩映而已。然袖中玉笛故在，视其诗笺，则多年败纸，触手欲腐，墨色亦暗淡，迥非人世之物。郑以幽会荒唐，刻圆圆遗诗，托诸乱笔。东海刘古山傅会作《商山鸾影》传奇云。”

何蔚文年谱诗话

旧钞本。卷尾有康熙己卯孤哀子何相才何相学跋。蔚文字稚黄，浪穹人，是永历丁酉中式的举人。年谱系自编。他生于天启乙丑正月十二日，卒于康熙己卯七月初八日，年七十五。自撰年谱断手于临终前一月。蔚文曾撰有传奇三种，其中《缅瓦十四片》最有名，是描绘永历帝逃到缅甸以后的情况的，可惜失传了。我从年谱里录下了作者自撰的三种传奇题词：

“缅事目击，乃日久亦恍亦惚，错舛且忘，如忆往梦。偶填词得《缅瓦十四片》，真长歌当哭也。若以漏多瓦少，又略补益。然猿叫三声，已不禁泪下，那得再！”（《缅瓦十四片》传奇题词）

“身落红尘，难望肉生翅。《插一脚》所由作也。但无论生旦净丑，一脚插的好，还是好看，不然未免反致揶揄。尝有句云‘定方当学佛，飞术不须仙’，亦此意。倘得梨园演出，当浮大白。”（《插一脚》传奇题词）

“过金沙，留镇府缀白楼，出两匝月。时闻刻羽引商，徘徊恋恋。从谈及《摄身光》一段佳话，遂约翻谱填新词，得一十七出，将按板付演。但填词一道，必另有一付巧舌慧心，出于笔墨之外。予不过如瞎子弄琵琶，摸着几点。虽然黄鹤

楼中玉笛数声入云，便可仙去，亦不必落尽梅花也。”（《摄身光》传奇题词）

云南矿厂工器图略

道光刻。九行，廿四字。白口，双边。前有图十一叶。题“赐进士及第兵部侍郎巡抚云南等处地方吴其濬纂　东川府知府徐金生绘辑”。这是记载滇铜工业的重要书籍，刻印俱精，传本极稀。

滇南矿厂舆程图略二卷

道光刻，前人撰。系与前书相辅而行者。

金刚般若波罗蜜经

永历刻折子本。朱印。前有孙可望刊刻序，草书，刻甚精。末属“永历乙未冬秦王书”，后有“秦国之章”朱文方印。

孙髯翁先生诗集

旧钞稿本。九行，廿三字。这是大观楼著名的长联作者的诗集，不曾听说过有刻本，这个本子大抵也是仅存的钞稿本了。有“燕山世裔”（朱文长印）、“我思古人”（朱文圆印）二印。髯翁与担当相识，集中有有关担当的两诗，都甚佳。

“剩水残山聊尔尔，那有闲情称画史。但将白眼送浮云，

也似黄鸡归故里。六朝新样秣陵秋，百尺鹅溪一段愁。寄与江南阮司马，庞家居士自风流。”（《咏担当》）

“黑水青天外，苍山古雪边。儒生而墨者，酒客亦诗仙。杖锡来鸡足，春花叫杜鹃。画中三两笔，仿佛义熙年。”（《吊担当上人》）

髯翁最有名的长联，至今还挂在昆明的大观楼上。我在青云街的旧肆里搜到一副拓本，也已经是十年前的旧拓了。字有胡桃大小，行草，非常飘逸秀美：

> 五百里滇池，奔来眼底。披襟岸帻，喜茫茫空阔无边。看东骧神骏，西翥灵仪，北走蜿蜒，南翔缟素。高人韵士，何妨选胜登临。趁蟹屿螺洲，梳裹就风鬟雾鬓；更蘋天苇地，点缀些翠羽丹霞。莫辜负四围香稻，万顷晴沙，九夏芙蓉，三春杨柳。
>
> 数千年往事，注到心头。把酒凌虚，叹滚滚英雄谁在？想汉习楼船，唐标铁柱，宋挥玉斧，元跨革囊。伟烈丰功，费尽移山心力。尽珠帘画栋，卷不及暮雨朝云；便断碣残碑，都付与苍烟落照。只赢得几杵疏钟，半江渔火，两行秋雁，一树清霜。

上联题“昆明孙髯题”，下联题“昆明陆树堂书”。

这自然是一副出色的长联。上联写风景，下联叙历史，几乎包括尽了云南自古以来历史上曾经发生过的重要事件。作者自然是属于封建时代士大夫阶层的诗人，他要“选胜登临”，要感慨流连。但在他的心目中，从“四围香稻，万顷晴沙”里看出的农民的辛勤劳动，和“都付与苍烟落照”的历代封建统治者的“伟烈丰功”却不是等价的。

徐嘉瑞先生曾经谈到这副对联的意义，和道光初阮元篡改这副长联的愚蠢行径。他也谈到了作者的生平，现在就录在下面：

> 这副对联的作者是清康熙、乾隆年间的孙髯。他原籍陕西三原，幼时聪明，后随父流寓云南昆明。长成，博学多识，善诗文。名重一时。
>
> 他虽有重名，却不肯应科举。当时云南总督张东阁，曾委人催他去应试，他拒绝不去，自称“万树园大布衣”。他有时还作讽刺诗。例如他游大理时，见大理府王某懒不治事，便讽刺他说：“龙王不下栽秧田，躲在苍山晒日头。”他既不肯科举，又好写讽刺诗，惹得当时官吏对他不满，终身穷困。年老时，卜易为活，常常数日断炊。

彩云百咏二卷彩云续咏二卷

建水张履程

嘉庆刻。八行，二十二字。白口，双边。皮纸印。前有嘉庆壬申自序。此是咏史诗，所咏也大抵都是滇人滇事。

苍雪和尚南来堂诗集存卷三

门人行敏等仝辑

黑格旧钞本。十行，廿字。白口，双边。后面有钱谦益所撰《苏州府中峰山苍雪法师塔铭》，题“岁在丁酉归月廿四日谨制”。又“康熙癸巳鸡足寂光远孙正脉于姑苏虎丘山雪浪轩焚香敬录”跋。跋后一行云：“雍正元年十月十八日□□□贲发堂借钞。”后钤二印：“龢□”（白文方印）；其一朱文方印“圆鼎”二字。又有：《钞录拙语》，末题：“大清雍正元年十一月十四日书。理州苍山比丘圆鼎时年七十有四书于□□□□□□□□□□□□□。”下缀二印：“和空”（白文方印）、“圆鼎”（朱文方印）。

这是苍雪大师诗集的滇南旧钞本。虽然是残卷，也自可珍重。特别是跋文中有许多奇字，出于苍山比丘之手，可能是白文。

九台山知空禅师草堂集三卷

门人通味等录

康熙写刻本。极为古拙。八行，廿字。四周双边。皮纸印。上板心黑口。前有康熙癸亥白鹿受戒居士觉山陈士恪序。次目录，末有发愿刻书人姓名。

“康熙二十三年岁在甲子大簇月吉旦　板存方广禅院。”

此本佚去卷中一卷。按知空和尚善画兰，有名于时。昆明市上迄今尚可见其作品。

鸡足中峰竺蕣脉禅师诗集

学人了义、了悟、普仁、了初仝梓

雍正刻本。十行，廿字。白口，单边。细字写刻。前有雍正庚戌春中峰□山人自为点苍诗序。封面题“吴越滇黔诸集同订　大鉴堂诗全集　板贮妙谌楼”。

此集外尚有《虎丘堆雪阁集》，撰者题“憨懒头陀正脉竺蕣”。《南旋诗集》，题“憨懒头陀正脉竺蕣著”。《鸡足山中峰脉禅师撰述》，题“嗣续重孙悟宗敬录”。

拈花一笑录二卷

嘉庆巾箱写刻本。八行，十七字。白口，双边。前有自序、题词。大题下双行云：“江阴王侪峤先生选定　滇宜良秋槎严廷中草。”

怀人小草

秋槎严廷中稿

嘉庆丁丑仲冬抱月轩刻巾箱本。六行，十六字。

待焚草三卷

通海赵河燕邻氏稿

乾隆刻。九行，十八字。白口，左右双边。后附诗馀。刊颇精。前有闫戒过（锡爵）先生书，乾隆七年高玢序。后有乾隆八年侄赵诚跋。

野苓堂诗稿三卷

龙湖涂暐煦庵著

乾隆刻。八行，廿字。四周双边。有袁嘉穀手跋。

水目无住和尚南灯续焰空明集

康熙刻。八行，十九字。白口，单边。大题后题“门人普行录一笑居士偰应东校　螺山居士施尧中梓”。卷首有序目。次愧郭居士唐泰撰语录序。行书，刻得极精。总目共三卷。其第二卷为《水目无住和尚宝中问答拈古》，题“门人普行录　昆明学人施尧中参阅”，亦康熙刻本。前有“眴町友弟洪度引”。其第三卷为《水目无住和尚苍山集》，亦题“门人普行录”，亦康熙中刻也。

莲湖花榜

光绪刻。八行，廿字。白口，双边。前有戊戌中秋后一日龙湖诗隐自题序，后有光绪己亥雪道人跋。次题词。扉叶题“己亥夏季涤绮池馆雕　尚友堂藏板”。

这是一册有关滇戏史料的书，可能是现存最旧的记载了。同光之间滇南的戏班以及演员的名姓、出身……都有所记载。现在钞录那第一名到第四名的小传如下：

“第一名，潘巧云。字倩侬，昆明人。隶福泰班。癸巳大饥，沦入歌场。”

“第二名，陈双喜。字媚卿，昆明人。隶荣华班。善青衫。”

“第三名，刘彩云。字佩秋，巧家人。荣华班。”

“第四名，杨双兰。字珮香，陆凉人。福升班。弓马旦。”

这次所选，大概是后起之秀之名重当时者，因为在书后面还有一条附记：“各班久负重名，如唐二喜、丁三凤、金兰芳、郑雪芳、张四鸿、周洪官、周桂芳……别著《梨园纪艳》一编，校刊期诸异日。”

这《纪艳》未见，可能是一直不曾刻板的。

太古庵集

康熙刻。十行，廿字。白口，双边。前有康熙二十九年庚午孟秋耐俗居士余日新《太古庵蓦直老人集序》。次康熙壬寅一庵居士欧阳方曜序。次康熙壬申青华居士张其翻若云序。次康熙己卯节庵居士吴振鲁序。后有康熙甲子九谷学人宗镜跋。卷首大题后四行题“镇南岁进士罗弘章阇然甫参阅　天水岁进士刘锡理仲玉甫较订侍者普恪、普仙仝录”。

书后附《续补体用因果四字》一卷，前有康熙乙酉后学照正识。又附《台山纪胜》一卷，前有康熙戊午天水乡进士赵矿金治序，康熙癸酉欧阳方曜序，后有癸酉知乐居士梁朝柄跋。

晚春堂诗八卷

康熙刻。八行，廿字。白口，单边。皮纸印。刻工与一般康熙刻本全同，甚精，不类滇中刊。前有“康熙癸未三月既望古庐陵同学弟高奣映拜题于结璘山房”序。次英巨同学年弟徐崇岳序。次康熙辛巳阳复月朔一日可村渔隐文化远又山自序。卷首大题后四行题“长洲文化远又山手著　庐陵高奣映雪君评选　男猷、理同校阅”。

这里的长洲并非江苏的吴县，而是云南吴贡，庐陵则是姚安。高雪君著书自属往往是用庐陵字样的。化远生于崇祯癸未，清康熙五年，年二十四岁，举乡荐。曾经做过湖南溆浦县令，不久就回到昆明。后来又到过大理、姚安、曲靖和广西诸处。他的朋友有高雪君、阚祯兆等，都是同时的诗人。

碧玉泉志稿

滇云段昕浴川氏著藁

旧钞本。十行，廿二字。按碧玉泉即安宁温泉。温泉志，《道光云南通志》只著录有明杨泰的《虎丘志》《温泉志》，都是记安宁的名胜的，然其书未见。这部段著《碧玉泉志》，别处的著录有的也题作“温泉图经”。段昕更有《皆山堂集》，康熙刻本。我在昆明市上曾买到一册残卷。

汗漫集三卷

阿宁万友正端友藁

乾隆刻。九行，廿一字。白口，单边。前有乾隆庚辰八月天台同学弟齐世南序。封面则题“汗漫二集　万虚舫诗藁”字样。集中有涉及熊开元的一诗：

“访熊鱼山禅迹。同一流寓，杨用脩有王钝庵为之主，而传熊鱼山托迹空门，世无识者。”

“禅隐灵岩气节遒，(《明史》载薙发灵岩。) 支藤行脚一萍浮。朝疏不愧同姜埰，(与贞毅同以言事谪戍江浙。) 地主无人馆用脩。(天逸庵颖斌筑状元馆以待杨慎。) 泪洒中原形势尽，戈挥南服鼓鼙休。(执李定国执沙定洲滇乱。) 偏关报纸开元字，(顺治五年，偏沅关塘报有僧熊开元从阿迷州归，达于吴门。姜埰称之。) 姓氏空传自我州。(僧号蘖庵，不变姓名。毛西河集载其事颇详悉。)”

著雍六论

蜕翁倪氏稿

稿本。九行，廿三字。写得极精。后有乾隆三年戊午二月自为跋。这是一部诗集，颇多描写滇中风物的作品，钞得一首：

“柳外山城数十家，海天小市集鱼虾。望夫云起秋风乱，吹落岩头无数花。”（下关）

红蕉吟馆诗存十二卷诗馀瘦红集一卷
红豆箱剩曲一卷

宜良秋槎严廷中

道光丙申刻。十一行，十九字。白口，左右双边。前面有道光丙申秋女弟子阎淑题签，道光癸未夏五歙鲍桂星序，嘉庆戊寅刘大绅序，道光丙申蒋因培序，道光庚子白下叶觐仪序。次顾莼等题词。次自序，题“丙申中秋后五日秋查严廷中自记于扬州天宁门外赠玉树客舍”。序中提到“童君石塘于邗江助以刻资”，可知此集系刻于扬州者。次校订人姓氏。次道光丙申孟金辉写四十二岁小像。像后有玉箫生书自赞。次目录。

这书是颇罕见的。清人诗馀散曲的作者不多，秋槎则是有数的一人。滇人而远游江南一带，集子也多刻于省外。刻成后不久，太平天国就起义了。书籍板片都已毁失，这是传本稀有的原因。不料在作者故乡的图书馆里却还存有原书，真是值得高兴的事。按廷中撰传奇尚有《秋声谱》，即《武则天风流案卷》《沈媚娘秋窗情话》《洛城殿无双艳福》三传奇，系咸丰二年刻于莱阳者。

二馀堂文稿二卷续文稿一卷

赵州师范荔扉

嘉庆刻。九行，廿二字。白口，左右双边。嘉庆癸亥孙琪序。

吾亦爱吾庐寤语

滇西师范荔扉

嘉庆甲子刻。行款同前。鲁敩序，龙彪序。

泛舟集（壬戌岁）

赵州师范荔扉稿

嘉庆甲子刻。鲁敩序，自序。

这是师荔扉的遗集，除上面三种外，还有《春帆集》《嘉庆选人后集二卷》（有姚鼐、张葆光序）。图书馆在这方面的收集是花了很大的力量的。师荔扉的《滇系》是有关云南历史、地志方面著名的大著作。这位出色的学者在各方面都有着渊博的常识和精到的见解。《滇系》也是嘉庆中刻成的，皇皇巨帙，不知怎的，也异常少见。光绪中在云南翻刻过一次，流传还较多。至于他的遗集就更少见了。孙殿起《贩书偶记》著录了不少，可是图书馆所收藏的就有不少是孙氏未见之物。因为时间关系，无从一一细读，觉得很可惜。

以上是一九五六年冬，我在昆明翠湖图书馆看书的笔记。匆匆摘录，不完不备。然而这些都是外面绝难见到的东西，是研究云南历史风土的绝好的参照资料。虽然前后在云南也只不过住了短短的一段日子，但对祖国西南边疆这块美丽的地方却发生了深挚的感情，因此也就在翻读这些书册时感到了莫大的兴趣。

回沪以后，在整理这些笔记的时候，又翻阅藏书和过去所见有关云南图籍的札记，发现有一些是可以作为附录，写在后面的。现在就一并写入，算是《滇南书录》的外篇。

三国志六十五卷

万历西爽堂刻。十行，二十字。白口，左右双边。板心上题“三国志”，中题魏志几，下记叶数、字数。大题次行署“晋陈寿撰　宋裴松之注”。

前有元嘉六年七月廿四日中书侍郎西乡侯臣裴松之《上三国志注表》。次《晋书》陈寿本传、《宋书》节裴松之传。次目录。每卷卷尾大抵皆有“吴氏西爽堂校刻”一行。

收藏有“鸣珂”白文方印、“雪庐清赏”朱文方印、“袁芳瑛印”白文方印、“漱六”朱文方印、“曾经过目”朱文方印（上袁氏墨书“漱六”二字）、“长洲吴氏藏本”白文套边方印、“枯木龙吟之室”朱文长印、“古符”朱文方印、“旧史氏”朱文长印、“吴印嘉瑞”白文方印、“湘潭唐乾五藏”朱文方印、“唐晋修堂藏书”朱文长印。

何义门校本，朱笔黄笔杂下。卷前漱六手书签曰：“吴刻何校《三国志》十二本全。”所据有宋本、北宋小字本、南监本、元本、元修本、毛本、小桥本，又用御览南本、《通鉴》《文选注音》《册府》《艺文》《隶释》《文类》《汉纪》《书苑精华》等校。每于书眉录陈少章、陈季方、安溪先生云诸批注。朱笔细字秀润无俦者，义门笔也。其他或出漱六手校，或出唐乾五、易培基诸氏校。或录前人之说，或记诸本之异。所用宋元本凡四五种，校亦数过，至矜慎也。

《魏志》十一第三十三叶书眉朱笔云：

> 二十七日阅夏侯太初传，为之流涕。更阅管幼安、王彦考、张子明、胡孔明事，使人有超然高举之志。焦孝然、石德林之所为，几于鸟兽同群矣。然曳尾泥涂不愈于宗庙之牺哉！吾既秉性刚褊，动与物忤，特以亲□栖栖雒尘，若使幸博一第，而犹干没不已，是知乌喙之毒而用代刍豢，下愚不肯蹈矣。聊识卷末，庶同息壤。庚寅夏书于奈圃书塾。

《魏志》十九卷尾朱笔云：“送白马王及瑟瑟调二篇，顿挫凄壮，仲宣、公幹举不能及。风雅以还，一人而已。二十九日灯下阅。义门记。”《魏志》卷三十卷尾朱笔云：“此卷观者所忽，舛错尤甚，几不可读。今就其能知者，稍窜数处云。”

《蜀志》十一卷尾朱笔云：

> 老至能好学，匡达讵非贤。少时颇涉猎，翻用吏能牵。一自去长史，优游二十年。典籍更潜心，索检亦称焉。后进勤诱纳，童冠皆诣门。古义但未讲，时事都不干。遂使瘳主口，凡俗难相嗎。孜孜逾八十，谬误手自

刊。积卷最一隅，通借良不便。不随许胡辈，矜妒保丛残。多识列文豹，沾洽世其传。遗言犹可记，表里贵和篇。三国多才，皆非我所及，而朗好学，窃愿比焉。系之以诗，天假我年，庶得所志。

后袁氏朱笔一行云："按，此诗近时刻义门集者俱未采入，然则漏脱者多矣。芳瑛识。"

吴刻间有缺字，据宋本补完。《吴志》十三卷尾评语"抗贞亮"下原缺"筹幹咸有父风"六字，最末"克构"下原缺"者哉"二字，皆朱笔从宋本补。又《吴志》八第七叶《阚泽传》"泽曰盛明之世不"下原缺"宜复有此刑权从之"八字，朱笔补完，并注云"南本亦脱，从宋本补"八字。袁氏补校此书亦凡数过，每于卷中记之。《魏志》五卷尾云："漱六重校一过。雪庐藏书。"《魏志》二十二卷尾朱笔双行云："湘潭袁氏藏书。辛亥冬月漱六重校一过，时寓胭脂衚衕南口宅。"（下钤二印）《魏书》卷三十尾一行云："道光己酉冬十二月漱六呵冻重校一通，自初三至初八日讫。"

《蜀书》五卷尾朱笔四行云：

咸丰五年七月初六日，诏封关帝曾祖光昭公为光昭王，祖裕昌公为裕昌王，父成忠公为成忠王，一切典礼照文庙崇圣祠例。关帝先代加封为王自此始，前此未有也。八月朔日阅邸报录此，时在润城小九华山军营。雪庐主人。

唐皮日休文薮十卷

正德刻本。半叶十一行，行二十字。白口，左右双边。卷前序大题下低三字署衔名：如京使金紫光禄大夫检校司空兼御史大夫上柱国河东县开国伯食邑九伯户柳开撰。次《文薮序》，题“唐皮日休撰”。次目录。黄棉纸初印。有“漱石山人”朱文圆印、“周印如玺”白文方印、“歙鲍氏知不足斋藏书”朱文方印、“鲍以文藏书记”朱文长印、“思适斋”朱文方印、“顾涧蘋藏书”朱文长印、“小绿天藏书”朱文长印、“孙毓修印”白文方印。有李柯溪跋：

> 此本《文薮》，曩为张幼溪指向遗经堂求，计七折六两，买卖者皆视为宋刻也。余虽审定明初刻，然无所征。三十年来又获于吴门吴氏，阅其印，知不足斋藏本，质诸鲍丈，亦不知所出。先是获万历许元祐刻本校之，藉此本补正一字。有正德袁表跋，称弟褧摹本，同诸弟衮、褒勘校锓梓，则许本为此本之水蓝。袁氏刻有小说、《文选》，皆精善。在明时已佚其跋，以乱宋本。益征余之精赏而喜得有所据也。喜而识之，甲戌八月二十日宏信书。

此本庚寅冬得之梁溪孙氏，椠印明丽，是袁刻而失跋尾者。柯溪一跋，别纸书之，粘附卷首，文不甚通。小李山房主人设肆越中，往来吴下，于所跋可见乾嘉老辈亦不深究板刻之事，徒以时世升平见书多耳。甲戌当是嘉庆十九年，入思适斋当在此后。千里有《文薮跋》云："于坊间得汪启淑藏万历本校正德袁板，无异同，但不如彼行款古雅耳。袁序在末，余所钞阙，藉此补之。"（在《思适斋书跋》中）跋当书于万历本后，千里得此本，别录一本而易去原刻，故云所钞阙也。《文薮》尚有一万历十行廿字本，长卷头，中缝只题"皮"字，日休集传世当以此为最旧矣。

读有用书斋藏书提要

原稿本，毛订五册。每书详著书名、板刻、行款、收藏、题跋，即间附信札或牌记等，亦莫不详著之。朱墨杂下，校改数四，盖韩氏藏书底目最详之册也。所收计书五百十九种，又应陛手钞家钞本十七种。韩氏目凡三刻，皆颇不详备。此册待刻而终未刻，甚可惜也。余收之于来青阁中，系松江韩氏家人携来沪上者。卷中印记有“读有用书斋”白文长印、“韩绳夫一名熙字保藩读书印”白文长印、“保藩”朱文方印、“松风”朱文方印、“百耐读过”白文方印。此本每有应陛题记，著录时称先大父云云，是当成于德均之手者。后有跋云（在《山村遗稿》后）：

> 德均按，咸丰庚申闰三月，正值粤匪蠢动之际，松郡旋于五月中失守，因是先大父收藏善本书籍半都散佚，家刻板片只字无存。时仓皇出走，避难沅溪芯，郁郁得疾，竟至不起（南汇张啸山先生尝有吊词，见元抄《孟东野诗集》后）。遍检先大父最后纪年，乃止于是（裳按，此指应陛《山村遗稿跋》，咸丰庚申闰三月云云）。

> 查咸丰庚申，迄今已一周甲，而六十年来先大父好书之苦心尚湮没不彰，且今又值乱世之年，德均尝惧不能世守，因有意先刊藏书记行世（现正求张表母舅受业师代延曹吴县师续成书目，盖前年曾经编过，而未蒇事也），后再集资刊刻丛书（然所赀不贷，未识日后能刊刻否），庶不负先大父好书之苦心，得以稍扬于后世，则德均之志愿，亦于是乎足矣。

案咸丰庚申下推六十年，为民国九年，是此书写定之时也。裒殷堂刻韩氏目在民国二十三年，后于此本之成几十四年，然所据亦曹君直初稿之不完本也。华亭封文权更为补苴之，实亦未能完善。此五册书有邹百耐印，其人即挟韩氏书入市者，设肆吴下，名百拥楼。当日捆载入市，执此原目点交，既讫事，而以原书还之韩氏子孙。今乃更出，入余家也。韩氏书散归宝礼堂潘氏、适园张氏，今已半流域外。余得书晚，绿卿所藏，得之不过数本，今得读原目，亦可存书林一段故实已。三年前，余道出华亭，小住七日，首访韩氏空青馆遗址，无可踪迹，叹怅而返。其家书殆无一册矣。

圭峰续集十五卷

嘉靖刻。十一行，廿二字。白口，单边。前有皇明嘉靖五年春二月既望赐进士出身嘉议大夫都察院右副都御史奉敕巡抚江西等处地方武陵高吾陈洪谟文集序，末有嘉靖五年孟夏之朔斗湖居土后学夏良盛后序。卷首大题下双行云：“建昌府同知蜀内江余载仕重刊　南城县学训导香山郑棐校正。”收藏有“姑苏吴岫家藏”朱文小方印、“贺黄公藏书印”朱文方印。案罗玘《圭峰集》十八卷《续集》十四卷，《千顷堂目》著录如此，此本只存《续集》，却是十五卷，可证《千顷堂目》之误。又为吴方山、贺黄公藏书，大可珍重。癸巳之秋，居武林二月，暇辄过市，而佳本绝不可见。此书见于清乐桥堍，为萧山汤氏物，衬装六册，以其为吴方山物，收之。归而抽衬还其旧装，旧写书根遂现，为第七、八两册，然则全集固有六本，而失其前四册也。然亦无伤也。贺黄公裳，即撰《皱水轩词筌》者，明清易代时人。有女名洁，亦善填词，字靓君，丹徒人。藏书绝罕传世，今得此册，亦可纪也。

柳塘外集二卷

旧钞本。十行，十九字。卷首大题下署“宋江西饶州荐福寺沙门释道燦无文著”。前有张师孔序。收藏有“海宁杨氏端木藏弆翰墨图书传之有绪”朱文大方印，又“拜经楼吴氏藏书”朱文方印。张序云：“宝庆间师住荐福，既又住开先，五年还荐福。所著有铭、赞、记、序、杂文若干篇，皆钞本。予丁亥游庐山，偶获翻阅，不及录，录其诗凡百二十首以归，即此本也。”《四库》所著为知不足斋所藏四卷本，凡诗一卷，铭、记一卷，序、文、疏、书一卷，塔铭、墓志、圹志、祭文一卷。康熙甲寅始以旧本刊木。此册虽只诗而无文，然写手极旧，当在康熙中，亦可珍重也。《拜经楼题跋》亦及此本，所言甚详。余甲午秋日得之析津东门内宝林堂书肆。余六年前北游，即见此本于其肆，以索直昂未收，后终得之，亦因缘也。其肆余儿时曾过之，买得《屈原赋注》一册，至今忆之。后几更不事旧书生理，租图画小册为活，今不知作何状矣。

莆阳知稼翁集二卷

天启刻。半叶十行，廿字。白口，单边。板心下有刻工姓名：王子蟾。前有莆阳陈俊卿序。次庆元二年十月庚申焕章阁学士宣奉大夫提举隆兴府玉隆万寿宫魏郡公鄱阳洪迈序。次目录。卷尾有天启乙丑长至不肖世孙崇翰跋语。后列同较姓名，有世孙休烈、飞鲲、起雒、台、鸣俊、起有、鸣乔、起棉、士轮及族孙景星、先等人。卷首大题下五行云："宋尚书考功员外郎黄公度著　知邵州军事借紫男沃编　新泉州惠安县主簿孙处权校勘　明广东按察司佥事十一世孙廷宣、工部右侍郎十一世孙廷用重校。"收藏有"江南陆润之好读书稽古"朱文方印、"白发抄书"朱文方印、"听松散仙"朱文方印、"陆时化印"白文方印。

芙蓉镜孟浪言(存二集　幻部)

此明末刻本。半叶八行，行廿字。白口，单边。板心题书名，下跨边小字曰“幻部”。二集通七十八番。第一叶前半失去，遂亦不知撰人。其书实秘，泛览诸目皆无著录。所采皆小说家言，每则后有小字双行评语，题“壶公曰”云云，亦不知谁何也。所评往往类李卓吾，是晚明批评家本色也。唐小说如《聂隐娘》《红线》等俱入录，亦不言出处。路德延《孩儿诗》亦全录入。

此本越估王某自越中携来，以之见售，喜而留之，以为晚明说部异本之一。

约言

嘉靖刻。九行，十九字。白口单边。板心下题约言几。卷首大题次行署“西原薛蕙著”。

前有嘉靖乙未岁中春朔富平李宗枢序。次目录，自《天道篇》迄《春秋篇》，凡九篇。后有象郡吕景蒙后序。天一阁藏书，余得之甬上估人。扉叶题“陈氏珍藏”。卷中有“恬存读”白文方印，又“鄞蜗寄庐孙氏藏书”朱文方印。

晏子春秋二卷

万历刻。九行，廿字。白口，单边。前有刘向《进晏子春秋表》，末一行云："万历十六年冬月之吉后学吴怀保校梓。"次目录。板心下有刻工姓名：黄铅。卷二第二十一叶以下佚。天一阁藏书。阮目史部著录之。又《天一阁劫馀目》中亦有此，云存卷二八叶，似正是此本所缺。岂当日被窃时昏黑中挟之而出，遂留数叶于阁中乎？不可知已。有藏印数方，未之前见，然俱古雅："九如子"白文套边方印、"天一阁"朱文长印、"自新斋"朱文鼎氏印、"九如居士"朱文方印、"一名天保"朱文长印、"唐节度之后宋丞相之裔"白文长印。著之如此，俟更考焉。

钓台集二卷

万历刻。半叶九行，十八字。白口，四周双边。卷首大题下双行云："授文林郎桐庐知县建安杨束选校　授文林郎桐庐知县番禺曾振宣补遗。"板心下有刻工姓名：浦江倪德理刻、新安吴文馨刻，或但纪字数。前有嘉靖十四年乙未春二月南海霍韬渭先序，弘治元年岁次戊申秋九月吉通议大夫刑部右侍郎兼都察院左佥都御史奉敕整理两浙盐法后学莆田彭韶序，弘治元年冬十月吉赐进士中宪大夫浙江按察司副使奉敕提督学政前直文华殿诰敕经筵官同修国史莆田郑纪叙，皇明弘治元年戊申春正月辛丑赐同进士出身资善大夫南京工部尚书致仕淳安胡拱辰序，弘治二年龙集己酉夏六月既望赐进士及第致仕中顺大夫詹事府少詹事兼翰林院侍讲学士同修国史经筵官新安程敏政序，嘉靖乙未春三月哉生明翰林院侍讲学士奉训大夫知制诰经筵日讲官同修国史奉勅管理列圣宝训实录兼纂历朝三典御书文剳楚廖道南序。次万历丙子春二月榖旦赐进士第知严州府事前巡按陕西监察御史临川静庵陈文焕序，万历乙酉岁暮春月榖旦赐进士第知严州府事前巡按直隶监察御史后学宛陵郑锐逊卿重刻序。次钓台图及严先生遗像。次目录。本书分上下卷，而目录却分四卷。收藏有“虞山钱曾遵王藏书”朱文长印、“弘农”白文套边腰圆印、“龟山后裔”白文方印、“古虞杨灏藏书之印”白文方印、“白衣居士”朱文方印、“乐善堂杨氏图书”朱文方印、“五川公七世孙”朱文方印。按此也是园藏书，查钱遵王书目中有《钓台集》二本，一八卷，一十卷，俱不合。《四库》著录为六卷本，题陈文焕编。又有二卷本，题龚弘等编，万历中朱氏重刊。余于吴下曾获残本一事，与此本全同，只卷首一叶题“知桐庐县事建安杨束、番禺曾振宣、巴蜀刘嵩重刊”，又板心下题“南昌万维新刻”耳。卷中亦间有补文，叶数作又几叶。此本始刻于初明，后历任县事者皆就旧板新刊，著名氏于前，遂有不同墨本至五六本。余后更收清初刊《选刻钓台集》，首有钱牧斋序，乃与此本大异矣。是终明之世，只二三刻耳。杨继梁亦虞山藏家，名颇不彰，然所藏佳本不少。活字旧本《旧闻证误》亦有其印记，似尚在张月霄之前也。

选刻钓台集存卷一至二

清初写刻本。九行，廿字。白口，单边。前有钱牧斋《钓台汇集序》，李际期序，刘宪章序。次自序，末署“娄江后学钱广居题于希范堂”。次郑纪、程敏政等旧序。次钓台图及子陵像。次目次，凡五卷。此本刊成于永历己丑，时大可（广居字）方守严州也。收藏有“冰庵”白文方印、“我心匪石”白文方印。

宋唐义士传辨义录（附唐氏原谱）

旧精钞本。九行，廿字。竹纸墨阑。首列《唐珏传》二通，一陶宗仪撰，一詹载夫厚斋撰（皇庆二年）。次嘉靖戊申古越徐渭文长《辩义录》。次明奉勅祭告宋六陵赐进士第礼科给事中孙杰撰序。次谢翱《别唐珏冬青树引》。次赵孟頫等题诗。次金华宋濂《唐存中小传》次顺治乙未鲁梦泰《文石公小传》。次康熙己酉施闰章撰《伯文先生传》。次唐氏原谱，起第一世唐介，宋进士，讫第二十七世。此册得之越中写手，极旧而精，殆欲刊而未成之本也。

《书林掇英》序

过去买旧书的人，开手时总得先备一两种目录书作参考，如《郘亭书目》和《四库目录标注》之类。等到收书渐多，觉得这种入门的参考书不够用了，不能不添购若干公、私藏家的目录，不过还是很难遇见可以满足板本鉴别需要的参考书。黄丕烈曾刻过一部《季沧苇藏书目》，在跋文里说的一番话大抵可以说明藏书家的心事：

> 余喜蓄书，于目录尤所留意。晁、陈两家之外，近惟《读书敏求记》叙述原委最为详悉，然第讲论著书之姓氏与夫得书之颠末，若为抄为刻，未必尽载。故偶遇述古旧藏，取记中所载者证之，一时无从得其面目。

他的最后结论说：

> 方信藏书不可无目，且书目不可不详载何代之刻，何时之抄，俾后人有所征信也。

这是黄荛圃对书目所悬的标准，已是近两百年前的事了。这以后出现的公、私藏书目录，在著录板刻上也并无明显的进步，即以最近才得完工陆续刊行的《中国古籍善本书目》而论，其所达到的学术水平与黄丕烈当年所悬的标准相较也并无长足的进步。连行款也不记，只光秃秃地标明“明刻本”“清刻本”“旧钞本”……悬揣大约采取的是慎重态度，惟恐断代或有失误，会贻人口实。其实以今日的鉴定水平，这问题是大体可以解决的，即便偶有失误，也会取得读者的谅解。过分谨慎的结果只能是裹足不前。在这本书目中，常常遇到同一书著录了数种至数十种本子，但并不反映这些异本之间的异同，及其何以被定为善本的根据。有些著名的国藏善本，为读者耳熟能详的，在这本书目中也往往几费猜详，终于不敢确认。花费了如许人力物力，那么长的时间，而所得仅此，这是不能不使人感到遗憾的。如果想从黄丕烈二百年前所提出的希望前进一步，就不能不要求在著录善本时，起码要审定并著明板刻时代、行格板式、刊工姓名、刻书牌记、藏书印记、有无题跋、纸质如何、印本先后。钞本也不能只以“明钞”“旧钞”了之。写手的精粗，时代的先后，都并非绝不可知的。当然这样做要花更多的力气，冒不少的风险，但衡量一种著作的学术水平，也只能求之于此。相信这并不是放言高论，其实经过努力是完全可以做到的。

近代几部著名的私家藏书志，大都由藏书家聘请著名的学者修定，叶昌炽、缪荃孙、王国维、张元济都是其中的健者，但作者都不署名，只由藏家出面，据以入录的也只限于一家的私藏。他们都不能突破前人的窠臼，进展不大，走的还是《读书敏求记》的旧路。赵万里先后编成北京图书馆和李木斋的藏目，后来又写成《中国版刻图录》，有一卷说明，功力甚劬。能照顾到雕板的不同方面，特别标出刊刻地区，这是前人所未曾注意的，虽然其中不无失误，但作为新领域的开拓，是值得重视的。其所以能获得如此成就，主要自然是因为环境条件好，见书多，鉴别力高，又勤于积累。这些都是以一家一馆所藏为基础而进行的研究。此外，还有一群出没于更深广的书海中的贩书人，他们的经验之受到重视恐怕要以江建霞为最早。江标刻出了徐康（子晋）的《前尘梦影录》，这是一位古董书籍经营者的回忆录，书籍只占全书的一小部分，但即此也已保存了不少珍贵的史料。江标在序文中说，他是在苏州元妙观世经堂书肆中得见徐子晋的，“书肆为湖州侯念椿所设。侯年亦六七十，目睹各家藏书兴废，分别宋元椠刻，校抄源流，如辨毫厘。尝称之曰今之钱听默。曾属其将数十年来藏书见闻，杂写一册，亦吾乡掌故也”。这真是一个好主意，可惜很少有人响应，多少年来几乎难得看到什么成果。只有孙殿起的《贩书偶记》、王晋卿的《文禄堂访书记》聊资点缀。琉璃厂海王村的书肆群有几百年的历史，经营书业的人物也才俊辈出，其中有心人如孙王者必然不只一二。果然，在我得见魏隐儒先生《书林掇英》的部分手稿后，才发现悬想不虚。他在板本著录上所下的功夫在在都有突过前人之处。举凡书名、卷数、作者、断代、行格、板式、封面、刻工、题跋、藏印、纸张诸项无不一一著录，使一书的全貌粲若列眉，对藏书家和板本研究者都是绝好的参考资料。所著诸书，都为作者目见，绝无转相援引、不尽不实之病。当然，这并非全面性的记录，流转于东南一隅的典籍就不为作者目光所及，但建国前后迄于今日以北京为中心的北方旧书流转踪迹，大致是得到了反映的。上可与傅增湘的《藏园群书经眼录》相衔接，旁参王重民的《中国善本书提要》，百年来我国善本书的流转聚散，大致可以得到一个比较完整的印象了。

作者特别注意戏曲、小说的著录，成为此书的一大特色。以明刻不同板本的《西厢记》而论，此书所收即有五十余种，这是研究《西厢记》的学人从来未能全见的。尤其值得注意的是，作者参加了一九七九年故宫博物院康生存书的整理工作，从中发现了这个“藏书家”在十年动乱中掠夺善本图书的不少赃证。傅惜华、阿英、刘盼遂诸家的藏书都曾为康生掠去，加盖了“康生”“戊戌人”“归公”“康生看过”“大公无私”等印章，还记下了康生属名“张三洸”在万历粲花馆刻《新校注古本西厢记》上的“题词”，使人们得以领略这位“西厢研究专家”的“高见”。在被康生掠去的刘盼遂旧藏嘉靖本《东坡后集》条下还附注了刘氏生平与“文革”中受迫害死去的小传。既是藏书史话，也是“文革”痛史，使人有读新的《铃山堂书画记》之感，不能不说是意外的收获。

作者还随手记下了访书经过、收售书价、板本差异、鉴别依据等，这些细琐的记录也都是饶有趣味，也有史料价值的。可惜没有记下收售的时日，不然据此是可以写定一册书价变迁史的。宋刻孤本《楚辞集注》，是由访书人当作高丽本以二十元收进的，后来发现是宋刻孤本，又向原主补还三百元。最后售归北京图书馆，价二千元。如与今天琉璃厂的书价作比，不能不使人怀疑其为天方夜谭式的传奇神话了。

《书林掇英》的另一部类为现代史料，详尽地著录了一九一九年至抗战时期革命进步书报。这是一项未经前人涉足的领域，其文献价值绝不下于古刻旧钞的辑录。报刊杂志成为旧书行的专业之一，还是近数十年兴起的风尚，松筠阁的刘殿文先生就有“杂志大王”之称，可见留心此事的并不乏人。这与近数十年来书林风气的转变是颇有关系的。经部的被冷落，史部集部的走红，尤其是地方志身价的飞涨，无不显示读书风气的日渐趋于实际，文献史料受到格外的重视。进步书刊的收集著录就是这一发展趋势的余波，是一种健康的走向。

五十年来在书坊中走动，先后也遇见过不少经验丰富、阅历深广的书友，如南方的郭石麒、杨寿祺，北方的孙实君、孙助廉等，都是装着满肚子书林掌故的人物，也曾多次劝他们就知见的善本书与藏家流散故实做些纪录，迄无结果。他们都已先后去世，我的劝说也成为虚愿。现在得读魏隐儒先生四十万言的巨编，不能不有空谷足音之感。欣喜之余，辄抒所见，是为序。

一九九三年十二月十五日

续侠义传

书四册，共十六回。清末刊巾箱本。不著撰人。半叶十行，行二十三字。上下黑口，左右双边。章回体，每回前有目，对仗工整，绝不草草。前有《侠义传评赞》十九条，如有云“颜昚（慎）敏是《三侠五义》领袖，……余故于上上人物中不得不为颜昚敏首屈一指也”。又如“柳金蝉便超出牡丹绛贞之上，岂所谓随夫贱、随夫贵乎。诵义山‘我亦举家清’之句，颜柳可谓双清矣”。知此书为续《三侠五义》而作，《评赞》亦出作者手，颇自喜，亦非浅人。书虽游戏之作，然颇寓作者平生遭际，感慨无端，细绎可知。

书后有我自跋两行：

庚寅（一九五〇）春二月廿三日收。系张佩纶家中书，论斤而出，堆集如山。余选得此戋戋小册。

卷首又有余朱笔跋云：

此虽近刻，却少见。孙子书目录中亦未著录也。丰

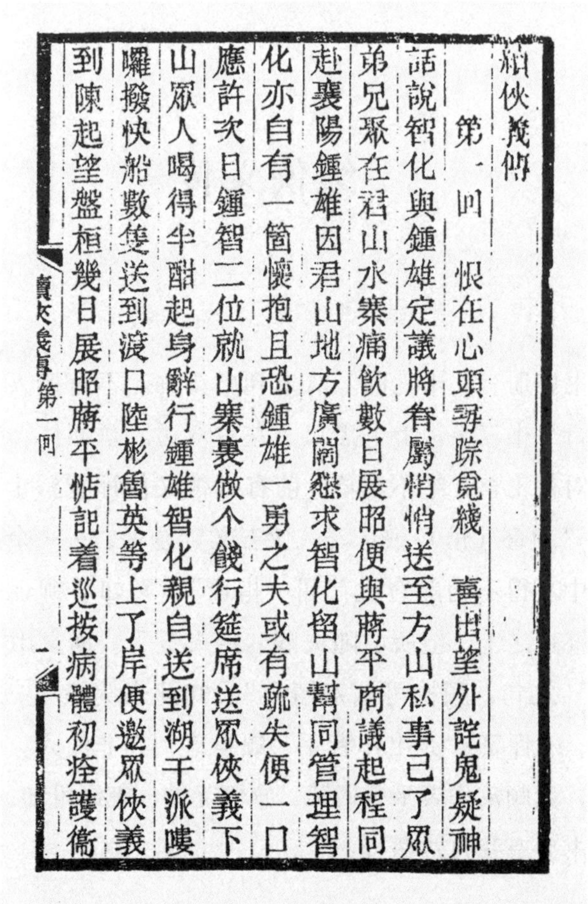

續俠義傳

第一回　恨在心頭尋踪覓綫　喜出望外詫鬼疑神

話說智化與鍾雄定議將眷屬悄悄送至方山私事已了衆弟兄聚在君山水寨痛飲數日展昭便與蔣平商議起程同赴襄陽鍾雄因君山地方廣闊懇求智化留山幫同管理智化亦自有一箇懷抱且恐鍾雄一勇之夫或有疏失便一口應許次日鍾智二位就山寨裏做个餞行筵席送衆俠義下山衆人喝得半酣起身辭行鍾雄智化親自送到湖干派嘍囉撥快船數隻送到渡口陸彬魯英等上了岸便邀衆俠義到陳起望盤桓幾日展昭蔣平惦記着巡按病體初痊護衛

續俠義傳　第一回　一

润张氏得结一庐书最多，然从未出售，以是存亡不可知。一日，偶闻其家书散，即与石麒同去一旧纸铺中选之，竟无一佳本。于堆积如山之书本中，选此四册。板片亦存其家，唯已不知存亡矣。其他又有清刊本数种，都有结一庐印记。后二年乃闻孙伯绳于渠家得宋板《花间集》，虽知系渠家书，以无从踪迹，遂亦只能听之而已。

至此，其家书盖扫尽矣。壬辰（一九五二）十月初五日，小燕重展记。

记得同时所见尚有精钞本一册，内容全同，余遂弃钞而取刻。今日回想，张家对此书必甚珍重，钞刻并存，其意可知。张爱玲为佩纶孙女行，小时曾戏作《摩登红楼梦》，其父为撰章回小说回目。知此亦是其家“家风”。最近《小团圆》及英文撰作小说两种，传将重译出板。论者以为张氏晚期撰述，多自传性质，即早期成名作亦多有类似背景，可知破败封建大家庭对她始终是一个沉重的负担，至晚年而越发感到压抑。晚期的小说一反少作的华丽苍凉，而趋于写实，细写家史，使用了小说、散文、画传……种种手法、方式，而置读者（包含“庸众”）的欣赏口味于不顾。写作多出于负气，对此，一般“张迷”不免觉得奇怪，怎么忽然不好看了？是“衰年变法”么？是“江郎才尽”么？都不大像。为某种欲望驱动，没有法子，只好闭起眼睛，高呼“巅峰之作”，实在可笑亦复可哀！

不过是一部不见经传的旧公案小说的“拟作”，又不著撰人，怎么和张爱玲扯在一起了呢？张爱玲是才女，同时也是“汉奸夫人”。她委身相许的良人是汪伪政府的高官胡兰成。提起胡某，不由得使人想起旧公案小说里出现的一类特殊人物，“采花淫贼”。胡兰成不愧为此中圣手。张爱玲就是被他采下的一朵“花”。此前、此后，胡兰成还一路采下了“斯家‘姨奶奶’”范秀美、小周、吴四宝的遗孀……（所知有限，望“张学家”补正），仿佛一路游行，随手采撷路边野花似的，毫不吃力。不但是女人，男性也一样。胡兰成“勾搭”的男人可谓多矣。头一名应属汪兆铭。汪就是在报上读到胡兰成的一篇文字，惊为奇才，这才延揽入幕，当上了伪府高官的。

尤其可怪的是词人夏承焘、废名、梁漱溟等都是他“勾搭”的对象，只有废名没有上钩，其余诸位，无不视为奇才，折节下交。张嘉仪（胡兰成逃避追捕时所用假名）甚至为梁漱溟举荐给毛泽东，且已得到批准。此际，乖巧的胡兰成看风头不对，改北上为南下，溜出国门去也。

以上许多知识，都来自《风中人物·张嘉仪》（陆灏撰）一文。此文以夏承焘《天风阁学词日记》为线索，杂采众说，细加辨证，连缀成文。巧的是其中也说到《续侠义传》。胡兰成伪托张姓，并称其祖为张佩纶，籍贯丰润，这些鬼话，自然都因张爱玲而起。引一九四七年七月十一日夏氏日记云：

> 嘉仪来久谈，谓其祖佩纶，尝著《续七侠五义》一书，已刊，而颇无意味。谓梁漱溟近不谈佛学，谓千年以后，始可谈此。

陆文以下详论刘景晨、夏承焘等都失察了，没有听出胡兰成鬼话中的破绽，最后说，“张佩纶也从来没写过《续七侠五义》”。现在原书刻本俱在，虽不署作者姓氏，也是可以理解的，张佩纶是不会在这种通俗小说上署名的。至于胡兰成何以得知此一家族故事，好像他还曾读过原书，没有疑问，一切都是得自张爱玲。可证她对于自己的“家史”不但熟悉，而且手中还有些遗存的实物，而且一一细说给良人听。这就可以说明晚年的她为什么写了许多与早期风格迥异的作品。她实在是挥之不去，自少至老没落旧家的阴影一直跟随着她，紧抓不放，限制了她的视野。气局逼窄，铺展不开，这是限制她在创作道路上发展、上升的主要原因。更致命的是她没有些微民族良知，委身奸邪。在日寇即将败亡之际，夫妻论心，张爱玲说，希望仗一直打下去，她与胡兰成的好日子得平稳地继续过下去。（其实这就是他们定情婚帖的主旨。）在当时，这能是一个中国人当有的愿望么？

二〇一〇年六月十二日

毛诗指说

北京出版社最近启动了一项大工程《四库底本丛书》。全书将有一千二百册光景。其经部第十七册，开首即是《毛诗指说》。原书是我的旧藏，今在国家图书馆。杨良志先生见原书有我的题记，遂影印一纸见示，高情盛谊，可感也。年来曾就手边劫余卷册，辑为“书跋”数种，其流散异地者，尚无暇、无力搜辑，得此零星片羽，亦自可喜。

《四库底本丛书》的创意，是非常重要、有远识的，可以说是与前一阵子不少出版社抢印不同阁本《四库全书》唱反调的，是对为经济利益驱动，不顾美丑，不听劝告，毅然印行的一种抗议与清醒剂。本来学术界对《四库》早有定评，张菊生先生在影印《四部丛刊》二三编时，每书多附有校记，已屡屡拆穿《四库》本种种作伪马脚；鲁迅先生更就旧钞本与《四库》本的不同，归纳出在乾隆指挥下的“馆臣”删除、篡改种种手法与指导原则，并指出当时影印《四库》的官商之争实质焦点所在，看来与今天颇有异曲同工之处。

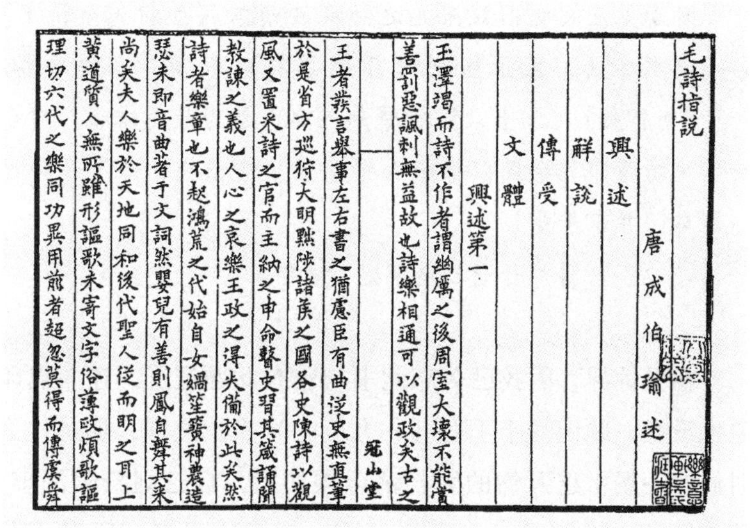
毛詩指說
興述　唐成伯瑜述
觧說
傳受
文體
興述第一
王澤竭而詩不作者謂幽厲之後周室大壞不能賞
善罰惡諷刺無益故也詩樂相通可以觀政矣古之
冠山堂
王者發言舉事左右書之猶慮臣有曲從史無直筆
於是省方巡狩大明黜陟諸侯之國各史陳詩以觀
風又置采詩之官而主納之申命瞽史習其箴誦開
敎諫之義也人心之哀樂王政之得失備於此矣然
詩者樂章也不起鴻荒之代始自女媧笙簧神農造
瑟未即音曲著于文詞然嬰兒有善則風自舞其来
尚矣夫人樂於天地同和後代聖人從而明之耳上
黃道質人無所雖形謳歌未寄文字俗薄政煩歌謳
理切六代之樂同功異用前者超忽莫得而傳虞舜

《毛诗指说》，唐成伯瑜述。黑格旧钞本。卷首大题下列“兴述”“解说”“传受”“文体”四目，下接正文。半叶九行，行二十字。白口，单边。板心下刻“冠山堂”三字。案，山阴祁氏有冠山堂刻《吴越诗选》，在顺治中，不知与此钞有无渊源，不敢臆定。收藏有“乐意轩吴氏藏书”朱文方印。写手精雅，恭楷不苟，是清初写本。前有乾道壬辰三月十九日建安熊克序。卷前有余墨书题记一通：

徐绍樵中风，未见几一月矣。前日雨夕，偶过访之于其小楼上，已能起坐，言时泪莹然，言几不及相见也。又言家境艰窘，持此一册书见示，云新得自故家者，尚是清初旧钞，乐意轩吴氏藏本。即并其他清刻零本四册同得。赠以五十金为卒岁资。残年凄紧，可令慨叹。同时尚见汪阆源旧藏宋元之际麻沙刻本《后村先生诗集》残本十册，又正德刻《怀麓堂集》极精，亦缺数卷。《南行稿》《北上录》皆彙刻入之，是为最足本也。有金元功藏印。金氏以棉纸补钞两册，亦精绝，却不及得之矣。并识于此。

丁酉腊月廿七日晨窗记，黄裳。

初见惊异，因我已久忘此书与曾有此题记了，连一点印象也没有。题记写于丁酉（一九五七）换岁之顷，那是什么时候？一场雷霆万钧的大扫荡尘埃初定，自己则身陷泥牢，等待发落。瞻望前途，不知所止。就在这当口，还有“雅兴”“访书”……这次与绍樵相见，可能已是最后一面，因而题词不免有些凄恻，回想跑书店之初，即与绍樵相识，算来已是十年旧友了。过去也曾写过一篇《记徐绍樵》，所记多为他的盛年往事，意气风发，赌咒发誓，畅论书林故事，多不可信，是他开朗作风的一面，不料此番所记却是他濒临下世的光景，真不可料。

上世纪三十年代中期，上海旧书业，除苏州杨寿祺的来青阁、罗子经的蟫隐庐外，南方书客更有扬州派的几家，绍樵的传薪书店是其中之一。北估的声势最大，本钱亦足，所经营的以大部头书如《四部丛刊》、百衲本《二十四史》、考古类书为主，板本书则是余事。每有好书异本，深藏密锁，悬价高奇。记得在富晋书社曾见明刻《隋史遗文》一书，皇皇数十册，附精图数十幅，在明刻小说风头鼎盛之际，这是不下宋元本的“异书”，当然索价高奇，不可思议。绍樵的经营方针则大不同，以薄利多销为主，自然本小力薄，使他不能不如此做。但他也真有本领，能经常获得充足货源。他的根据地也不只故乡苏北一隅。如杭州王氏九峰旧庐藏书，在上海诸肆中，以他所得最多，连王家的藏书目底册及书橱、书柜都搞来了。

他能从苏北为郑振铎访得原本《十竹斋笺谱》，使西谛大为欣赏，郑氏劫中日记所记绍樵佚事不少。

论板本鉴定功夫，他自然算不上一流，但他确曾拥有好书异本、索价高奇的机会。如钱牧斋手批通津草堂本《论衡》，全书遍满行草批校，而无一藏印及题署。曾出以见示，明知我无力问津，自然也不言价。但对一般旧书则马虎对待，如丁酉岁初他从硖石徐容初家搞来一批线装书，打包之后，绍樵手执铅笔，在书后封底一一批上价目，一至二三元不等。对书的内容，不一顾视。其实这批书中颇有拜经楼吴氏、向山阁陈氏旧藏物，虽是清刻，却非常本。

公私合营以后，上海古籍书店成立，修文堂孙实君成为实际上的负责人。同在福州路上一间门面的传薪书店则沦为古籍书店的廉价部，绍樵调往总店工作。他的任务是为新收进的旧书定价。大概他仍保留随手批价的习惯，不免失误。因而时遭孙实君的呵斥，其抑郁可知。

我从言言斋书话中得知，周越然藏有《高峣诗》《南明纪游诗》两种，就托绍樵去商量，周越然以为两书都是薄薄小册，卖不出好价钱（《高峣诗》只有四叶）。商量许久，绍樵终于将这四叶小册杨升庵诗和一册嘉靖刻的《禹碑考》拿来了。

我从绍樵手中所得书不少，最值得记起的是张宗子的稿本《史阙》等三种。《史阙》被他当作“奇货”要了高价，但同出一源的康熙家刻《西湖梦寻》却不被重视，以平价见售。其实《梦寻》之罕见难得，殊不下于他书。久想写一篇《张岱四种》，以记书卷因缘，久久未成。今在此少记得书始末，亦不忘书之出处、经手之人微意云尔。

二〇一〇年六月二十五日

初版后记

余购书喜作跋语，多记得书始末，亦偶作小小考订，皆爱读之书也。未尝理董，近始写为一卷，佚失恐多，有待续补。三十年来，耗心力于此者何限，甘苦自知。此册颇似日记，旧游踪迹，略具于是。湖上吴下访书，多与小燕同游，跋尾书头，历历可见。去夏小燕卧病，侍疾之余，以写此书跋自遣。每于病榻前回忆往事，重温昔梦，相与欷歔。今小燕长逝，念更无人同读故书，只此书跋在尔。回首前尘，怆痛何已。即以此卷，留为永念，以代椒浆之奠云尔。一九九九年一月二日，校毕记。

后记

我从小喜欢书。长大了就买书，最早当然以五四以还的新文学书为主。昨天接到朋友从北京寄来的新印本《初期白话诗稿》，大红绸面精装毛边本，可以算是一种新的古董书。重读一遍刘半农的前序，不觉神旺。半农笔下的战斗气氛依然如在，因而想起，这正是我在天津南开中学读书时所买的珍本之一。蓝色书面，白纸线装大册，是当时出现的新古董之一。当然，与其他初板珍本的毛边书，都一起毁于日寇的炮火之下了。有意思的是，就在差不多同时，我又在劝业场的书摊上，花“巨资”三元买了一部初印“残本”《四印斋所刻词》，还是王幼遐题赠“小珠玉词人”的。初印，精美，说“残本”不确，王半塘刻词是经过长时期陆续刻成的，这部书只是最初刻成的几种而已。

可见我初期聚书，是以新文学著作为主的。但对线装书的兴趣，也很早就已根植于少年时了。

抗战初始，我家移居上海。聚书兴致仍在，但买书钱只有母亲给的零用点心钱，远远比不上南开时代了。常跑的不是书店，而是居处附近的一家旧纸铺，在我的书跋中称作

“徐汇唐肆”者就是。在铺天盖地的旧纸丛中，我的巨大收获是全份《小说月报》（自沈雁冰主编起）和郁达夫龙飞凤舞的手稿《饮食男女在福州》，用的是逸经社的稿纸，也发表在《逸经》上。古书也不是没有，记得买有残汲古阁本《陆游集》等，这些都等于是“白给”，也因此而结识了老板唐君（我始终不知其名）。

抗战胜利归来，收书之兴复炽。开始所收仍以新文学书为主。记得花了很大力气从杭州宝贻斋严宝善处收得《域外小说集》初二编两册。此书初编印一千册，二编只印五百册，尤难得，还是郁达夫的旧藏。另一册是毫不费力买得的《会稽郡故书杂集》。这本书是鲁迅自己刻的，移家北京时，胡乱毁去了书板，只存初印一百册，鲁迅携之北上，分赠友人。因而在北方尚可偶然遇见，在南方就极少见。此鲁迅二书可称书林双璧，可惜后来都被沈某骗去了。

从此时起，我的兴趣转而注视线装旧书，前后约十年光景，直至“文革”中被全部抄没为止。直到上世纪八十年代初，国家拨乱反正，才陆续发还。想不到的劫后重逢，摩挲故物，感慨无端，因摘要选取书前所存题记，别为一册。漫无次序，随得随录，倏然成册，遂付刊行，及今亦已十年矣。

我一直是写散文的。书跋在我看来也是散文，并无二致。在前人中我所佩服的作者，如苏（轼）、黄（庭坚）、陆（游），都是好的。他们随笔挥洒，并不着意为文，而佳处自见。似乎无意得之，但人虽费尽气力而终不能得。如此境界，向往久矣，亦只能师其“无意”二字而已。

今承中华书局好意，允重印此书，遂检旧箧，见劫余零星散稿、所存诸书书影，增订以为附编。因念积书者大似守财奴，每于漏夜清点其所积聚；积书人亦时时检点其所得故书，或为目录，或为书志，详略不一，以所得旧时藏家所遗格纸书之，再三再四而不已，其可笑与守财奴何异。此或人之用以攻击在下之具，亦再三再四而不已。攻击之时会不在“文革”前或“文革”中，而在新时期以后，即旧书摆脱“四旧”身份之后，一叶千金之际，即藏书者与守财奴身份趋同之际矣。

所存书志绝不止此，发还者仅此耳。其中有《滇南书志》一篇，为一九五六年秋远游西南之作。游四川之见闻已写为《入蜀记》。在云南月余，最令欣快。昆明为旧游之地，在抗战中，曾遍访南明旧迹。此次更远游大理、芒市、苍山、洱海，风物更胜。少数兄弟民族之风俗习惯、人物衣冠，使人叹异。旧习惯到处必求地方志乘读之，以为向导；更遍访书肆，觅其丛残。客成都匝月，竟一无所得，昆明则大不同。旧肆、纸铺，不一而足，尤以翠湖图书馆为盛。虽无宋元旧本，但地方艺文，所藏独多。于馆中得见土司木家所存诸种，刊于明嘉靖至崇祯，其嘉靖刊本之刊工纸墨，与苏锡所制无异，发现实刊于南中，非滇产也。所见唐大来诗集，皆当地所刻，纸墨粗拙，非常人所能列于善本者。深感当日杨升庵谪死滇南，实中原文化与边徼交流之大事，不可忽视。发愿遍读藏籍，撰成书录，归沪后草草写成二卷，未几而时事大变，只能置于箱底，后经盗掠，幸而得归，已成断简零编矣。

编校既竟，聊志成书始末如此。未尽所怀，已有云海苍茫之感矣。

二〇一〇年岁不尽前二日

干支纪年对照表（1941 年—2000 年）

甲子 1984	乙丑 1985	丙寅 1986	丁卯 1987	戊辰 1988	己巳 1989	庚午 1990	辛未 1991	壬申 1992	癸酉 1993
甲戌 1994	乙亥 1995	丙子 1996	丁丑 1997	戊寅 1998	己卯 1999	庚辰 2000	辛巳 1941	壬午 1942	癸未 1943
甲申 1944	乙酉 1945	丙戌 1946	丁亥 1947	戊子 1948	己丑 1949	庚寅 1950	辛卯 1951	壬辰 1952	癸巳 1953
甲午 1954	乙未 1955	丙申 1956	丁酉 1957	戊戌 1958	己亥 1959	庚子 1960	辛丑 1961	壬寅 1962	癸卯 1963
甲辰 1964	乙巳 1965	丙午 1966	丁未 1967	戊申 1968	己酉 1969	庚戌 1970	辛亥 1971	壬子 1972	癸丑 1973
甲寅 1974	乙卯 1975	丙辰 1976	丁巳 1977	戊午 1978	己未 1979	庚申 1980	辛酉 1981	壬戌 1982	癸亥 1983

图书在版编目（CIP）数据

来燕榭书跋/黄裳著 .-- 增订本 .-- 济南：山东人民出版社，2022. 2

（黄裳集 . 古籍研究卷 . Ⅳ）

ISBN 978－7－209－13332－6

Ⅰ. ①来… Ⅱ. ①黄… Ⅲ. ①序跋—作品集—中国—当代 Ⅳ. ①I267

中国版本图书馆 CIP 数据核字（2021）第 116311 号

来燕榭书跋（增订本）

LAIYANXIE SHUBA（ZENGDINGBEN）

黄裳 著

主管单位 山东出版传媒股份有限公司
出版发行 山东人民出版社
出 版 人 胡长青
社　　址 济南市市中区舜耕路 517 号
邮　　编 250003
电　　话 总编室（0531）82098914
　　　　 市场部（0531）82098027
网　　址 http：//www. sd－book. com. cn
印　　装 天津图文方嘉印刷有限公司
经　　销 新华书店

规　　格 16 开（160mm×230mm）
印　　张 36. 5
字　　数 362 千字
版　　次 2022 年 2 月第 1 版
印　　次 2022 年 2 月第 1 次
ISBN 978－7－209－13332－6
定　　价 126. 00 元